KAPITEL 1

Felicity

Ich schaffe es nicht, mich nach dem Messer zu bücken, das mir vor einigen Sekunden aus den schweißnassen Händen geglitten ist. Selbst wenn es mir gelänge, auch nur einen Muskel zu rühren, könnte ich den Griff nicht umschließen. Die widersprüchlichen Gefühle, die in mir toben, und von Angst über Wut bis hin zum instinktiven Bedürfnis zu fliehen reichen, lassen mich komplett erstarren.

Irgendwo tief in mir weiß ich, dass ich mich in einer Simulation befinde. Dass ich hier bin, um die Prüfungen der Magier-Allianz abzulegen, damit ich mir meinen Lebenstraum erfüllen kann und endlich Meister-Magierin sein werde. Und mir ist ebenfalls bewusst, dass dies meine letzte Aufgabe ist. Die vorherigen drei haben mich bereits ausgezehrt und an die Grenze der Belastbarkeit gebracht, doch diese stellt alles in den Schatten.

Im wahrsten Sinne des Wortes.

Ich starre auf das Wesen, das sich langsam, aber mit raubtierhafter Eleganz aus der undurchdringlichen Dunkelheit schält, die mich in dieser Simulation umgibt. Ich brauche das Wesen nur anzusehen, um zu wissen, wie sich sein fast rabenschwarzes Fell mit den helleren Spitzen unter den Fingern anfühlt. Ich kenne die fauchenden und grollenden Laute, die es von sich gibt – auch wenn ich sein Schnurren bevorzuge. Und allein vom Hinsehen meine ich, seine festen Muskeln unter den Händen spüren zu können.

Das Wesen vor mir, das mich entfernt an einen viel zu groß geratenen schwarzen Panther erinnert, ist mein Familiar und gleichzeitig derjenige, den ich mehr als alles andere auf der Welt liebe.

»Shadow«, wispere ich heiser.

Kein weiteres Wort verlässt meinen Mund. Erst recht nicht, als sich die blitzenden Silberaugen zu Schlitzen verengen. Sosehr ich auch danach suche, finde ich doch nicht das bekannte Funkeln darin. Keinerlei Erkennen liegt in seinem Blick. Da ist nichts anderes als die eiskalte Berechnung eines Raubtiers, das seine Beute in die Enge getrieben hat. Die Erkenntnis, dass *ich* diese Beute bin, schnürt mir die Luft ab.

Das ist nur eine verdammte Simulation!, schreit mir eine Stimme im Kopf zu, während die andere wieder und wieder verlangt, dass ich verflucht noch mal die Beine in die Hand nehmen und das Weite suchen soll. Denn Simulation oder nicht, ich erinnere mich gut daran, dass ich hier sehr wohl Schmerz empfinden kann. Ich will nicht herausfinden müssen, was Shadows Simulation mit mir anstellen kann ... Selbst ohne die Schattenmagie ist er in seiner wahren Gestalt gefährlich – vielleicht sogar noch gefährlicher als in der menschlichen Illusion. Als Panther kann er zwar nicht auf seine vernichtende Schattenmagie zurückgreifen, verfügt aber über eine Schnelligkeit, von der ich nur träumen kann, und obendrein über verdammt scharfe Zähne und Krallen.

Ich weiß, dass das da vor mir nicht Shadow ist; ich weiß es wirklich! Dennoch kann ich mich nicht dazu überwinden, nach dem Messer zu greifen. Wahrscheinlich könnte ich damit sowieso nichts gegen ihn ausrichten, aber ich versuche es auch gar nicht erst. Ich *kann* ihn nicht verletzen. Selbst in einer Simulation und mit dem Wissen, dass er nicht echt ist, gelänge es mir nicht.

Doch wenn ich es nicht tue, wenn ich aufgebe – dann habe ich versagt. Ich werde nie eine Meister-Magierin sein können, denn ich darf bei keiner einzigen Aufgabe scheitern, um die Prüfung erfolgreich zu bestehen. Ich stünde vor dem Nichts, denn mein gesamter Lebensinhalt bestand aus dem Wunsch, so zu werden wie meine berühmten Brüder Zachary und Calvin. Ich wollte alles dafür tun, nicht mehr das schwarze Schaf der Familie sein zu müssen, und dank Shadow glaubte ich eine Zeit lang tatsächlich daran, dass ich es schaffen könnte. Dass ich mehr sein könnte als die unbekannte Schwester der gefeiertsten Meister-Magier, die noch dazu mit einer katastrophalen und sinnlosen Gabe geschlagen ist.

Wieder gibt der Schattenpanther ein unheilvolles Grollen von sich, das aufgrund der kurzen Distanz zwischen uns noch tief in mir nachvibriert. Bedächtig setzt er eine riesige Pranke vor die andere und hat mich nun beinahe erreicht. Jetzt wäre der perfekte Zeitpunkt, um eine Idee aus dem Hut zu zaubern, die mich aus dieser Misere herausmanövriert. Eine Idee, die mich die Aufgabe bestehen lässt. Doch die einzige Möglichkeit ist, das Messer zu schnappen und meinen eigenen Familiar zu töten, denn das ist es, was die Computerstimme von mir verlangt hat, als ich in dieser Simulation zu mir kam. Es genügt nicht, ihn unschädlich zu machen oder wie durch ein Wunder darauf zu hoffen, dass er doch noch zu Sinnen kommt.

Die Aufgabe lautet ganz klar: TÖTE DEINEN FAMILIAR!

Ich lasse den Kopf sinken und sacke auf die Knie. Nun muss ich sogar ein Stück zu ihm aufsehen, als er nur etwa einen Meter von mir entfernt stehen bleibt und sich über das mit langen, spitzen Zähnen besetzte Maul leckt.

Als ich seinen heißen Atem auf der Haut spüre, zittere ich so sehr, dass ich mit den Zähnen klappere. Kurz tastet Shadow mir mit den weißen Schnurrhaaren übers Gesicht und ich zucke zurück, doch ich zwinge mich sogleich dazu, ihn weiter anzusehen. Ich muss das durchstehen … Aber wenn ich das Unvermeidliche noch länger hinauszögere, wird es nur noch schlimmer für mich.

»Ich liebe dich«, hauche ich. »Bitte mach es schnell.«

Ich hasse mich dafür, dass ich aufgebe. Meine Schwäche widert mich selbst an ebenso wie die Tränen, die mir nun ungehemmt die Wangen hinunterlaufen. Aber selbst wenn ich kraftmäßig und kampftechnisch dazu in der Lage wäre – was ich definitiv nicht bin! –, könnte ich Shadow nichts antun, geschweige denn ihn töten. Also ergebe ich mich meinem Schicksal. Was bleibt mir auch anderes übrig? Ich könnte weglaufen, mich irgendwo in der Dunkelheit der Simulation verstecken, aber das würde mein Ende nur unnötig in die Länge ziehen. Früher oder später würde mich Shadow mit seinen scharfen Sinnen aufspüren.

Blitzschnell, sodass mein Blick ihm nicht folgen kann, holt Shadow mit der Pranke aus und lässt sie auf mich niedersausen. Ich kreische auf, als sie mich mit der Wucht eines Vorschlaghammers trifft und die langen Krallen mir Kleidung und Haut zerfetzen. Ich werde zur Seite geschleudert und spüre sofort eine klebrige Nässe am Arm, zusätzlich zu den Schmerzen, die ruckartig wie in wirbelnden Stoßwellen durch mich hindurchrauschen und mir beinahe den Verstand vernebeln. Ich wünschte, es wäre so ... Doch ich bleibe bei vollem Bewusstsein und bin machtlos gegen die Panik, die mir einmal mehr die Glieder lähmt.

Als bliebe ihm alle Zeit der Welt, streift der Schattenpanther um mich herum und zielt mit dem nächsten Angriff auf meine Beine. Die Schreie, die sich einen Weg aus meiner Kehle bahnen, klingen hoch und schrill und klingeln mir in den Ohren. Mein Überlebensinstinkt bringt mich dazu, mich auf die Unterarme zu stemmen und ein Stück von Shadow wegzukriechen, aber ich komme nicht weit.

Ich habe einmal beobachtet, wie eine Katze einem Vogel die Flügel gebrochen und ihn anschließend zu Tode gequält hat. Und genau das scheint Shadow auch mit mir vorzuhaben. Wieder und wieder zerfetzt er mir mit den Krallen die Haut, ohne mich tödlich zu verletzen. Ich schreie und flehe und fluche, doch erreiche damit gar nichts. Ganz im Gegenteil ... Immer wenn ich versuche mich der Attacke zu entziehen, zielt er auf eine offene Wunde, bis ich im nächsten Augenblick die Spitzen seiner Krallen über die Knochen beider Beine kratzen höre.

Ich weiß nicht, wie viel Zeit vergeht, bis mir die Stimme versagt. Nicht einmal ein heiseres Krächzen bekomme ich noch zustande, während ich völlig entkräftet und aus unzähligen Wunden blutend auf dem Rücken liegen bleibe und ins Nichts starre. Ich warte auf den Tod, sehne ihn mir herbei, doch mein Peiniger ist taub für all die Schreie und das Flehen; vielmehr habe ich das Gefühl, ihn dadurch nur noch weiter anzustacheln. Wahrscheinlich ist es ein Segen, dass ich nun keinen Ton mehr von mir geben kann, sondern nur zitternd auf den nächsten Hieb warte, der mir schier die Haut von den Knochen reißt.

Normalerweise müsste ich schon längst tot sein, doch hier in der Simulation bleibe ich am Leben. Als Shadows Raubtiermaul über mir auftaucht, schließe ich die tränenverschleierten Augen und bete stumm zu jedem Gott, der mir einfällt, dass es endlich vorbeiginge. Ich will, dass er mich tötet und dadurch von den unvergleichlichen Schmerzen, die mir durch den Körper rauschen, erlöst. Ich lehne den Kopf, so weit es mir möglich ist, zurück und biete ihm die Kehle dar.

Spitze Eckzähne bohren sich mir in die Haut und Blut strömt in den Mund. Für einen Moment habe ich Angst, ersticken zu müssen, und ich schnappe hastig nach Luft, wodurch nur noch mehr Blut in die Luftröhre fließt. Shadow beißt fester zu, zermalmt meinen Kehlkopf. Augenblicklich weicht jedwede Spannung aus mir.

Das Letzte, was ich höre, ist die verhasste Computerstimme, die monoton verkündet: »AUFGABE FEHLGESCHLAGEN.«

KAPITEL 2

Felicity
Hastig lehne ich mich nach vorn und greife mir mit beiden Händen an den Hals, wobei ich sämtliche Elektroden herunterreiße. Japsend schnappe ich nach Luft und brauche bedeutend länger als die Male zuvor, um aus der Simulation aufzutauchen und wieder in der Wirklichkeit anzukommen.

Noch immer befinde ich mich auf dem Stuhl inmitten des Hauptquartiers der Magier-Allianz. Zwei Männer in langen Kutten stehen um mich herum. Ich spüre ihre Blicke auf mir. Sie beobachten mich so genau, dass es mich nicht wundern würde, wenn sie gleich einen Block zutage förderten, um sich Notizen zu machen. Als wäre ich nichts weiter als ein spannendes Experiment. Wenigstens verspüre ich keine Schmerzen mehr. Nirgends an mir kann ich Wunden oder auch nur den kleinsten Riss in der Kleidung erkennen. Doch die Schmerzen in der Simulation haben sich so verdammt real angefühlt …

Als ich wieder halbwegs normal atme und mich einigermaßen gesammelt habe, reibe ich mir mit den Händen über die Wangen, um die Tränenspuren zu beseitigen. Verletzungen trage ich nicht aus der Simulation davon, aber wie es aussieht, habe ich auch in Wirklichkeit geweint und geschrien, wie mir das Kratzen im Hals beweist. Und die Allianz wird jeden Schrei und jede Träne aufgezeichnet und akribisch bewertet haben. Erst nachdem ich mich einigermaßen gesammelt habe, hebe ich den Kopf und stelle mich dem, was nun folgen wird.

Ich bin gescheitert! Gleich werden sie mir sagen, dass ich die Prüfungen nicht bestanden habe.

Ich zwinge mich dazu, einen der Männer anzusehen, obwohl ich am liebsten hier verschwinden und mich irgendwo verkriechen würde.

»Sieht die finale Aufgabe bei jedem Anwärter so aus?«, frage ich krächzend. Obwohl es nur eine Simulation war, klinge ich nach den Schreien heiser und das Sprechen verursacht mir Schmerzen.

Schon bei der zweiten Aufgabe, als wir die Geiseln bei einem Bankraub befreien sollten, merkte Shadow an, dass das Drumherum sehr unserem Einsatz vor ein paar Tagen ähnelte. Damals haben wir eine Frau aufgehalten, die sich aus Wut und Verzweiflung in die Luft sprengen wollte. Und auch Aufgabe drei war … zu genau auf mich zugeschnitten, denn ich musste gegen eine Simulation meines zweitältesten Bruders Cal antreten. Danach hat die Magier-Allianz erfahren, dass Shadow und mich mehr verbindet, als es bei einem Träger und seinem Familiar normal ist, da er mein Herz heilen musste. Deshalb ist der Gedanke, dass die Simulationen auf jeden Anwärter gesondert angepasst werden, nicht abwegig. Aber wie ist ihnen das so schnell gelungen?

»Ja«, entgegnet einer der Männer zu meiner Überraschung. »Die Aufgaben sind in ihren Grundzügen für alle gleich, damit jeder Prüfling eine fast identische Ausgangssituation hat. Aufgabe eins beinhaltet den reinen Kampf ohne Ablenkungen. Aufgabe zwei befasst sich mit der Zusammenarbeit anderer und das Begrenzen von zivilen Verlusten. Aufgabe drei ist immer ein Kampf gegen einen anderen Meister-Magier. Und Aufgabe vier …« Er schweigt und ich schlucke angestrengt. »Die vierte Aufgabe besteht stets darin, den eigenen Familiar zu töten. Und du bist gescheitert.«

»Aber … warum?«, will ich wissen. »Wieso sollte ich meinen Familiar töten wollen? Das ergibt keinen Sinn!«

Ehe mir einer der beiden antworten kann, bricht im Nebenraum, wo sie Shadow während der Simulationen untergebracht haben, ein Tumult los. Ich höre es scheppern, gefolgt von einem aufgeregten Stimmengewirr. Doch eine Stimme übertönt all die anderen und wider besseres Wissen bildet sich in mir ein eisiger Knoten im Magen. Denn das zornige Grollen, das in Shadows menschlicher Stimme mitschwingt, versetzt mich zurück in die Simulation. Beinahe meine ich, die tiefen Kratzwunden in Armen und Beinen und das klebrige, heiße Blut, das aus ihnen hervorquillt, erneut zu spüren.

Die Tür zum Nebenraum wird aufgerissen. Ich halte die Luft an, als mein Blick Shadows begegnet. Ein paar Sekunden bleibt er im Türrahmen stehen, dann kommt er mit ausladenden, aber katzenhaft eleganten Schritten auf mich zugeeilt. Die Art, wie er sich bewegt ... Es sieht so aus wie vorhin – ehe er in seiner wahren Gestalt die Krallen in mich geschlagen hat.

Als er vor mir steht und eine Hand nach mir ausstreckt, weiche ich vor ihm zurück, so weit es mir auf dem Stuhl möglich ist, und Shadow lässt die Hand sofort sinken. Ich werde von einem Zittern geschüttelt und muss mich dazu überwinden, zu ihm aufzuschauen. Fast erwarte ich, gleich sein Raubtiermaul über mir zu sehen, ehe er mit spitzen Fangzähnen erneut meine Kehle zerfetzt.

Doch stattdessen schaue ich in rot geränderte Augen, in deren Blick so viel Angst und Sorge liegen. Die Augenbrauen kummervoll zusammengezogen mustert er mich traurig und resigniert. Langsam, um mich nicht erneut zu erschrecken, reibt er sich mit der Hand über die Brust – direkt über das Mal über seinem Herzen.

Ich schlucke krampfhaft. Tränen schwimmen mir in den Augen und nehmen mir fast die Sicht, während ich den so gebrochen wirkenden Mann vor mir betrachte.

»Was ... was haben sie dir angetan?«, hauche ich mit erstickter Stimme, ehe ich eine Hand nach ihm ausstrecke. Shadow ergreift sie, führt sie an die Wange und schmiegt sich dagegen, während er seufzend die Augen schließt und sich neben den Stuhl kniet. Mit der anderen Hand fahre ich ihm nach kurzem Zögern durchs Haar.

Shadow haucht mir einen sanften Kuss auf die Handfläche, bevor er murmelt: »Es war nur eine Simulation.« Er sieht wieder zu mir auf und streicht mit dem Daumen die Tränen weg, die sich einen Weg aus meinen Augen bahnen. »Ich wusste die ganze Zeit über, dass es eine Simulation ist, aber ...«

»... es fühlte sich verdammt real an«, beende ich seinen Satz.

»Was war deine Aufgabe?«, fragt er, nachdem er mich einen Moment stumm gemustert hat.

Ich schließe die Augen, doch die Tränen fließen unaufhaltsam unter den

Lidern hervor. »Ich sollte dich töten. Aber ich konnte es nicht. Ich konnte nicht einmal nach dem blöden Messer greifen, was sie mir großzügigerweise in die Simulation eingebaut haben.«

»Felicity hat die Aufgabe nicht erfüllt«, sagt einer der Männer neben uns und ich sacke in mir zusammen. Egal wie oft ich höre, dass ich versagt habe, es wird dadurch nicht besser. Trotzdem lässt mich die Endgültigkeit in der Stimme des Mannes schier ins Bodenlose fallen. »Somit kann sie keine Meister-Magierin werden. Ich erkläre die Prüfung daher für ...«

»Nicht so schnell!« Shadow springt auf die Füße. »Ich habe die letzte Aufgabe bestanden.«

Ich blinzele verwirrt. Wovon spricht er da?

Einer der Männer geht zu einem Pult am anderen Ende des Raumes und drückt auf mehrere Knöpfe. »Hmm«, macht er, während er auf den Monitor vor sich schaut. »Wie es aussieht, sagt er die Wahrheit.« Er wendet sich zu den anderen um, die mit Shadow im Nebenraum waren und sich nun in der Nähe der Verbindungstür herumdrücken. »Wie konnte er die letzte Aufgabe bestehen?«

»Bisher hat das noch kein Familiar geschafft«, murmelt einer der Männer. Ich habe hoffnungslos den Überblick verloren, wer hier wer ist. »Ihr Überlebenswille war jedes Mal stärker. Was machen wir jetzt? Wir haben eine Anwärterin, die nach allen Regeln der Kunst bei der letzten Aufgabe gescheitert ist. Sie hat ja nicht mal versucht den Anforderungen gerecht zu werden!«

»Das stimmt«, wirft ein anderer ein. »Wenn sie sich wenigstens verteidigt hätte, dann könnten wir das zu ihren Gunsten auslegen, aber sie hat quasi nur dagelegen und darauf gewartet, dass er sie zerfleischt.«

Shadow zuckt bei diesen Worten zusammen und starrt mich aus großen Augen an. Ich streichele ihm über die Stirn, um die Sorgenfalten zu glätten, allerdings ohne Erfolg. Auch das kleine Lächeln, an dem ich mich versuche, hat nicht den gewünschten Effekt.

»Aber er ist der erste Familiar, der die letzte Aufgabe bestanden hat«, sagt wieder ein anderer. »Einen solchen Fall hatten wir noch nie. Sollten wir das nicht irgendwie würdigen?«

»Indem wir sie doch bestehen lassen, meinst du?«, knurrt der erste Mann. »Das ist nicht der Sinn der Prüfungen!«

»Außerdem ist Felicity eine Gefahr für die Allgemeinheit«, sagt ein anderer.

»Allerdings. Nicht auszudenken, was sie anrichten könnte, wenn ihr Familiar krepiert«, murmelt der erste.

Der Mann ganz links, der bisher die ganze Zeit geschwiegen hat, gibt einen abschätzigen Laut von sich. »Was will sie denn anrichten?« Wie auch schon zuvor kommt mir seine Stimme seltsam vertraut vor. »Sie beherrscht keine Elemente. Dass sie irgendwo einen Kontinent überflutet, halte ich daher für ausgeschlossen.«

»Dass du sie bestehen lassen willst, ist mir klar«, murrt der erste Mann seufzend.

»Und ich wundere mich darüber, dass du kein besonderes Interesse an ihrem Familiar zeigst«, hält der andere dagegen. »Wann bekommst du denn die Chance, einen menschenähnlichen Familiar untersuchen zu können?«

Beim Wort »untersuchen« kämpfe ich mich trotz zitternder Knie vom Stuhl hoch und stelle mich vor Shadow.

»Niemand untersucht meinen Familiar!«, zische ich und recke das Kinn. »Er gehört mir und keiner von euch wird ihn anrühren! Ihr braucht euch gar nicht mehr die Köpfe heißreden. Ich habe die Prüfung nicht bestanden und verspüre nicht die geringste Lust, diesen Irrsinn noch mal mitzumachen!«

»Nicht, Feli!«, wispert Shadow hinter mir. »Was ist mit deinem Traum?«

Doch ich schüttele den Kopf. Wenn mein Traum bedeutet, dass ich Shadow diesen Kutten tragenden Idioten ausliefern muss, dann verzichte ich dankend darauf! Ich werde nicht zulassen, dass sie auch nur noch einen Finger an ihn legen!

»Du ziehst deine Teilnahme an den Prüfungen freiwillig zurück?«, fragt mich der erste Mann.

»Wobei es eine Verschwendung wäre«, sagt ein anderer. »Als Meister-Magierin nützt sie uns mehr – vorerst. Und ihr Familiar sowieso.«

»Aber wir müssen auch ihre ...« Der erste macht eine wegwerfende Handbewegung in meine Richtung. »Ich weiß gar nicht, wie ich das nennen soll … Das, was da zwischen ihr und dem ihr zugeteilten Familiar ist, sollten wir jedenfalls berücksichtigen.«

»Das geht keinen von euch etwas an!«, grolle ich.

»Lass uns verschwinden«, sagt Shadow, bevor ich mich zu weiteren Äußerungen hinreißen lassen kann – oder dazu, doch noch auf einen der Typen loszugehen, nachdem sie mich durch meine persönliche Hölle geschickt haben. Sanft, aber bestimmt schlingt er einen Arm um meine Mitte und zieht mich an sich. »Schicken Sie uns eine Nachricht, wenn Sie sich entschieden haben.«

Der erste der Männer stellt sich breitbeinig vor den Ausgang, verschränkt die Arme. »Ich würde viel dafür geben, dich hierbehalten zu können. Zumindest bis die Auswertungen deiner letzten Aufgabe vorliegen. Wie konntest du bestehen? Und warum ist es den Familiaren ihrer Brüder nicht gelungen?«

Ich greife nach Shadows Hand. »Wir sind nicht darauf angewiesen, durch diese Tür zu gehen!«

Shadow verschränkt unsere Finger miteinander und zieht mich ein Stück zurück in den Schatten jener teuflischen Maschinen. Bevor einer der Männer reagieren kann, sind wir bereits verschwunden.

KAPITEL 3

Felicity

Shadow bringt mich nach Hause. Noch bevor ich die Augen öffne, weiß ich, dass wir in meinem Zimmer sind. Ein Teil von mir hat gehofft, dass wir zurück ins Hotel gehen, wo ich mich noch eine Weile vor Zac und Cal und meinem eigenen Selbstmitleid verstecken kann.

»Warte kurz hier«, murmelt Shadow und streichelt mir über die Wange, während ich reglos mitten im Zimmer stehe. »Ich bin gleich wieder da.«

Er entweicht wieder in den Schatten und ich bleibe allein zurück. Nun, da ich nicht mehr der Allianz direkt gegenüberstehe, fällt jedwede Anspannung von mir ab und ich sacke kraftlos auf dem Boden zusammen. Beide Hände kralle ich in den hochflorigen Teppich, weil ich das Gefühl habe, dass mir alles entgleitet – als würde die Welt, wie ich sie bisher gekannt habe, auseinanderbrechen.

Wenn der Grundgedanke der vier Aufgaben immer gleich ist, haben Zac und Cal gewusst, was auf mich zukommt. Deshalb waren sie sich auch sicher, dass ich nicht bestehen würde. Und sie hatten recht ... Ich war so motiviert und wollte sie mit aller Kraft vom Gegenteil überzeugen, doch jetzt ...

Und was ist mit Shadow? Er hat seine Aufgabe erfüllt. Ich konnte ihn bisher nicht fragen, wie ihm das gelungen ist und warum er danach derart neben sich stand. Er sah völlig fertig aus, mindestens genauso schlimm, wie ich mich gefühlt habe.

Innerhalb eines Nachmittags hat sich mein Lebenstraum in Luft aufgelöst. Selbst wenn mich die Allianz dank Shadows Einsatz in den Stand einer Meister-Magierin erheben sollte, werde ich nicht zustimmen, solange sie ein solches Interesse an meinem Familiar haben. Für keinen Lebenstraum der Welt werde ich Shadow ihnen ausliefern!

Die Tür öffnet sich und Shadow kommt zurück. Für einen Moment versteife ich mich, aber dann rufe ich mir ins Gedächtnis, dass Shadow mir nie etwas antun würde. Dass es nichts weiter als eine dumme Simulation war – programmiert von irgendwelchen Männern, die keine Ahnung davon haben, was sie damit anrichten würden.

In den Händen hält mein Familiar die Tüte, die wir heute Mittag im Hotelzimmer zurückgelassen haben. Ich schließe die Augen und seufze. Der gestrige Abend und heutige Morgen kommen mir auf einmal ganz weit weg vor. Ich wünschte, ich könnte in das Hotel zurückkehren und das, was danach geschehen ist, einfach vergessen. Ich will an einen Ort, an dem es nur Shadow und mich gibt – ohne das Damoklesschwert des Versagens, das nun über mir schwebt und mich kaum noch einen klaren Gedanken fassen lässt.

Shadow legt die Tüte auf den Schreibtisch und kniet sich in einiger Entfernung vor mich hin. Zögerlich, als hätte er Angst, mich erneut zu erschrecken, streckt er die Hand nach mir aus. Ich schmiege mich mit der Wange gegen die herrlich warme Handfläche und stoße den Atem aus, den ich kurz angehalten habe.

»Ich habe Zac und Cal Bescheid gegeben, dass wir zurück sind«, murmelt Shadow in die anhaltende Stille zwischen uns. »Und ich habe ihnen gesagt, dass sie uns für heute in Ruhe lassen sollen.«

Ich schlucke angestrengt. »Sie wussten, dass ich scheitere. Es wird sie also nicht überraschen. Ich mache mir nur Sorgen um Ilena.«

Gestern erst traf ich eine Abmachung mit Zac, meinem ältesten Bruder, vorerst nichts wegen Ilena, die als Abtrünnige bei uns festgehalten wird, zu unternehmen. Dass sie hierbleiben kann, war mit meinem Bestehen bei den Prüfungen verknüpft, denn ich bot ihm an, selbst mit der Magier-Allianz zu reden und sie mithilfe meiner Gabe davon zu überzeugen, dass nicht von jedem Abtrünnigen eine Gefahr ausgeht.

Aber das kann ich mir nun aus dem Kopf schlagen.

»Glaubst du, Zac wird sie heute Abend noch wegschaffen lassen?«, fragt Shadow.

Ich zucke mit den Schultern. »Ich kann ihn nicht einschätzen – nicht mehr.

Zac hatte schon immer den Hang, sich alles selbst aufzubürden – vor allem, nachdem unsere Eltern starben. Doch in den letzten Wochen ging so vieles schief … Ich, die ich mir trotz des Verbots meiner Brüder einen Familiar geholt habe. Dann die beiden Niederlagen gegen die Wasserbändigerin. Cal, der seine Seelengefährtin findet, die sich als Abtrünnige entpuppt. Das wächst Zac alles über den Kopf. Ich will mir gar nicht vorstellen, was geschieht, sobald er von uns erfährt! Und nun habe ich bei den Prüfungen versagt. Cal hat mir vertraut und darauf gehofft, dass ich dank meiner Gabe, mit der ich das Glimmen von Herzen wahrnehme, die Magier-Allianz von ihm und Ilena überzeugen kann. Ich … habe das Gefühl, alles falsch zu machen. Bei allem, was ich anpacke, scheitere ich.«

Ich beiße mir auf die Unterlippe und versuche verzweifelt das Schluchzen zu unterdrücken, das sich in mir zusammenbraut. Ich hasse mich selbst dafür, die letzten Stunden nahezu komplett mit Heulen verbracht zu haben, aber ich kann nicht aufhören … Ich stehe vor dem Nichts. Als würde ich in ein endloses schwarzes Loch gezogen werden, aus dem es kein Entrinnen gibt.

Zwischen Shadows Augenbrauen bildet sich eine steile Falte, ehe er aufsteht und mir die Hand hinhält. »Hoch mit dir!«, sagt er, als ich mich nicht rühre.

Ich verspüre nicht die geringste Lust dazu, mein Zimmer zu verlassen und mich der Realität zu stellen, aber Shadows unnachgiebiger dunkler Blick lässt mich schließlich einknicken. Sobald ich die Hand in seine gelegt habe, zieht er mich so schwungvoll auf die Füße, dass ich gegen seine Brust stolpere. Noch bevor ich aus eigener Kraft wieder stehen kann, legt er mir eine Hand unter die Kniekehlen, die andere an den Rücken und hebt mich hoch. Mir entweicht ein erschrockener Aufschrei, bevor ich einen Arm um seinen Hals schlinge.

***

Als Shadow die Tür zum großen Badezimmer im Erdgeschoss aufstößt, schlägt mir warme dampfende Luft entgegen und ein fruchtiger Duft kitzelt mir in der Nase. Hinter uns tritt Shadow die Tür mit dem Fuß zu und lässt mich erst dann herunter.

Nur langsam sickert die Erkenntnis in mein Bewusstsein: Während ich mich selbst bemitleidet habe, hat er mir die Wanne eingelassen.

Herrgott, ich könnte schon wieder anfangen zu flennen!

»Ich muss noch etwas holen«, sagt Shadow. »Schaffst du es allein, dich auszuziehen?«

Ich gebe ein Schniefen von mir. »Ich bin seelisch am Boden, aber meine Hände funktionieren ausgezeichnet.«

Mit einem kaum wahrnehmbaren Grinsen beugt er sich zu mir herab. »Es hätte ja sein können, dass du lieber wartest, bis ich das übernehme.«

Ich hätte nicht für möglich gehalten, dass ich nach den katastrophalen letzten Stunden in nächster Zeit dazu in der Lage wäre, aber mit dieser kleinen Bemerkung gelingt es Shadow, mir ein wohliges Kribbeln im Bauch zu bescheren.

»Dann werde ich hier warten, bis du zurück bist.«

Er schenkt mir ein Lächeln, das jedoch kaum seine Augen erreicht, und verschwindet aus dem Bad.

Ich stoße den Atem aus und lege den Kopf in den Nacken. »Reiß dich zusammen, Feli!«, schimpfe ich mit mir selbst. »Du hilfst niemandem, wenn du nur Trübsal bläst!«

Shadow und ich haben während der Prüfungen unser Bestes gegeben. Mehr kann keiner von uns verlangen. Jetzt müssen wir abwarten, wie sich die Dinge entwickeln. Ich werde keine Minute länger den Kopf in den Sand stecken.

Während ich überlege, welches Problem ich morgen als Erstes angehen soll, werden vor dem Badezimmer plötzlich Stimmen laut. Ich seufze, ehe ich die Tür aufreiße und Cal niederstarre, der mit Shadow, der ein großes Tablett in den Händen hält, aneinandergeraten ist. Mein Bruder verstummt, als er mich im Türrahmen stehen sieht, und mustert mich einen Moment.

»Schwesterchen«, murmelt er kleinlaut. »Ich wollte nur sehen, ob es dir gut geht, aber der da«, er deutet mit einem Kopfnicken auf Shadow, »wollte mich nicht zu dir lassen.«

Ich weiß genau, dass das nicht der einzige Grund ist, weshalb er hier solch einen Radau macht. Er wollte Shadow daran hindern, zu mir ins Badezimmer zu kommen. Der übertriebene Schwesterkomplex meiner Brüder geht mir langsam, aber sicher auf die Nerven.

»Ich habe die Prüfungen vergeigt«, sage ich so emotionslos wie möglich. »Es geht mir also *nicht* gut.« Ein Lächeln zupft an meinen Mundwinkeln. »Aber ich bin mir sicher, dass sich mein Familiar mit Freuden darum kümmern wird, das zu ändern.«

Cals Augen weiten sich – vor allem, nachdem ihm der Blick auffällt, den Shadow und ich tauschen.

»Du wirst ihn jetzt augenblicklich durchlassen und weder du noch Zac oder einer eurer Familiare wird uns heute Abend auf den Keks gehen«, fahre ich fort. »Falls doch, werde ich Shadow bitten, euren Geist in Schatten zu hüllen oder euch auf einer gottverlassenen, einsamen Insel auszusetzen, bis ich euch wieder holen lasse! Habe ich mich klar ausgedrückt?«

Shadow hat sichtlich Mühe, sich ein Lachen zu verkneifen, während er versucht Cal genauso erbarmungslos niederzustarren wie ich.

»Wo ... wart ihr gestern Abend?«, fragt Cal, nachdem er seine Stimme wiedergefunden hat. »Wir haben nach euch gesucht.«

Ich ziehe eine Augenbraue nach oben und hebe einen Mundwinkel an. Nun gelingt es Shadow nicht mehr, sich ein breites Grinsen zu verkneifen. Endlich kehrt auch der Anflug des Funkelns in seine dunklen Augen zurück, den ich bereits schmerzlich vermisst habe.

»Erstens geht dich das nichts an«, antworte ich Cal schmunzelnd, »und zweitens willst du das nicht wissen. Wenn du uns jetzt also entschuldigen würdest? Das Wasser wird kalt.«

Anstatt endlich zu verschwinden, wirbelt Cal zu Shadow herum. »Wie kannst du es wagen, dich an meiner kleinen Schwester ...?«

Noch während er spricht, holt er mit der Faust aus, doch ich bin bereits zur Stelle. Eine Hand auf Shadows Arm gelegt spüre ich sofort die kribbelnde Magie des Schutzschildes, den ich nur bei Shadow hervorrufen kann. Der Kraftimpuls, mit dem ich Cal zurückstoße, ist bei Weitem nicht so stark wie normalerweise, aber es genügt, um meinen Bruder zu Boden gehen zu lassen.

Mit verschränkten Armen baue ich mich über ihm auf. »Ich habe dich heute schon einmal besiegt. Zwar war es nur eine Simulation von dir, aber meine Nerven sind ein wenig überstrapaziert. Deshalb könnte ich vergessen, meinen Familiar diesmal zurückzuhalten, wenn du nicht augenblicklich verschwindest.«

Shadow gibt ein tiefes Grollen von sich, das mir sofort wieder ein Schmunzeln entlockt.

»Du bist mein Bruder und ich liebe dich«, fahre ich fort. »Aber ich brauche weder deinen noch Zacs Schutz. Dafür habe ich jetzt meinen Familiar. Ich bin alt genug, um selbst entscheiden zu können, was ich will und was nicht. Keiner von euch wird mir je wieder in mein Leben reinreden. Ich frage euch, wenn ich eure Meinung hören will, aber ansonsten habt ihr euch verdammt noch mal rauszuhalten!«

Cal rappelt sich auf und bleibt außerhalb meiner und Shadows Reichweite stehen. »Zac wird toben, wenn er ...«

»Zac kann mir den Buckel runterrutschen!«, zische ich. »Bevor er über Shadow und mich urteilt, sollte er vor seiner eigenen Haustür kehren!« Seufzend reibe ich mir mit der Hand über die Stirn. »Ich will mich nicht mit dir streiten. Die letzten Stunden ... Ich bin einfach fertig, verstehst du? Ich brauche Ruhe und Zeit, um meine Magie wieder regenerieren zu können. Bitte bring mich nicht dazu, Dinge zu tun oder zu sagen, die ich nicht so meine und hinterher bereue. Geh einfach und tu noch einen Abend so, als wüsstest du von nichts! Mehr verlange ich nicht. Sobald Shadow und ich wieder auf der Höhe sind, werde ich mit Zac reden. Aber bitte, halte ihn uns heute Abend vom Hals!«

Einen Moment lang ringt Cal noch mit sich, dann stößt er geräuschvoll den Atem aus und wendet sich an Shadow. »Kümmere dich gut um Feli!« Anschließend sieht er wieder zu mir. »Du hast recht, ich bin der Letzte, der euch Vorhaltungen machen sollte. Außerdem haben wir eine Abmachung und ihr habt euch bereits zweimal an euren Teil gehalten. Ich sehe zu, dass ich Zac dazu überreden kann, mit mir um die Häuser zu ziehen, damit ihr vor ihm Ruhe habt.«

»Danke«, murmele ich.

Cal stellt sich vor mich, wirft schnell Shadow einen abwägenden Blick zu und haucht mir einen Kuss auf die Stirn. »Nicht dafür. Wenn man sich nicht auf seine Familie verlassen kann, auf wen dann? Alles andere kann bis morgen warten.«

Ohne ein weiteres Wort, dreht er sich um und geht. Die Auseinandersetzung scheint mich die letzten Kraftreserven gekostet zu haben, und so sinke ich gegen Shadow, der schnell den freien Arm um mich schlingt, um mich aufrecht zu halten. Meine Hände kribbeln, als würden mir plötzlich Abertausende Ameisen durch die Adern wuseln, und ich habe Probleme, scharf zu sehen. Alles um mich herum verschwimmt, als würde ich meine Umgebung durch schmutziges Glas betrachten.

Shadow schnuppert kurz an mir; als Familiar kann er anhand meines Geruches die Höhe meines Magieüberschusses bestimmen. Was auch immer er da riecht, es scheint ihm nicht zu gefallen. Ich höre ihn grollen, ehe er mich umständlich zusammen mit dem voll beladenen Tablett zurück ins Bad bugsiert. Vorsichtig lässt er mich gegen die Wanne sinken, stellt dann das Tablett auf den Waschtisch und schließt die Tür ab. Bevor ich auch nur zweimal blinzeln kann, ist er wieder bei mir und zieht mich sanft zurück auf die Füße.

»Gleich kannst du dich ausruhen, Kleines«, murmelt er. »Hilf mir nur noch einen kurzen Moment, okay?«

Ich hebe gehorsam die Arme, als er nach dem Saum des Hoodies greift, um ihn mir über den Kopf zu ziehen. Doch selbst diese einfache Bewegung treibt mich an meine Grenzen. Ich bekomme nur am Rande mit, dass Shadow mir auch BH und Rock auszieht und mich dann auf den kniehohen Schemel setzt, der eigentlich dazu dient, dass ich an die oberen Regale der Hängeschränke herankomme. Er kniet sich vor mich, schnürt die Schuhe auf und streift sie zusammen mit der Leggins und der Unterwäsche ab. Alles landet auf den Fliesen und kurz durchzuckt mich die Erkenntnis, dass ich mein geliebtes Kostüm wohl nie wieder tragen werde. Die Magier-Allianz hat mir untersagt, je wieder als *Lady Luck* in Erscheinung zu treten oder Verbrecher zu jagen, sofern ich die Prüfungen nicht bestehe.

Shadow lehnt sich nach vorn und küsst die Stelle, wo er mich gestern

Abend markiert hat. Hitze rauscht durch mich hindurch und belebt meine müden Glieder einen Augenblick, als seine Lippen mein Glimmen berühren.

»Festhalten«, wispert er.

Ich klammere mich mit all der verbliebenen Kraft an ihn, als er mich hinüber zur Wanne trägt, dann mit einer Hand die Wassertemperatur prüft und mich anschließend behutsam hineinsetzt. Ich seufze wohlig, als mich das angenehm heiße Wasser umspült, und lehne mich mit geschlossenen Augen zurück. Berge aus himmlisch duftendem Schaum hüllen mich ein.

Ich höre, dass sich Shadow den Schemel zur Wanne zieht. »Mund auf«, sagt er.

Ich schmunzele über den knappen, aber sanften Befehlston und lege gehorsam die Lippen um den Strohhalm, den er mir hinhält. Was auch immer ich da trinke, es besteht mindestens zu neunundneunzig Prozent aus Zucker, aber es ist genau das, was ich gerade brauche, um möglichst viel Magie zu regenerieren.

»Heute kein Gemecker, dass ich dir Zuckerwasser zu trinken gebe?«, will Shadow mit einem schwachen Lächeln wissen.

»Selbst dazu fehlt mir die Kraft«, antworte ich und beiße in den Schokoriegel, der nun vor meiner Nase auftaucht.

Wie ich Shadow kenne, wird er nicht eher Ruhe geben, bis ich alles verputzt habe, was er mitgebracht hat – und erst wenn er der Meinung ist, dass ich genügend gekräftigt bin, wird er sich an meiner Magie nähren. Es widerstrebt mir, ihn hungern zu lassen, während er mich füttert, aber ich fühle mich nicht in der Lage für eine weitere Diskussion. Lieber nehme ich mir nachher die nötige Zeit, um ihn ausgiebig zu versorgen.

***

Nachdem ich auch die zwei Sandwiches gegessen habe, die Shadow mir mitgebracht hat, genieße ich ein paar Minuten die wohltuende Wärme des Wassers.

Keiner von uns sagt ein Wort, doch das liegt nicht nur daran, dass wir völlig fertig sind und uns dringend ausruhen müssen. Wir wissen beide nicht, wie wir die Frage, die uns auf der Seele brennt, formulieren sollen. Wenn es nach mir ginge, würde ich den heutigen Nachmittag auf ewig aus meinem Gedächtnis streichen, aber dadurch, dass wir das Geschehene totschweigen, wird es nicht besser. Wir müssen darüber reden, andernfalls werden uns die Schrecken, die uns heute widerfahren sind, immer wieder heimsuchen.

»Erzählst du's mir?«, bitte ich schließlich. »Ich meine, was in deiner Simulation passiert ist.«

»Wenn du im Gegenzug erzählst, was in deiner geschehen ist«, antwortet Shadow mit rauer Stimme.

Der Blick, mit dem er mich bedenkt, erinnert mich an den, als er aus dem Nebenraum im Hauptquartier der Magier-Allianz kam, direkt nach der letzten Simulation; er wirkte gebrochen und resigniert. Die Enge im Hals lässt mich kaum noch atmen, doch ich strecke die Hand nach Shadow aus und streichele ihm über die Wange. Mit einem ergebenen Seufzen schließt er für einen Moment die Augen.

Ich beginne zu berichten. Stockend lasse ich die Schrecken der Simulation erneut in mir aufsteigen, während ich Shadows Blick ausweiche. Hin und wieder drückt er meine Hand, wenn ich etwas Zeit brauche, um die richtigen Worte zu finden. Als ich ihm so emotionslos wie möglich schildere, wie er mir in der Simulation die Kehle herausgerissen hat, gibt Shadow einen gequälten Laut von sich, bei dem sich mir das Herz noch weiter zusammenzieht.

»Es tut mir so leid«, wispert er, als ich schließlich schweige.

Doch ich schüttele schnell den Kopf. »Du bist der Letzte, der etwas dafürkann! Ich wusste die ganze Zeit über, dass es nur eine Simulation und nicht der echte Shadow war, der mir gegenüberstand. Aber das hat nichts geändert. Und selbst als du dann vor mir standest, wusste ich, dass du mir nie etwas tun würdest; trotzdem bin ich vor dir zurückgezuckt.« Ich strecke die Hand aus und streiche ihm durchs Haar. »Das tut mir am meisten leid. Du sahst aus, als wärst auch du kurz zuvor durch die Hölle gegangen, und ich Idiotin weiche vor dir zurück, obwohl das, was ich erlebt habe, nicht echt war.«

»Denkst du, die Magier-Allianz hat uns absichtlich diese letzte Aufgabe vorgesetzt?«, fragt er. »Nachdem sie nach der dritten Prüfung wussten, dass …«

»Nein«, sage ich. »Ich habe die gleiche Frage gestellt, als ich wieder in der Realität ankam. Die Allianz meinte, dass die vierte Aufgabe immer darin bestehe, den eigenen Familiar zu töten. Ich weiß nur nicht, wozu das gut sein soll.«

»Für sie sind Familiare nichts anderes als Werkzeuge«, murmelt Shadow. »Und wenn ein Werkzeug nicht mehr die Aufgabe verrichten kann, für die es vorgesehen ist, muss man es ersetzen. Das wird der Hauptgrund sein, weshalb jeder Anwärter diese letzte Prüfung ablegen muss: Um zu testen, ob der Magiebegabte seinen Familiar als etwas Austauschbares ansieht. Und wenn du dich umsiehst, wie viele Anwärter in den Stand eines Meister-Magiers aufgenommen werden, weißt du, wer genauso denkt wie die Allianz.«

Seufzend lasse ich den Kopf hängen. »Ich verstehe es nicht … Wie konnten Zac und Cal …?«

Shadow streckt die Hand nach mir aus und streicht mir eine klamme Haarsträhne hinters Ohr. »Es war nichts weiter als eine Simulation. Uns hätte es auch eine Menge Ärger erspart, wenn du einfach getan hättest, was die Computerstimme von dir verlangt hat. Du hättest deinen Traum erfüllen können und müsstest jetzt nicht bangen, wie die Allianz in dem Fall entscheidet.«

»Warum haben wir überhaupt einen Aufschub bekommen?«, frage ich.

Shadow lässt die Hand sinken, verzieht den Mund und weicht meinem Blick aus. »Weil ich die Aufgabe bestanden habe, die sie mir gestellt haben. Dabei wusste ich nicht einmal, dass ich eine Aufgabe erfüllen musste, denn es gab keine Computerstimme, die mir sagte, was ich tun soll. Erst am Ende, kurz bevor ich die Simulation verließ, hörte ich die Stimme sagen, dass ich bestanden hätte.«

Jedweder Glanz ist aus Shadows dunklen Augen verschwunden und mein Herz zieht sich bei diesem Anblick zusammen.

»Sag mir, was sie dir angetan haben«, bitte ich heiser.

Shadow schluckt sichtlich und stößt dann den Atem aus. »Wie du war ich allein in einem nahezu pechschwarzen Raum. Ich habe nach dir gerufen und dich gesucht, denn ich wusste, dass ich in einer Simulation war. Es bedeutete, dass die letzte Aufgabe bevorstand. Du hattest bei der dritten Prüfung so viel Kraft verbraucht, als du *Ice Kings* Herz geheilt hast ... Ich musste dich finden und dir helfen, denn allein hättest du kaum eine Chance gehabt, die letzte Prüfung zu bestehen. Also bin ich weitergelaufen und habe immer wieder deinen Namen gerufen. Und irgendwann ... standest du vor mir, wie aus dem Nichts. Ich war so erleichtert! Bis ... bis ich das Messer gesehen habe, das du in der Hand hieltest.«

Ich möchte ihm sagen, dass ich nicht hören will, wie es weitergeht, doch genau wie ich muss er darüber reden. Also warte ich geduldig, bis er so weit ist.

»Ich habe mich noch darüber gewundert, dass du die Maske wieder aufhattest, doch bevor ich dich danach fragen konnte, bist du mit dem Messer auf mich losgegangen. Du warst schnell, aber ich hätte dich jederzeit überwältigen können. Obwohl wir nur in einer Simulation waren, verfügtest du über deine normale Kraft und Geschwindigkeit. Es wäre ein Leichtes gewesen, dir das Messer zu entwenden und dich bewusstlos zu schlagen, aber ...« Er zuckt hilflos mit den Schultern. »Mir ging es wie dir. Ich konnte es nicht. Ich habe auf dich eingeredet, dich angefleht, mit dem Blödsinn aufzuhören, doch natürlich hat das nichts gebracht, denn es war von der Simulation nicht vorgesehen. Ein paarmal hast du mich mit dem Messer erwischt. Auch ich war nach den drei vorherigen Prüfungen ziemlich am Ende und irgendwann schaffte ich es nicht mehr, dir auszuweichen. Ich fiel hin und plötzlich saßest du auf mir, das Messer erhoben. Ich war zwar so schwach, dass ich mich kaum rühren konnte, doch ich hätte dich noch immer von mir stoßen können. Stattdessen packte ich dich am Handgelenk und zielte mit dem Messer direkt auf mein Herz, um dieses kranke Spiel endlich zu beenden. Du ... hast nicht gezögert und mir die Klinge direkt in die Brust gerammt.«

Mein Mund ist wie ausgetrocknet, während ich Shadow lausche, und ich fühle mich, als wäre ich zurück in der Simulation und würde das, was er erzählt, durch seine Augen erleben.

»Bevor ich aus der Simulation verschwand, sagte die Computerstimme, dass ich bestanden hätte. Und als ich wieder zu mir kam, murmelte der Kerl von der Allianz, dass so was noch nie vorgekommen wäre. Dass der Überlebensinstinkt der Familiare immer stärker war als die Bindung zu ihrem Träger.« Shadow beugt sich vor, umschließt mein Gesicht mit beiden Händen und küsst die Tränen weg, die mir die Wangen hinunterrollen. »Aber sie haben etwas Wichtiges vergessen«, flüstert er dabei. »Du bist viel mehr als nur meine Trägerin.«

»Und du bist viel mehr als mein Familiar«, wispere ich mit erstickter Stimme.

Er küsst mich zum ersten Mal, seit wir wieder zurück sind, auf den Mund. Vorsichtig und zurückhaltend begegnen seine Lippen meinen, als rechne er jeden Augenblick damit, dass ich ihn von mir stoße oder ihm wieder ein Messer in die Brust ramme. Ich streiche mit der Zunge über seine Unterlippe und er gibt ein kurzes Stöhnen von sich, ehe er den Mund öffnet. Dieser winzige Laut genügt, um mich die eigene unterschwellige Angst vergessen zu lassen. Ich kralle beide Hände in sein Shirt und ziehe ihn noch näher zu mir heran, bis er fast in die Wanne fällt.

»Du solltest langsam da rauskommen«, murmelt er zwischen zwei Küssen. »Bestimmt hast du schon Froschhände!«

Ein Lächeln zupft an meinen Mundwinkeln. »Ist das der einzige Grund, warum ich aus der Wanne steigen soll?«

»Nein«, gibt er zu und lehnt sich ein Stück zurück, um mich ansehen zu können. Ein riesiger Stein fällt mir vom Herzen, als ich das vertraute Funkeln in den Augen entdecken kann. »Ich war so frei und habe mit deiner Kreditkarte das Hotelzimmer von gestern Nacht bezahlt … und die Buchung bis morgen verlängert. Ich hoffe, das ist okay …?«

Ich beiße mir auf die Unterlippe, um das Schmunzeln zu kaschieren. »Und das sagst du mir erst jetzt? Was zum Teufel machen wir dann noch hier?«

»Ich wollte erst, dass du dich erholst und neue Magie regenerierst«, sagt Shadow. »Wenn du noch eine Weile brauchst, um das, was heute geschehen ist, zu verarbeiten, kann ich die Buchung bestimmt stornieren.«

»Ich brauche nichts weiter als dich«, flüstere ich und streichele ihm über die Wange. »Du bist derjenige, der mich immer wieder aufrichtet, egal wie oft ich strauchele.«

Er haucht mir einen Kuss auf die Handfläche, ehe er aufsteht und mir ein Handtuch hinhält. »Ich kann mir nichts Schöneres vorstellen, egal ob du nun eine Meister-Magierin wirst oder nicht. Das Urteil der Allianz wird nichts daran ändern, dass ich immer hinter dir stehen werde.«

Ich klettere aus der Wanne und lege mir das dargebotene Handtuch um. Zwar haben sich die Sorgenfalten auf seiner Stirn geglättet, doch die bläulichen Schatten unter Shadows Augen sind geblieben. Auch das Funkeln kann nicht über den glasigen Blick hinwegtäuschen. Doch dank seiner Fürsorge spüre ich in mir wieder die Magie zirkulieren. Magie, mit der ich ihn liebend gern versorgen werde, sobald wir endlich allein sind. Zwar hat Cal versprochen, uns in Ruhe zu lassen, aber ich bin froh darüber, mit Shadow irgendwohin gehen zu können, wo wir nicht ständig damit rechnen müssen, doch gestört zu werden.

Er küsst mich auf die Stirn. »Trockne dich ab und zieh dir was an! Ich packe uns solange ein paar Sachen zusammen und sage Terra oder Lumia Bescheid, damit sich deine Brüder keine Sorgen machen.«

Ich spüre ein Lächeln in mir aufsteigen. »Das klingt, als würden wir länger wegbleiben.«

»Solange du willst, Mylady.«

***

Shadow bringt uns mit einem Schattensprung in das Hotelzimmer von gestern. Zwischendurch wurde das Bett gemacht und aufgeräumt und ein Tablett mit kalten Speisen steht für uns bereit. Ich spüre ein Lächeln in mir aufsteigen. Shadow denkt wirklich an alles! Diesmal hat er sogar eine kleine Tasche gepackt, die er achtlos aufs Bett wirft.

Mein Familiar schwankt leicht; normalerweise bin ich es, die nach einem Schattensprung Probleme damit hat, den rebellierenden Magen in Schach zu halten. Es grenzt an ein Wunder, dass Shadow uns hierherbringen konnte, obwohl er so geschwächt ist, dass er kaum noch die Augen offen halten oder allein stehen kann. Am liebsten würde ich deswegen mit ihm schimpfen, aber ich beschränke mich auf ein resigniertes Kopfschütteln.

Ich dirigiere ihn hinüber zum Bett und klettere auf seinen Schoß, nachdem er sich gesetzt hat. Seufzend schmiegt er den Kopf an meine Brust, als wollte er meinem Herzschlag lauschen; ich fahre ihm mit einer Hand durchs Haar und kraule ihm den Nacken. Einen Moment genieße ich die Nähe zu ihm und das vertraute Gefühl seines Körpers an meinem, während ich den Duft nach dunklen Sommernächten einatme. Dann halte ich ihm den Ring vor die Lippen und warte voll kribbelnder Ungeduld auf die bevorstehende Verbindung. Viel zu lange ist es her, seit er sich zuletzt genährt hat, doch wie bereits so oft zuvor stellt er zuerst mein Wohlergehen über seines.

Shadow schlingt beide Arme um mich, ehe er dann jedoch – zögerlich und nicht ohne mir noch einen abwägenden Blick zuzuwerfen – den Ring zwischen die Lippen nimmt. Augenblicklich explodiert meine Welt und ich lege mit einem Stöhnen den Kopf in den Nacken. Ich liebe das Gefühl, wenn sich unsere Magie vermischt und er seine immer tiefer in den Magiewirbel vorschickt, um sich nähren zu können. Durch die Verbindung wird schier jede Nervenzelle in mir in Schwingung versetzt, bis ich nichts anderes mehr spüre als Shadow. Überall. Wenn ich es könnte, würde ich dieses Gefühl auf ewig bestehen lassen.

Als Shadow meine Hand sinken lässt und zu mir aufschaut, sind die dunklen Schatten unter den Augen verschwunden und die Iriden erstrahlen wieder in einem rauchigen Silbergrau, anstatt fast schwarz zu wirken. In dem Moment, als ich seinem Blick begegne, fällt die Spannung des vergangenen Tages von mir ab. Wir sind beide hier und es geht uns den Umständen entsprechend gut. Ich verschwende keinen Gedanken mehr daran, was nun vor mir liegt und wie ich es bewältigen soll. Diese Sorgen verschiebe ich auf später. Wir haben es geschafft, zwar nicht siegreich, aber ohne vollends zu versagen.

Nun ist es an der Zeit, uns um die »Wunden« zu kümmern, die wir davongetragen haben.

Shadow streift mir das weite Shirt, das ich kurz nach dem Baden angezogen habe, über den Kopf und lässt es zu Boden gleiten. Da ich mich beeilt habe, um aus der Villa zu kommen, trage ich nichts darunter. Kurz will ich aus einer alten Gewohnheit heraus die Hände über mein Glimmen legen, um es vor ihm zu verbergen, und ich muss beinahe selbst über diese Dummheit lächeln. Selbst wenn Shadow das Leuchten sehen könnte, gäbe es für mich keinen Grund, es vor ihm zu verstecken. Vielmehr schwelge ich in dem verlangenden Ausdruck in seinen Augen, während er den Blick langsam über mich gleiten lässt. Beinahe glaube ich, ihn auf der Haut wie eine streichelnde Berührung spüren zu können.

Langsam lehnt er sich nach vorn, hält meinen Blick dabei gefangen, und streift leicht mit den Lippen über die Stelle knapp über der Brust, von der das Glimmen ausgeht und wo er auf meinen Wunsch hin die spitzen Eckzähne vergraben hat. Sofort rauscht ein elektrisierendes Prickeln durch mich hindurch, das sich wellenartig bis in die Fingerspitzen ausbreitet und mein Blut schier zum Kochen bringt.

Ich höre endlich auf zu denken, fühle nur noch. Mittels dieser kurzen Berührung gelingt es Shadow, mich für eine Weile die Schrecken des vergangenen Tages vergessen zu lassen. In diesem Moment und diesem Zimmer gibt es nur ihn und mich. Keine Erwartungen, die ich nicht erfüllen konnte. Keine abwertenden oder mitleidigen Blicke, die mir andere zuwerfen. Keine Verpflichtungen.

Wie von selbst schmiege ich mich fester an ihn, begierig darauf, seinen harten Körper, der perfekt zu meinem passt, noch mehr spüren zu können. Begleitet von einem kehligen Laut erwidert er mein verzweifeltes Drängen, indem er mir eine Hand auf die Hüfte legt und mich sanft, aber bestimmt nach unten drückt, direkt auf seine Härte. Ich stöhne auf und lege den Kopf in den Nacken. Shadow gibt ein tiefes Schnurren von sich, wodurch er mich nur noch mehr erregt. Abwechselnd leckt und saugt er an der Brustwarze – mal sanft, mal fester, aber immer genau richtig, um mir die Sinne zu vernebeln. Manchmal spüre ich seine Zähne, vor allem die spitzeren Eckzähne, und keuche auf. Ohne mich zu verletzen, steigert er durch diesen bittersüßen

Schmerz mein Verlangen schier ins Unermessliche. Ich kralle beide Hände in sein Haar, um ihn genau dort zu halten und mich ihm noch weiter entgegenrecken zu können, während ich mich auf seinem Schoß in der Hoffnung winde, dadurch das verlangende Pochen zwischen den Beinen etwas lindern zu können. Vergeblich.

Unvermittelt packt mich Shadow mit beiden Händen an den Hüften, hebt mich ein Stück hoch und wirft mich aufs Bett. Ich japse nach Luft, während er meine Handgelenke über dem Kopf umklammert hält und mich abwartend mustert.

Ich brauche einen Moment, um zu begreifen, was er vorhat. Ein aufgeregtes, aber auch leicht panisches Kribbeln breitet sich in mir aus, ehe ich angestrengt schlucke und den Kopf so weit wie möglich in den Nacken lege, um ihm die Kehle darzubieten. Verbissen verdränge ich die Erinnerungen an die Simulation aus dem Gedächtnis und konzentriere mich nur auf den Mann, der über mir aufragt. Den echten Shadow – nicht die Simulation.

Langsam, um mir genügend Zeit zu geben, doch noch meine Meinung ändern zu können, senkt Shadow den Kopf und verteilt winzige Küsse auf dem Halsansatz, dem Kinn und schließlich direkt auf der Kehle. Ich versteife mich einen Augenblick, als ich mich wieder an den Geschmack des Blutes erinnere, das mir in den Mund und anschließend die Luftröhre hinunterfloss, doch schon nach wenigen Augenblicken gelingt es mir, diese Schrecken zu verdrängen und mich Shadows Liebkosungen hinzugeben. Er lässt sich Zeit, bis ich mich komplett entspanne und wohlig unter ihm winde. Erst dann knabbert er sanft mit den spitzen Eckzähnen an der empfindlichen Haut, unter der mein Puls wie verrückt hämmert, bevor er sich mit dem Mund weiter nach unten arbeitet, leider nur flüchtig über die aufgerichteten Brustwarzen streicht und schließlich eine heiße Spur über den Bauch bis hinab zum Nabel zieht. Wie von selbst dränge ich mich ihm entgegen, lechze nach weiteren Berührungen und hebe die Hüften, damit er mir die Hose abstreifen kann.

Ich genieße den kurzen Blick, den er mir zuwirft und in dem sich ein Hauch Unglauben mit sehr viel Verlangen mischt, als er bemerkt, dass ich nichts darunter trage.

Ohne Hast spreizt er meine Schenkel und beugt sich vor. Dabei beobachtet er mich mit einem schiefen Grinsen, als ich seinen warmen Atem auf dem erhitzten Fleisch spüre und zitternd Luft hole; ich unterdrücke gerade so einen frustrierten Aufschrei, während ich ihn gleichzeitig stumm verfluche. Shadow liebt es, mich zu reizen, bis ich es vor Lust kaum noch aushalte. Ich kralle beide Hände ins Laken, um mich davon abzuhalten, seinen Kopf sofort dorthin zu drücken, wo ich ihn haben will.

Als ich mich kaum noch beherrschen kann, überbrückt er endlich die kurze Distanz und leckt über meine feuchte Scham, saugt am Kitzler und stößt erst mit der Zunge und anschließend mit zwei Fingern in mich hinein, während ich mich stöhnend auf dem Bett winde und den Rücken durchdrücke. Die Hitze, die durch die Adern peitscht, lässt mich keinen klaren Gedanken mehr fassen. Ich bebe und zittere vor Lust und Verlangen, während mich jedes neckende Spiel seiner Zunge oder der Finger immer weiter zu versengen scheint.

Kurz bevor ich komme, rutsche ich jedoch ein Stück auf dem Bett zurück. Verwirrt schaut Shadow mit feucht glänzenden Lippen zu mir auf. Ich schenke ihm ein Lächeln und deute ein Kopfschütteln an, ehe ich ihm anschließend aus der Kleidung, die viel zu viel seines wundervollen Körpers bedeckt, helfe. Bedächtig streiche ich über seine Arme, die Schultern und den Bauch und genieße das leichte Zucken der Muskeln unter den Fingerspitzen.

Während ich gestern, als wir den Abend im selben Hotelzimmer verbrachten und zum ersten Mal miteinander schliefen, absolut überwältigt davon war, was Shadow mit mir anstellen kann, nehme ich mir nun zum ersten Mal die Zeit, ihn zu berühren und seinen Körper komplett zu erkunden – nicht nur oberflächlich. Ich möchte die Stellen finden, die ihn um den Verstand bringen, wenn ich darüber streichele. Ich möchte ihn hören – das kehlige Grollen ebenso wie das ergebene Schnurren. Ich möchte seinen festen Körper spüren und die Gewissheit haben, dass sich nichts – aber auch gar nichts! – zwischen uns geändert hat, ganz gleich, was wir heute durchmachen mussten.

Noch immer kniet er über mir und sein Blick wird bei jedem Zentimeter, den ich meine Hand an seinem Bauch nach unten gleiten lasse, dunkler. Vor dem Hosenbund halte ich inne. Ein Muskel zuckt an seinem Hals und ich spüre ein Schmunzeln, das sich auf meinen Lippen ausbreitet.

»Stillhalten«, wispere ich, als er Anstalten macht, nach meinem Handgelenk zu greifen.

Die Hände ins Bettlaken gekrallt gehorcht er. Ein unbekanntes Gefühl von Macht und Vorfreude durchströmt mich, als ich seinem ungeduldigen, aber gleichzeitig flehenden Blick standhalte. Die Muskeln in seinen Armen, die er rechts und links von mir abgestützt hat, zittern, als ich bedächtig über den Stoff in seinem Schritt streichele. Shadow lehnt den Kopf ein Stück nach hinten und bleckt die Zähne. Nicht der kleinste Anflug von Angst durchzuckt mich, als ich seine Eckzähne aufblitzen sehe.

Ein paarmal streiche ich noch über den Stoff, spüre seine Härte und das leichte Pulsieren darunter. Dann hake ich beide Daumen in den Bund und ziehe die Hose über seine Hüften herunter. Shadow saugt scharf die Luft ein, während ich die leicht glänzende Penisspitze betrachte, und ich sehe ihm deutlich an, dass es ihn Mühe kostet, sich nicht zu bewegen. Langsam taste ich mich vor, berühre ihn erst mit einem Finger, dann mit zweien, ehe ich ihn mit der Hand umschließe. Ich bin überrascht von dem weichen, fast samtigen Gefühl der Haut und gleichzeitig der unnachgiebigen Härte.

Ich reiße den Blick los und schaue Shadow in die Augen, ehe ich mit dem Daumen über die empfindliche Spitze reibe. Fest genug, um mich an dem gezischten Stöhnen zu erfreuen, das er dabei ausstößt. Schwer atmend lehnt er sich mit der Stirn gegen meine Schulter, während ich ihn weiterhin mit der Hand verwöhne und ihm mit den Fingern der anderen durchs Haar fahre. Sein Glied zuckt in meiner Handfläche, wann immer ich eine besonders sensible Stelle treffe, und ich könnte ewig damit weitermachen. Aber das brennende Verlangen zwischen den Beinen erinnert mich daran, dass ich ihn in mir spüren will.

Doch zuvor muss ich noch etwas erledigen. Um nichts in der Welt möchte ich je wieder den Ausdruck in Shadows Gesicht sehen, kurz nachdem er nach der letzten Prüfung zu mir kam.

Ich küsse ihn auf die Stirn und bringe ihn mit leichtem Druck dazu, sich nach hinten auf die Matratze zu legen, sodass ich rittlings auf ihn klettern kann. Für einen kurzen Moment weitet Shadow panisch die Augen, als ich über ihm aufrage, wie es zweifelsohne auch in der Simulation der Fall war. Ich verstehe seine Angst ... Aber genau wie er mir die meine vor seinen Zähnen nahm, werde ich auch seine in etwas Angenehmes verwandeln.

Mit den Fingern streiche ich behutsam über das bereits verblassende Mal direkt über seinem Glimmen und genieße das warme Prickeln, das mir dabei den Arm hinaufkriecht. Die andere Hand lasse ich über die festen Muskeln an Bauch und Brust gleiten und gebe ihm dadurch die Zeit, die er braucht, um die Schrecken der Simulation langsam vergessen zu können. Aufmunternd lächele ich ihm zu, als er die Hände an meinen Schenkeln hinaufgleiten lässt.

Erst als auch der letzte Rest Angst aus seinem Blick verschwunden ist, nehme ich ihn vorsichtig in mich auf.

Der bittersüße Schmerz, der mich durchzuckt, während er mich dehnt und vollends ausfüllt, und Shadows raues Stöhnen genügen, um mich erneut das heiße Kribbeln kurz vor dem Höhepunkt spüren zu lassen, dem ich mich vorhin entzogen habe. Er kommt zu schnell, viel zu schnell, aber ich bin machtlos gegen die verzehrende Hitze, die durch mich hindurchrauscht und mich beinahe von innen heraus verbrennt. Ich bewege die Hüften – zunächst langsam, dann schneller, bis er beinahe wieder aus mir herausgleitet –, stütze mich mit einer Hand auf Shadows Brust ab, während er mir beide Hände an den Po legt und so meine Bewegungen ein Stück weit steuert.

Als ich den Kopf zurücklege und einen Schrei nicht mehr unterdrücken kann, spüre ich ihn in mir pulsieren – und er gräbt die Finger fester in mein Fleisch. Sämtliche Kraft weicht aus mir, als mich der Orgasmus überrollt – und nur mit Shadows Hilfe gelingt es mir, mich überhaupt oben zu halten. Meine inneren Muskeln zucken um sein Glied, bis auch Shadow schließlich mit einem heiseren Keuchen Erlösung findet.

Schwer atmend und völlig entkräftet schmiege ich mich an seine Seite. Shadow küsst mich auf die Stirn und streichelt mir über den Rücken, während er mit der anderen Hand nach der Decke greift und uns zudeckt. Als ich kurz zu ihm aufsehe, bedenkt er mich mit einem seligen Lächeln, das mir auch die letzte Last von den Schultern nimmt.

Die Allianz hat versucht uns zu brechen – und beinahe wäre es ihnen mit der letzten Prüfung gelungen. Doch trotz allem, was uns heute widerfahren ist, konnten wir die Wunden, die wir davongetragen haben, gegenseitig heilen. Die Erinnerung an die Simulation ist weit weg, als wäre sie nichts weiter als ein böser Traum gewesen. Und auch den feinen Riss, den unser Vertrauen erlitten hat, konnten wir gemeinsam kitten.

Die Angst vor der Zukunft kommt mir jetzt, da ich in Shadows Armen liege, nicht mehr so erdrückend vor.

KAPITEL 4

Felicity

Wir verkriechen uns bis zum Mittag des nächsten Tages im Hotelzimmer. Mit Ausnahme des Zimmerservice lassen wir niemanden zu uns. Ich ignoriere geflissentlich mein Handy, das mir regelmäßig wild blinkend neue Anrufe oder Nachrichten von Zac, Cal oder Katie meldet.

Shadow gibt sich die größte Mühe, mich davon abzuhalten, zu viel nachzudenken. Ich bin begeistert von seinen … Methoden – und wenn es nach mir ginge, würden wir dieses Zimmer nie wieder verlassen. Es ist zu unserem Rückzugsort geworden. Hier können wir die ganze Welt aussperren und uns einfach nur um uns selbst kümmern – und das tun wir mit einer verzweifelten Hingabe, die uns stets daran erinnert, dass dies nur ein Paradies auf Zeit ist.

Nachdem ich in meinem bisherigen Leben einen großen Bogen um alles, was mit Liebe zu tun hatte, gemacht habe und schon dachte, dass ich über keine funktionierende Libido verfüge, bin ich erstaunt darüber, was Shadow mit einer einzigen Berührung bei mir auslösen kann. Selbst die wenigen Minuten, die ich ins Bad für Menschliches verschwinde oder während denen Shadow das gelieferte Essen hereinbringt, fachen die Sehnsucht nach ihm nur an, bis ich kaum noch atmen kann. Und mit jedem Mal, das wir uns lieben, scheint es schlimmer zu werden, anstatt mein Verlangen auch nur im Mindesten zu stillen. Ich brauche ihn, seine Berührungen und das Gefühl, nicht allein zu sein, das er mir dadurch gibt.

»Hört das je auf?«, frage ich keuchend, als sich Shadow von mir löst und sich neben mich legt. »Dass ich dich brauche wie die Luft zum Atmen. Dass ich dich schon wieder will, obwohl ich dich gerade erst hatte?«

»Ich weiß es nicht«, murmelt er, als er mich näher zu sich zieht, bis ich mich so eng wie möglich an ihn schmiege.

Unsere Körper passen derart perfekt zusammen, als wären sie füreinander gemacht worden.

Ich hebe den Kopf und sehe ihn an. »Du bist doch derjenige mit jahrtausendealter Erfahrung!«

Shadow bedenkt mich mit einem schiefen Grinsen und löst damit ein Kribbeln in meinem Bauch aus. »Das mag sein. Aber bisher hat mich keine Frau genug interessiert, um mehr als einmal mit ihr zu schlafen.«

Ich blinzele verdutzt. »Auch nicht ... *sie*?«

Ich muss ihren Namen nicht aussprechen, damit er weiß, wen ich meine. Kassandra, Prinzessin von Troja, Seherin und Shadows einstige Trägerin. Die Frau, die den stolzen Familiar beinahe zerstört hätte, weil sie den Pakt aufkündigte und ihn zurück in die Nebenwelt schickte. Ich weiß nicht, ob Shadow es mittlerweile verkraftet hat, doch ich bin der Meinung, dass Kassandra so handelte, um ihn zu retten. In der Nacht, als Troja fiel, wäre er mit ihr gestorben.

Er wickelt sich eine Haarsträhne von mir um den Zeigefinger. »Auch nicht sie«, murmelt er. »Und keine von den anderen weckte in mir ansatzweise das Verlangen, mir auch nur ihren Namen zu merken. Sie waren ein Mittel zum Zweck. Anfangs, um die menschliche Illusion zu verfeinern und nahezu perfekt zu machen – und damals hatte ich noch kein Herz im herkömmlichen Sinne, also besaß ich keine tiefer gehenden Gefühle –, und später, um mich von derjenigen abzulenken, die ich nicht haben konnte. Und selbst dann ...« Er zieht die Augenbrauen zusammen und stößt den Atem aus. »Mit Kassandra war es nicht so, wie ich es mir vorgestellt hatte.«

Ich schlucke angestrengt, während ich überlege, ob ich die nächste Frage wirklich stellen soll. Ob ich tatsächlich Einzelheiten davon wissen will, wie Shadow mit einer anderen geschlafen hat. Aber diese *andere* ist tot – und er liegt neben *mir*. Es gibt nichts, worüber ich mir Sorgen machen müsste.

»Was meinst du damit, dass es anders war, als du es dir vorgestellt hättest?«, frage ich schließlich und stütze das Kinn auf seine Brust, um ihn besser ansehen zu können.

So sanft, dass ich beinahe zusammenzucke, streichelt er mir mit den Fingern über den nackten Rücken. »Es war nicht so wie zwischen uns«, murmelt er nach einer Weile. »Kassandra war eine schöne Frau und sich ihrer Wirkung nach außen durchaus bewusst, deshalb war ich verwundert, als sie mir verbot, ihr das Unterkleid auszuziehen. Sie reagierte auf keine meiner Berührungen. Nicht so wie du«, fügt er mit einem Grinsen hinzu, während er die Hand an meine Brust gleiten lässt und sie sanft drückt. Ich gebe ein wohliges Seufzen von mir, was er mit einem Schnurren beantwortet. »Ich habe mich wirklich bemüht, aber sie drehte den Kopf weg und erweckte den Eindruck, als würde sie es einfach über sich ergehen lassen. Weder reagierte sie auf irgendwas noch gab sie einen einzigen Ton von sich. Zwischendurch weinte sie sogar und ich war schon drauf und dran die ganze Sache abzubrechen, doch sie hielt mich zurück. Ich solle es beenden, meinte sie, damit ich sie vor einem schlimmeren Schicksal bewahren könnte.« Er gibt ein Schnauben von sich. »Du kannst dir vorstellen, dass das nicht sonderlich gut für mein Ego war. Und auch nicht für die Gefühle, die ich für sie hatte. Ich war ein Werkzeug, das ihr zu Willen sein musste. Was *ich* wollte, stand nicht zur Diskussion.«

»Das tut mir leid«, wispere ich.

Ich kann mir nicht vorstellen, wie jemand auf Shadows Berührungen nicht reagieren kann … Kassandra hatte für meinen Geschmack eindeutig nicht mehr alle Latten am Zaun! Nicht nur, dass sie Shadow dazu benutzt hat, sie zu entjungfern, damit sie weder einen anderen Monarchen heiraten noch als Priesterin ihr Dasein fristen musste. Sie hat Shadows Bemühungen nicht einmal zu würdigen gewusst!

Ich streichele ihm über die Wange, bis er mich ansieht. »Sag mir, was du willst. Für mich werden deine Wünsche immer zur Diskussion stehen.«

Er haucht mir einen Kuss auf die Handfläche. »Und allein dafür liebe ich dich mehr, als ich es je in Worte fassen könnte.«

Obwohl mir das Herz überquillt, zwinge ich mich dazu, ihm von meiner größten Angst zu erzählen. »Was … was wird aus uns?«, wispere ich. »Abgesehen davon, was die Magier-Allianz für uns bereithält. Du bist mein Familiar und ich gebe dich auch nie wieder her, aber ich … bin nicht wie du. Ich werde altern und irgendwann sterben, während du ... quasi ewig lebst, solange du jemanden hast, der dich mit Magie versorgt.«

Der Blick, mit dem er mich bedenkt, ist liebevoll und traurig zugleich. »Ich würde dieses endlose Leben mit Freuden aufgeben, um mit dir zusammen sein und alt werden zu können. Ich bin kein Mensch und daran kann ich nichts ändern, aber das ist mir egal. Ich werde bei dir bleiben, solange du lebst.«

Ich seufze. »Ein Leben mit dir kommt mir nicht lang genug vor.«

Den Rest, der mir durch den Kopf geht, wage ich nicht auszusprechen. Dass er danach einen anderen Träger bekommen wird. Dass er mich bestimmt irgendwann vergessen haben wird. Dass ich – trotz allem, was wir füreinander empfinden – nichts weiter als eine ferne Erinnerung sein werde. Eine von vielen. Shadow ist zwar wählerisch, was seine Träger angeht, aber er wird früher oder später einen neuen brauchen.

Bei allen Fragen rund um Familiare ist das Medium der perfekte Ansprechpartner. Ich nehme mir vor, mit ihr zu reden, sobald es mir möglich ist. Der alten Frau verdanke ich Shadow und sie wird sich sicher fragen, was aus uns wurde, nachdem ich Shadow nicht wie abgesprochen innerhalb von vierundzwanzig Stunden zurückgegeben habe. Wahrscheinlich wird sie von der Entwicklung überrascht sein.

Und nicht nur sie muss es erfahren. Es ist höchste Zeit, dass auch mein ältester Bruder mehr von Shadow und mir weiß. Ich habe keine Lust, mich weiterhin zu verstecken. Aber allein der Gedanke, Zac die Wahrheit zu sagen, lässt mein Blut beinahe zu Eis erstarren.

Erneut blinkt mein Handy und ich greife seufzend danach. Wenn man vom Teufel spricht ...

»Wo, zur Hölle, bist du?«, schallt es mir entgegen, als ich das Gespräch annehme. »Ich versuche seit gestern Abend dich zu erreichen! Hast du dir die Hände gebrochen, dass du nicht an dein verdammtes Handy gehen kannst?«

»Vielleicht wollte ich nicht erreicht werden«, murre ich, während ich mich im Bett aufsetze und die Decke um mich schlinge.

Zac ignoriert meinen Einwand. »Ich habe Katie angerufen, aber die wusste auch nicht, wo du bist. Cal wollte nicht mit der Sprache herausrücken, doch ich vermute, dass er etwas weiß. Also, in welche Art von Schwierigkeiten hast du dich diesmal gebracht? Muss ich jemanden anrufen? Oder dich irgendwo auslösen? Oder abholen?«

Ich stoße den Atem aus und kneife mir mit Daumen und Zeigefinger in die Nasenwurzel. Shadow haucht mir einen Kuss auf die Schulter.

»Es geht mir blendend«, sage ich, nachdem ich den gröbsten Ärger über meinen überfürsorglichen Bruder hinuntergeschluckt habe. »Ich wurde weder überfallen noch verletzt. Ich brauchte ... Nach den Prüfungen brauchte ich etwas Ablenkung.«

»Ablenkung?«, echot Zac. »Das klingt so gar nicht nach dir ... Und was hat dich so abgelenkt, dass du weder auf unsere Anrufe noch unsere Nachrichten reagierst?«

Mein Blick huscht zu Shadow. Es wäre einfach, Zac übers Telefon von uns zu erzählen, doch bevor ich einen Ton sagen kann, scheint mein Bruder angesichts der andauernden Stille seine Schlüsse zu ziehen.

»Ist da etwa ein Kerl im Spiel?«, will Zac wissen. »Hast du ... einen Freund?«

Ich verdrehe über seinen ungläubigen Tonfall die Augen. »Ja und ja.«

»Wow ... Ich meine, ich dachte nicht, dass ... Wegen deiner Gabe hatte ich angenommen, dass du ... Nun ja, anscheinend ...« Er seufzt. »Ich fang noch mal an und stelle die wichtigste Frage zuerst: Passt du auf?«

Ich lege stöhnend den Kopf in den Nacken und Shadow, der so nah bei mir sitzt, dass er jedes von Zacs Worten verstehen kann, hat Mühe, ein Lachen zu unterdrücken.

»Ich werde nicht mit dir darüber reden, Zac!«, zische ich. »Ich bin keine vierzehn mehr!«

»Das ist nichts, was man auf die leichte Schulter nehmen sollte! Abgesehen von den Auswirkungen auf dein eigenes Leben würde es auch auf unsere Familie zurückfallen, wenn du von irgendeinem dahergelaufenen ...«

»Stopp!«, rufe ich schnell dazwischen. »Erstens steht eine Schwangerschaft nicht im Raum, auch wenn dich das rein gar nichts anginge. Und zweitens erlaube ich dir nicht, so abwertend über ihn zu sprechen!«

Zac gibt ein Schnauben von sich. »Der Kerl, dem ich freiwillig meine kleine Schwester anvertraue, muss erst noch geboren werden. Aber wenn dir wirklich was an ihm liegt, würde ich ihn gerne kennenlernen, damit Cal und ich ihm … die Regeln erklären können. Wobei er gegen Regel eins bereits verstoßen hat.«

Ich reibe mir mit der Hand über die Stirn. »Ich will nicht wissen, was Regel eins ist, oder?«

»Nein, wahrscheinlich nicht. Aber das werde ich ihm dann schon sagen. Mann, damit hast du mich echt auf dem falschen Fuß erwischt! Ich hätte nicht gedacht, dass du einen Freund haben könntest, weil deine Gabe doch immer dazwischengefunkt hat. Doch mit Shadows Hilfe scheint es möglich zu sein! Apropos Shadow, der ist auch nicht zu Hause. Wo ist er abgeblieben?«

Ich zögere mit einer Antwort und Shadow legt den Kopf schief, während er mich mustert. Dann streckt er die Hand aus und bittet stumm darum, dass ich ihm das Handy reiche. Ich zögere, woraufhin Shadow mir sanft das Handy entwindet. Mit angehaltenem Atem lehne ich mich zu ihm, damit ich kein Wort verpasse.

»Ich bin hier«, sagt Shadow zu Zac.

Die Stille, die danach entsteht, ist beinahe mit den Händen greifbar. Innerlich flehe ich Zac an, endlich etwas zu sagen und mich notfalls anzuschreien. Sein Schweigen trifft mich härter, als es die Vorwürfe täten, die er mir hätte machen können.

»Reich mich bitte an Feli zurück«, verlangt Zac nach einer schieren Ewigkeit grollend.

Die Hand, die ich nach dem Handy ausstrecke, zittert. Noch bevor ich es ans Ohr halten kann, höre ich meinen Bruder schreien.

»Bist du nicht mehr ganz dicht? Ich habe euch gewarnt! Ich habe euch beide gewarnt! Die Magier-Allianz wird …«

»Die Magier-Allianz weiß es bereits!«, falle ich ihm ins Wort.

»Wie bitte?!«

Ich stoße geräuschvoll den Atem aus. »Shadow musste mich nach einer Prüfung zurückholen. Wenn ich Herzen von anderen heile, verliere ich mich ein Stück weit selbst und nur Shadow kann mir in diesem Zustand helfen. Die Männer der Allianz standen daneben und haben es gesehen.«

Zac stößt eine Reihe von Flüchen aus, bei denen ich mich immer weiter zusammenkrümme. Mein Atem geht stoßweise, ich zittere am ganzen Körper und habe mehr und mehr Mühe, die Fassung zu bewahren.

Nach einer Weile gibt Shadow ein Grollen von sich und entwindet mir wieder das Handy. »Hör endlich auf sie anzuschreien!«, blafft er Zac an. »Du bist nicht in der Position, um über uns urteilen zu können!«

»Und ob ich das bin!«, zischt Zac. »Wenn du mir jetzt erzählst, dass es euch nur ums Sexuelle geht – wie es bei Terra und mir der Fall ist –, erleichtere ich dich um einen wichtigen Teil deiner menschlichen Illusion! Das sollte ich sowieso tun, allein schon dafür, dass du meine kleine Schwester angefasst hast! Aber wenn es nur darum ginge, wäre ich froh, denn es ist mir zehnmal lieber als die Alternative! Warum kannst du ihr überhaupt nahe kommen? Saugst du ihr etwa so viel Magie aus, bis sie völlig neben sich steht?«

»Nein«, grollt Shadow gefährlich ruhig.

»Das wäre aber eine Erklärung dafür, warum du in letzter Zeit ständig viel zu viel Magie in dir hast.«

»Das hat ... andere Gründe«, murmelt mein Familiar ausweichend.

Zac gibt ein resigniertes Seufzen von sich. »Ich will das lieber nicht so genau hören. Aber wie kann Feli dich in ihrer Nähe ertragen? Selbst bei Cal und mir springt ihre Gabe an.«

Shadows Blick huscht zu mir und er bittet mich erneut stumm um Erlaubnis. Ich reibe mir kurz über die Stirn und nicke schließlich. Er greift nach meiner Hand und drückt sie, ehe er sagt: »Es funktioniert, weil ich das gleiche Glimmen habe wie sie.«

Am anderen Ende der Leitung ist es totenstill. Wenn ich es nicht besser wüsste, würde ich sagen, dass Zac aufgelegt hat. Doch leider tut er mir den Gefallen nicht.

»Das ist unmöglich!«, knurrt Zac schließlich. »Das ... das ist einfach nicht möglich! Felis Gabe muss fehlerhaft sein ... Erst diese Abtrünnige, der Cal hinterherhechelt wie ein Köter, und nun auch noch du! Ihr macht uns zum verdammten Gespött! Ich werde sofort mit Cal reden. Er muss ebenfalls davon erfahren, und dann werden wir ...«

»Cal weiß es«, werfe ich mit brüchiger Stimme ein. Als sich Zac wieder in unheilvolles Schweigen hüllt, füge ich hinzu: »Cal weiß es seit einigen Tagen. Wir haben ... eine Art Abkommen geschlossen.«

»Willst du mir gerade ernsthaft erzählen, dass mir meine beiden Geschwister in den Rücken gefallen sind?«

»Niemand fällt dir in den Rücken!«, sagt Shadow, weil mir die Kraft dazu fehlt. »Niemand will dir oder deinem kostbaren Familienansehen schaden. Weder Cal noch mir geht es darum. Aber wir ... wir wussten alle, dass du es nicht gut aufnehmen würdest. Deshalb wollten wir bis nach Felis Prüfungen warten und es dann erzählen.«

»Ich wollte dir nicht noch mehr Probleme machen, als du bisher schon hattest«, setze ich hinzu. »Ich habe mich nicht in Shadow verliebt, um dich zu ärgern. Es ist ... einfach passiert, und ich war so ziemlich die Letzte, die es begriffen hat.«

Zac gibt ein unwirsches Knurren von sich, ehe er die Luft ausstößt. »Kommt nach Hause«, sagt er schließlich in resigniertem Tonfall. »Wir müssen reden. Alle.«

Ich tausche einen Blick mit Shadow. Unsere Zeit im Paradies ist anscheinend vorbei.

»Wir sind in einer halben Stunde da«, sage ich. »Und je nachdem, wie das Gespräch verläuft, entscheide ich, ob ich das Hotelzimmer auf Dauer miete.«

Er schnaubt, ehe er grummelt: »Ich wünschte, dass du das nicht tun müsstest, aber wir werden klare Verhältnisse schaffen. Auch im Hinblick auf Ilena. Sie hatte nur eine Schonfrist, bis du mit deinen Prüfungen fertig bist. Du hast sie nicht bestanden, nicht wahr?«

»Die letzte Aufgabe hat mir das Genick gebrochen«, gebe ich zu. Gerne würde ich noch mehr sagen, aber eine bisher unbekannte Sperre hindert mich daran. Die Worte, die ich eigentlich formen will, ersterben ungesagt in meinem Mund.

»Das hab ich mir gedacht«, murmelt Zac. »Es tut mir leid. Ich weiß, dass es dein Traum war.«

»Noch ist nicht alles verloren«, wirft Shadow ein. »Aber das erzählen wir euch, wenn wir zurück sind.«

Ich verabschiede mich von Zac und beende das Gespräch, bevor er noch etwas sagen kann. Seufzend lehne ich mich gegen Shadow und genieße mit geschlossenen Augen die kleinen Streicheleinheiten, mit denen er mich verwöhnt, bis ich mich wieder beruhigt habe.

»Lief doch besser als erwartet«, murmelt er.

Ich stoße ein hartes, freudloses Lachen aus.

»Was denn?«, fragt Shadow. »Er hat dich weder enterbt noch aus der Villa geworfen. Ich werde zwar um ein paar Körperteile bangen müssen, aber wie es aussieht, behalte ich meinen Kopf.« Er haucht mir einen Kuss auf die Stirn. »Er ist wütend darüber, dass er es als Letzter erfahren hat. Das kann ich verstehen. Aber er wird sich beruhigen und an die Situation gewöhnen. Gib ihm einfach etwas Zeit! Und falls er sich doch im Ton vergreifen sollte, bringe ich uns einfach wieder hierher. Außerdem müssen wir dringend mit ihm über Ilena reden, ehe ein Unglück geschieht.«

Stöhnend reibe ich mir mit beiden Händen übers Gesicht. »Als ob ich nicht genug eigene Probleme hätte! Jetzt muss ich auch noch auf meine Brüder aufpassen und sie davon abhalten, vorschnell irgendwelchen Blödsinn zu verzapfen!«

Shadow lehnt sich nach vorn und küsst mich auf die Stirn. Augenblicklich entspanne ich mich ein wenig. »Wir werden eine Lösung für alle Probleme finden, mit der auch Zac einverstanden ist. Vielleicht ist es wirklich das Klügste, wenn wir uns gemeinsam an einen Tisch begeben und offen über alles reden.« Er schmunzelt. »Und zur Not setze ich Zac tatsächlich auf einer einsamen Insel aus, bis er wieder zur Vernunft gekommen ist.«

***

Etwa zehn Minuten später stehen Shadow und ich im Erdgeschoss an der Rezeption. Als ich die schwarze Kreditkarte zücke, leuchten die Augen der jungen Frau hinterm Tresen auf.

»Ich ... bin mir sicher, dass wir ein Zimmer haben, das besser auf Sie zugeschnitten ist«, sagt sie, nachdem sie sich wieder gefangen hat. »Eine Suite oder etwas Größeres oder mit besserer Ausstattung, damit ...«

»Nein«, unterbreche ich sie. »Ich will *das* Zimmer und kein anderes. Ich bezahle einen Monat im Voraus. Niemand wird das Zimmer betreten, wenn kein Schild an der Türklinke hängt. Wir werden nicht immer da sein, deshalb muss es nicht jeden Tag gereinigt werden.«

Shadow drückt meine Hand, während ich den Blick nicht von der Frau abwende und ungeduldig darauf warte, dass sie die Buchung im PC eingibt.

»W...Wie viele Schlüsselkarten benötigen Sie?«, fragt sie, während ihr Blick kurz zu Shadow huscht.

»Keine«, lautet meine Antwort. »Wir melden uns, wenn wir etwas brauchen.«

»Keine?«, wiederholt sie. »Aber wie wollen Sie dann ...?«

»Sie werden niemandem eine Schlüsselkarte geben, ganz gleich wer fragt«, schärfe ich ihr ein. »Am besten vernichten Sie sie. Ich komme selbstverständlich dafür auf, wenn neue angefertigt werden müssen, sobald ich das Zimmer nicht mehr miete.«

Die Frau will erneut etwas einwenden, doch ich hebe schnell die Hand und stoppe sie noch, bevor sie ein Wort herausbringt.

»Hören Sie«, sage ich und habe Mühe, meinen Ärger hinunterzuschlucken. »Ich bezahle für das Zimmer. Ich bezahle auch für die Nebenkosten, die entstehen könnten, und stelle keine hohen Ansprüche. Alles, worum ich bitte, ist Ruhe und Diskretion.«

Die Frau an der Rezeption nickt zögerlich und ich überzeuge mich selbst davon, dass sie die beiden verfügbaren Schlüsselkarten durch den Schredder jagt. Bestimmt besitzt das Personal Universalschlüssel, aber ich habe keine Zeit mehr, mich auch darum zu sorgen. Zuerst müssen Shadow und ich Zacs Zorn überleben – danach kümmere ich mich um alles Weitere.

KAPITEL 5

Felicity

Shadow bringt uns direkt ins Wohnzimmer der Villa. Zac springt vom Stuhl auf und Cal verschluckt sich an seinem Drink, als wir scheinbar aus dem Nichts neben der Kommode auftauchen. Ihre erschrockenen Mienen trösten mich ein wenig über die Nachwirkungen des Schattensprungs hinweg, die ich mir äußerlich kaum anmerken lasse.

Lumia und Terra, die beide auf der Couch sitzen, mustern uns neugierig mit zur Seite geneigten Köpfen.

»Tut das nie wieder!«, keucht Zac und presst sich eine Hand auf die Brust. »Ich sterbe sonst wirklich euretwegen an einem Herzinfarkt!«

Ich mache eine wegwerfende Handbewegung, verschränke die Finger mit Shadows und ziehe ihn hinüber zum Tisch. »Dachtest du etwa, wir kommen mit dem Taxi? So geht es schneller. Und wir sind auch schneller wieder von hier weg, wenn du dich im Ton vergreifen solltest.«

Zacs Blick verdüstert sich. »Ich habe allen Grund, mich im Ton zu vergreifen! Wie lange wolltet ihr mich noch hinhalten?«

Es ist Terra, die meiner Antwort zuvorkommt. »Jeder, der Augen im Kopf hatte, wusste es.«

Zac funkelt sie wütend an, ehe sein Blick zurück zu mir huscht. »Ihr drei, lasst uns für einen Moment allein«, sagt er schließlich gepresst an die Familiare gerichtet.

Terra verdreht die Augen, bevor sie mit Lumia aus dem Zimmer geht. Nur Shadow zögert. Die barsche Bitte meines Bruders, dass auch er nach draußen verschwinden soll, scheint ihn nicht zu interessieren. Sein Blick ruht nur auf mir. Ich hasse es, ihn nicht um mich zu haben, aber es bringt nichts, wenn Zac und er sich gleich zu Beginn in die Haare bekommen. Also nicke ich leicht, obwohl ich gleichzeitig nach seiner Hand greifen und sie festhalten will. Shadow steht auf, wirft meinen Brüdern einen eisigen Blick zu, ehe er sich nach vorn beugt und mich auf die Stirn küsst.

Als Shadow die Tür hinter sich geschlossen hat, stößt Zac geräuschvoll die Luft aus. »Ich habe euch beide gewarnt! Ich habe dir Zugeständnisse gemacht, aber ...« Er seufzt. »Es wäre so viel einfacher, wenn du endlich begreifen würdest, dass Familiare nur ein Mittel zum Zweck sind.«

Ich balle die Hände zu Fäusten. »Wie kannst du so etwas sagen? Du besitzt von Anfang an einen menschenähnlichen Familiar und solltest mittlerweile wissen, dass Familiare keine Werkzeuge sind! Sie haben Gefühle genau wie wir und können ...«

»Sie sind keine Menschen!«, donnert Zac dazwischen. »Und je eher du das begreifst, umso leichter wird es dir letztendlich fallen. Für ihn bist du nichts weiter als eine Kraftquelle. Eine Batterie, die ihn für eine Weile am Leben erhält. Wenn du nicht mehr genügend Magie in dir hast, wird er dich ersetzen. Und mit jedem Magier, dem er gedient hat, wird er stärker werden und immer mehr Kraft brauchen, um am Leben bleiben zu können. Er ist ein Symbiont, ein Parasit, und irgendwann wird er zu mächtig sein, um ... Mach die Augen auf, Feli!«

Ich schaue Hilfe suchend zu Cal, der bedächtig die braune Flüssigkeit im Glas vor sich hin und her schwenkt. »Das ist es, was sie uns erzählen«, murmelt er. »Tagein, tagaus in der Akademie. Und irgendwann glaubst du es, wenn du es nur lange genug hörst.« Er sieht mir fest in die Augen. »Aber du, Feli, warst nicht auf der Akademie. Und du hast deinen Familiar viel zu spät erhalten. Wenn du mit ihm aufgewachsen wärst, hätten wir vieles verhindern können. Wäre deine Gabe nicht so verheerend, hättest du andere Erfahrungen machen können.«

Ich blecke die Zähne und kralle die Finger ins Holz des dunkelbraunen Tisches. »Hat Zac dir gesagt, dass du diesen Blödsinn von dir geben sollst? Das klingt nämlich verdammt nach ihm!«

Cal zuckt mit den Schultern. »Möglich, dass er einen Teil davon auch zu mir gesagt hat, als ich jünger war. Und den Rest, als er mir fast den Kopf abgerissen hat, weil ich ihm nichts von dir und Shadow erzählt habe.«

Zac seufzt und fährt sich mit beiden Händen übers Gesicht. »Ich verstehe dich«, murmelt er schließlich in einem versöhnlichen Tonfall. »Das tue ich wirklich. Mir ging es auch nicht anders, als ich Terra bekam. Sie sah damals schon so aus wie jetzt und ich war vierzehn oder fünfzehn. Ich war … ein wandelnder Hormonstau, könnte man sagen, und vom ersten Augenblick an fasziniert von ihr und all meine Gedanken drehten sich nur noch um sie. Aber … das geht vorbei. Sie ist meine Partnerin und wir nehmen uns das, was wir brauchen, doch …« Er legt eine Hand auf seine Brust. »Dieses aufgeregte Klopfen von damals ist weg, wenn ich sie ansehe oder berühre. Du hast bisher auf alles Zwischenmenschliche verzichten müssen, aber …« Er unterbricht sich und stößt geräuschvoll die Luft aus, ehe er fragt: »Was hat die Allianz dazu gesagt, dass du einen Familiar hast, nachdem sie wussten, wer du bist?«

»Sie waren … überrascht«, sage ich. »Und sie hatten … großes Interesse an Shadow.«

Zac lehnt sich zurück und mustert mich eine Weile stumm. »Ich wünschte, du hättest auf uns gehört. Es wäre für alle einfacher gewesen, wenn du dich an unser Verbot gehalten hättest. Vor allem für dich, Feli.«

Bei seinen Worten scheint sich mein Blut augenblicklich in Eis zu verwandeln.

»Shadow ist nun mal hier«, sagt Cal. »Und wir können Feli keine Vorwürfe machen, ohne uns selbst ins Lächerliche zu ziehen. Lass sie ihre eigenen Erfahrungen machen! Früher oder später wird es ihr so ergehen wie uns und die Anziehung, die sie jetzt für Liebe hält, wird verschwinden.«

»Genauso wie deine mehr als peinliche Anziehung zu dieser Abtrünnigen«, grollt Zac, ehe ich Cal widersprechen kann.

»Denkst du, ich habe mir das freiwillig ausgesucht?« Cal schüttelt den Kopf. »Ich gäbe viel dafür, es einfacher zu haben. Aber ich wusste es … Schon als ich sie zum ersten Mal sah, als sie uns beinahe auseinandergenommen hätte, wusste ich es.«

Bei Cals Worten schaut Zac zu mir und ich recke das Kinn vor. »Ich kann es sehen«, sage ich. »Wenn du auf die Gefühle unseres Bruders nichts gibst, dann glaube meiner Magie. Wenn du Ilena fortbringen lässt … Wenn ihr etwas geschieht, wird es Cal sein, den du damit verletzt. Und genauso ist es bei mir und Shadow. Ihr mögt jetzt die Köpfe darüber schütteln und mir prophezeien, dass es nichts weiter als eine Phase ist, aber ich kenne die Wahrheit. Ich *sehe* sie. Weder eure gut gemeinten Ratschläge noch eure Argumente werden an meinen Gefühlen etwas ändern können.« Ich greife nach Zacs Hand. Seine Haut ist eisig und um ein Haar lasse ich ihn wieder los. »Ich wünsche dir, dass auch du es eines Tages begreifen wirst. Ich freue mich darauf, diejenige mit dem gleichen Glimmen neben dir stehen zu sehen. Es spielt keine Rolle, ob sie eine Abtrünnige, ein Familiar oder Mensch ist – wichtig ist nur, was du fühlst, wenn du sie ansiehst.«

Zac entzieht mir die Hand und rauft sich die Haare. »Ihr versteht das nicht ... Ich habe keine andere Wahl! Ich kann nicht länger vor der Allianz verschweigen, dass wir Ilena hier festhalten und du zu viel für deinen Familiar empfindest ... Letzteres wissen sie schon. Es ist nur eine Frage der Zeit, bis sie herkommen und sich persönlich vom Stand der Dinge überzeugen. Und dann werden sie auch von Ilena erfahren.« Er stößt geräuschvoll die Luft aus. »Wenn du wüsstest, wie sehr es mir davor graut, der Allianz gegenüberzutreten ...«

»Wir könnten ihr einen neuen Familiar beim Medium holen«, schlägt Cal vor. »Wenn ihre Magie wieder im Einklang ist, ginge von ihr keinerlei Gefahr mehr aus.«

»Liegt es tatsächlich an den Familiaren?«, frage ich.

Cal nickt. »Wenn ein starker Magier seinen Familiar verliert, gerät seine Magie außer Kontrolle. Der Überschuss in ihm wird so stark, dass er oft nicht mehr Herr seiner Sinne ist. Und er wird empfänglich für diejenigen, die ihn für ihre Zwecke nutzen wollen.«

»Wer soll das sein?«, will ich wissen. »Ilena sprach mehrfach von einem Meister. Wer steht hinter den Abtrünnigen und benutzt sie?«

Cal zuckt mit den Schultern. »Das weiß niemand. Wenn wir es wüssten, hätten wir uns bereits mit allen Meister-Magiern zusammengeschlossen und den Feind besiegt. Aber wir tappen seit einer halben Ewigkeit im Dunkeln und bekommen immer nur die Abtrünnigen zu fassen, die jedoch nichts weiter sind als Schachfiguren. Keiner von ihnen kennt die wahren Identitäten der Hintermänner.«

»Wobei ich nicht glaube, dass sie tatsächlich alle dichthalten«, murmelt Zac. »Einige von ihnen sind noch so weit beisammen, dass man normal mit ihnen reden kann. Aber niemand weiß etwas.«

»Ein Gedächtniszauber?«, fragt Cal. »Das wäre natürlich eine Erklärung. Aber bei derart vielen Abtrünnigen ... Es ist nahezu unmöglich, sie alle zu kontrollieren. Der Zauber müsste mit der Zeit schwächer werden oder Risse bekommen.«

»Risse?«, frage ich.

»Psychische Zauber funktionieren anders als unsere Elementarmagie«, erklärt Zac. »Ein Gedankenleser könnte theoretisch all deine Erinnerungen ansehen, doch das erfordert viel zu viel Konzentration und Magie. Deshalb wird er sich auf etwas Spezielles konzentrieren – beispielsweise das, woran du gerade im Moment denkst – und alles andere beiseiteschieben. Der Zauber, den er anwendet, ist quasi eine abgespeckte Version. Bei der Magie, die Erinnerungen und sogar Gedanken manipulieren kann, ist es noch gravierender.«

Cal nickt. »Manipulationen sind heikel. Am einfachsten wäre es, sämtliche Erinnerungen auszulöschen, doch das funktioniert nicht, weil sich der menschliche Verstand dagegen wehrt. Dies bedeutet, dass der Magier die gelöschten Erinnerungen gegen andere, die ihm besser in den Kram passen, ersetzen muss. Aber wenn er dabei einen kleinen Fehler macht, wird die Manipulation rissig und stürzt irgendwann in sich zusammen.«

»Das verstehe ich nicht«, gebe ich zu.

»Nehmen wir an, ich will, dass du glaubst, du hättest gestern zum Abendessen Pizza gehabt«, sagt Zac. »Ich lösche die Erinnerung an dein tatsächliches Abendessen und pflanze dir die Manipulation von Pizza ein. So weit, so gut. Wenn du aber gestern mit Katie zu Abend gegessen hast und sie dich morgen anspricht, dass ihr dringend wieder in die Sushi-Bar von gestern gehen müsst, weil es so gut geschmeckt hat, würde die Manipulation Risse bekommen. Du würdest beginnen, an der Erinnerung, Pizza gegessen zu haben, zu zweifeln. Und je länger du zweifelst und je öfter du mit Katie darüber reden würdest, desto mehr Risse würden entstehen – und irgendwann müsste die Manipulation in sich zusammenbrechen und du könntest dich wieder daran erinnern, dass ihr Sushi gegessen habt.«

»Klingt einleuchtend«, murmele ich.

»Bei Abtrünnigen ist es leichter, eine Manipulation des Geistes aufrechtzuerhalten«, sagt Zac. »Sie sind bereits durch den Magieüberschuss derart verwirrt, dass sie weniger hinterfragen und nur sehr selten auf Personen treffen, die sie noch von früher kennen. Dennoch reicht eine winzige Kleinigkeit aus, um die echten Erinnerungen wieder zurückzubringen.«

»Wenn wir ihr nur einfach einen neuen Familiar besorgen müssen, dann …«

»So einfach ist das nicht«, unterbricht mich Zac. »Wie lange hast du Shadow jetzt?«

Ich rutsche unruhig auf dem Stuhl hin und her. »Seit etwas über einer Woche. Wieso?«

»Wenn er während eines Kampfes sterben …«

Sofort ziehe ich scharf die Luft ein und Zac bricht mitten im Satz ab. Allein die Vorstellung, Shadow zu verlieren, lässt mich kaum noch atmen. Schnell presse ich beide Hände gegen die Brust – im Versuch, den dumpfen Schmerz, der allein durch den Gedanken darin tobt, zu dämpfen.

»Siehst du, das meine ich«, murmelt Zac. »Dabei hast du ihn noch nicht lange. Jetzt stell dir vor, ein Magier verliert seinen Familiar, den er bereits über viele Jahre hinweg an seiner Seite hatte. Von einem Moment auf den anderen gerät die Magie, die bisher im Gleichgewicht war, durcheinander und nimmt immer weiter zu, ohne dass der Überschuss entweichen kann. Der ungewohnte Zustand ist für die meisten Magier zu viel und sie verlieren den Verstand.«

»Aber ich … Ich habe es ausgehalten, über Jahre hinweg.« Ich lasse die Hände sinken und schaue Zac fest in die Augen. »Shadow meinte, ich hätte so viel Überschuss in mir gehabt … Und selbst jetzt, da dieser Überschuss aufgebraucht ist, habe ich genügend Magie, um einen mächtigen Familiar wie ihn versorgen zu können. Ich … hätte längst eine Abtrünnige sein müssen, wenn es stimmt, was du sagst.«

»Nein, nur daran liegt es nicht«, versucht Zac mich zu beruhigen. »Wir haben dich genau im Auge behalten und wären eingeschritten, wenn sich weitere Symptome gezeigt hätten. Es ist nicht nur der Magieüberschuss, der einen Magier zu einem Abtrünnigen macht. Auch wird nicht jeder Magier, der seinen Familiar wie auch immer verliert, automatisch zu einem Abtrünnigen. Es sind viele Faktoren, die dabei eine Rolle spielen. Stellen wir uns einen Augenblick vor, du hättest Shadow nicht mehr. Würdest du morgen gleich zum Medium gehen und um einen neuen Familiar bitten?«

»Nein!«, rufe ich lauter als beabsichtigt. »Nein, ich ... Das wäre unmöglich! Keiner könnte je seinen Platz einnehmen. Eher würde ich ... für immer ohne Familiar bleiben, anstatt ihn zu ersetzen.«

»Genau darauf wollte ich hinaus«, sagt Zac. »Ich weiß nicht, was Ilenas Familiar widerfahren ist, aber es wird einen Grund haben, warum sie keinen neuen hat. Ich könnte mir auch nicht vorstellen, einen anderen Familiar als Terra an meiner Seite zu haben, schließlich schätze ich sie sehr. Die Verbindung mit einem Familiar ist etwas sehr Intimes, wie du selbst weißt.«

Ich nicke und fahre mit dem Daumen über den Ring. Es ist für mich unvorstellbar, je einen anderen Familiar so weit in mein Innerstes vordringen zu lassen wie Shadow. Eher würde ich einen Magieüberschuss, der mich fast wahnsinnig macht, in Kauf nehmen.

»Ich werde trotzdem mit Ilena reden«, murmelt Cal. »Vielleicht finden wir einen Weg. Bitte, nimm sie mir nicht weg!«

Zac schnaubt und schaut anschließend zu mir. »Und was ist mit dir? Willst du mich auch anbetteln, Shadow behalten zu dürfen?«

Ich spüre, dass sich meine Lippen zu einem Lächeln verziehen. »Niemandem wird es gelingen, Shadow und mich auseinanderzubringen. Ich muss nicht betteln, denn ich werde nicht zulassen, dass ihn mir jemand wegnimmt. Weder du noch die Allianz.«

»Aber du hast wegen deiner Gefühle zu ihm die Prüfungen nicht bestanden«, wirft Zac ein.

»Und wennschon! Ohne Shadow wäre ich von vornherein nicht zu den Prüfungen vorgelassen worden. Außerdem ist noch nicht alles verloren.« Als

Zac eine Augenbraue hebt, füge ich hinzu: »Ich bin bei der letzten Aufgabe gescheitert, doch Shadow hat sie bestanden.«

Ich blinzele mehrmals hintereinander, als mir auffällt, dass die seltsame Sperre, mit der mich der Allianzmagier gestern belegt hat, nicht mehr aktiv zu sein scheint. Vorhin hielt mich der Zauber der Allianz davon ab, über die Prüfungen zu reden; nun gelingt es mir.

»Shadow hat sich in der Simulation von dir töten lassen?«, will Cal wissen.

Nach kurzem Zögern nicke ich. »Ich konnte es nicht … Ich konnte mich nicht gegen ihn wehren. Wie ist es euch damals gelungen, eure Familiare in der Simulation umzubringen?«

»Es war nicht leicht«, murmelt Zac. »Aber ich rief mir immer wieder ins Gedächtnis, dass es nicht echt ist und die Allianz sehen will, dass ich meinen Familiar als Werkzeug betrachte. Also hab ich's einfach getan, ohne groß darüber nachzudenken.«

»War bei mir ähnlich«, sagt Cal und weicht dabei meinem Blick aus. »Es war schlimm und ich brauchte danach einige Tage, um das, was geschehen war, zu verdauen, aber im Endeffekt war es notwendig.«

Beinahe abgebrüht reden die beiden von der Situation, die mich fast zerstört hätte. Ich bezweifele, dass einer von ihnen anschließend vor den Familiaren zurückgezuckt ist. So wie ich vor Shadow.

Zac reibt sich über die Stirn. »Na schön, folgender Plan. Du«, er zeigt auf Cal, »redest mit Ilena und überzeugst sie davon, einen neuen Familiar anzunehmen. Eher kann ich sie nicht ruhigen Gewissens aus dem Geräteraum lassen.« Cal stößt erleichtert den Atem aus. »Und du«, Zac wendet sich mir zu, »verhältst dich ruhig, bis die Allianz sich wieder meldet. Keine Jagd auf Kleinkriminelle, keine Kämpfe gegen Abtrünnige. Nichts, was euch auch nur im Entferntesten in die Nachrichten bringen könnte!«

Ich lehne mich zurück und verschränke die Arme. Ein kleines Lächeln zupft an meinen Mundwinkeln. »Wenn ihr endlich lernen würdet anzuklopfen, könnten wir auch hier in der Villa bleiben. Allerdings habe ich keine Lust darauf, dass ihr ständig ins Zimmer platzt. Das war die letzten Tage schon störend genug.«

Stöhnend birgt Zac das Gesicht in den Händen. »Ich will das nicht hören, Feli!«

Ich zucke mit den Achseln. »Wir können auch zurück ins Hotel gehen und du sagst Bescheid, wenn sich die Allianz melden sollte. Vorerst möchte ich noch gerne mit Ilena zum Medium gehen.«

»Von mir aus«, grummelt Zac. »Ich hoffe für euch beide, dass sich alles wieder beruhigt. Je schneller Ilena einen neuen Familiar hat, desto eher wird sie wieder normal. Und vielleicht verliert auch die Allianz das Interesse an Shadow, wenn ihr euch ruhig verhaltet. Das Beste wäre es, wenn sie dich nicht zur Meister-Magierin ernennen. Shadows Illusion ist nahezu perfekt. Ihr hättet nichts zu befürchten.«

»Aber wenn ich eine Meister-Magierin werde, hätten wir etwas zu befürchten?«, hake ich nach.

Zac nickt. »Wir Meister-Magier stehen im Dienst der Allianz. Wir sind quasi ihre Angestellten. Und unsere Familiare sind deren Eigentum.«

»Deshalb verbergen wir trotz des Medienrummels um uns Lumia und Terra hier in der Villa«, fügt Cal an. »Wenn sie mit uns kämpfen, dann nur in ihrer wahren Gestalt. Ich hoffe, dass die Allianz irgendwann vergisst, dass wir menschenähnliche Familiare haben.«

»Als wir die Prüfung abgelegt haben«, murmelt Zac, »hatten wir noch Wochen danach Angst, dass jederzeit einer von der Allianz durch die Tür kommen und uns unsere Familiare abnehmen könnte, um sie zu erforschen. Cal und ich waren schon seit der Zeit auf der Akademie aktenkundig und ich bin mir sicher, dass wir auch in der Zeit zwischen unserem Abschluss und den Prüfungen im Auge behalten wurden. Und ich ...« Sein Blick verdüstert sich, doch er bricht ab und schüttelt den Kopf, als wollte er eine schreckliche Erinnerung vertreiben.

»Ein Meister-Magier zu sein ist nicht so erstrebenswert, wie du es dir immer vorgestellt hast«, sagt Cal in einem ernsten Tonfall, den ich nur selten bei ihm gehört habe. »Zac und ich haben es erst zu spät bemerkt und hatten gehofft, dir diese Bürde ersparen zu können. Von vielen Machenschaften erfährst du, wenn du eine Weile dabei bist, und ich bin mir sicher, dass wir nur die Spitze des Eisberges kennen.«

»Was meinst du damit?«, frage ich.

»Es stimmt, dass wir gefangene Abtrünnige normalerweise einer bestimmen Magier-Einheit überstellen, die darauf trainiert ist, die gefallenen Magier zu überwachen und wegzusperren, aber ...« Zac zögert einen Moment und weicht meinem Blick aus. »Wir haben Gerüchte gehört. Dass diese speziellen Gefängnisse für Abtrünnige nicht existieren sollen. Dass Abtrünnige für Experimente herhalten müssen, die ich mir nicht einmal in meinen schlimmsten Albträumen vorstellen will.«

»E...Experimente?«, stammele ich. »Und ihr macht da einfach so mit? Wenn ihr davon wisst, wie könnt ihr weiterhin Abtrünnige besiegen und sie überstellen?«

»Weil wir keine andere Wahl haben«, antwortet Cal. »Sie sind eine Bedrohung. Auch Ilena war das, obwohl wir noch nicht genau wissen, warum. Ein frei herumlaufender Abtrünniger muss aufgehalten werden, sonst kommen unschuldige Menschen zu Schaden. Das ist unsere Pflicht und ich erfülle sie mit Freuden. In den letzten Jahren haben Zac und ich versucht so viel Medienrummel um uns aufzubauen wie nur möglich.«

Ich runzele die Stirn und schaue von einem Bruder zum anderen.

»Wir wollten uns einen gewissen Ruf bilden«, erklärt Zac. »Wenn überall bekannt ist, dass wir stark sind und jeden Abtrünnigen zur Strecke bringen, der sich uns entgegenstellt, werden sie sich ein anderes, leichteres Ziel suchen als uns und die Stadt, die wir beschützen. Wir achteten darauf, wirklich überall präsent zu sein – im Fernsehen, in den Zeitschriften, im Radio und Internet. Und die immense Publicity spielte uns in die Hände.«

»In unserem Stadtviertel ist die Verbrecherrate so niedrig wie in kaum einer anderen«, sagt Cal stolz. »Die Abtrünnigen wissen, dass wir hier sind, um die Einwohner zu beschützen. Die äußeren Stadtbezirke, für die wir nicht zuständig sind, und andere Städte werden fast täglich von Abtrünnigen heimgesucht. Wir haben nur hin und wieder mit ihnen zu tun.«

»Wenn ihr von diesen Experimenten wisst, warum ...?«

Doch Zac schüttelt den Kopf, bevor ich zu Ende sprechen kann. »Wir wissen nichts davon. Bisher kennen wir nichts weiter als Gerüchte, die auch ein Gegner der Allianz oder ein Abtrünniger in die Welt gesetzt haben könnte.«

»Ich werde mit Ilena kein Risiko eingehen«, sagt Cal. »Auch wenn es nichts weiter als Gerüchte sind, werde ich sie keiner Gefahr aussetzen.«

Zac schnaubt. »In den letzten Jahren haben wir uns hart einen Ruf erarbeitet und konnten den Argusaugen der Allianz dadurch entgehen. Sie halten uns für zuverlässig und müssen uns nicht ständig beobachten, weil sie wissen, dass wir unseren Job machen. Und nun kommt ihr beide mit wahrlich unpassenden Partnern daher! Dass ich darüber keine Freudensprünge mache, sollte euch klar sein!«

»Um Ilena kümmern wir uns noch heute«, sage ich schnell. »Vielleicht hat sie Glück und das Medium findet sofort einen passenden Familiar für sie.« Ich stehe auf, umrunde den Tisch und umarme meinen ältesten Bruder. »Shadow und ich können eine Weile aus der Stadt verschwinden, falls dich das beruhigt. Selbst wenn die Allianz hier auftaucht, wird sie uns nicht finden.«

Mit einem verwirrten Blinzeln dreht Zac den Kopf zu mir. »Du konntest uns seit Jahren nicht umarmen ... Deine Gabe ...«

Ich lehne mich ein Stück zurück, lasse ihn jedoch nicht los. »Dank Shadow muss ich nicht mehr so stark unter den Nebenwirkungen meiner Gabe leiden wie früher. Ich spüre zwar immer noch ein Stechen im Kopf, wenn ich dich umarme, aber es ist auszuhalten.«

Er greift nach meiner Hand und drückt sie. »Ich freue mich für dich. Und auch für Cal. Ich wünschte nur, dass wir nicht die Last unseres Familiennamens auf den Schultern tragen müssten ... Wären wir einfache Magier, wäre es für jeden von uns leichter. Aber wir haben eine Bestimmung, der wir nicht entkommen können.« Resigniert schüttelt Zac den Kopf. »Wir sind zu mächtig, als dass wir ein normales Leben führen könnten. Macht ist ein zweischneidiges Schwert.«

Diesen Satz kenne ich aus unserer Familienchronik; er ist quasi unser Motto. Auf der einen Seite gibt es das Licht – die strahlende Magie meiner Brüder, mit der sie Großes vollbringen können –, auf der anderen Seite hat diese ausgeprägte Magie auch ihren Preis. Bisher dachte ich, dass es sich bei diesem Preis um den Magieüberschuss handelte, den die Familiare eindämmen müssen. Doch bei Zac klang es so, als würde noch mehr dahinterstecken.

Zac greift in die Hosentasche und holt einen Schlüssel heraus, den er auf den Tisch vor sich legt.

Ich gebe ein Schnauben von mir. »Wir brauchen den Schlüssel zum Geräteraum nicht, um Ilena herauszuholen.«

»Ich weiß«, knurrt Zac und wirft mir kurz einen giftigen Blick zu, ehe er seufzend den Kopf schüttelt. »Ich weiß mittlerweile, dass ihr beide euch hinter meinem Rücken zusammengetan habt. Ich bin damit nicht einverstanden, aber ich will nicht riskieren, dass meine Familie auseinanderbricht, nur weil ich mich querstelle. Deshalb gebe ich euch den Schlüssel als Zeichen meines Entgegenkommens.« Er fixiert Cal. »Sollte das Medium jedoch keinen Familiar für die Abtrünnige finden oder ihr aus welchem Grund auch immer keinen neuen geben wollen, wirst du mir versprechen, dass du sie hierher zurückbringst. Und dass wir anschließend mit meinem Mittelsmann bei der Allianz klären, wie wir weiter verfahren. Keine eigenständigen Aktionen mehr. Kein Handeln gegen die Regeln. Und vor allem: Tu nichts, was unserer Familie schaden könnte. Das ist alles, was ich mir wünsche.«

Cal wendet den Blick ab und knirscht mit den Zähnen. Ich versuche mich in seine Lage zu versetzen. Zacs Entgegenkommen ist mehr, als ich zu hoffen wagte.

Die Alternative wäre, Ilena der entsprechenden Magier-Einheit zu überstellen. Oder auszuharren und zu hoffen, dass alles gut wird und die Allianz uns irgendwann vergisst. Ich möchte nicht jeden Morgen als Erstes mit dem Gedanken aufwachen, dass es heute vorbei sein könnte. Dass jemand kommen und mir Shadow wegnehmen könnte. Genauso wenig will ich mit dem Wissen einschlafen, dass er am Morgen nicht mehr neben mir liegen könnte. Diese ständige Angst würde mich zerstören.

Ich gehe zu Cal und lege ihm eine Hand auf die Schulter. »Lass uns nach Ilena sehen und sie zum Medium bringen. Ich bin sicher, dass es einen Weg gibt, um ihr zu helfen. Ilena wird sich besser fühlen, wenn sie wieder einen

Familiar hat. Vielleicht wird sie dann auch uns gegenüber etwas aufgeschlossener.«

Cal nickt und steht auf. »Danke, Schwesterchen«, murmelt er, als er nach meiner Hand greift.

KAPITEL 6

Felicity

Shadow bringt zuerst mich zum Haus des Mediums und bleibt bei mir, bis ich mich von den Nachwirkungen erholt habe. Ein Schattensprung durch die halbe Stadt ist nichts, was ich ohne Weiteres wegstecke, aber ich bleibe stehen und behalte die Kontrolle über meinen Mageninhalt, trotz des Gestanks nach Fisch, Algen und abgestandenem Meerwasser, der hier in der Nähe der Docks allgegenwärtig ist.

Mir entgeht nicht das Funkeln, das in Shadows Augen vor lauter Vorfreude aufblitzt, ehe er verschwindet, um nur wenige Momente später mit Cal im Schlepptau wieder neben mir aufzutauchen. Wie ich befürchtet habe, springt er mit Cal alles andere als vorsichtig um. Mein Bruder sackt augenblicklich auf die Knie, als er wieder festen Boden unter den Füßen hat, und beginnt zu würgen. Dabei stößt er unzusammenhängende Flüche aus, die Shadow nur dazu veranlassen, noch breiter zu grinsen. Ich schüttele über die beiden den Kopf.

»Geht's wieder?«, frage ich und lenke so Cals Aufmerksamkeit auf mich.

»Nein«, grollt er, kommt aber wackelig auf die Füße. »Und so was machst du freiwillig mit?«

»Mit Feli bin ich weitaus vorsichtiger als mit dir«, wirft Shadow ein. »Ich dachte, ein starker Kerl wie du kann ein bisschen was vertragen.«

Sofort wirbelt Cal zu meinem Familiar herum und will ihn packen, doch ich gehe schnell dazwischen. Nachdem ich beide mit einem bitterbösen Blick fixiert habe, wendet sich Cal mit einem Schnauben ab.

»Wir sind nicht hier, damit ihr euch die Köpfe einschlagt«, sage ich streng, bevor ich mich Shadow zuwende. »Was machen wir mit Ilena? Ich habe nicht mehr daran gedacht, dass das Haus des Mediums an den Docks und somit umgeben von Wasser ist.«

»Deshalb habe ich Cal zuerst hergebracht«, antwortet Shadow. »Er soll sich um sie kümmern, wenn ich ihren Geist in Schatten hülle. Vielleicht sind die Auswirkungen im Haus nicht mehr so stark und sie kann sich beherrschen ...«

»Ilena ist nicht gefährlich«, begehrt Cal auf, doch ich bringe ihn mit einem Kopfschütteln zum Schweigen.

»Bei uns zu Hause mag sie ungefährlich sein, aber wir wissen nicht, wie sie reagiert, wenn sie nach mehreren Tagen wieder Zugriff auf ihr Element hat. Das Chlorwasser im Pool konnte sie nicht beeinflussen, aber die Manipulation von Trinkwasser bereitete ihr keine Probleme. Auch Meerwasser – selbst wenn es eine Bracke wie diese ist – wird ihren Befehlen gehorchen. Wir dürfen kein Risiko eingehen, auch im Hinblick auf Unbeteiligte.«

Cal fährt sich mit einer Hand durchs Haar. »Dieses ... Geist-in-Schatten-hüllen-Ding ... Spürt sie davon etwas? Hat sie dabei Schmerzen?«

»Nein«, antworte ich sanft. »Sie wird rein gar nichts spüren.«

Cals Blick huscht zu Shadow, der hinter mir steht. »Hat er das bei dir auch schon gemacht?«

Ich nicke. »Immer wenn er sich um Verletzungen kümmern musste. Als Ilena meinen Rücken verletzte oder als ich mir eine Kugel eingefangen habe. Es ist wie eine Art Narkose, ein tiefer, traumloser Schlaf, während dem du nichts um dich herum wahrnimmst oder spürst.« Ich lege Cal eine Hand auf den Arm. »Du brauchst dir keine Sorgen um sie zu machen. Es wird Ilena leichterfallen, wenn sie nicht pausenlos dem Ruf ihrer Kraft ausgesetzt ist, solange sie noch keinen neuen Familiar hat. Ich hätte mich die Sommermonate über auch am liebsten irgendwo verkrochen, wo ich keinem mit einem sichtbaren Glimmen über den Weg hätte laufen müssen.«

Cal seufzt und drückt meine Hand. »Es tut mir leid, dass ich Zac zugestimmt habe, dir einen Familiar zu verbieten. Wir wollten nur ...« Er schüttelt den Kopf. »Jetzt, nachdem ich weiß, wie viel besser es dir mit Shadow geht, fühlt es sich falsch an zu sagen, dass wir nur das Beste für dich wollten. Mir war nicht klar, wie sehr du gelitten hast. Ich konnte es mir nicht vorstellen, wie schlimm ein Magieüberschuss für den Betroffenen sein kann, denn ich hatte von Anfang an Lumia. Und nachdem wir dir verboten haben, einen

Familiar zu bekommen, hast du dein Los klaglos hingenommen, bis ich nicht mehr daran dachte, dass dir etwas fehlen könnte.«

»Ist schon gut«, murmele ich. »Ich bin euch nicht böse. Wenn wir hier fertig sind, interessiere ich mich jedoch für den Grund, warum ich keinen Familiar haben durfte.«

»Es war eine Anweisung«, sagt Cal leise und weicht meinem Blick aus. »Den genauen Grund kenne ich selbst nicht, aber die Anweisung kam von höchster Stelle.«

»Wer könnte ein Interesse daran haben, Feli einen Familiar zu verbieten?«, fragt Shadow hinter mir mit einem unheilvollen Grollen in der Stimme.

Die höchste Stelle, die Cal erwähnt hat, kann nur die Magier-Allianz sein. Aber bevor ich gestern mit Shadow bei ihnen aufgekreuzt und ein paar Tage zuvor als *Lady Luck* in Erscheinung getreten bin, hatte ich nichts mit ihnen zu tun. Ich habe der Allianz geschrieben und sie angefleht, mich trotz des fehlenden Familiars bei den Prüfungen zuzulassen, doch … da existierte das Verbot bereits. Was habe ich getan, um die Allianz derart zu verärgern?

Zu meiner Enttäuschung schüttelt Cal den Kopf. »Ich kenne die Hintergründe nicht und weiß auch nicht, warum die Anweisung erlassen wurde. Einzig Zac wird mehr darüber wissen.«

»Ich werde mit ihm reden, wenn wir wieder zurück sind«, sage ich und greife nach Shadows Hand. »Hol bitte Ilena, damit wir zum Medium gehen können.«

Er küsst mich auf die Stirn, lässt meine Hand los und verschwindet in den Schatten.

***

Ich schlinge beide Arme um mich, während ich auf den Schatten zwischen zwei Hauswänden starre, in dem Shadow eben verschwunden ist.

»Vorhin«, murmelt Cal hinter mir, doch ich wende mich nicht zu ihm um, »konntest du mit uns über die Geschehnisse der Prüfungen reden und darüber, was mit den Abtrünnigen geschieht. Ich war überrascht davon, dass der Schweige-Zauber plötzlich nicht mehr aktiv war.«

Ich nicke. »Etwas Ähnliches ging mir auch durch den Kopf. Die Allianz hat noch nicht über meinen Fall entschieden, doch der Wegfall des Schweige-Zaubers könnte darauf hindeuten, dass sie zu einer Einigung gekommen sind.«

»Du klingst nicht froh darüber, dass sie dich offenbar zu einer Meister-Magierin machen wollen«, sagt Cal nach kurzem Zögern. »War das nicht dein Lebenstraum?«

Ich umklammere mich fester, als müsste ich mich selbst davon abhalten auseinanderzubrechen. »Das war es«, gebe ich schließlich zu. »Aber als sie mich in der Simulation erst gegen ein Abbild von dir antreten ließen und letztendlich von mir verlangten Shadow zu töten, wurde mein Traum zum Albtraum. Schon zuvor, als sie Shadow in einen anderen Raum brachten und merkwürdige Bemerkungen darüber machten, dass sie großes Interesse an einem weiteren menschenähnlichen Familiar hätten, wäre ich am liebsten aus dem Hauptquartier geflüchtet. Weder Zac noch du mögt es verstehen, aber mein Familiar ist für mich kein Werkzeug, das ich nach Belieben benutzen oder wegwerfen kann.«

»Ich verstehe dich«, sagt Cal. »Auch mir fiel es schwer, Lumia in der Simulation zu töten, und ich habe noch lange Zeit danach mit mir gehadert. Egal wie oft ich mir einredete, dass es nur eine Simulation war. Je länger ich ein Meister-Magier war, desto mehr Einblick erhielt ich in die Welt hinter der Magie und der großen Taten. Die Wahrheit schreckte mich mehr und mehr ab, weshalb ich froh war, mit Zac gemeinsam einen Plan entwickelt zu haben, wie wir so viel Ärger wie möglich von uns fernhalten konnten. Wir wollten beide nicht exzessiv Jagd auf Abtrünnige machen, denn was mit ihnen geschieht, wurde uns nie gesagt, ganz gleich wie oft wir nachfragten. Wir bekamen nur schwammige Auskünfte, doch das reichte uns bereits, um zu wissen, dass wir da nicht mit drinstecken wollten.«

Ich neige leicht den Kopf in seine Richtung. »Dennoch habt ihr gegen Abtrünnige gekämpft.«

»Das stimmt. Wenn ein Abtrünniger in unserem Gebiet war, mussten wir eingreifen. Die ungewisse Zukunft eines gefallenen Magiers war in meinen

Augen immer noch besser als der Tod zahlloser Unschuldiger. Uns blieb also keine Wahl, wenn wir die, die uns anvertraut waren, beschützen wollten. Einige Abtrünnige waren bereits so sehr dem Wahnsinn verfallen, dass es für sie keine Rettung mehr geben konnte. Sie schafften es nicht mehr, zu sprechen oder gerade zu gehen, sondern erinnerten mich eher an wandelnde Leichen denn Magier. Bei solchen Abtrünnigen fiel es mir nicht schwer, meine Pflicht zu erfüllen. Aber ... es gab auch andere. So wie Ilena. Sie waren zwar gefährlich, doch es steckte noch etwas Menschliches und Vernunft in ihnen. Ich weiß nicht, was mit ihnen geschehen ist, nachdem wir sie der Magier-Einheit überstellt haben, aber wir haben keinen von ihnen je wiedergesehen. Mit der Zeit hörte ich auf, mich jedes Mal zu fragen, wer der Abtrünnige vor mir einst gewesen war und was er für ein Leben geführt haben muss oder was mit ihm geschieht, wenn wir ihn besiegt haben. Ich wurde zu einer Maschine, verrichtete das, wofür ich vorgesehen war, und funktionierte nur noch, ohne Fragen zu stellen.«

Ich versuche mich in seine Lage zu versetzen. Ich verstehe, dass sie eingreifen und kämpfen mussten, wenn ein wahnsinniger Abtrünniger die Stadt angriff und Menschen bedrohte, die sich nicht selbst verteidigen können. Vor nicht allzu langer Zeit wollte ich es auch ... Ich wollte den Ruhm und die Anerkennung, die mit einem glorreichen Kampf einhergehen. Mein Name sollte Groß und Klein ein Begriff sein. Ich bin nur von meinem Traum abgewichen, weil ich Shadow habe und in ihm so viel mehr sehe als ein Werkzeug. Hätte ich jedoch einen anderen Familiar oder wäre wie meine Brüder von klein auf darauf gedrillt worden, dass Familiare nur ein Mittel zum Zweck sind, würde ich meinem Traum wahrscheinlich immer noch nachjagen und die Konsequenzen billigend in Kauf nehmen. Ich wäre ein Zahnrad in einem großen Getriebe und würde mit Stolz meine Aufgabe erfüllen, ohne mich um die anderen Zahnräder zu kümmern.

»Du hast dich sehr verändert, seit er dein Familiar ist«, sagt Cal nach einer Weile. »Zum Guten. Es hat nicht viel gefehlt und ich hätte Lumia bitten müssen mich zu kneifen, als du vorhin mit Shadow ins Wohnzimmer geplatzt bist und Zac geradeheraus gesagt hast, dass dir seine Meinung am Allerwertesten vorbeigeht. Auch deine Ausstrahlung ist völlig anders als noch vor ein paar Monaten. Wusstest du so wie ich durch deine Gabe von Anfang an, dass Shadow mehr für dich ist als bloß ein Familiar?«

Ich schüttele schmunzelnd den Kopf. »Himmel, nein! Zu Anfang wollte ich ihn zurückgeben und war heilfroh darüber, dass mir das Medium eine Rückgabefrist von vierundzwanzig Stunden eingeräumt hatte. Shadow war überheblich und eingebildet und nicht gut für meine Nerven. Es hat nicht viel gefehlt und ich hätte ihn schon nach einer Viertelstunde zum Teufel gejagt.«

»Was hat deine Meinung geändert?«

»Die Art, wie er mit mir umging«, antworte ich, nachdem ich einen Moment über Cals Frage nachgedacht habe. »Hinter der schützenden Fassade aus Stolz und Macht gab es einen Shadow, den er mir nur zögerlich zeigte. Dieser Teil von ihm war so sehr verletzt worden, dass er sich nur selten aus der Rüstung des mächtigen Familiars herauswagte. Ich trug einen ähnlichen Teil in mir, den ich weder euch beiden noch Katie offenbarte. Meine Wünsche und Sehnsüchte, aber auch die dunklen Abgründe meiner Seele verwahrte ich verschlossen in mir, doch Shadow zeigte ich sie nach einer Weile. Und zu keiner Zeit gab er mir das Gefühl, dass er das, was ich ihm zeigte, abstoßend fand. Vielmehr war ich davon fasziniert, wie sehr ich mich veränderte, nachdem ich endlich jemanden hinter mir hatte, der an mich glaubte und mich unterstützte und selbstständig Entscheidungen treffen ließ, ohne sie im Nachhinein infrage zu stellen. Dennoch war er stets da, hielt eine Hand nach mir ausgestreckt für den Fall, dass ich strauchelte.« Erneut kann ich ein Schmunzeln nicht unterdrücken. »Und ich musste die Hand sehr häufig ergreifen, gerade zu Beginn. Aber nie machte er mir einen Vorwurf, sondern nahm mich so, wie ich bin. Bei ihm … musste ich nicht das brave Vorzeigemädchen aus gutem Hause sein. Er gab mir nie das Gefühl, dass ich nicht mehr als die kleine Schwester von *Air Master* und *Ice King* bin.«

»Es tut mir leid«, murmelt Cal. »Zac und ich hätten nie zulassen dürfen, dass du dich so fühlst. Wenn es etwas gibt, was …«

Ich schüttele den Kopf. »Shadow hat sich bereits um alles gekümmert. Er hat die zerbrochenen Teile von mir wieder zu einem Ganzen zusammengesetzt. Ihr braucht euch keine Vorwürfe zu machen. Das schönste Geschenk, das ihr mir machen könntet, wäre, mit Shadow auszukommen. Ich wohne gern mit euch zusammen – nicht zuletzt, weil ich sehr viele Erinnerungen an unsere Eltern mit der Villa verbinde –, aber wenn es ständig zu Reibereien kommt, werde ich ausziehen.«

Cal seufzt. »Sieh es uns nach! Wir sind deine großen Brüder und können nicht einfach aus unserer Haut. Aber ich werde mich bemühen besser mit Shadow auszukommen. Ich hatte Vorbehalte gegen ihn – vor allem weil er ein Familiar ist –, doch wenn jemand nicht erkennt, wie gut er dir tut, ist er blind. Auch Zac wird das bald begreifen. Wenn Ilena einen neuen Familiar hat und von ihr keine Gefahr mehr droht, wird er sich endlich entspannen und die Dinge mit anderen Augen sehen. Er steht in letzter Zeit ziemlich unter Stress.«

»Ich weiß«, antworte ich, ehe ich unruhig das Gewicht von einem Fuß auf den anderen verlagere. »Wo bleiben die beiden nur? Normalerweise braucht Shadow nur ein paar Sekunden, um durch die Schatten zu springen. Hoffentlich ist nichts passiert ...«

Sofort überschlagen sich die Gedanken im Kopf. Was, wenn Ilena zwischenzeitlich doch wieder die Kontrolle verloren und Zac und Shadow angegriffen hat? Oder wenn die Allianz plötzlich bei uns zu Hause aufgetaucht ist und Shadow mitgenommen hat?

Als ich das Gefühl habe, vor lauter Panik keine Luft mehr zu bekommen, nehme ich eine Bewegung in den Schatten vor mir wahr. Ich halte den Atem an, höre nur noch das Blut in den Ohren rauschen, während ich wie gebannt in die Dunkelheit starre. Nach einer gefühlten Ewigkeit treten zwei Gestalten aus den Schatten hervor und ich atme erleichtert auf, als ich Shadow und Ilena erkenne. Mit zwei großen Schritten bin ich bei ihm und presse das Gesicht an seine Brust. Ilena, die neben uns würgend zusammenbricht, ignoriere ich ebenso wie das Schimpfen meines Bruders, als er zu ihr eilt.

»Du hast dir ganz schön Zeit gelassen«, murre ich leise, während ich beide Hände in Shadows Shirt kralle und seinen Duft nach Sommernächten inhaliere.

Er schlingt die Arme um mich und zieht mich noch fester gegen seine Brust. »Tut mir leid«, murmelt er, ehe er mich auf den Scheitel küsst. »Es gab einen unschönen Zwischenfall mit Ilena und Lumia, bei der dein Trank nicht mehr wirkt. Ich musste Zac helfen, die beiden zu trennen, und dann musste ich warten, bis Ilena sich umgezogen hat, da ihre Kleidung leicht angesengt war.« Bedächtig streicht er mir über den Rücken, bis ich mich ihm mit einem wohligen Schnurren entgegenrecke. »Ich wollte nicht, dass du dir Sorgen machst.«

»Ich kümmere mich um einen neuen Trank für Lumia, sobald wir zurück sind«, sage ich und schaue zu Shadow auf.

Ein vergnügtes Funkeln tanzt in seinen dunklen Augen. »Aber nicht, dass du wieder selbst davon trinkst!«

Ich beiße mir auf die Unterlippe, um ein Lachen zu unterdrücken. »Wieso? Klammerst du dich jetzt auch noch an deine angestaubten Prinzipien und würdest mich nicht anrühren?«

Das wissende Grinsen, das seine Lippen umspielt, genügt, um wahre Hitzewellen durch mich hindurchrauschen zu lassen. »Vielleicht sollten wir es auf einen Versuch ankommen lassen. Wobei ich es vorziehe, wenn ich dich in Stimmung bringe und du nicht auf irgendwelche Hilfsmittelchen zurückgreifen musst.«

»Hey, ihr zwei!«, ertönt es neben uns von Cal. »Es sind auch noch andere anwesend! Könnt ihr solche Themen bitte auf später verschieben? Ansonsten kann ich nicht garantieren, dass ich dir nicht doch noch ein blaues Auge verpasse.«

»Spielverderber«, murrt Shadow so leise, dass nur ich ihn verstehen kann.

»Alles in Ordnung?«, frage ich Ilena, als Cal ihr beim Aufstehen hilft. In ihrem Gesicht erkenne ich noch ein paar Rußspuren, aber ansonsten finde ich keine Anzeichen für eine Verletzung.

»Schon gut«, grollt sie. »Mit diesem Feuer-Familiar mache ich das nächste Mal kurzen Prozess!«

»Lumia wird sich wieder beruhigen«, sagt Cal. »Ich habe sie in letzter Zeit viel zu sehr vernachlässigt. Das lässt sie jetzt an dir aus. Sobald du einen neuen Familiar hast und wir nicht mehr den Zorn der Allianz fürchten müssen, wird sich alles wieder einpendeln, und auch Lumia und ich können wieder zu dem Team werden, das wir einst waren. Alles wird wieder so sein wie früher.«

Shadow beugt sich vor und flüstert mir ins Ohr: »Ich bezweifele, dass Ilena davon begeistert sein wird, wenn Cal wirklich alles so wie einst macht.«

Ich verdrehe die Augen. »Das wird er nicht tun. Wenn er mit Ilena zusammen ist, wird er nicht mehr mit Lumia schlafen.«

»Und was soll Lumia machen?«, flüstert Shadow. »Sie und Terra dürfen sich nicht in der Stadt in ihrer Illusionsgestalt zeigen. Dass sie sich einen anderen Mann sucht, fällt also flach. Soll sie etwa den ganzen Tag in der Villa hocken und Däumchen drehen, während Cal und Ilena auf glückliches Pärchen machen? Ich kenne Lumia nicht so lange wie du, aber ich bezweifele, dass sie da mitspielen wird.«

»Lumia muss einsehen, dass Cal sie nicht liebt«, entgegne ich. »Gefühle können nicht erzwungen werden.«

»Das hat sie verstanden«, murmelt Shadow. »Aber sie ist nicht der Typ, der gerne teilt. Vor allem nicht, wenn sie keine Alternativen hat. Dadurch dass Zac und Cal ihren Familiaren nicht erlauben, die Villa zu verlassen, kann sie keinerlei andere Kontakte knüpfen. Sie ist auf dich und deine Brüder als Gesellschaft angewiesen. Bestimmt ginge es ihr besser, wenn sie wenigstens etwas Zerstreuung finden könnte. Sie alle hocken in der Villa aufeinander. Da ist es nur eine Frage der Zeit, bis es einem von ihnen zu viel werden wird.«

Ehe ich darauf etwas erwidern kann, packt mich Shadow an der Schulter und schiebt mich hinter sich. Ich halte den Atem an, als ich an ihm vorbei spitze.

Ilenas Körper bebt und das platinweiße Haar hängt ihr ins Gesicht, als sie sich nach vorn beugt. Die Arme um sich geschlungen wiegt sie den Oberkörper vor und zurück.

Cal hockt sich vor sie, umfasst ihr Gesicht mit beiden Händen und zwingt sie ihn anzusehen. »Was ist los?«, fragt er eindringlich, während sein Blick über sie huscht.

Anstatt ihm zu antworten, reißt sie den Mund auf und schreit so laut, dass ich zusammenzucke. So schnell, dass ich der Bewegung kaum mit den Augen folgen kann, streckt sie den Arm aus und krümmt die Finger. Im nächsten Augenblick schleudert sie einen Schwall Brackwasser auf Shadow. Doch ich bin zur Stelle: Mit einer Hand umklammere ich Shadows Arm, die andere halte ich schützend vor uns und kann so Ilenas Angriff abwenden.

Cal starrt fassungslos erst auf mich, dann auf das helle Leuchten, das meine ausgestreckte Hand umgibt, und schließlich auf Ilena, deren hübsches Gesicht zu einer Fratze verzerrt ist.

»Bring sie unter Kontrolle«, grolle ich meinen Bruder an, »sonst machen Shadow und ich das!«

Shadow neben mir gibt ein wohliges Schnurren von sich, ehe er die Fingerknöchel knacken lässt. »Endlich mal wieder was zu tun!«

»Nichts da!«, geht Cal dazwischen. »Ihr werdet sie nur unnötig verletzen.«

Ich stoße ein Schnauben aus. »Besser, als wenn sie einen von uns verletzt.«

Doch Cal ignoriert mich und packt Ilena, die bereits erneut dem umliegenden Wasser ihren Willen aufzwingen will, an den Schultern. »Bitte komm zu dir!«, beschwört er sie, doch die Bändigerin scheint durch Cal hindurchzusehen, als wäre er Luft. Ihr Blick fixiert Shadow und mich, die sie wahrscheinlich als die größere Bedrohung ansieht. Und damit liegt sie nicht daneben. Cal würde es nicht wagen, ihr ernsthaft zu schaden.

Ich nicke Shadow kurz zu, ehe ich die schützende Barriere um uns herum verschwinden lasse. Ilena will zu einem weiteren Angriff ausholen, doch Shadow ist schneller als sie. Er schießt einen Schattenblitz auf sie ab, der sie nach hinten gegen die Hauswand schleudert. Keuchend sackt sie zu Boden, wo Shadow ihren Geist in Schatten hüllt. Sämtliche Kraft weicht mit einem Mal aus der Wasserbändigerin und sie kippt zur Seite weg.

Cal fängt sie auf, bevor sie der Länge nach im Schlamm aufschlagen kann, und durchbohrt meinen Familiar und mich anschließend mit tödlichen Blicken. »War das nötig?«

»Ich kann einen Geist nur in Schatten hüllen, wenn es entweder dem freien Willen des Betroffenen entspricht oder wenn er sich nicht mehr dagegen wehren kann«, erklärt Shadow ruhig. »Ich musste sie also zuerst unschädlich machen.«

»Aber sie hätte uns nichts getan!«, begehrt Cal auf.

»Willst du die Aussage noch mal überdenken?«, frage ich. »Du hast den Wasserzauber, den sie auf uns geschleudert hat, doch auch gesehen. Ich weiß, wie es sich anfühlt, von ihren Zaubern getroffen und verletzt zu werden, und glaub mir, ich bin nicht scharf darauf, das noch mal spüren zu müssen.« Ich halte Cals mörderischem Blick stand, bis er sich grummelnd abwendet. »Jetzt trag sie hinein zum Medium, damit wir hier fertig werden. Je schneller sie einen neuen Familiar bekommt, desto eher geht von ihr keine Bedrohung mehr aus.«

Ich beobachte Cal dabei, wie er Ilena umständlich auf die Arme hebt und mit ihr aus der Gasse hinaus auf die Straße geht. Dabei frage ich mich nicht zum ersten Mal, warum mein Bruder so blind ist und verbohrt reagiert, sobald es um Ilena geht. Shadow streicht mir mit den Fingern über den Handrücken und reißt mich dadurch aus den Gedanken.

»Danke für deinen Schutz«, murmelt er und küsst mich auf die Wange.

Ich rolle mit den Augen, spüre aber ein Lächeln in mir aufsteigen. Es gibt nichts, wofür er sich bedanken müsste, doch ich genieße das Gefühl, ihm eine Hilfe sein zu können.

Shadow verschränkt die Finger mit meinen und ich folge ihm zum Haus des Mediums.

»Ich darf mich nicht allzu weit von Ilena entfernen«, sagt er beim Gehen. »Sonst kann es passieren, dass sie meinem Zauber entkommt.«

Ich fühle mich an das Gespräch von vorhin über die Risse in Zaubern erinnert und drücke seine Hand. »Wenn du neue Magie nach den ganzen Schattensprüngen und dem Zauber auf Ilena brauchst, musst du es nur sagen.«

Er grinst mich an. »Das regeln wir lieber, wenn wir zurück sind. Ich habe ungern Zuschauer, wenn ich mich nähre. Erst recht, seitdem wir das Notwendige mit dem Angenehmen verbinden.«

Ich beiße mir auf die Unterlippe, bin aber machtlos gegen die Bilder, die wie von selbst in meinem Kopf erscheinen. Innerlich verfluche ich mich dafür, dass ich angeboten habe, Cal und Ilena zu begleiten, wenn ich stattdessen die Zeit hätte mit Shadow verbringen können.

»Hoffen wir, dass das Medium nicht zu lange braucht, um einen passenden Familiar für Ilena zu finden«, murmele ich, ehe wir hinter Cal und der Abtrünnigen das Haus betreten.

KAPITEL 7

Felicity

Das Innere des Hauses verstört mich noch genauso wie bei meinem ersten Besuch beim Medium. Hektisch leuchtende Neonreklame an den Wänden erhellt den Innenraum und bunte, im Reklamelicht glänzende Winkekatzen, die auf mehreren Kommoden und Regalen aufgereiht stehen und uns in unterschiedlichem Abstand mit dem Ärmchen zuwinken, säumen wie üblich den Weg. Ausgetretene geblümte Teppiche liegen auf dem Boden und dämpfen unsere Schritte.

Ich gebe mir Mühe, so wenig wie möglich um mich herum wahrzunehmen, um nicht noch einem epileptischen Anfall zu erliegen, und halte mich nah bei Shadow. Cal, der die schlafende Ilena auf den Armen trägt, läuft vor uns und macht nur dann einen Schritt zur Seite, wenn ich eine Tür öffnen muss. Ähnlich wie beim letzten Mal begegnen wir im Haus keiner Menschenseele; dabei dachte ich immer, dass beim Medium ein ständiges Kommen und Gehen herrscht. Andererseits wäre ich nicht hier, wenn es um mich ginge. Shadow ist mein Familiar – es gäbe für mich keinen Grund, das Medium erneut aufzusuchen.

Die letzte Tür am Ende des Ganges öffnet sich ohne mein Zutun.

»Ich habe schon vor Tagen mit deinem Erscheinen gerechnet, Felicity«, begrüßt mich das Medium in tadelndem Tonfall, während sie uns hereinwinkt.

Ich spüre ein Lächeln, das sich auf meinen Lippen ausbreitet, als ich Hand in Hand mit Shadow den Raum betrete. Das Medium, jene alte Frau, deren Alter ich unmöglich schätzen kann, sitzt an einem Tisch, auf dem mehrere Kerzen flackern, die die einzige Lichtquelle darstellen und das silberne Haar und die nahezu weißen Augen der Frau in einen golden glänzenden Schein tauchen.

»Wir sind nicht meinetwegen hier«, sage ich, während ich respektvoll den Kopf vor ihr neige.

Ihr Blick huscht zunächst zu Shadow, dann zu unseren verschränkten Händen, ehe sie mich anlächelt. »Das sehe ich. Deinem Familiar geht es blendend. Und dir auch, wie mir scheint. Da habe ich wohl doch den richtigen Begleiter für dich gefunden.«

Ich erwidere ihr Lächeln. »Ich kann mich nicht beklagen.«

Shadow küsst mich auf die Schläfe und zieht mich näher an sich. Mit einem leisen Seufzen schmiege ich mich an ihn und genieße das Gefühl seines Körpers an meinem.

Das Medium gibt ein glucksendes Lachen von sich. »Der widerspenstigste Familiar, der mir und den anderen Medien aus den umliegenden Bezirken und Städten je untergekommen ist, hat sich tatsächlich in ein handzahmes Kätzchen verwandelt! Dass ich das noch erleben darf!«

»Vorsichtig, altes Weib«, grollt Shadow, doch ich höre auch in seiner Stimme ein unterdrücktes Lachen.

Nachdem sie uns ein nachsichtiges Nicken geschenkt hat, wendet sie sich Cal und Ilena zu. »Was kann ich für dich tun, Calvin? Wo hast du deinen Familiar gelassen?«

Cal geht zum Tisch und lässt Ilena vorsichtig auf einem der beiden Stühle, die davorstehen, nieder. Sanft streicht er ihr einige wirre Strähnen aus dem Gesicht, ehe er ebenfalls vor dem Medium den Kopf neigt. »Ich erbitte deine Hilfe für Ilena«, sagt er schließlich und deutet auf die Abtrünnige. »Sie hat ihren Familiar verloren und leidet nun unter den Auswirkungen, sodass sie ...«

»... eine Abtrünnige geworden ist«, fällt ihm das Medium ins Wort. Ihre Stimme klingt plötzlich hart und unnachgiebig. »Ich kenne sie, obwohl nicht ich es war, die ihren Familiar für sie gefunden hat. Ich weiß, dass sie über das Wasser gebieten kann.«

»Kannst du ihr helfen?«, frage ich und warte, bis das Medium wieder mich ansieht. Ich lege eine Hand auf mein Herz und sage: »Sie und Cal besitzen ein identisches Glimmen. Wenn sie einen neuen Familiar hätte, könnte sie ...«

Das Medium schüttelt den Kopf. »Familiare sind keine Gegenstände, die du nach Belieben ersetzen kannst. Ganz gleich, was die Allianz erzählt und die Magier glauben machen will.«

»Ich weiß das besser als meine Brüder«, sage ich und drücke Shadows Hand. »Leider habe ich keine Ahnung, was mit ihrem Familiar geschehen ist. Doch sie leidet! Ich habe am eigenen Leib gespürt, wie schlimm die Auswirkungen eines Magieüberschusses sein können. Ich möchte nicht, dass ihr Familiar ersetzt wird, denn für einen Familiar gibt es keinen Ersatz. Aber ich wünsche mir, dass sie einen neuen Familiar bekommt, der ihr dabei hilft, ihren Verlust zu verkraften, und sie ein normales Leben führen lässt.«

Das Medium mustert mich eine lange Zeit eingehend, doch ich zwinge mich dazu, den Blick nicht abzuwenden. Shadows Stärke, die ich neben mir spüren kann, gibt mir die nötige Kraft dazu.

»Was ist mir dir, Felicity?«, fragt die alte Frau schließlich. »Würdest du auch um einen neuen Familiar bitten, wenn dein jetziger – aus welchem Grund auch immer – nicht mehr bei dir wäre?«

Ich versteife mich unwillkürlich bei ihrer Frage und spüre sowohl Cals als auch Shadows Blick auf mir.

»Nein«, antworte ich.

»Weshalb glaubst du dann, dass es bei Ilena anders ist?«, hakt das Medium nach. »Könnte sie nicht ebenso wie du an ihrem verlorenen Familiar hängen und sich deshalb entschlossen haben, nicht um einen neuen zu bitten?«

»Ich kannte ihren Familiar nicht«, sage ich. »Ich weiß nicht einmal, welchem Element er angehört hat. Aber durch meine Gabe weiß ich, dass ihre andere Hälfte gerade hinter ihr steht. Ohne einen neuen Familiar kann sie nicht mit Cal zusammen sein, denn dann ginge stets eine Gefahr von ihr aus, wie sie vor wenigen Minuten draußen eindrucksvoll bewiesen hat. Ganz gleich, welchen Familiar sie zuvor hatte, ich bin sicher, dass sie ihn vermisst, aber … ihr Herz gehört zu Cal. Genau wie meines zu Shadow gehört.«

Mein Familiar streicht mir mit dem Daumen über den Handrücken, während Cal stirnrunzelnd zu mir schaut. Er wusste zwar, dass Shadow und ich zusammen sind, aber ich habe ihm nicht gesagt, dass mein Familiar das gleiche Glimmen wie ich besitzt.

Als das Medium nicht reagiert, füge ich hinzu: »Es muss doch einen Weg geben, Ilena zu helfen.«

»Wenn es so einfach wäre, aus einem gefallenen wieder einen rechtschaffenen Magier zu machen, gäbe es keine Abtrünnigen mehr«, wirft das Medium ein. »All jene mit einem zu hohen Magieüberschuss würde man zu einem Medium bringen und einen neuen Familiar für sie erbitten. Aber das genügt nicht.«

»Was muss ich tun?«, fragt Cal, während er sich nach vorn lehnt. »Um Ilena zu helfen, werde ich jeden Weg gehen.«

Das Medium legt den Kopf schief. »Ist es denn ihr Wille, etwas an ihrer Situation zu ändern? Das ist der erste und wichtigste Schritt. Kein Familiar dieser oder der Nebenwelt kann ihr helfen, wenn sie sich weigert, mit ihm einen Pakt einzugehen.«

»Wir könnten sie fragen«, schlägt Shadow vor und entlässt Ilenas Geist mit einem Fingerschnippen aus seinem Zauber.

Blinzelnd kommt die Wasserbändigerin zu sich und hält sich stöhnend den Kopf, nachdem sie sich kurz umgesehen hat. »Wo … wo bin ich? Was ist passiert?«

»Du hast uns angegriffen«, sage ich. »Deshalb sahen wir uns gezwungen, dich für eine Weile ruhigzustellen. Du befindest dich gerade im Haus des Mediums.«

Ihr Blick huscht unstet umher, ohne sich länger als einen winzigen Moment auf eine Stelle zu konzentrieren. »Das ist nicht der Ort, an dem ich vor Jahren war«, murmelt sie.

»Nein.« Das Medium stellt sich vor Ilena und legt ihr zwei Finger unters Kinn. »Du warst bei einer Kollegin von mir, aber das macht nichts. Weißt du, warum Felicity und Cal dich zu mir gebracht haben?«

Ilena gelingt es nicht, dem durchdringenden Blick des Mediums standzuhalten. »Der verdammte Schattenkater hat mich hergebracht«, knurrt sie schließlich. »Nachdem die Flammentussi versucht hat mich in ein Häufchen Asche zu verwandeln.«

Cal sinkt in sich zusammen, als ihn der tadelnde Blick des Mediums trifft. Shadow hingegen reagiert nur mit einem Schnauben.

»Ich kann dich gerne zurück in den Geräteraum bringen«, bietet er an.

Ilenas Kopf ruckt zu ihm herum. »Ich werde mich nicht noch einmal von dir anfassen lassen!«

Ich verziehe den Mund. »Sie war mir bedeutend sympathischer, als ihr Geist in Schatten gehüllt war.«

»Genau das habe ich eben auch gedacht«, pflichtet mir Shadow leise bei.

»Du bist hier, weil Calvin hofft, dass ich einen neuen Familiar für dich finde«, sagt das Medium und wartet, bis Ilena sie wieder ansieht. »Dadurch könntest du den Lockungen deines Elementes widerstehen und den Magieüberschuss in dir loswerden. Darf ich fragen, was mit deinem vorherigen Familiar geschehen ist?«

Ilena blinzelt mehrmals hintereinander und runzelt dann die Stirn. »Ich ... weiß es nicht. Ich kann mich noch nicht einmal daran erinnern, wie er aussah oder hieß.«

»Aber du hattest einen Familiar, oder?«, will ich wissen.

Erneut zögert Ilena mit einer Antwort und reibt sich mit der Hand über die Stirn, als wollte sie einen hartnäckigen Kopfschmerz dadurch vertreiben. »Ich weiß, dass ich an einem ähnlichen Ort wie diesem war und einem anderen Medium gegenüberstand. Aber danach ist alles ... seltsam unklar.«

»Deine fehlenden Erinnerungen werfen kein gutes Licht auf dich, Ilena«, sagt das Medium streng. »Ich kann nicht beurteilen, ob du deinen Familiar wissentlich vernachlässigt hast oder ob ihm etwas anderes widerfahren ist.«

Die Wasserbändigerin greift sich wieder an die Stirn. »Es tut mir leid. Ich weiß es nicht mehr.«

Sie kommt mir nicht so vor, als würde sie bluffen. Offenbar hat sie tatsächlich keine Erinnerungen mehr an ihren vorherigen Familiar. Allein beim Gedanken daran, dass es da draußen eine Macht gibt, die mir die Erinnerungen an Shadow rauben könnte, spüre ich einen Stich in der Brust.

»Ich kann versuchen einen neuen Familiar für dich zu finden«, sagt das Medium schließlich. »Aber ich kann nicht versprechen, dass es mir gelingt. Bei meiner Suche in der Nebenwelt fragen mich die Familiare über den potenziellen Träger aus. Es wird nicht gut ankommen, dass du deinen vorherigen Begleiter verloren hast und dich nicht an ihn erinnerst.«

»Kannst du sie nicht einfach anlügen?«, fragt Cal.

Sofort stößt Shadow ein unheilvolles Grollen aus. »Das Medium ist das einzige Bindeglied zwischen unseren Welten. Sie genießt sowohl hier als auch in der Nebenwelt größten Respekt und ist über jeden Zweifel erhaben. Sollte sich ein Medium dazu herablassen zu lügen, nur weil sich deine Freundin nicht an ihren Familiar erinnern kann, würde es das Vertrauen, das wir seit Jahrtausenden in die Medien haben, bis auf die Grundfesten erschüttern.«

»Niemand muss lügen oder etwas schönreden«, sage ich schnell. »Vielleicht findet sich ein Familiar, der das Risiko von sich aus eingehen will. Wenn nicht, werden wir einen anderen Weg finden müssen.«

Das Medium nickt. »Ich werde mein Möglichstes tun, aber ich kann nichts versprechen. Du hast sehr viel Magie in dir, was für die meisten Familiare verlockend ist. Hoffen wir, dass diese Verlockung schwerer wiegt als die Unsicherheit über deine Vergangenheit.«

Das Medium lehnt sich auf dem Stuhl zurück und schließt die Augen.

»Sie schickt ihren Geist in die Nebenwelt«, flüstert Shadow nah an meinem Ohr. »Dort berichtet sie den Familiaren von dem Magier, der einen Pakt eingehen will.«

Ich neige leicht den Kopf zu ihm. »Ich wusste nicht, dass sie zwischen den Welten wandeln kann.«

»Nur die weisen Frauen, die als Medium bekannt sind, sind dazu fähig«, erklärt Shadow leise. »Und sie können nur ihren Geist zu uns schicken. Ihr Körper verbleibt hier. Jedoch reicht dieses Bindeglied aus, um einen Familiar aus der Nebenwelt in diese zu bringen. Jedenfalls wenn einem von ihnen gefällt, was das Medium über den möglichen Träger zu sagen hat. Bei Ilena bin ich mir nicht sicher. Ich wäre dem Ruf nicht gefolgt.«

Ich nicke. Wahrscheinlich wäre ich das Risiko als Familiar auch nicht eingegangen. Im schlimmsten Fall hat Ilena ihren Familiar wissentlich leiden oder gar sterben lassen.

»Was hat dir das Medium über mich erzählt, als sie nach einem Familiar für mich gesucht hat?«, will ich wissen.

Shadow lehnt sich zu mir und haucht einen Kuss auf meine Wange. »Nichts. Ich wusste bereits alles, schließlich konnte ich hin und wieder einen Blick auf dich erhaschen. Ich wusste, um welche Magierin es sich handelte, als der Geist des Mediums in der Nebenwelt auftauchte und nach deinem passenden Gegenstück suchte. Bis ich mich aus meinem Exil zu ihr vorgearbeitet hatte, standen schon eine Menge anderer Schatten-Familiare Schlange, um für dich ausgewählt zu werden. Sie scharten sich um das Medium, hingen förmlich an ihren Lippen, als die Alte erzählte, welche und wie viel Magie du in dir trägst. Ich lief an ihnen allen vorbei. Die meisten von ihnen wichen vor meiner Macht zurück und starrten mich fassungslos an. Sie wussten zwar, wer ich bin, aber sie alle waren zu jung, um mich je gesehen zu haben. Nur ein weiblicher Schatten-Familiar, den das Medium bereits für dich ausgewählt hatte, machte mir nicht Platz, aber ich war schneller als sie. Im letzten Moment klammerte ich mich an den Geist des Mediums, als dieser mit einem vermeintlich anderen Familiar zurück in eure Welt verschwand und ehe ein anderer Schatten-Familiar mir zuvorkommen konnte.« Er schiebt eine Hand an der Seite unter mein Shirt und liebkost die Haut direkt über dem Hosenbund. Diese winzige Berührung genügt, dass ich wohlig den Rücken durchdrücke. »Und als ich hier ankam, griff ich nach deiner Hand und hoffte von ganzem Herzen, dass ich gut genug war, damit du mich behältst.«

Das warme Gefühl, das bei seinen Worten in meiner Brust explodiert, ist so übermächtig, dass ich alles andere um uns herum ausblende. Ich verliere mich in seinen dunklen geheimnisvollen Augen und wünschte, ich könnte der stummen Verlockung, die in seinem einladenden Blick liegt, nachgeben.

»Du weißt schon, dass er ein Familiar ist?«, grummelt Ilena, die sich zu uns umgedreht hat.

Ich ziehe eine Augenbraue nach oben und schmiege mich enger an Shadow. »Und du weißt, dass mich deine Meinung nicht interessiert? Und dass es mich nur eine Bitte kostet, damit du zurück in dein Gefängnis gebracht wirst? Wir sind deinetwegen hier, vergiss das nicht.«

»Ich habe euch nicht darum gebeten hierzubleiben«, giftet sie.

»Das stimmt. Aber ich möchte ungern von Cal verlangen, dass er dich ausschaltet, sobald du wieder die Kontrolle verlieren solltest.«

»Das übernehme ich mit Freuden«, raunt Shadow neben meinem Ohr.

»Noch mal werde ich nicht gegen dich verlieren«, zischt Ilena.

Ich seufze. »Ich weiß nicht, warum du so zickig auf uns reagierst. Wir wollen dir nichts Böses, ganz im Gegenteil. Nur dank meiner Gabe bist du bei uns zu Hause gelandet, sonst wäre es dir wie allen anderen Abtrünnigen ergangen. Weil ich gesehen habe, dass dein Glimmen Cals gleicht, wurdest du verschont. Ich will dafür keinen Dank von dir. Aber dass du deine Nase aus meinen Angelegenheiten hältst, wäre angebracht.«

»Ich weiß, was deine Gabe ist.« Noch immer fixiert sie mich aus zu Schlitzen verengten Augen. »Und ich erinnere mich dunkel daran, deinen Namen mehrmals gehört zu haben. Du warst es, die ich holen sollte. *Er* verlangte nach dir.«

Gänsehaut breitet sich auf meinen Armen aus und ein eisiger Schauer erfasst mich. Um zu überspielen, welche Panik Ilenas Worte in mir heraufbeschwören, verschränke ich schnell die Arme vor der Brust.

»Wer ist *er*?«, fragt Shadow mit einem Grollen in der Stimme.

Ilena greift sich mit beiden Händen an den Kopf und stößt keuchend den Atem aus. »Ich ... weiß es nicht. Da war ein ... Mann, doch ich kann mich nicht an sein Gesicht erinnern. Er zeigte mir einen Weg aus dem Schmerz und der Dunkelheit, die zu meinem neuen Lebensinhalt wurden.«

»Das war, als du deinen Familiar verloren hast, nicht wahr?«, murmelt Cal und streicht ihr über den Rücken.

»Alles ist verschwommen und undeutlich, als würde ich etwas durch schmutziges Glas betrachten«, presst sie hervor. »Und mein Kopf fühlt sich an, als wollte er explodieren, wenn ich versuche mich zu erinnern.«

»Ihre Erinnerungslücken scheinen sich nicht nur auf den Familiar zu beschränken«, flüstere ich Shadow zu.

Er nickt. »Vielleicht ergeht es allen Abtrünnigen ab einem gewissen Punkt so, dass ihnen die Erinnerungen an ihr Leben als Magier abhandenkommen. Es muss nichts bedeuten. Auch bei ihrem Geplapper von eben kann es sich um Wahnvorstellungen handeln.« Er streift mit den Lippen über meine Wange. »Lass es nicht zu nah an dich heran! Sie will dir nur Angst machen.«

Ich verkneife mir im letzten Moment ein *Und wenn nicht?* und murmele eine halbherzige Zustimmung. Die Kälte, die von mir Besitz ergriffen hat, will jedoch nicht verschwinden.

***

Es vergeht eine Weile, bis das Medium endlich wieder die Augen aufschlägt.

»Es war ... nicht leicht«, keucht sie, während ihr Blick auf Ilena ruht. Die Hände hat sie übereinandergelegt. »Ich habe lange gebraucht, um einen Familiar davon zu überzeugen, das Risiko einzugehen und einen Pakt mit dir zu schließen.«

Sie streckt die Hände aus. Ich mache einen Schritt nach vorn, um besser sehen zu können. Auf der Handfläche des Mediums liegt eingerollt eine winzige schlangenähnliche Echse mit kurzen Beinen, deren Schuppen gelblich im Kerzenschein schimmern. Zögerlich hebt sie den Kopf und sieht uns nacheinander an, während die kaum sichtbare rote Zunge immer wieder aus ihrem Maul spitzt.

»Sein Name ist Fulgur«, sagt das Medium, als sich keiner von uns rührt. »Er ist noch sehr jung und unerfahren, aber ich bin mir sicher, dass ihr gut zusammenpassen werdet.«

Die Hand, die Ilena nach dem kleinen und neugierig dreinblickenden Familiar ausstreckt, zittert und ihre Schultern beben. Als sie in Reichweite ist, huscht der Familiar erstaunlich flink mit schlängelnden Bewegungen von der Hand des Mediums, stellt sich auf die Hinterbeinchen und reckt den Kopf, um seiner Trägerin ins Gesicht sehen zu können.

»Hallo, Fulgur«, haucht Ilena kaum hörbar. »Es freut mich, dich kennenzulernen.« Ilenas Blick huscht wieder zurück zum Medium. »Ich ... habe keinen Talisman.«

Ich fahre mit dem Daumen über den Ring meiner Mutter, den ich trage und über den Shadow sich regelmäßig an meiner Magie nährt. Als wir sie bei uns im Geräteraum eingesperrt haben, nahmen wir ihr sicherheitshalber alles ab, was sie am Leib trug, und gaben ihr neue Kleidung. Zu groß war Zacs Angst, dass sie irgendwo einen Peilsender oder ein Abhörgerät tragen könnte. Daher besitzt Ilena auch keinen Schmuck oder besondere Gegenstände, die als Talisman und Verbindung zwischen Träger und Familiar dienen können.

Das Medium öffnet eine kleine Schublade am Tisch und holt eine silberne Kette mit einem kleinen Anhänger in Herzform hervor. »Hier«, sagt die weise Frau, während sie Ilena die Kette reicht. »Es ist nichts Besonderes, aber für den Notfall verwahre ich etwas Modeschmuck bei mir auf.«

Da Fulgur auf Ilenas Hand liegt, nimmt Cal die Kette an sich, streicht Ilenas helles Haar nach vorn und legt ihr den Schmuck um. Dankbar lächelt sie ihn an, ehe sie sich wieder ihrem neuen Familiar widmet.

»Ich freue mich, dass du da bist«, sagt sie. »Du hast bestimmt Hunger, nicht wahr?«

Sie führt die Hand in die Nähe der Kette und nach kurzem Zögern gleitet Fulgur auf Ilenas Schulter und legt sich um ihren Hals. Sein Körper ist gerade groß genug, dass er bequem um ihren Nacken liegen kann; Schwanzspitze und Kopf des schlangenähnlichen Körpers ragen nach vorn über ihr Schlüsselbein. Umständlich angelt Fulgur nach dem Herzanhänger und entlockt mir damit ein Schmunzeln. Erst nach mehreren Anläufen gelingt es ihm, den Anhänger ins Maul zu nehmen. Mit einem seligen Lächeln auf den Lippen schließt Ilena die Augen, während sich ihr neuer Familiar an ihrem Magieüberschuss nährt.

Shadow schlingt einen Arm um mich und flüstert mir ins Ohr: »Wenn ich dem Kleinen so zusehe, bekomme ich auch schon wieder Hunger.«

Ich lege ihm eine Hand an die Wange. »Wir sind hier fertig, oder? Wir müssen nur noch dafür sorgen, dass alle wohlbehalten – und ohne Dummheiten zu machen – zu Hause ankommen. Dann kümmere ich mich mit Freuden darum, dass mein Familiar nicht verhungert.«

Ich spüre die Vibration seines wohligen Schnurrens am Rücken.

»Und was erwartet meine Trägerin als Gegenleistung?«, raunt er leise, ehe er mir sacht ins Ohr beißt.

Ich unterdrücke ein Stöhnen und brauche ein paar Augenblicke, bis ich ihm antworten kann. »Oh, keine Sorge! Da fällt mir schon das ein oder andere ein.«

»Dann sollten wir zusehen, dass wir so schnell wie möglich von hier verschwinden«, murmelt er. »Allerdings kann ich mit einem Schattensprung nur eine Person oder einen Familiar mitnehmen. Ich bezweifele, dass sich Ilena so schnell von Fulgur trennen und ihn in meine Obhut geben wird. Vor allem, da sie mit mir keine sonderlich angenehmen Schattensprünge hinter sich hat.«

»Ich befürchte, es ist zu früh, um Ilena unbeaufsichtigt durch die Stadt streifen zu lassen«, sage ich. »Trotz ihres neuen Familiars könnte sie einen Rückfall erleiden, und Cal wird nicht mit aller Macht gegen sie vorgehen, sollte sie wieder die Kontrolle verlieren.«

Shadow seufzt und verstärkt den Druck seines Arms um meinen Bauch. »Also bleibt es wieder an uns hängen, auf sie aufzupassen. Dabei wüsste ich so viele Möglichkeiten, wie wir unsere Zeit sinnvoller nutzen könnten.«

Ich lehne den Kopf gegen seinen und murmele eine Zustimmung. Ich wünschte, Shadow brächte mich einfach in unser Hotelzimmer. Cal und Ilena sind erwachsen und können zusehen, wie sie zurechtkommen. Aber so sind wir nicht. Ich könnte es mir nie verzeihen, wenn Ilena trotz der positiven Wendungen, die dieser Tag genommen hat, doch noch die Kontrolle verliert und die Stadt in Angst und Schrecken versetzt, während mein Bruder zusieht und nicht wagt einzugreifen. Wir werden ein Taxi rufen, sobald uns das Medium entlässt, und sicherheitshalber wird Shadow Ilenas Geist in Schatten hüllen, bis wir zu Hause angekommen sind. Was wir dann mit der Wasserbändigerin anfangen, werden wir anschließend entscheiden müssen.

»Hab vielen Dank, Medium«, sagt Cal an Ilenas Stelle. »Ich kann gar nicht ausdrücken, was es für mich bedeutet, dass du ihr helfen konntest.«

»Dank mir nicht zu früh«, entgegnet die weise Frau. »Ich konnte zwar einen Familiar für Ilena finden, aber du siehst es ja selbst – er ist sehr jung und klein und verbraucht nicht einmal einen Bruchteil der überschüssigen Magie, die sie in sich trägt. Es ist gut möglich, dass es nicht ausreicht, um sie wieder auf den rechten Pfad zurückzuführen. Schließlich ist der Magieüberschuss nicht der einzige Grund, warum ein Magier zu einem Abtrünnigen wird.«

»Sondern?«, frage ich.

Das Medium mustert mich eine Weile so durchdringend, dass ich mit dem Gedanken spiele, mich hinter Shadows breitem Rücken vor ihrem Blick zu verbergen. Doch es gelingt mir, das Kinn oben zu halten und nicht zurückzuweichen.

»Du warst selbst betroffen, Felicity«, sagt die weise Frau schließlich. »Wenn es nur vom Magieüberschuss abhinge, hättest du schon vor Jahren eine Abtrünnige werden müssen, denn du warst zum Bersten voll mit Magie.« Ihr Blick huscht zu Shadow, der hinter mir steht. »Das wird dein Familiar bestätigen können.«

»Ihr Körper produziert selbst jetzt in ruhigen Zeiten so viel Magie, dass ich sie kaum aufnehmen kann«, sagt Shadow.

»Und woran erinnert dich das?«, will das Medium wissen. »Du hast es bereits erlebt.«

Ich drehe den Kopf und schaue Shadow an, der die Stirn runzelt. »An die Magier der alten Zeit«, antwortet er nach einem Moment. »An die, denen ein Familiar nicht genügt hat, um ihre Magie im Einklang zu halten.«

Das Medium nickt. »Ich weiß nicht, ob du mit Lumia und Terra darüber gesprochen hast, aber sie werden dir Ähnliches von ihren Trägern berichten können. Zachary, Calvin und Felicity sind außergewöhnlich, deshalb benötigen sie mächtige Familiare an ihrer Seite. Aber wie du weißt, ist Macht ...«

»... ein zweischneidiges Schwert«, beende ich ihren Satz. »Abgesehen davon, dass es unser Familienleitspruch ist, höre ich das Zitat in letzter Zeit häufiger. Was soll das bedeuten?«

»Dass denen, die über viel Macht verfügen, wenig Glück vergönnt ist«, antwortet das Medium.

Ich seufze. »Jetzt bin ich genauso schlau wie zuvor ...«

»Magier, die über zu viel Macht verfügen, neigen dazu, die falschen Entscheidungen zu treffen«, fährt die weise Frau fort. »Nicht immer aus Bosheit, aber meist ist ihre Entscheidung fatal genug, um Ereignisse ins Rollen zu bringen, die sie nicht mehr beeinflussen können. Mit zu viel Macht gehen ehrgeizige Träume einher, und um diese zu erreichen, ist den Mächtigen irgendwann jedes Mittel recht.« Sie neigt den Kopf, während sie mich eingehend betrachtet. »Vor allem du mit deiner Gabe, die sich nicht in Elementen offenbart, hättest die Welt bis auf die Grundmauern erschüttern können, wenn es dein Wille gewesen wäre.«

Ich schnappe nach Luft, während ich in Gedanken ihre Worte wieder und wieder durchgehe. »Ich hätte ... Ich wäre eine Bedrohung gewesen? Aber das muss ein Irrtum sein! Ohne Shadows Hilfe, ohne seine Magie bekomme ich nichts auf die Reihe.«

Das Medium schüttelt mit einem nachsichtigen Lächeln den Kopf. »Du wolltest es nicht sehen und das ist gut so. Du besaßest nicht den Willen, aus eigener Kraft nach Höherem zu streben, sonst wärst du schon vor Jahren zu einer Abtrünnigen geworden. Es ist der eigene Wille, der den Ausschlag gibt. Wenn du nichts für Macht oder Ruhm übrighast und dein Wille stark genug ist, um sich gegen den Magieüberschuss behaupten zu können, wirst du auch ohne Familiar überleben können. Es ist schwer, aber machbar. Die Magie in deinem Körper ist wie ein Akku, der ständig bis zum Anschlag vollgeladen ist. Manchmal genügt ein Funke und er überhitzt. Dann wird ein Magier zu einem Abtrünnigen. Ohne einen entsprechenden Willen wird es jedes Mal schwerer, sich gegen die ungehemmte Macht zu behaupten, die in einem tobt. Dein Familiar ist dazu da, diese Macht auf ein erträgliches Minimum zu reduzieren, sodass du mittlerweile auch deinen Alltag wieder normal bestreiten kannst.« Ihr Lächeln wird breiter. »Und wenn ich mir Shadow ansehe, bekommt ihm seine neue Aufgabe durchaus.«

Ehe ich ihr zustimmen kann, steht die weise Frau auf und kommt auf uns zu. Selbst im Vergleich zu mir ist sie klein, jedoch von kräftiger Statur, aber das tut ihrer Ausstrahlung keinen Abbruch. Ich versteife mich, als sie direkt vor mir stehen bleibt. Doch es ist Shadow, den sie zu sich winkt. Zögerlich löst mein Familiar den Arm von mir und tritt hinter mir hervor.

»Ich habe schon viele Jahre keinen Familiar wie dich gesehen«, sagt das Medium und streckt die Hand nach ihm aus. »So alt und mächtig und voller Magie verschiedener Träger, dank derer du dich weit entwickelt hast. Selbst Terra und Lumia sind nicht im Mindesten so stark wie du, obwohl sie auch eine menschliche Illusion annehmen können.«

Sie legt ihm die Hand auf die Brust, während ich angespannt den Atem anhalte. Mein Kopf ist wie leer gefegt, trotzdem wütet in mir eine unterschwellige Angst, deren Ursprung ich nicht benennen kann. Es war die weise Frau, die mir Shadow gegeben hat. Kann sie ihn mir auch wieder wegnehmen?

»Ein Herz«, murmelt das Medium und schaut zu Shadow auf. »Ebenfalls eine Illusion?«

Mein Familiar schüttelt den Kopf. »Ich besitze es auch in meiner wahren Gestalt. Über die Zeit hinweg ist es ein Teil von mir geworden.«

Das Medium zieht die Hand zurück und lächelt ihn an. »Es dauert nicht mehr lange. Du bist bald bereit.«

»Bereit?«, frage ich. »Bereit wozu?«

Doch das Medium beachtet mich nicht. »Allerdings befürchte ich, dass Felicitys Magie nicht ausreicht. Ganz gleich, wie sehr du es dir wünschst.«

Verwirrt und auch ein wenig verängstigt schaue ich von der weisen Frau zu Shadow und wieder zurück, während ich angespannt die schweißnassen Hände ringe. Von welchem Wunsch redet sie da? Und wozu reicht meine Magie nicht aus?

»Ich weiß nicht, wovon ...«, setzt Shadow an, doch das Medium bringt ihn mit einem Kopfschütteln zum Schweigen.

»Felicity ist ohne Frage mächtig, jedoch ist sie nicht so stark wie die Magier, denen du bisher gedient hast«, sagt die weise Frau und zieht ihre Hand zurück. »Wenn du nicht über Jahrtausende hinweg so wählerisch gewesen wärst, hätte es ausreichen können. Aber so wird es noch dauern, bis dein Wunsch in Erfüllung geht.«

Shadow zieht die Augenbrauen zusammen, während sein Blick unstet durch den Raum huscht, ohne einen von uns wahrzunehmen.

Ich verfluche mich selbst dafür, dass Kassandras Name das Erste ist, was ich mit Shadows Wunsch in Verbindung bringe, doch ich bin machtlos gegen den Stachel der Eifersucht, der sich plötzlich in mir festsetzt.

»Welchen Wunsch könnte denn ein Familiar haben?«, tönt Cal. »Wenn Feli wirklich so mächtig ist, hat er doch alles, was er braucht – eine Kraftquelle, die ihn am Leben erhält.«

Ich schlucke angestrengt, schaffe es jedoch nicht, ihm für seine Aussage Kontra zu bieten. Auch Zac hat Shadow und alle anderen Familiare als Parasiten bezeichnet. Und wenn ich meine eigenen Gefühle und die der weiterentwickelten Familiare außen vor lasse, hat er recht. Ich schaue zu Fulgur, der noch immer um Ilenas Hals geschlungen liegt und sich nicht bewegt. Die ganze Zeit über bedient er sich an ihrer Magie und erinnert, böse ausgedrückt, an einen zu groß geratenen Blutegel.

Ich kneife fest die Augen zusammen. Was ist denn bloß los mit mir? Ich habe nie Familiare auf diese Weise gesehen. Warum jetzt? Es gibt weder einen Grund für mich, eifersüchtig zu sein, noch muss ich den Ansichten meiner Brüder zustimmen. Das habe ich bisher nicht getan und ich werde nun nicht damit anfangen.

Ich lege mir eine Hand aufs Herz und dadurch gleichzeitig auf die kleinen Narben, die Shadows spitze Eckzähne hinterlassen haben. Beinahe sofort erwidert Shadow die Geste und das genügt, um die Enge in der Brust zu vertreiben. Zeitgleich verschwinden die melancholischen und bissigen Gedanken, die so gar nicht zu mir passen, als wären sie nie da gewesen. Einzig ein dumpfes Stechen bleibt zurück.

Shadow runzelt die Stirn, als er mich ansieht, und bevor ich ihn daran hindern kann, schiebt er sanft, aber bestimmt das Medium beiseite und ist mit einem großen Schritt bei mir. Behutsam umschließt er mein Gesicht mit beiden Händen und mustert mich stumm. Da ich selbst nicht weiß, wie ich die Verwirrung der letzten Minuten in Worte fassen soll, schüttele ich nur leicht den Kopf.

»Wir sollten gehen«, sage ich leise.

Shadow betrachtet mich weiterhin besorgt. »Ich kann dich sofort nach

Hause bringen und allein zurückkommen, um auf Ilena aufzupassen, wenn du …«

»Nein«, unterbreche ich ihn schnell. »Es geht mir gut.«

»Dein Wille ist tatsächlich stark, Felicity«, sagt das Medium und berührt mich am Arm. »Doch wirst du bis zum Ende standhalten?«

»Was soll das schon wieder bedeuten?«, frage ich und schaffe es nicht, den grimmigen Unterton aus meiner Stimme zu verbannen. Ich habe genug von Rätseln und Hinweisen, die keinerlei Sinn für mich ergeben!

Das Medium wiegt den Kopf hin und her, als müsste es erst darüber, was es uns sagen will, nachdenken. »Nicht immer ist eine Waffe auch ein Gegenstand, sondern kommt in Fleisch und Blut daher. Der Schatten des Verräters, der in eurer Mitte lauert, ist kaum von den anderen zu unterscheiden, doch der Verrat eines geliebten Menschen wiegt schwerer als alles andere.«

Ich versteife mich bei ihren Worten. Ein Verräter, der in unserer Mitte lauert? Ein Schatten? Sie kann doch unmöglich von Shadow sprechen … oder?

»Die Menschen haben schon seit jeher Kriege geführt«, fährt das Medium fort. »Oft sinnlos und blutig und ohne Verstand. Sie kämpften um Macht, Reichtümer, Ländereien oder des Kämpfens wegen.«

»Es gibt keinen Krieg«, sagt Cal, während er die Arme verschränkt. Mir entgeht jedoch nicht das Zittern in seiner Stimme. »Wir Meister-Magier kämpfen gegen Abtrünnige, aber das sind keine Kriege. Es existiert keine Bedrohung, gegen die wir nicht bestehen können.«

Ich gebe ihm stumm recht. Dank Zacs und Cals Vorgehen wurde unser Stadtbezirk zwar weitestgehend von den Abtrünnigen gemieden, jedoch werden auch in anderen Bezirken die Angriffe der gefallenen Magier nicht so vehement sein, dass man von einem Krieg sprechen kann.

»Nicht jeder Krieg wird auf einem Schlachtfeld entschieden«, entgegnet das Medium.

»Sondern?«, hakt Cal nach.

Das Medium tippt sich gegen die Stirn. »Gedanken sind oft leichter zu manipulieren als der Körper oder gar eine ganze Armee.«

»Ich verstehe gar nichts mehr«, murmelt Shadow.

»Ich ebenfalls nicht«, pflichte ich ihm bei.

Innerlich hoffe ich, dass es nichts weiter als das Geschwafel einer alten Frau ist. Der ständige Wechsel zwischen dieser und der Nebenwelt wird bei ihr Spuren hinterlassen haben. Mich hat das Hin und Her zwischen Realität und Simulation fast wahnsinnig gemacht. Wie schlimm ist es dann erst, wenn man zwischen den Welten wandelt?

Das Medium schüttelt den Kopf. »Ich erwarte nicht, dass ihr es begreift. Und es tut mir leid, dass ich euch nichts Näheres sagen kann. Die Ereignisse sind bereits ins Rollen geraten und niemand kann sich dem Lauf des Schicksals entziehen. Für heute sind wir fertig, aber ich befürchte, dass wir uns bald wiedersehen. Bis dahin wünsche ich euch Glück.«

KAPITEL 8

Felicity

Sobald wir das Haus des Mediums verlassen haben und an den Docks auf das bereits angeforderte Taxi warten, gelingt es mir, die seltsamen Warnungen der alten Frau abzustreifen. Hier draußen wirken sie plötzlich nicht mehr so erdrückend wie zuvor. Trotz des allgegenwärtigen Miefs atme ich tief durch und lehne mich an Shadow, dessen Körper eine herrliche Wärme abstrahlt.

Einzig ein nerviges Kribbeln im Nacken macht mich rastlos und ich wende mich um. Mehrere Menschen drängen sich an uns vorbei, ohne Notiz von uns zu nehmen, doch ich werde das Gefühl nicht los, dass uns jemand beobachtet. Bis auf das Medium kenne ich jedoch niemanden aus diesem Teil der Stadt, und sosehr ich auch danach suche, finde ich keinen, der mir verdächtig vorkommt. Ein Schauder erfasst mich und ich reibe mir fester als nötig mit der Hand über den Nacken, um das Kribbeln zu vertreiben.

»Frierst du?«, murmelt Shadow, nachdem er mich auf die Schläfe geküsst hat.

Ich schüttele den Kopf.

»Mir war so, als hättest du gezittert.«

»Ist schon gut«, sage ich.

Das dumpfe Stechen, das sich vorhin in mir festsetzte, als das Medium vom Wunsch meines Familiars sprach, ist verschwunden und ich verschwende keinen Gedanken mehr an Kassandra. Ebenso wenig denke ich an den Krieg, den die alte Frau erwähnte. Wir haben keinerlei Anhaltspunkte dafür, dass uns irgendetwas bevorsteht, womit wir nicht rechnen, deshalb helfe ich niemandem damit, wenn ich mir den Kopf zerbreche – mir selbst am allerwenigsten.

Gemeinsam mit Shadow behalte ich Ilena sehr genau im Blick, jederzeit bereit einzugreifen, sollte sie wieder über das Wasser gebieten. Doch ihre Aufmerksamkeit liegt einzig und allein auf dem kleinen Familiar, der um ihren Hals liegt. Selbst für Cal hat sie kaum einen Blick übrig, doch meinen Bruder scheint das nicht zu stören.

Als das Taxi schließlich vor uns hält, setze ich mich nach vorn, Cal und Shadow nehmen Ilena in ihre Mitte. Die Wasserbändigerin lehnt den Kopf an Cals Schulter, ehe sie die Augen schließt und die Fahrt bis nach Hause schläft.

***

Shadow und ich verabschieden uns unter fadenscheinigen Entschuldigungen, sobald wir mit Cal, Ilena und Fulgur das Taxi verlassen und die drei in Zacs Obhut übergeben haben. Innerhalb von Sekunden bringt mich Shadow ins Hotelzimmer, wo wir ungestört sind. Es sieht noch genauso aus, wie wir es verlassen haben, aber das interessiert keinen von uns. Viel mehr freue ich mich darüber, dass das Hotelpersonal meine Anweisungen ernst nimmt.

»Die Schattensprünge und der kleine Zwischenfall mit Lumia und Ilena haben mich ganz schön verausgabt«, jammert Shadow gespielt dramatisch, als er sich auf die Bettkante setzt. »Ich kann mich nicht mehr auf den Beinen halten.«

Ich beiße mir auf die Unterlippe, um ein Schmunzeln zu unterdrücken, ehe ich sage: »Wie schrecklich! Was können wir nur dagegen tun?«

Ich genieße die Leichtigkeit und Neckereien zwischen uns. Es ist so einfach wie Atmen, mich in Shadows Gegenwart wohlzufühlen und fallen zu lassen.

Er streckt die Hand nach mir aus und krümmt den Zeigefinger, um mich zu sich zu locken. Das Verlangen in seinem Blick rührt nicht nur von seinem Hunger nach der Magie, die ich ihm biete. Mit einem unablässigen Kribbeln im Bauch folge ich seinem Wink und bleibe direkt vor ihm stehen. Ich könnte mich ewig von ihm auf diese Weise ansehen lassen – voller Begehren und Sehnsucht und mit jenem Funkeln, das seine dunklen Augen erhellt –, ohne mich auch nur eine Sekunde zu langweilen. Doch seine Berührungen haben eine noch unvergleichlichere Wirkung auf mich als die Blicke und ich weiß, dass es bei ihm genauso ist. Ich streichele ihm über die Schultern, verschränke anschließend die Hände in Shadows Nacken und setze mich auf seinen Schoß. Er gibt ein wohliges Schnurren von sich, als ich mich an ihn schmiege.

Mit einer Hand fährt er mir durchs Haar und lässt einzelne Strähnen zwischen den Fingern hindurchgleiten. »Ich frage mich schon die ganze Zeit, was du getan hättest.« Sein Blick findet wieder meinen. »Welche Träume hättest du verfolgt, wenn dein Wille nicht stark genug gewesen wäre? Hättest du diese Welt beschützen wollen? Oder hättest du sie Stein für Stein auseinandergerissen?«

»Ich glaube nicht, dass ich stark genug gewesen wäre, um …«

Er schüttelt den Kopf. »Doch, das wärst du. Das bist du auch jetzt. Wonach hätte es dich verlangt, *Lady Luck*?« Shadow streicht mit der Hand über meine Brust und ich lehne seufzend den Kopf in den Nacken. »Wären es Macht und Ruhm gewesen? Hättest du dich nach der Weltherrschaft gesehnt? Oder hättest du diese Welt lieber brennen sehen?«

Ich umschließe sein Gesicht mit beiden Händen. »Was auch immer es gewesen wäre, du hast mich davor bewahrt. Solange du bei mir bist, werde ich nicht die Kontrolle verlieren. Aber sollte es jemand wagen, dich mir wegzunehmen, schließe ich nicht aus, dass ich die gesamte Welt erschüttere, um dich zurückzubekommen.«

Wir nehmen uns Zeit füreinander und schicken meine Brüder, ihre Probleme und die seltsamen Warnungen des Mediums zum Teufel. Nichts davon kümmert uns, als wir uns so lange lieben, bis jedweder Hunger gestillt ist.

***

Es ist bereits hell im Zimmer, als ich durch den nervigen Klingelton, den ich für Zac und Cal eingestellt habe, geweckt werde. Shadow grummelt etwas Unverständliches und zieht mich enger an sich, ehe er das Gesicht an meinem Hals verbirgt, um den erbarmungslosen Sonnenstrahlen zu entkommen. Ich streichele ihm über den nackten Rücken und werde mit einem Schnurren, das ich so liebe, belohnt, während ich warte, ob Zac oder Cal aufgeben und uns in Ruhe lassen.

Als mein Handy endlich schweigt, will ich aufatmen, doch nur Sekunden später fängt es erneut an zu klingeln.

»Wir müssen mit den beiden dringend über Privatsphäre reden«, grollt Shadow undeutlich. »Oder ich werfe das Ding aus dem Fenster.«

Ich kraule ihm den Nacken, während ich mit der anderen Hand umständlich nach dem Handy angele, das knapp außerhalb meiner Reichweite auf dem Nachttisch liegt. Ich erreiche es nur mit den Fingerspitzen, weil Shadow seinen Klammergriff um mich nicht löst. Als ich es endlich erwische, geht bereits der dritte Anruf ein. Ich bezweifele, dass Cal oder Zac derart hartnäckig wären, wenn es keinen Grund dazu gäbe. Sie wissen, dass ich bei Shadow bin. Die Angst, dass etwas vorgefallen sein könnte, lässt meinen Herzschlag kurz aus dem Takt geraten.

»Was ist?«, blaffe ich dennoch ins Handy, nachdem ich das Gespräch angenommen habe.

»Kommt nach Hause!«, verlangt Zac ohne Umschweife. »Es … gibt Probleme.«

Ich versteife mich bei seinen Worten, aber vor allem wegen des seltsamen Tonfalls, woraufhin Shadow sofort den Kopf hebt und mich ansieht. Ich tausche einen Blick mit ihm und er nickt mir zu.

»Wir sind in fünf Minuten da«, antworte ich.

»Geht das nicht schneller?«

»Nein, wir würden uns gerne zuvor noch anziehen!«, entgegne ich leicht angesäuert. »Du und Cal werdet Ilena noch ein paar Minuten in Schach halten können.«

Zwar hat Zac mit keinem Wort Ilena erwähnt, aber sie ist die Erste und Einzige, die mir bei der Aussage, dass es Probleme gibt, in den Sinn kommt.

Ich lege auf, ohne auf Zacs Reaktion zu warten, werfe das Handy neben mich aufs Kissen und fahre mir seufzend mit beiden Händen übers Gesicht.

»Wir wandern aus«, sage ich. »Oder du bringst uns irgendwohin, wo es keinen Handyempfang gibt. Am besten auch keine Zivilisation.«

Shadow schmunzelt, ehe er mich küsst. »Da würden mir einige hübsche Orte einfallen. Aber zuerst müssen wir wieder einmal deinen Brüdern helfen.

Was hältst du eigentlich davon, wenn du ganz spontan Einzelkind wirst? Ich hätte da ein paar Ideen, wie wir das umsetzen könnten.«

Ich schlinge ihm die Arme um den Hals und lehne die Stirn gegen seine. »Lass uns diese Ideen weiterverfolgen, wenn wir alles andere erledigt haben.«

Shadow verteilt kleine Küsse an meinem Hals und auf der Brust, was mich für einen Moment mit dem Gedanken spielen lässt, meine Brüder noch ein wenig länger warten zu lassen. Schließlich sind sie zu zweit und haben ihre Familiare bei sich. Da werden sie ja wohl gegen Ilena und ihren winzigen Baby-Familiar ankommen können, ohne auf Shadows und meine Hilfe angewiesen zu sein!

Letztendlich lösen wir uns jedoch voneinander und schlüpfen in unsere Kleidung, die wild verteilt auf dem Boden liegt. Mein Magen gibt ein wütendes Knurren von sich, als ich mir hastig das Haar mit den Händen kämme. Shadow runzelt die Stirn und schnuppert kurz an mir.

»Ich esse etwas, wenn wir wieder zurück sind«, verspreche ich. »Für ein kleines Geplänkel mit Ilena wird meine Magie noch reichen. Und du dürftest sowieso ausreichend versorgt sein.«

»Das bin ich, aber …« Sein Blick verdüstert sich. »Es gefällt mir nicht, dich so geschwächt in einen Kampf zu schicken.«

Ich winke ab. »Es ist Ilena! Selbst wenn uns Cal keine Hilfe ist, wird Lumia freudig dabei helfen, der Wasserbändigerin Feuer unterm Hintern zu machen. Wie oft haben wir bereits gegen sie gewonnen?«

»Zweimal in einem richtigen Kampf«, sagt Shadow, doch mir entgeht nicht der eisige Unterton in seiner Stimme. »Und beide Male wurdest du verletzt. Mir wäre wohler zumute, wenn …«

Ich lege ihm eine Hand an die Wange. »Mir wird nichts geschehen. Wenn sie nicht zur Vernunft kommt, hüllst du Ilenas Geist in Schatten, nachdem Lumia ihren Frust an ihr ausgelassen hat und sie keine Bedrohung mehr darstellt.«

Shadow küsst mich auf die Stirn. »Halte dich im Hintergrund, bis wir wissen, was genau vor sich geht. Versprichst du mir das?«

»Versprochen«, sage ich und stelle mich auf die Zehenspitzen, um mir einen weiteren Kuss zu stehlen.

***

Shadow bringt uns per Schattensprung in mein Zimmer in der Villa. Durch den Magiemangel brauche ich diesmal länger, um mich von den Nachwirkungen zu erholen. Ich schmecke bereits die bittere Galle, die mir im Hals aufsteigt, und mein leerer Magen rebelliert zusätzlich. Nur dank Shadows festem Griff um meinen Arm gelingt es mir, stehen zu bleiben. Ich gebe vor, seine besorgten Blicke, mit denen er mich mustert, zu ignorieren, denn ich weiß auch ohne sie, dass ich ein Bild des Jammers abgeben muss.

Als ich wieder normal atmen und allein stehen kann, richte ich meine Kleidung und lächele Shadow an. Er seufzt und runzelt die Stirn.

»Es ist ruhig«, sage ich, als wir mein Zimmer verlassen und die große Treppe nach unten gehen. »Müssten wir nicht etwas hören, wenn Ilena wieder durchdreht?«

»Warum sollte ich durchdrehen?«, fragt die Wasserbändigerin, die gemeinsam mit Cal und Fulgur, der wieder um ihren Hals liegt, am Fuß der Treppe auftaucht.

»Was macht ihr so früh schon hier?«, fragt Cal. »Ich dachte, ihr wärt zurück ins Hotel gegangen.«

Ich blinzele mehrmals hintereinander, um mich von der ersten Verwirrung zu erholen. »Da waren wir auch, aber ... Zac rief an und meinte, es gäbe Probleme. Da dachte ich, dass Ilena wieder die Kontrolle verloren hätte.«

Die Bändigerin schüttelt den Kopf. »Es geht mir blendend. Ich fühle zwar das Wasser, das durch die Rohre hier im Haus fließt, aber ich verspüre nicht den geringsten Drang, es kontrollieren zu wollen.«

Cal legt ihr eine Hand an die Hüfte und zieht sie näher zu sich. »Seit ihr gegangen seid, gab es nicht eine Sekunde, in der ich fürchtete, dass ihr Zustand wieder kippen könnte.«

»Aber warum sind wir dann hier?«, frage ich. »Ist es vielleicht Lumia, von der Gefahr ausgehen könnte?«

»Nein«, sagt Cal. »Sie ist draußen mit Terra und genießt die ersten Sonnenstrahlen des Tages. Sie war vorhin sogar dabei, als Ilena und ich frühstückten, ohne dass es Tote gab. Danach konnte sie sich nähren und es fühlte sich beinahe so wie früher an. Sie schien zufrieden damit zu sein.«

Ich werfe Shadow, der schräg hinter mir auf der Treppe steht, einen Blick zu und sehe in seinem Gesicht die gleiche Verwirrung, die sich auch in meinem spiegeln muss.

»Wie schön, ihr seid bereits alle versammelt«, sagt Zac, der aus einem Zimmer im Erdgeschoss kommt. Der seltsam monotone Tonfall, mit dem er zu uns spricht, jagt mir einen Schauder über den Rücken.

»Du sagtest, es gäbe Probleme«, grummele ich. »Offenbar ist es nicht so dringend, wie du uns glauben machen wolltest.«

»Doch«, entgegnet er, ohne zu zögern, und öffnet die doppelflügelige Vordertür.

Drei Männer, deren Gestalt fast vollständig von langen Kutten verhüllt wird, treten ein. Ich schnappe geräuschvoll nach Luft. Die Allianz! Was ... was machen Mitglieder der Magier-Allianz hier? Ich bin wie erstarrt, während sich im Kopf die Gedanken überschlagen. Sind sie gekommen, um mir Shadow wegzunehmen? Sie waren bereits während der Prüfungen interessiert an ihm ... Oder sind sie wegen Ilena hier?

Ich weiß nicht, ob die beiden meine Gedanken hören konnten oder zu ähnlichen Schlüssen gekommen sind wie ich, aber sofort stellt sich Shadow vor mich, während Cal die Wasserbändigerin möglichst unauffällig hinter sich schiebt.

Die Anspannung, die plötzlich in der Luft flirrt, ist beinahe mit den Händen greifbar.

»Ich bin froh, euch alle wiederzusehen«, sagt der mittlere Mann, dessen Stimme mir bereits bei den Prüfungen seltsam bekannt vorkam. »Es freut mich, liebe Felicity, dir mitteilen zu können, dass du in den Stand einer Meister-Magierin erhoben wurdest. Das macht es uns leichter, über einige Dinge zu reden und ein paar ... *Anpassungen* vorzunehmen.« Er schnippt mit den Fingern und sogleich greift sich Zac stöhnend an den Kopf. »Es tut mir leid«, murmelt er entschuldigend, ehe sein Blick zu mir und anschließend zu Cal huscht. »Ich habe versucht euch zu warnen. Aber … es war zu spät.« Er verzieht den Mund, als hätte er Schmerzen. Mit beiden Händen hält er sich den Kopf. »Ich wollte … das nicht.«

Mein Herz setzt für einen Schlag aus. Hat mein eigener Bruder uns an die Allianz verraten? Aber aus welchem Grund? Außerdem wusste die Magier-Allianz bereits vor Zac von Shadow und mir. Was soll das Theater also?

Der Mann in der Mitte greift nach seiner Kapuze und streift sie sich vom Kopf.

Augenblicklich ist es totenstill im Haus, sodass man eine Stecknadel fallen hören könnte. Ich presse mir beide Hände vor den Mund, um jedweden Laut daran zu hindern, ihn zu verlassen. Kurz wirft mir Shadow über die Schulter hinweg einen fragenden Blick zu, doch ich kann nichts weiter tun, als den Mann, der dort in unserer Eingangshalle steht, anzustarren. Nur Zac benimmt sich, als spürte er nichts von der Anspannung, die jeden von uns in ihren Klauen hält. Stattdessen sieht er so niedergeschlagen aus, wie ich ihn noch nie gesehen habe.

Es ist Ilena, die sich als Erste fängt und einen wackeligen Schritt zur Seite macht, um nicht mehr von Cal verdeckt zu werden. »Meister«, haucht sie ehrfurchtsvoll.

»M…Meister?«, wiederholt Cal heiser. Sein Blick findet meinen und ich erkenne die gleiche Verwirrung und Angst, aber auch die Wut, die ebenfalls in mir toben. »Aber … dieser Mann ist …«

»… unser Vater«, beende ich Cals Satz kaum hörbar.

KAPITEL 9

Felicity

Ich kann es nicht fassen! Dort steht unser Vater, den wir seit fast zwanzig Jahren für tot hielten. Trotz Falten um den Mund und die Augen und grauen Haaren an den Schläfen habe ich ihn sofort erkannt. Nur die dicke, wulstige Narbe am Hals ist neu; zumindest kann ich mich nicht daran erinnern, sie schon früher gesehen zu haben.

Jetzt fällt es mir auf: Es war Vaters Stimme, die mir so bekannt vorkam, als ich die Prüfungen ablegte. Da ich noch klein war, als er und Mutter starben, glich der Klang seiner Stimme einer verschütteten Erinnerung, die ich nicht zuordnen konnte. Und selbst wenn ich sie erkannte, hätte ich es als abwegig abgetan. Schließlich müsste er tot sein! Ein Abtrünniger hat ihn und Mutter in die Luft gejagt. Zac und Cal erzählten mir, als ich etwas älter war, dass wir nur leere Särge beerdigt haben, weil nicht mehr genug übrig war, was wir hätten beisetzen können.

Ein Lächeln umspielt Vaters Mund, als er Cal und mich betrachtet. Auch das erinnert mich so sehr an Zacs Lächeln, dass es schon fast unheimlich ist. »Ihr seid groß geworden.«

Seine Worte gleichen einem Hieb in die Magengrube. Er lässt uns beinahe zwei Jahrzehnte im Glauben, er sei tot, und nun spaziert er mir nichts, dir nichts in unser Haus und sagt, dass wir groß geworden sind? Es klingt, als hätte er nur eine längere Reise gemacht und käme nun nach Hause, um seine geliebte Familie wieder in die Arme zu schließen.

Da sich keiner von uns rührt, huscht sein Blick zu Shadow, der vor mir steht, und augenblicklich verblasst das Lächeln. »Und du bist der Familiar, wegen dem wir Probleme haben. Ich gebe zu, ich war mehr als überrascht, als Felicity im Hauptquartier mit dir im Schlepptau aufkreuzte, um ihre Prüfungen zur Meister-Magierin abzulegen. Ich war die ganze Zeit über bei ihr im Raum, aber ich habe mir im Nachhinein die Aufzeichnungen zu deinen Leistungen angesehen.«

Meine Hände sind eiskalt, als ich krampfhaft versuche ein Zittern zu unterdrücken. Ich habe befürchtet, dass sie während meiner Prüfungen sowohl Daten über mich als auch Shadow gesammelt haben. Die Frage ist nur, was sie damit wollen. Doch noch immer bin ich nicht in der Lage, auch nur einen klaren Satz herauszubringen.

»Seine Leistungen sind beachtlich«, sagt unser Vater. »Ich gehe sogar so weit zu sagen, dass wir noch nie einen Familiar mit solcher Macht registriert haben. Aber dass er ausgerechnet mit Felicity einen Pakt eingehen musste ...« Er wendet sich an Zac. »Wie oft hat dir die Allianz erklärt, dass Felicity uns mehr von Nutzen ist, wenn sie keinen Familiar hat?«

»Ich habe versucht es zu verhindern«, sagt Zac. »Jahrelang hat sie sich an das Verbot gehalten und sich keinen Familiar geholt. Und von einem Tag auf den anderen stand er auf der Matte.«

Shadow stößt ein bedrohliches Grollen aus und auch mir gefällt nicht die Richtung, in die sich das Gespräch entwickelt.

»Ich weiß, du hast davon berichtet«, sagt Vater an Zac gewandt. »Aber ich bemerkte, dass du es allein nicht regeln konntest. Also schickte ich Ilena aus, um Felicity zu holen, bevor der Schaden nicht mehr reparabel wäre, und um ihren Familiar zu töten.«

»Ich ... ich habe versucht sie zu fassen!«, meldet sich Ilena zu Wort und deutet mit ausgestrecktem Arm auf Shadow. »Aber er kam mir in die Quere.«

Vaters Blick fixiert die Wasserbändigerin. »Ich habe schon lange keine Berichte mehr von dir erhalten. Wie mir scheint, hast du es dir in der Zwischenzeit gut gehen lassen und deine Mission vergessen. Du hast dir sogar einen neuen Familiar besorgt, wie ich sehe. Was wohl dein vorheriger dazu sagt?«

Ilena legt schützend eine Hand über Fulgur, macht jedoch taumelnd einen Schritt zurück. »Mein ... anderer Familiar?«

»Derjenige, der sehnlichst bei uns auf deine Rückkehr wartet«, fährt Vater fort. »Und für den du bereit warst, alles zu tun.«

Der jammervolle Laut, den Ilena von sich gibt, schneidet sich tief in mein Herz, doch ich schaffe es nicht, Partei für sie zu ergreifen. Sie kam, um mich zu fassen. Sie hat meinetwegen die Stadt bedroht. Und sie wollte Shadow töten. Ich könnte mich selbst dafür ohrfeigen, dass ich ihr gestern noch zu einem neuen Familiar verholfen habe!

»Ich bin sicher, dass ihr die Auswirkungen von Felicitys Pakt am eigenen Leib gespürt habt«, sagt Vater an uns alle gewandt, schaut aber besonders Cal und Zac an. »Seit Langem habt ihr einen Kampf verloren.«

»Die ... die Kämpfe gegen Ilena«, murmelt Cal. »Ich war nicht in Topform, aber selbst ohne mich hätten Zac und die Familiare gegen einen einzelnen Gegner gewinnen müssen.«

»Auch Lumia hat etwas Ähnliches zu mir gesagt, als wir für die Prüfungen trainiert haben«, murmelt Shadow so leise, dass nur ich ihn verstehen kann. »Sie meinte, dass wir alle vom Pech verfolgt sind.«

»Es lag nicht an euch, meine Söhne. Sondern an Felicity.«

Ich schlucke krampfhaft, als sich wie auf Befehl alle zu mir umdrehen und mich stumm mustern, und kralle die Hände in Shadows Shirt, weil ich befürchte, jeden Moment den Boden unter den Füßen zu verlieren.

»Indem sie einen Pakt mit einem Familiar einging, strahlte sie nicht mehr genügend Glück ab, um auch euch damit zu versorgen.«

»Das ist Blödsinn!«, grollt Shadow. »Die Magie eines Magiers kann nur von einem Familiar aufgenommen werden. Sie wirkt nicht bei anderen Magiern oder Menschen.«

»Felicitys Glück schon«, erwidert Vater. »Zumindest bei ihren Blutsverwandten. Schließlich kann sie auch ihr Glück in Flaschen abfüllen, nicht wahr? Dazu benötigt sie nur ein paar Tropfen ihres Blutes.«

»Woher ...?«, setzt Shadow an.

»Ihr Blut schenkt anderen Glück, zumindest zeitweise. Und bei ihren Blutsverwandten wirkt es auch, ohne dass sie von ihrem Blut trinken müssen – einfach nur, indem sie sich in ihrer Nähe aufhalten. Du jedoch hast so viel von Felicitys Magie genommen, dass es nicht mehr ausreichte, um unterschwellig ihre Brüder damit zu versorgen.« Vaters Blick fällt auf mich. »Dabei waren wir so froh, nach all den Jahrhunderten endlich wieder eine Glücksmagierin zu haben, die das Ansehen unserer Familie noch vergrößern konnte. Und eine Zeit lang funktionierte es. Zac und Cal gewannen einen Kampf nach dem anderen und wurden zu den berühmtesten Meister-Magiern weit und breit. Felicitys Glück hatte darauf keinen unbedeutenden Einfluss.«

»Wir sind ... nur dank Felis Magie berühmt geworden?«, murmelt Cal. »Und nur ihretwegen konnten wir unsere Gegner besiegen?«

»Nein, nicht nur«, sagt Vater. »Aber jeder, der kämpft, verliert auch irgendwann, und nicht wenige werden so vernichtend besiegt, dass sie keinen erneuten Kampf bestreiten können. Ihr habt hin und wieder verloren, aber wart spätestens im zweiten Anlauf siegreich. Von einer vernichtenden Niederlage wart ihr meilenweit entfernt. Doch mir wurde zugetragen, dass eure Familiare beim ersten Aufeinandertreffen mit Ilena gerade so überlebt haben.«

Ich erinnere mich an den ersten Kampf gegen Ilena. An dem Tag habe ich Shadow bekommen und wir mussten von vorn bis hinten improvisieren und wussten nicht, wozu wir fähig sind. Als wir am Ort des Geschehens ankamen, lagen Lumia und Terra am Boden, und auch Zac war kaum noch in der Lage, einen Angriff durchzuführen. Ich musste einiges einstecken und brach mir die Hand, aber es gelang Shadow und mir, die Wasserbändigerin zumindest bewusstlos zu schlagen, sodass sich meine Brüder mit ihren Familiaren zurückziehen konnten. Shadow brachte mich zu Katies Wohnung und kümmerte sich am nächsten Tag um meine malträtierten Knochen, nachdem wir unseren Pakt eingegangen waren.

»Einer meiner anderen Untergebenen war in der Nähe und konnte Ilena wegschaffen, bevor man auf sie aufmerksam wurde«, sagt Vater. »Außerdem gelang es uns dank verschiedener Methoden, sie schnell wieder auf die Beine zu bringen.« Sein Blick huscht zu mir. »Trotz des gebrochenen Kiefers, den sie dir zu verdanken hatte. Aber nun reicht dein Glück nicht mehr aus, um dich und deine Brüder zu versorgen, weil du es lieber an einen Parasiten verschwendest.«

Parasit. Diese Bezeichnung nutzte Zac gestern ebenfalls für Shadow. Ich knirsche mit den Zähnen, während ich mir die größte Mühe gebe, meinen ältesten Bruder mit bloßen Blicken in ein Häufchen Asche zu verwandeln. Er wusste die ganze Zeit über, dass Vater noch lebt, und hat es vor uns verheimlicht! Doch am meisten trifft mich, dass er der Allianz nach dem Mund redet und ihre verdrehten Ansichten übernommen hat. Und uns nun anscheinend an sie verraten hat ...

»Und mittlerweile verschwendest du nicht nur deine Magie an ihn«, fährt Vater unbeirrt fort. Shadow gibt ein grollendes Fauchen von sich, bleibt aber vor mir stehen. »Sondern auch deinen Körper.« Er stößt einen harten Laut aus – eine Mischung aus Lachen und angewidertem Schnauben. »Du bist genauso verdorben wie deine Mutter.«

»Was?«, keucht Cal.

Doch Vater beachtet ihn nicht und streckt stattdessen die Hand nach mir aus. »Aber noch können wir deine Fehltritte wiedergutmachen. Rückst du deinen Familiar freiwillig heraus oder muss ich ihn dir mit Gewalt entreißen?«

Ich habe keine Ahnung, was hier vor sich geht. Meine Hand ist eiskalt und schweißnass, als ich nach Shadows greife und mich neben ihn stelle, doch er erwidert sofort den Druck und gibt mir damit die nötige Kraft, den Kopf im Angesicht der jüngsten Geschehnisse oben zu halten.

»Mit Gewalt, also?«, fragt Vater.

Im selben Moment gibt er dem Magier neben sich ein Zeichen. Dieser schießt sofort einen Blitzzauber auf uns ab, der die Luft um uns herum knistern lässt, doch ich reagiere schnell genug. Obwohl ich innerlich aufgewühlt bin, gehorcht mir die Magie, die ich als schützenden Schild um uns herum ausbreite. Ich spüre den Rückstoß, der sich meinen ganzen Arm hinauffrisst und sich als dumpfer Schmerz in der Schulter festsetzt, und zittere, als ich darum kämpfe, nach der Druckwelle auf den Füßen zu bleiben.

Es war ein Fehler, vor dem Aufbruch nichts zu essen ... Meine Magiereserven sind nahezu erschöpft. Ich bin nicht sicher, ob ich einen weiteren Angriff abhalten kann. Doch äußerlich lasse ich mir nichts von meiner Schwäche anmerken. Nur Shadow entgeht es nicht, wie mir der panische Blick und das kurze Schnuppern an meiner Haut beweisen.

»Niemand wird mir Shadow wegnehmen!«, knurre ich. »Komm doch her und versuch's, aber glaub ja nicht, dass ich dir gegenüber Nachsicht walten lasse, nur weil du mein Vater bist!«

»Bitte«, sagt Zac. »Es ist nicht nötig, dass wir uns gegenseitig …«

Der Mann zur Rechten meines Vaters stürmt nach vorn, direkt auf uns zu. Shadow hebt die Hand – zweifelsohne, um einen Schattenblitz abzufeuern, doch es geschieht … nichts! Mir gelingt es im letzten Moment, den Angriff des Mannes mit dem Schutzschild aufzuhalten, ehe der Blitzzauber, den er auf uns abfeuert, Shadow erreicht. Diesmal sacke ich beinahe auf die Knie, und der Schutzschild bricht nur einen winzigen Augenblick, nachdem ich den Angriff abgeblockt habe, in sich zusammen.

Shadow stützt mich mit einem Arm, den er um mich geschlungen hat. Jedoch schaut er zweifelnd auf seine Hand, aus der eben kein Schattenblitz hervorschoss.

»Du siehst überrascht aus, Familiar«, tönt Vater und deutet auf den Mann zu seiner Linken, dem ich bisher keinerlei Beachtung geschenkt habe. »Im Dienst der Allianz stehen Magier mit allerlei Gaben. Eine davon ist es, die Kraft eines Familiars versiegeln zu können.«

Shadow bleckt die Zähne und verstärkt den Druck um mich, ehe er sich nach dem nächstgelegenen Schatten umsieht. Wir haben Glück im Unglück: Nur ein paar Stufen über uns steht ein antiker Schrank, in dessen Schatten mein Familiar mich zieht. Ich wappne mich auf den bevorstehenden Schattensprung, der mir – geschwächt, wie ich bin – alles abverlangen wird. Aber ich verstehe, dass wir uns zurückziehen müssen, damit wir uns auf einen ausgeglichenen Kampf vorbereiten können.

Doch das unheimliche Kribbeln, das mich jedes Mal überkommt, wenn ich mit Shadow einen Schattensprung mache, stellt sich nicht ein. Wir bleiben an Ort und Stelle stehen.

Aus Shadows Gesicht ist sämtliche Farbe gewichen, als er meinen Blick mit weit aufgerissenen Augen erwidert. Doch Angst können wir uns im Moment nicht leisten. Ich schüttele die eigene Panik, die sich bereits in mir ausbreitet, ab und verschränke die Finger mit Shadows, ehe ich ihm zunicke.

»Dein Handlanger kann also die Macht eines Familiars versiegeln?«, frage ich laut und ohne Zittern in der Stimme, während Shadow hinter mich tritt. »Und wie steht es mit der Macht eines Magiers?«

Ich schließe für einen Moment die Augen, als ich den sanften dunklen Impuls spüre, den mein Familiar durch mich hindurchschickt. *»Lass dich fallen«*, wispert er, nachdem er mit meinem Schatten verschmolzen ist, und ich gehorche.

Nur einen Augenblick später bewegt sich mein Körper ohne mein Zutun.

»Bist du mir sehr böse, wenn ich deinem Vater für seine Aussagen und das, was er dir angetan hat, wehtue?«, fragt Shadow in meinem Kopf.

»Du hast so was von freie Hand«, grolle ich und genieße das behutsame Streicheln seiner Macht in mir. *»Hoffentlich habe ich mit meiner Vermutung recht.«*

»Lass uns das gleich mal an diesem Handlanger testen«, schnurrt Shadow, ehe er scheinbar spielend leicht einen Schattenblitz beschwört und ihn auf den fremden Magier, der uns eben mit Blitzen beschossen hat, niedergehen lässt.

Ich höre Vater nach Luft schnappen, bevor er zu dem Magier zu seiner Linken herumwirbelt und ihn an der Kutte packt. »Ich hab dir doch gesagt, dass du ihn versiegeln sollst!«

»Das … das hab ich!«, stammelt dieser. »Aber ich komme nicht mehr an ihn heran, solange er mit ihr verschmolzen ist. Ich kriege ihn nicht zu fassen, weil er von ihrem Bewusstsein überlagert wird.«

Mit einem abschätzigen Schnauben lässt Vater von dem Mann ab und wendet sich wieder uns zu. Nachdem der andere Magier zu Boden gegangen ist, dirigiert Shadow mich langsam, beinahe würdevoll die Treppe hinunter, während über meinen Händen zwei Schattenblitze schweben. Die Luft um uns herum flirrt vor der überbordenden Magie meines wütenden Familiars, die er nur zu gern einsetzen wird.

»Ihre Augen sind silbern«, wirft Zac ein. »Es ist Shadow, der sie bewegt! Du musst sie aufhalten, denn gemeinsam sind sie verdammt gefährlich! So können sie jemandem ernsthaft schaden.«

Shadow schleudert einen Schattenblitz auf Zac, der sich jedoch in letzter Sekunde mit einem Sprung nach hinten in Sicherheit bringen kann. »Zu dir komme ich später noch, Verräter! Verlass dich drauf!«

Diesmal wundere ich mich nicht über den angefressenen Tonfall, der meinen Mund verlässt. Wahrscheinlich hätte es sich genauso angehört, wenn ich selbst gesprochen hätte.

Dass es Zac gewesen sein soll, der die ganze Zeit über mit der Allianz paktiert hat … Ich kann es nicht glauben! Wenn Shadow mit ihm fertig ist, werde ich ihn so lange bearbeiten, bis er mir den Grund nennt. Allgemein habe ich mehr Fragen als Antworten, aber zunächst muss ich die Allianz und nun meinen eigenen Vater davon abhalten, auch nur einen Finger an Shadow zu legen. Und dafür ist mir jedes Mittel recht.

Ich komme mir winzig vor, als ich vor den beiden Männern, die mich mehr als eine Kopflänge überragen, stehen bleibe, doch sie sind es, die vor der kribbelnden Energie, die mich umgibt, zurückweichen. Dunkle Schattenschwaden wirbeln um mich herum und kriechen anschließend über den Boden auf unsere Gegner zu.

Einzig Vater lässt sich seine Angst nicht anmerken. »Wie es scheint, habe ich dich und deinen Familiar unterschätzt«, grummelt er, während er mich aus zu Schlitzen verengten Augen anstarrt. »Wir sollten uns vorerst zurückziehen.«

Er will nach der Klinke der Eingangstür greifen, doch Cal kommt ihm zuvor. Eine Hand an die Wand gelehnt lässt er die gesamte Tür zu Eis erstarren.

»Wohin so eilig?«, fragt er gedehnt. »Wir hätten da noch ein paar Fragen.«

»Tatsächlich?«, entgegnet Vater und das Grinsen, das sich auf seinen Lippen ausbreitet, weckt in mir den Wunsch, sämtliche Antworten aus ihm herauszuprügeln. »Ich hätte nicht gedacht, dass du dich mir in den Weg stellen würdest, Cal. Aber du hast dich ganz schön gemacht. Früher standest du stets im Schatten deines talentierten Bruders.« Vater zuckt mit den Schultern. »Und selbst jetzt bist du für uns nicht von Bedeutung. Du und deine Magie, ihr seid entbehrlich. Einzig die Tatsache, dass du mein Sohn bist, hält mich davon ab, dich aus dem Weg zu räumen. Jedoch ist es meine Pflicht, dir Manieren beizubringen.«

Ohne dass wir es bemerkt haben, hat sich der Allianz-Magier, den Shadow vorhin zu Boden geschickt hat, wieder erholt und lässt hinterrücks eine Salve von Blitzen auf Cal niedergehen. Mein Bruder schreit auf, ehe er zusammensackt. Ilena stürzt mit einem Aufschrei zu ihm und kniet sich neben ihn.

Ich knirsche mit den Zähnen und balle die Hände zu Fäusten, ehe mich Shadow zu Vater herumwirbeln lässt. Erneut beschwöre ich dank seiner Magie einen Schattenblitz.

»Feli, nicht!«, ruft Zac, von dem ich es am allerwenigsten erwartet hätte. »Greif ihn nicht direkt an! Vater kann …«

Bevor ich den Schattenblitz auf ihn abschießen kann, schnipst Vater mit den Fingern und ich erstarre mitten in der Bewegung. Sosehr ich es versuche, ich schaffe es nicht, auch nur einen Muskel zu rühren. Shadows grollendes Fauchen hallt durch mich hindurch, als er ebenfalls keinen Erfolg damit hat, meinem Körper Befehle zu erteilen.

Es ist, als wäre jede meiner Zellen eingefroren worden.

Vater beugt sich zu mir herab, bis unsere Nasenspitzen nur wenige Zentimeter voneinander entfernt sind. Ich wünschte, ich könnte ihn anknurren, doch nicht einmal das ist möglich. Einzig die Augen kann ich noch bewegen.

»Du hättest den einfachen Weg wählen sollen, Felicity«, sagt Vater. »Ein paar Jahre noch, dann wäre alles bereit gewesen. Du hättest nur ein paar Jährchen durchhalten müssen, ohne dich über das Verbot deines Bruders, dir einen Familiar zu holen, hinwegzusetzen. Aber du wolltest nicht hören und hast damit um ein Haar die ganze Organisation gefährdet. Du kommst wahrlich nach deiner Mutter … Eine Schande ist das! Dabei ist deine Magie der Schlüssel, um unseren Plan ausführen zu können.«

Meine Magie? Das Glimmen der Herzen, das ich sehen kann, soll der Schlüssel zu seinem Plan sein? Selbst wenn er von dem Glück spricht, kann ich mir nicht vorstellen, wozu es gut sein soll. Meine Gabe war schon immer nutzlos, und ohne Shadows Hilfe hätte ich mich gleich ergeben und meinem Vater zu Füßen werfen müssen.

»Was ist nun, Familiar?«, raunt Vater. »Verlässt du ihren Körper freiwillig oder muss ich dich dazu zwingen?«

Bei seinen Worten bildet sich ein eisiger Knoten in meinem Magen, doch sosehr ich auch versuche mich gegen Vaters Magie zu wehren, gelingt es mir nicht, einen Finger zu rühren. Hilflos muss ich mit ansehen, wie Vater den Blitzmagier zu sich winkt – und Shadows Panik vermischt sich mit meiner. Während der Symbiose kann ich nicht auf den Schutzschild zugreifen, aber wenn Shadow sich aus mir löst ... Dann wird der andere Magier, der scheinbar reglos an der Tür steht und das Schauspiel beobachtet, seine Magie versiegeln und er ... Ich will mir nicht einmal vorstellen, was sie mit ihm machen.

»Wehe, du verschwindest aus mir!«, knurre ich ihm zu. *»Solange die Symbiose anhält, kommen sie nicht an dich heran. Ich kann dich nur beschützen, wenn du dich weiterhin in meinem Körper verbirgst.«*

»Feli ...«

Weiter kommt Shadow nicht, denn er wird durch meine Schreie unterbrochen, als der Blitzmagier einen Zauber auf mich schleudert. Ich spüre das qualvolle elektrische Kribbeln bis in die Fingerspitzen, während sich mein Körper gleichzeitig so anfühlt, als würde er Stück für Stück auseinandergerissen. Äußerlich bin ich noch immer in der merkwürdigen Starre gefangen, doch innerlich krümme ich mich vor Schmerzen und schreie mir schier die Seele aus dem Leib, obwohl ich krampfhaft versuche mir nichts anmerken zu lassen. Der Gestank nach verbrannter Haut und verkohlten Haaren steigt mir in die Nase und lässt mich beinahe würgen.

»Feli!«, ruft Zac. »Gib endlich auf, verdammt!«

Ehe der Blitzmagier zu einem neuen Angriff ausholen kann, spüre ich ein sanftes dunkles Streicheln in meinem Inneren.

»Nein«, hauche ich kraftlos. Selbst in Gedanken Worte zu bilden, stellt mich vor ungeahnte Herausforderungen. *»Bitte ... nicht.«*

Mit einem so lauten Fauchen, dass es mir in den Ohren klingelt, entsteigt Shadow in seiner wahren Gestalt meinem Schatten und geht derart blitzschnell auf Vater los, dass ich ihm kaum mit Blicken folgen kann. Doch der andere Magier hat nur auf diesen Moment gewartet. Er bewegt die Hände und einen Sekundenbruchteil später sackt Shadow – nun wieder in seiner menschlichen Illusion – zusammen. Mit einem erneuten Fingerschnipsen entlässt mich Vater aus der Starre und ich gehe ebenfalls zu Boden.

Ich mobilisiere die letzten Kräfte und zwinge meine geschundenen Gliedmaßen dazu, sich zu bewegen, obwohl selbst das kleinste Muskelzucken wie Feuer brennt. Unendlich langsam strecke ich die Hand nach Shadow aus, der nur ein Stück von mir entfernt liegt.

Als ich endlich mit den Fingerspitzen seine Hand berühre, hebt er leicht den Kopf und schenkt mir ein schwaches Lächeln, das mir die Tränen in die Augen treibt. Dann spüre ich die sanfte Schattenmagie, die ausgehend von der Berührung durch meinen Körper schießt und die gröbsten Schäden heilt. Nur einen Augenblick später sackt Shadows Kopf kraftlos zur Seite. Mir entweicht ein Wimmern, doch ich versuche noch näher zu ihm zu kriechen.

»Zac«, grollt Vater, den ich im Moment völlig vergessen habe. »Schaffst du es, sie zur Vernunft kommen zu lassen, oder muss ich das übernehmen?«

»Ich kümmere mich darum«, sagt mein ältester Bruder sofort.

Vater gibt einen abschätzigen Laut von sich. »Dann nehme ich den Familiar als Sicherheit mit. Wenn sie nicht kooperiert und das tut, was sie soll, werde ich nicht zögern, ihn einzusetzen. Sieh zu, dass die anderen Familiare ebenfalls einsatzbereit sind. Ich werde sie gleich nachher holen. Wir können nicht mehr länger warten. Nicht jetzt, wo wir beinahe alles verloren hätten.«

Ich stemme mich auf die Unterarme und funkele Vater an. »Ich werde niemals mit dir kooperieren! Nicht nach dem, was du Shadow angetan hast.«

Er kniet sich neben mich und umfasst mein Kinn grob mit der Hand. »Dann sollte ich wohl doch lieber dich mitnehmen und dir keine weitere Gnadenfrist gewähren.«

Ich verziehe den Mund und suche nach den richtigen Worten, um der Wut und Abscheu, die in mir toben, Ausdruck zu verleihen.

»Nicht, Feli!«, ruft Zac. »Hör auf, dich dagegen zu wehren! Sonst wird er mit dir das Gleiche machen wie mit Ilena. Du wirst zu einer Abtrünnigen werden.«

Vaters Lippen heben sich zu einem Grinsen. »Und ich weiß schon genau, wie ich deinen Willen brechen werde.« Ich unterdrücke ein Schaudern, als er mir in einer beinahe liebevollen Geste über die Wange streichelt. »Möchtest du zusehen, wie ich deinen geliebten Familiar töte?«

Ich starre ihn an, unfähig zu atmen oder mich zu rühren. Er würde … Shadow umbringen? Ja, wenn es einen Weg gibt, meinen Willen zu brechen, dann diesen. Allein die Vorstellung lässt die verbliebene Magie in mir randalieren.

»Oder spielst du lieber brav deine Rolle und niemand kommt zu Schaden? Einen von euch werde ich mitnehmen, um den anderen unschädlich zu machen. Zac hat recht: Gemeinsam seid ihr gefährlich. Aber allein seid ihr schwach. Nur dich, meine Kleine, kann ich nicht töten, denn ich brauche dich noch. Zumindest eine Weile. Du siehst, ich bekomme so oder so, was ich will. Die Entscheidung, ob dein Familiar bereits jetzt draufgehen soll, liegt ganz allein bei dir.«

Ich blecke die Zähne und wünschte, ich hätte genug Kraft, um ihm ins Gesicht zu spucken.

»Ich komme mit«, presse ich hervor. »Aber du wirst Shadow kein Haar mehr krümmen!«

»Sehr schön!«, tönt Vater. »Das spart uns Zeit und Arbeit. Da wir ihn nicht transportieren müssen, nehme ich den Erd-Familiar gleich mit. Den anderen hole ich später.«

Er winkt den Blitzmagier zu sich, der mich grob am Arm packt und auf die Füße zerrt. Sämtliche Muskeln in mir protestieren gegen die abrupte Bewegung und ich sacke beinahe wieder weg. Doch der Blitzmagier versetzt mir einen Stoß in den Rücken, sodass ich vorwärts taumele. Ich habe nicht genug Kraft, um mich gegen Vaters Griff zu wehren, der mich anschließend an der Schulter zur Hintertür dirigiert. Wankend setze ich einen Fuß vor den anderen und verbiete mir, einen Blick zurückzuwerfen. Ich will weder Shadow noch Cal reglos auf dem Boden liegen sehen.

Und am allerwenigsten will ich in Zacs Verrätervisage schauen.

Er hat nicht nur Cal und mich hintergangen, sondern zieht auch die Familiare in etwas hinein, was ich noch nicht abschätzen kann. Das ganze Gerede von einem größeren Plan, der nicht mehr aufgeschoben werden kann, ergibt für mich nicht den geringsten Sinn. Ich komme einfach nicht dahinter, warum er Terra mitnehmen will und Zac das zulässt. Er hat nicht einmal dagegen protestiert! Wer weiß, was sie seinem Familiar antun, doch ihn scheint es nicht zu kümmern.

Ich kann nur hoffen, dass nach gestern genug Magie in Shadow zirkuliert, damit er schnell wieder auf die Beine kommt und zusammen mit Cal eine Idee hat, um mich zu befreien. Bis dahin darf ich nicht riskieren aufzumucken, denn dank des Magiers, der die Kraft eines Familiars versiegeln kann, wird Shadow nicht allein das Hauptquartier der Allianz stürmen können.

Ich würde gerne sagen, dass es mir lieber wäre, er käme nicht zu meiner Rettung, aber das wäre gelogen. Wir haben einen Pakt und können nur gemeinsam existieren. Ohne meine Magie ist es nur eine Frage der Zeit, bis Shadows Leben hier vorbei ist und er zurück in die Nebenwelt muss. Und diesmal wird mich kein noch so starker Wille davon abhalten, zu einer Abtrünnigen zu werden.

KAPITEL 10

Shadow

Ich weiß nicht, wie lange es dauert, bis ich wieder zu mir komme. Die seltsame Taubheit, die von mir Besitz ergriffen hat, als mich der Zauber des Allianz-Magiers traf, verschwindet nur langsam aus mir und ich brauche mehrere Anläufe, bis mir wieder einfällt, wo ich mich gerade befinde. Doch nachdem ich wieder halbwegs bei Sinnen bin, erinnere ich mich sofort daran, was geschehen ist.

Als ich zum letzten Mal bei Bewusstsein war, lag Feli ein Stück von mir entfernt. Sie war so stark verletzt und ihre Haut stellenweise verbrannt, dass ich das letzte Fünkchen Magie in mir, das noch nicht vom Versiegelungszauber des feindlichen Magiers betroffen war, dazu nutzte, um die schlimmsten Schäden zu heilen. Ich hoffe, dass ich damit Erfolg hatte ...

Ich hebe den Kopf und stemme mich umständlich auf die Unterarme, um mich umzusehen. Ein paar Meter entfernt entdecke ich Cal, der ebenfalls wieder zu sich kommt, aber ziemlich mitgenommen aussieht. Neben ihm kniet Ilena, die herzzerreißend schluchzt. Eine weitere Erinnerung durchzuckt mich. Sie hat Felis Vater »Meister« genannt ... Also stand sie zuvor unter dem Kommando der Magier-Allianz. Das erklärt auch, warum sie alles daransetzte, Feli zu schnappen, als wir ihr zum zweiten Mal begegneten. Beim ersten Kampf habe ich meine Trägerin in Schatten gehüllt, sodass Ilena nicht wusste, wen sie vor sich hatte. Aber beim zweiten Kampf wollte sie Feli gefangen nehmen und mich ausschalten.

Anschließend fällt mein Blick auf Zac, der sich weit ab von uns hält, mich aber beobachtet. Ihn nur anzusehen schürt in mir eine tobende Wut, die mich von innen heraus zu verzehren droht.

Er hat uns hierhergelockt. Er hat die Magier-Allianz hergebracht. Er hat

Feli über Jahre hinweg einen Familiar verboten, weil er das Glück, das sie ohne ihr Wissen verströmte, für sich nutzen wollte. Er hat wissentlich zugelassen, dass meine Trägerin leidet.

So schnell ich es mir zutraue, springe ich auf die Füße und marschiere auf Zac zu. Ohne die unterdrückende Macht des fremden Magiers sickern wieder Schatten aus mir heraus und hüllen mich ein. Er weicht vor mir zurück, bis er mit dem Rücken gegen eine Wand prallt, und schleudert mir ein paar Windzauber entgegen, die jedoch hier im Haus nicht ihre volle Wirkung entfalten können und eher einem lauen Lüftchen gleichen. Selbst wenn es anders wäre, könnte er mich nicht stoppen.

Ich packe ihn grob am Hemd und presse den Unterarm gegen seinen Hals. »Du hast zu wenig Magie in dir, was?«, grolle ich, während unsere Nasenspitzen nur ein paar Zentimeter voneinander entfernt sind. »Das Problem habe ich nicht. Nenn mir einen guten Grund, warum ich dich nicht hier und jetzt in Fetzen reißen sollte!«

»Shadow, nicht«, wirft Cal ein, aber mir entgeht nicht, dass sein Einwand halbherzig klingt. »Zunächst brauchen wir ein paar Antworten von ihm.« Aus den Augenwinkeln beobachte ich, wie er ächzend mit Ilenas Hilfe wieder auf die Füße kommt. »Und wenn mir die Antworten nicht gefallen, will ich auch einen Teil von ihm abhaben.«

Ich konzentriere mich wieder auf Zac und presse ihm den Unterarm so fest gegen den Hals, bis er ein Röcheln von sich gibt. »Wo ist Feli?«

»Ich ... Ich weiß es ... nicht«, krächzt er.

Ich erhöhe den Druck. »Falsche Antwort.«

»Du solltest lieber reden«, sagt Cal, der neben mich getreten ist. »Ich bezweifele, dass einer von uns stark genug ist, um Shadow zurückzuhalten. Ich jedenfalls werde keinen Finger krumm machen, falls er beschließen sollte, dich doch auseinanderzunehmen.«

»Es ... geht ihr ... gut«, versucht Zac es erneut.

Ich stehe kurz davor, die Beherrschung zu verlieren, doch ich muss mich zusammenreißen, egal wie sehr es mir widerstrebt. Dummerweise ist Zac die einzige Verbindung zur Magier-Allianz, die ich momentan habe. Ilenas

Erinnerungen sind zu lückenhaft, um ihnen vertrauen zu können. Vielleicht ist sie nicht in den Plan eingeweiht und sollte nur dazu dienen, Feli zu schnappen. Zac ist der Einzige, von dem ich Antworten erhalte – und notfalls werde ich sie aus ihm herausprügeln.

»Der Blitzzauber hat Feli schier die Haut vom Leib gebrannt«, grolle ich gefährlich ruhig. »Sie wurde gegen ihren Willen gefangen genommen. Verzeih also, wenn ich deine Ansicht, dass es ihr gut geht, nicht teile. Ich frage dich noch einmal: *Wo ist Felicity?!*«

Zac bohrt mir die Fingernägel in den Unterarm, während er sich die größte Mühe gibt, weiterhin mit den Zehenspitzen den Boden zu berühren und genügend Luft durch die gequetschte Luftröhre zu saugen. Leider befriedigt mich die Panik, die kurz in seinem Blick aufblitzt, nicht im Geringsten. Dieser winzige Anflug ist nichts im Vergleich zu der Angst, die gerade in mir wütet. Die Ungewissheit, was dieser Irre meiner Trägerin antut, während ich Zeit mit ihrem verräterischen Bruder verschwenden muss, bringt einen dunklen Teil von mir zum Vorschein, den ich zuletzt vor mehreren Jahrtausenden gesehen habe.

»Weißt du, was ich mich gerade frage?«, sinniere ich, als Zac mir eine Antwort schuldig bleibt. »Wie lange kann *Air Master* ohne Luft auskommen?«

»Wenn ... du mich ... tötest ...«

»Oh, ich befürchte, du verstehst nicht.« Ich blecke die Zähne und ergötze mich einen flüchtigen Moment an Zacs panischem Blick, der zu meinen Fangzähnen huscht. »Ich *werde* dich töten. Die Frage ist nur, ob ich es schnell und sauber oder qualvoll und langsam mache. Und die Einzige, die dich vor diesem Schicksal bewahren *könnte*, ist Felicity. Ein Wort von ihr genügt, um dich zu verschonen – vorerst. Du siehst, es ist in deinem eigenen Interesse, dass du mir endlich sagst, wohin sie sie bringen!«

Ich habe noch nie einen Menschen getötet. Im Vergleich zu meinem sind ihre Leben so kurz, nichts weiter als ein Wimpernschlag im Vergleich mit dem schier endlosen Dasein, in dem ich gefangen bin. Ich sah bisher keinen Sinn darin, ihr ohnehin kurzes Leben noch früher zu beenden. Während meiner Zeit als Fortunas Familiar musste ich nie kämpfen, da sie sich im

Gegensatz zu vielen anderen Magiern der damaligen Ära nicht in Kämpfe verwickeln ließ. Und Kassandra beendete unseren Pakt, bevor der Angriff auf Troja stattfand. Bis auf die Nacht, in der ich für einen kurzen Moment mit ansehen musste, wie die fremden Eroberer die trojanische Prinzessin bedrohten, hatte ich nie das Bedürfnis, einen Menschen umzubringen.

Aber bei Zac mache ich liebend gern eine Ausnahme. Es wird mir eine Freude sein, seinen Geist erst so lange in Schatten zu hüllen und Albträumen auszusetzen, bis er mich darum anfleht, es zu beenden.

Und ich werde mir Zeit lassen.

Jede Sekunde, die er mich im Ungewissen lässt und der Angst um Felis Gesundheit aussetzt, werde ich ihm hundertfach heimzahlen. Dieser dunkle Teil in mir, der gerade wieder erwacht ist, wird es genießen.

Ich weiß nicht, ob Zac das Vorhaben in meiner Miene ablesen konnte, doch schließlich knickt er ein. »Haupt…Hauptquartier«, presst er hervor.

Mit einem Grummeln lasse ich ihn zurück auf den Boden sinken und nehme den Arm von ihm. Röchelnd greift er sich mit beiden Händen an den Hals. Dann hole ich aus und ramme ihm die Faust in den Bauch, sodass er vornüberkippt. Der erstickte Laut, den er dabei von sich gibt, befriedigt leider nicht im Geringsten die Wut, die in mir schwelt.

Das Hauptquartier der Magier-Allianz. Ich hatte es befürchtet, aber gehofft, dass sie ihre Gefangenen irgendwo anders hinbringen. Schon bei unserem ersten Besuch dort ist mir die massive Nutzung von Technik aufgefallen, während kaum Menschen anwesend waren. Sämtliche Räume sind hoch und so gut ausgeleuchtet, dass es kaum Schatten gibt, durch die ich mich bewegen könnte. Dort ungesehen hineinzukommen, ist ein Ding der Unmöglichkeit für mich. Vor allem, da ich nicht genau weiß, wohin sie ihre Gefangenen bringen. Der gesamte Komplex ist riesig und teilweise nur mit Fahrstühlen erreichbar. Und da sie nun Feli und Terra haben, werden sie die Sicherheitsvorkehrungen weiter erhöhen. Ich bin mir sicher, dass sie mit einer Rettungsaktion rechnen.

Zwar wirbelt im Moment massig von Felis Magie durch mich hindurch, aber es ist nur eine Frage der Zeit, bis die Kräfte schwinden. Ich kann mich nicht damit aufhalten, mir ewig den perfekten Plan auszudenken. Die Ungewissheit, was sie Feli in der Zwischenzeit antun, lässt mich schier wahnsinnig werden. Zac meinte vorhin, dass sie werden könnte wie Ilena ... Und die erinnert sich nicht mehr an ihren eigenen Familiar, geschweige denn an das, was vor dem ersten Kampf gegen uns geschehen ist.

Nein, daran darf ich jetzt nicht denken! Wenn ich unüberlegt handele, ist alles von vornherein zum Scheitern verurteilt. Seufzend fahre ich mir mit beiden Händen durchs Haar, während ich unruhig auf und ab laufe.

»Zac!«, schreit Lumia, die auf uns zugerannt kommt. »Es ist etwas Furchtbares passiert! Terra ist ...« Sie verstummt und starrt erst mich, dann den noch immer röchelnden Zac und schließlich ihren Träger an. »Was ist hier los?«

Ich knirsche mit den Zähnen, ehe ich mit einem Kopfnicken auf Zac deute. »Frag das am besten ihn.«

Lumia runzelt die Stirn, ehe sie zu Cal geht, um sich um seine gröbsten Verletzungen zu kümmern. »Terra ist verschwunden«, berichtet sie währenddessen. »Von einem Moment auf den anderen war sie weg, dabei war ich die ganze Zeit über mit ihr zusammen. Es ist, als hätte sie sich in Luft aufgelöst. Aber irgendwie ... Da war noch jemand, den ich zuvor nicht gesehen habe. Je mehr ich versuche mich an sein Gesicht zu erinnern, desto mehr verschwimmt es.«

»Ja«, murmele ich. »Das gibt sich bald.«

Ich bin mir sicher, dass ihre Erinnerungen zurückkehren, sobald der Zauber des Magiers vollends abgeklungen ist. Sie werden zuerst Lumia ausgeknockt und sich dann Terra vorgenommen haben. Bestimmt hat sie sich gewehrt, aber einem Magier, der die Kraft eines Familiars versiegeln kann, ist auch sie nicht gewachsen. So schwach wie Zacs Angriffe vorhin waren, hat er seinen Familiar mit massig Magie versorgt. Dafür kann es nur einen Grund geben. Er wusste, dass die Allianz heute kommt. Er hat es geplant, denn sonst hätte er Feli und mich nicht herzitieren können. Also wusste er auch, dass sie Terra mitnehmen, oder er hat es zumindest geahnt und sich darauf vorbereitet. So viel Kaltschnäuzigkeit hätte ich ihm nicht zugetraut ... Es ist eine

Sache, dass er mit den Ansichten der Allianz übereinstimmt, aber eine ganze andere, dass er seine eigene Schwester und seinen Familiar ausliefert. Ganz gleich, was die Ziele der Allianz sein mögen – das geht zu weit!

»Wo ist Feli?«, fragt Lumia, nachdem sie mit Cals Behandlung fertig ist. »Ich kann mich nicht mehr daran erinnern, euch mal einzeln irgendwo angetroffen zu haben.«

Ich presse die Lippen so fest zusammen, dass es schmerzt, während ich mich davon abhalten muss, Zac erneut in die Mangel zu nehmen. Aber es gibt nichts mehr, was ich von ihm wissen muss. Jede Sekunde, die ich mich mit ihm abgebe, ist vergeudete Zeit und Magie obendrein. Magie, die ich dringend benötige, um Feli zurückzuholen.

»Hast du einen Plan?«, fragt Cal. »Ich war seit Jahren nicht mehr im Hauptquartier, aber ich weiß, dass das Gebäude einer Festung gleicht. In die unteren Ebenen kommt niemand, nicht einmal ein Meister-Magier. Mich würden sie höchstens bis in die Archive vorlassen, aber ich nehme nicht an, dass sie Feli und Terra dort festhalten.«

»Festhalten?«, hakt Lumia nach.

»Mit einem Schattensprung komme ich zwar nah an das Gebäude heran und vielleicht auch hinein, doch ich denke nicht, dass ich lange unbemerkt bliebe«, murmele ich. »Gegen den Magier, der die Kraft eines Familiars versiegeln kann, komme ich ohne Felis Hilfe nicht an. Und wenn das Hauptquartier tatsächlich derart riesig und verzweigt ist, würde es viel zu lange dauern, jede Etage einzeln abzusuchen.«

»Könnte mir mal jemand sagen, was hier vor sich geht?«, fragt Lumia. »Wieso redet ihr davon, ins Hauptquartier zu gehen?«

»Weil Feli und Terra sich gerade dort aufhalten«, grolle ich. »Zumindest wenn wir den Aussagen des Verräters Glauben schenken dürfen.«

»Verräter?«, wiederholt Lumia irritiert.

Als Erstes fällt ihr Blick dabei auf Ilena, doch bevor sie wieder auf die Idee kommen kann, die Wasserbändigerin anzuzünden, sage ich schnell: »Sie ist es nicht. Aber ich gebe zu, dass ich sie auch zunächst im Verdacht hatte.«

»Wenn sie es nicht ist und du und Cal ebenfalls ausscheiden, dann ...« Sie fixiert Zac. »Ich glaub es nicht … Wobei ich schon immer dachte, dass er sich seltsam verhält. Das Verbot, dass Feli keinen Familiar bekommen darf, ist auf seinem Mist gewachsen, und nicht einmal Cal wusste den genauen Grund dafür.«

»Ich weiß ihn selbst jetzt nicht«, grummelt Cal. »Außer dass sie uns mit Glück versorgt hat. Aber warum war das so wichtig? Nur damit das Ansehen unserer Familie größer werden konnte?« Er wendet sich zu Zac um, der bisher scheinbar teilnahmslos an die Wand gelehnt dastand. »Das ist doch Bullshit! Wir hätten das auch allein geschafft! Immerhin vereinen wir zwei Magiearten in uns. Wir sind stark und unsere Familiare sind es ebenfalls. Hast du so wenig Vertrauen in deine eigenen Fähigkeiten, dass du deine kleine Schwester dazu missbraucht hast, um reich und berühmt zu werden? Ich dachte immer, dass du für dergleichen nichts übrighättest.«

»Du weißt gar nichts!«, geht Zac dazwischen, der wieder auf die Füße gekommen ist. »Es geht nicht nur um das Ansehen. Unsere Abstammung ist es, die schwer auf meinen Schultern lastet – auf meinen ganz allein. Ich musste von Anfang an Entscheidungen treffen, die Feli und mich betrafen. Nur du … du warst schon immer davon verschont.« Er verzieht das Gesicht. »Darum habe ich dich von klein auf beneidet …«

»Was soll das heißen?«, knurrt Cal. »Ich bin auch Teil dieser Familie, also geht es mich ebenfalls etwas an!«

»Ja, du bist Teil dieser Familie«, entgegnet Zac kühl. »Aber du bist unwichtig ebenso wie deine Magie. Du herrschst nicht über eines der wichtigen Elemente, deshalb bist du für den Plan nicht von Bedeutung und konntest …« Er bricht ab und schüttelt den Kopf. »Du musstest nie wissen, was auf dich zukommt. Was andere für dich beschlossen haben, ohne dich nach deiner Meinung zu fragen. Du konntest dein Leben genießen und ich habe dir alle Freiheiten gelassen, während ich mir wünschte, ebenfalls so unbeschwert sein zu können. Aber ich wusste, was von mir erwartet wurde, jedenfalls die meiste Zeit über. Hin und wieder ging der Erinnerungszauber so weit, dass ich mehr Lücken habe, als es eigentlich der Fall sein sollte. Dennoch wusste ich, was mir bevorstand und welche Entscheidungen ich treffen musste.

Denkst du, es fiel mir leicht, mit anzusehen, wie Feli litt? Doch es musste sein! Sie war nicht bereit und ist es wahrscheinlich jetzt auch noch nicht. Aber wir können nicht mehr länger warten.«

»Bereit wozu?«, grolle ich, während ich die Hände zu Fäusten balle. »Was habt ihr mit ihr vor?«

»Nicht nur mit ihr«, murmelt Zac und weicht dabei meinem Blick aus. »Wir müssen alle Opfer bringen. Es dient einem höheren Ziel. Feli wird nichts geschehen, auch nach der Vollendung des Plans nicht.«

»Und was ist mit Terra?«, will Lumia wissen. »Was werden sie mit ihr machen?«

Zac wendet den Blick ab, doch für einen kurzen Moment sehe ich Schmerz darin aufflackern. Sofort wird mir flau im Magen. Was auch immer Terra bevorsteht – für sie wird es nicht gut enden. Und Zac weiß das.

Bevor ich ihn erneut packen und so lange verprügeln kann, bis er wieder Vernunft annimmt, kommt mir Lumia zuvor. Flammen schießen aus ihren Händen, als sie sich dem Ältesten der Geschwister nähert.

»Sie ist dein Familiar!«, knurrt sie. »Du hast einen Pakt mit ihr geschlossen und du trägst die Verantwortung für sie!«

Zac reckt das Kinn. »Das ist mir bewusst.«

»Ist das alles, was du dazu zu sagen hast?«, will der Feuer-Familiar wissen.

»Alles, was du wissen musst«, gibt er zurück. »Wir alle müssen Opfer bringen. Ich, Cal und Felicity. Aber verglichen damit, was wir dadurch verhindern, ist es ein kleiner Preis.«

»Und was soll das sein?«, hakt Cal nach.

Zac schaut seinem Bruder fest ins Gesicht. »Den Untergang der Welt, wie wir sie kennen.«

KAPITEL 11

Felicity
Ich habe den Überblick darüber verloren, wie lange ich schon hier bin. Der nahezu quadratische Raum, in den sie mich gebracht haben, ist so hell und ausgeklügelt beleuchtet, dass selbst die wenigen Möbel darin kaum Schatten werfen. Der einzige Ausgang ist die verschlossene Tür; ich habe schon mehrfach daran gerüttelt, denn Fenster gibt es nicht. Auf dem kleinen Tischchen neben dem schmalen Bett liegt eine schwarze Schlafmaske. Anscheinend werden sie auch nachts das Licht nicht ausschalten. Dumm sind sie nicht, das muss ich ihnen lassen. Wie lange sie wohl schon Shadow und mich beobachten? Sie wussten von den Glückstränken, die ich mithilfe meines Blutes herstellen kann. Und anhand der Beleuchtung hier drin schließe ich, dass sie auch über Shadows Fähigkeit, in den Schatten zu wandeln, Bescheid wissen.

Trotz des lauten Magenknurrens ignoriere ich das Essen, das auf einem weiteren Tisch in der Mitte des Raumes steht. Ich zittere bereits am ganzen Körper, weil ich kaum Magie in mir habe, doch ich beiße die Zähne zusammen, obwohl mir beim bloßen Anblick der Süßigkeiten auf dem Tablett das Wasser im Mund zusammenläuft. Aber ich rede mir ein, dass sie mich brauchen – wofür auch immer – und dass ich dazu möglichst gestärkt sein muss. *Nicht mit mir, Freunde!* So blöd bin ich nicht. Noch gelingt es mir, auch meinen Körper davon zu überzeugen, stark zu sein.

Nachdem er mich hierhergebracht und die Tür hinter mir verschlossen hat, habe ich Vater nicht mehr zu Gesicht bekommen. Mit dem Blitzmagier sprach er kurz über Terra, die sie anscheinend ebenfalls in ihrer Gewalt haben. Wenn ich ein Zimmer mit einer solch gut durchdachten Beleuchtung bekomme, werden sie für Terra auch einen speziellen Raum geschaffen haben. Vielleicht einen, der mit einem ähnlichen Material verkleidet ist wie die Trainingshalle zu Hause.

Doch warum macht sich die Allianz diese Mühe? Was wollen sie von mir? Und warum haben sie Terra mitgenommen? Welche Rolle spielt sie als Familiar bei der ganzen Sache?

Seufzend lasse ich mich auf das Bett fallen. Je länger ich darüber nachdenke, desto verwirrender wird das Ganze. Erst erfahre ich, dass Vater noch lebt, dann entpuppt sich der Verlässlichste von uns Geschwistern als Verräter. Aber hat Zac uns tatsächlich verraten? So gesehen fand ich es merkwürdig, dass er sich so einfach davon überzeugen ließ, Ilena bei uns zu Hause zu verwahren. Wenn er wirklich Angst vor den Konsequenzen der Allianz gehabt hätte, hätte er sie längst wegschaffen müssen. Doch sie blieb, wo sie war, obwohl sie zuvor zweimal versucht hat uns zu schaden. Ich habe mich wegen meiner Gabe blenden lassen, aber Zac hätte anders reagieren müssen. Oder wusste er, dass von ihr keine wirkliche Gefahr ausging?

Auf keine meiner Fragen finde ich eine Antwort, aber über sie nachzudenken hält mich davon ab, ständig Shadows bewusstlose Gestalt vor mir zu sehen. Er hätte auf mich hören und die Symbiose aufrechterhalten sollen! Ich hätte ihn noch etwas länger beschützen können. Hoffentlich geht es ihm mittlerweile besser …

Sosehr ich mir auch wünsche, dass er kommt, um mich zu retten, so sehr hoffe ich, dass er es nicht tut.

Die Allianz wartet nur darauf, dass er sich zeigt, denn er ist meine Schwachstelle. Wenn sie ihn in der Hand haben, werde ich alles tun, was sie von mir verlangen. Ich werde alles essen, was sie mir vorsetzen. Ich werde meine Kräfte sooft nutzen, wie sie es fordern. Ich würde zur willigen Marionette der Allianz werden. Und es würde mich nicht kümmern, was sie mir befehlen. Solange ich Shadow damit beschützen kann, werde ich alles tun.

Ob sie auch Zac auf die eine oder andere Weise in der Hand haben? Anders kann ich mir sein Handeln nicht erklären.

Ich rolle mich zu einer Kugel zusammen und schließe die brennenden Augen. Vielleicht ist das alles nur ein böser Traum und ich liege in Shadows Armen, wenn ich wieder aufwache.

KAPITEL 12

Shadow

»Der Untergang der Welt?«, grollt Cal. »Du weißt schon, dass du dich völlig übergeschnappt anhörst?«

Zac schnaubt. »Du musst mir nicht glauben, wenn du nicht willst. Aber ich weiß, dass es wahr ist. Seit meine Erinnerungen vollständig zurückgekehrt sind, weiß ich es wieder. Ich wünschte, ich hätte es weiterhin vergessen …«

Ich horche auf. Sollte die Allianz so weit gegangen sein und auch an Zacs Erinnerungen herumgepfuscht haben, obwohl er das Bindeglied zu dieser Familie und somit einer von ihnen war?

»Und wie soll das aussehen?«, fragt Cal und verschränkt die Arme vor der Brust. »Rast ein Meteor auf die Erde zu? Gehen übermorgen alle Vulkane gleichzeitig hoch?« Er hebt die Hand und über den Fingerspitzen tanzen winzige Schneeflocken. »Oder soll ich die Welt mit einer weiteren Eiszeit beglücken?«

»Ich befürchte, dafür wird deine Kraft nicht ausreichen, *Ice King*«, gibt Zac giftig zurück. »Nein, es erwarten uns keine Naturkatastrophen, sondern eine Veränderung des Machtgefüges bahnt sich an. Wenn wir nicht wollen, dass unsere Welt vor die Hunde geht, müssen wir diese Veränderung stoppen, solange wir die Möglichkeit dazu haben. Und nur unsere Familie ist dazu in der Lage.«

»Diskutiert das meinetwegen aus«, grolle ich. »Aber ich habe Wichtigeres zu tun, als mir den Quatsch vom Untergang der Welt anzuhören.«

Ich wende den anderen den Rücken zu und bin drauf und dran, ohne einen halbwegs vernünftigen Plan das verdammte Hauptquartier der Magier-Allianz zu stürmen, doch Zac hält mich zurück.

»Du darfst sie nicht befreien«, sagt er. »Feli ist die Schlüsselfigur unseres

Plans. Wir hätten sie übervoll mit Magie gebraucht, damit auch nichts schiefgeht, aber wir müssen nun nehmen, was wir bekommen.«

»Und was ist mit Terra?«, will Lumia wissen. »Willst du auch sie dort lassen?«

Zac schweigt eine Weile und ich glaube schon, dass er nicht mehr auf die Frage des Feuer-Familiars antworten wird. Aber dann sagt er: »Terra spielt ebenfalls eine wichtige Rolle. Ich habe ... mich heute Morgen bereits von ihr verabschiedet.«

»Sie kam mir aber nicht so vor, als wüsste sie davon, dass sie fortgeschafft werden soll«, hält Lumia dagegen.

»Nein«, murmelt Zac. »Niemand wusste es. Ich wusste es bis gestern auch nicht mehr, doch nachdem die Allianz herausgefunden hat, dass Ilena einen neuen Familiar bekommen hat, kamen Ereignisse ins Rollen, die ich nicht mehr aufhalten konnte. Mitglieder der Allianz tauchten bei mir auf und entließen die Reste meiner Erinnerung, die sie bisher verschlossen haben, aus dem Zauber, und ich wusste wieder, worum es hierbei ging. Der Zauber hat über die letzten Tage bereits Risse bekommen, als mich Feli wieder und wieder nach dem Grund fragte, warum ich ihr einen Familiar verboten habe. Aber nun weiß ich es wieder ... Die Allianz hat meine Erinnerungen verschlossen, damit möglichst wenig Leute in den Plan eingeweiht sind. Es darf nichts schiefgehen! Nicht schon wieder.«

»Was meinst du mit ›nicht schon wieder‹?«, fragt Cal. »Ich kann mich nicht daran erinnern, dass du zuvor schon mal so durchgedreht bist.«

»Ich drehe nicht durch!«, grummelt Zac. »Ich habe nur verstanden, dass es unausweichlich ist. Ich wünschte, es wäre anders. Und ich wünschte, ich hätte all das, was in den letzten Jahren geschehen ist, weiterhin vergessen.«

»Was ist unausweichlich?«, frage ich und drehe mich wieder halb zu ihm um.

Zac stößt geräuschvoll die Luft aus. »Ich habe nichts gegen dich. Ja, mir wäre wohler zumute, wenn du nie in Felis Leben getreten wärst, denn nun wird es unnötig schwer für sie. Gäbe es dich nicht, würde sie sich über das, was sie tun muss, freuen. Aber so ...« Er seufzt. »Ich denke nicht, dass sie kooperieren wird. Und dadurch macht sie es nur schlimmer! Die Allianz wird einen Weg finden, ihren Willen zu brechen.« Er deutet mit einer Handbewegung auf die Wasserbändigerin. »Sie haben es auch bei Ilena geschafft, die einst eine bekannte Meister-Magierin in einer anderen Stadt war. Aber sie brauchten sie und ihre Kraft, ebenso wie sie Feli brauchen. Und sie werden vor nichts zurückschrecken, um sie gefügig zu machen.« Er verzieht den Mund. »Ich will nicht, dass sie Feli wehtun und sie verändern ...«

»Deshalb müssen wir erst recht versuchen sie zu befreien!«, sagt Cal.

Doch Zac schüttelt den Kopf. »Wir *dürfen* es nicht. Außerdem ... wisst ihr genauso gut wie ich, dass es unmöglich ist. Welchen anderen Grund hätte Shadow sonst noch, hier zu sein? Wenn es einen offensichtlichen Weg gäbe, Feli zu retten, wäre er schon längst unterwegs.«

Nun wird es mir zu bunt. Ich hasse es, wenn man über mich spricht, wenn ich anwesend bin. Aber noch mehr hasse ich es, wenn ich auf meine Fragen keine Antwort bekomme. Mit zwei großen Schritten bin ich bei Zac und packe ihn vorn am Shirt. Er starrt mich aus weit aufgerissenen Augen an und versucht vor den Schatten, die aus mir herauswabern, zurückzuweichen.

»Was haben sie mit Feli vor?«, grolle ich. »Warum ist sie so wichtig für die Allianz?«

»Sie ...« Zac schluckt hektisch, als ihn einer meiner Schatten an der Wange berührt. »Sie ist eine Seherin!«

»Schwachsinn!«, zischt Cal. »Wie kommst du auf die Idee, dass ausgerechnet Felicity eine Seherin sein soll? Sie sieht das Leuchten von Herzen, mehr aber auch nicht.«

»Nein«, erwidert Zac. »Das ist nicht alles, was sie kann.« Sein Blick bohrt sich in meinen. »Du hast bereits einer anderen Seherin gedient, nicht wahr?«

Ich schlucke angestrengt, während ich gedanklich die Fähigkeiten meiner Trägerinnen vergleiche. Nichts von Felicitys Gabe lässt mich darauf schließen, dass sie eine Seherin sein könnte. Die einzige Übereinstimmung liegt darin, dass beide stark unter ihren Gaben zu leiden hatten.

»Die Allianz hat versucht eine exakte magische Kopie von damals zu erschaffen«, sagt Zac. »Aber bei Feli ist es ihnen nicht vollends gelungen aus ...

verschiedenen Gründen. In ihr vermischen sich so viele Arten von Magie, dass es fast unmöglich ist, diejenige herauszukitzeln, die sie brauchen. Ihre Kopie ist nicht perfekt, aber vielleicht können sie das zu ihrem Vorteil nutzen.«

»Eine Kopie wovon?«, frage ich heiser, obwohl ich die Antwort bereits kenne.

Zacs Mundwinkel zucken unter einem freudlosen Lachen über meine Begriffsstutzigkeit. »Kassandra.«

Mir zittern die Hände so sehr, dass er sich aus meinem Griff befreien kann.

»Ich bin eingeweiht«, fährt er fort, während er das Shirt richtet. »Und nun weiß ich wieder alles. Ich habe mich vor ein paar Jahren gegen die Allianz aufgelehnt, weshalb die Anführer beschlossen haben, meine Erinnerungen zu versiegeln, damit ich gefügiger werde. Ich wusste von Anfang an, wofür unser Familienmotto steht und von wem wir abstammen. Dass ausgerechnet du es sein musstest, der Felis Familiar wird …«

»Moment, nun komme ich erst recht nicht mehr mit«, mischt sich Cal ein. »Von welchen Gaben sprichst du? Feli sieht …«

»Dass Felicity das Leuchten von Herzen sieht, ist nur ein Nebenprodukt ihrer eigentlichen Gabe«, sagt Zac. »Es ist die Art, wie es sich bei ihr manifestiert. Wahrscheinlich hätte sie – wie die meisten anderen Seher auch – Visionen, wenn sie nicht auch noch das Glück in der Liebe durch einen dummen Zufall als Gabe in sich tragen würde. Für uns war es von Vorteil, denn dadurch konnten wir unsere Kämpfe stets gewinnen. Jedenfalls so lange, bis Shadow auftauchte und sich um ihren Magieüberschuss kümmerte.«

»Aber wie konnte uns Glück in der Liebe im Kampf helfen?«

»Du darfst die Bezeichnung der Gabe nicht zu eng sehen«, erklärt Zac. »Wir sind ihre Brüder und Feli liebt uns, wenn auch nicht auf eine romantische Art. Dennoch wirkte das Glück, das sie unterschwellig abstrahlte, auch auf uns.« Sein Blick huscht zu Ilena und anschließend zu Cal. »Und dir bescherte es zusätzlich noch eine Partnerin.«

»Und was ist nun ihre eigentliche Gabe?«, fragt Cal.

»Sie sieht die Zukunft«, murmele ich und stoße dann geräuschvoll den Atem aus.

Warum habe ich das noch nicht vorher bemerkt? Wieso sind mir die Ähnlichkeiten zwischen Kassandra und Felicity in Bezug auf ihre Magie nicht früher aufgefallen? Zac hat recht: Feli sieht die Zukunft. Anders als Kassandra, die von verheerenden Visionen geplagt wurde, kann Feli durch ihre Gabe das Leuchten von Herzen sehen. Herzen, die zueinandergehören. Wesen, die eine gemeinsame Zukunft, ein gemeinsames Schicksal haben. Mir ist bisher nicht in den Sinn gekommen, dass sich eine Sehergabe auch auf diese Art manifestieren könnte.

»Und nicht nur das«, fügt Zac hinzu. »Sie kann sie sogar bis zu einem gewissen Grad beeinflussen. Und vor allem Letzteres ist sehr gefährlich.«

Cals verständnisloser Blick huscht zwischen Zac und mir hin und her. »Haltet mich ruhig für doof, aber ich verstehe es immer noch nicht.«

Zac verdreht seufzend die Augen. »Feli sieht das Glimmen von Herzen. So weit kannst du folgen, oder? Wenn zwei Glimmen zusammenpassen, dachte sie bisher, dass es sich dabei um Seelenpartner – oder was weiß ich, wie sie es bezeichnete – handeln musste. Das stimmt aber nur zum Teil. Ein identisches Glimmen bedeutet eine gemeinsame Zukunft. Wenn sie normale Seherkräfte hätte, wäre es für uns von Vorteil, denn dann würde sie allgemein in die Zukunft sehen können. Da sich in ihr die Sehergabe mit Glück in der Liebe vermischt, sieht sie zukünftige oder bereits bestehende Partner. Auf der anderen Seite kann sie Herzen, die von ihrem vorgezeichneten Weg – aus welchem Grund auch immer – abgekommen sind, wieder heilen. Davon wusste ich bis vor Kurzem nichts, erst als ich die Aufzeichnungen ihrer Prüfungen gesehen habe.« Er nickt mir zu. »Die waren übrigens sehr beeindruckend.«

Ich gebe ein Grollen von mir. Sein Lob interessiert mich nicht im Geringsten!

»Und was will die Allianz mit Feli?«, fragt Cal.

Zac zieht die Augenbrauen zusammen. »Es wird ihr nichts geschehen, das schwöre ich! Wenn alles vorbei ist, wird sie ein besseres Leben führen können. Wir alle werden das.«

»Das hab ich nicht gefragt!«, schnappt Cal. »Was haben diese Idioten mit unserer kleinen Schwester vor?«

Mir ist egal, was sie mit ihr vorhaben. Viel wichtiger ist für mich, wie ich sie schnellstmöglich befreien kann. Doch allein und noch dazu mit einer begrenzten Kraft ist es nahezu ausgeschlossen, dass ich es bis zu ihr schaffen werde. Wenn ich unbesonnen vorgehe, wird der Magievorrat in mir innerhalb eines Tages aufgebraucht sein. Und dann bin ich zu nichts mehr nütze, bis ich mich wieder bei meiner Trägerin nähren kann.

Cal schnaubt und legt mir eine Hand auf die Schulter. »Was immer du auch vorhast – ich bin dabei.«

»Ich ebenfalls«, sagt Lumia. »Ich werde nicht die Hände in den Schoß legen und darauf warten, dass ich die Nächste bin, die sie holen. Außerdem schulde ich Feli noch etwas für ihre Tränke.«

Ilena streichelt über den schlafenden Fulgur. »Ich denke nicht, dass ich euch eine Hilfe bin. Ich kann mich nur an Bruchstücke erinnern und werde noch eine Weile brauchen, bis ich mit meinem neuen Familiar kämpfen kann.«

»Zu dritt gegen die Magier-Allianz, hmm?« Lumia seufzt. »Klingt für mich nach einem Himmelfahrtskommando. Aber es ist allemal besser, als nichts zu tun.«

»Ihr seid wahnsinnig!«, mischt sich Zac ein. »Ihr werdet nicht einmal in ihre Nähe kommen, geschweige denn sie retten können. Sie *muss* nicht gerettet werden!«

Ich wirbele zu ihm herum, hole mit der Faust aus und verpasse ihm einen Schlag gegen die Wange. »Du hast deine Schwester verraten. Du hast deinen Familiar ausgeliefert. Verzeih also, wenn du nicht mehr auf meiner Liste der vertrauenswürdigen Personen stehst. Ganz gleich, wie oft du es beteuerst, ich werde dir nicht glauben, dass sie Feli nichts antun werden.«

Wir haben genug Zeit verschwendet. Zeit, aufzubrechen! Ich wende mich Cal und Lumia zu. Sofort winkt der Feuer-Familiar ab.

»Vergiss es!«, sagt sie. »Ich fliege zum Hauptquartier und treffe euch dort in der Nähe. Um nichts in der Welt lasse ich mich erneut von dir durch die Schatten ziehen.«

Trotz der Situation muss ich schmunzeln und strecke Cal die Hand entgegen. »Dann werde ich dich mitnehmen, *Ice King*.«

KAPITEL 13

Felicity

Ich muss eingeschlafen sein, denn ich schrecke hoch, als sich die Tür zu dem Zimmer, das mir als Gefängnis dient, öffnet. Nur kurz erhasche ich einen Blick nach draußen. Auch die Flure scheinen hell erleuchtet zu sein genau wie mein Zimmer. So weit ich sehen kann, befinden sich draußen keinerlei Möbel oder andere Gegenstände, die einen Schatten werfen könnten.

Seufzend stoße ich den Atem aus. Als ob das wichtig wäre! Ich will nicht, dass Shadow kommt, um mich zu retten. Solange dieser Magier da draußen herumläuft, der die Kraft eines Familiars versiegeln kann, hat er keine Chance. Ich darf nicht zulassen, dass er erneut meinetwegen verletzt wird!

Ich kratze allen Mut zusammen und konzentriere mich auf den Ankömmling. Verhüllt in einer bodenlangen Kutte, wie die Mitglieder der Allianz sie tragen, steht ein Mann in der Tür. Reglos mustert er mich, ohne ein Wort zu sagen. Nach einer Weile macht er einen Schritt ins Zimmer und schließt die Tür hinter sich. Ich schlucke angestrengt, versuche aber mir meine Angst nicht ansehen zu lassen. Dennoch fühle ich mich so hilflos wie schon lange nicht mehr. In Shadows Nähe färbte das Selbstvertrauen, das er stets verströmte, auf mich ab, doch ohne ihn werde ich wieder zu der unsicheren Felicity, die ich war, bevor ich meinen Familiar bekam.

Ich kralle die Hände ins Laken und recke das Kinn vor. »Was willst du?«, knurre ich.

Der Mann streift die Kapuze ab. Ich nehme mir einen kurzen Moment, um ihn zu betrachten, denn während des Kampfes zu Hause hatte ich keine Zeit dazu. Er ist groß – fast so groß wie Shadow – und hat kurze, braune Haare. Wegen der Kutte kann ich keine Rückschlüsse auf seinen Körperbau ziehen, aber es würde mich nicht wundern, wenn er ähnlich kräftig wie meine Brüder gebaut ist. Einzig die weichen Gesichtsformen verleihen ihm etwas Freundliches, doch der verkniffene Zug um seinen Mund macht diesen Eindruck wieder zunichte.

Da ich mich bemühe, keinerlei Regung zu zeigen, hebt er die Hand. Kurz darauf knistert ein Blitzzauber über seine Fingerspitzen. Sofort bildet sich ein eisiger Knoten in meinem Magen. Er ist der Blitzmagier, der mich beinahe gegrillt hätte! Aber was will er hier?

Scheinbar desinteressiert schaut der Magier auf das volle Tablett auf dem Tisch. »Du hast nichts gegessen«, stellt er ohne eine Spur von Emotionen in der Stimme fest.

»Ich hatte keinen Hunger«, gebe ich zurück.

»Früher oder später wirst du etwas essen müssen.«

Ich verziehe den Mund, schaffe es aber nicht, ihm ein *Das werden wir ja sehen!* entgegenzuschleudern. Für solch sinnlose Diskussionen fehlt mir die Kraft.

»Weshalb bist du hier?«, frage ich stattdessen.

Sein Blick gleitet zu mir zurück. »Du hast versucht deinen Familiar zu retten. Du hast ihn in deinem Körper verborgen, damit *Oppressor* nicht an ihn herankam.«

»*Oppressor?* Ist das der Kerl, der die Macht eines Familiars versiegeln kann?« Ich seufze. »Könnt ihr Typen euch nicht einfachere Namen geben?«

Doch er ignoriert meinen Einwand. »Warum hast du das getan?«

Ich runzele die Stirn. »Warum hätte ich es nicht tun sollen?«

Er schüttelt den Kopf. »Wenn das deine einzige Antwort ist, haben wir nichts weiter zu bereden.« Er wendet sich zum Gehen.

»Ich habe nicht darüber nachgedacht«, sage ich. »Es war die einzig richtige Entscheidung und ich zögerte nicht eine Sekunde. Wenn es nach mir gegangen wäre, hätte sich Shadow nie aus meinem Schatten lösen sollen. Ich hätte ihn beschützt, egal, was du mir noch angetan hättest. Es war mir gleich.«

Der Blitzmagier dreht sich halb zu mir um. »Wieso?«

»Weil ich alles tun werde, um Shadow zu beschützen.«

»Aber er ist nur ein Familiar.«

Ich spüre ein Lächeln an meinen Mundwinkeln zupfen und schüttele den Kopf. »Nein, er ist so viel mehr als das. Doch selbst bevor ich mir eingestanden habe, was ich für ihn empfinde, war ich bereit, Opfer zu bringen. Wir haben einen Pakt und ich kann nicht zulassen, dass immer er derjenige ist, der die großen Taten vollbringt. Aber das ist das Schöne an Shadow – trotz eigener Stärke gibt er mir genügend Raum, um ebenfalls leuchten zu können.«

Der Blitzmagier zieht die Augenbrauen zusammen. »Für mich gab es mal jemanden, über den ich ähnlich gedacht habe. Doch auch du wirst erkennen, dass solche Gefühle nur temporär sind. Eines Tages wirst du ihn vergessen.« Er reibt sich über die Brust. »Ich dachte einst auch, dass ich mit dem, was ich gefühlt habe, etwas würde verändern können, aber ich habe mich geirrt. Und die Realität war noch viel schlimmer als das, was ich befürchtet habe.«

»Ich ... verstehe nicht.«

Er schüttelt den Kopf. »Das musst du auch nicht. Ich habe nur nicht mehr gewusst, wie tief eine Verbindung zwischen Träger und Familiar gehen kann. Dich und Shadow zu sehen hat alte Wunden bei mir aufgerissen, die ich am liebsten vergessen hätte.«

»Das tut mir leid«, murmele ich. »Hattest du auch einen Familiar, den du sehr mochtest?«

»Nein«, entgegnet er und kneift für einen Moment fest die Augen zusammen, als wollte er eine unliebsame Erinnerung daran hindern, erneut vor ihm Gestalt anzunehmen. »Du solltest etwas essen. Er wird bald nach dir schicken lassen.«

»Wer?«

»Dein Vater«, antwortet er. »Der Anführer der Magier-Allianz.«

***

Ich bin allein im Zimmer und die Angst vor dem Ungewissen kommt zurück und gesellt sich zu dem nagenden Hungergefühl, das mich kaum noch klar denken lässt. Während des Kampfes habe ich viel Magie verbraucht und bereits zuvor hatte ich nahezu keine mehr in mir. Wenn ich nicht bald etwas esse, werde ich ohnmächtig werden ... Aber ich will nichts anrühren, was die Allianz mir vorsetzt. Wer weiß, was sie ins Essen gemischt haben!

Dass ausgerechnet Vater der Anführer der Allianz sein soll ... Ich dachte immer, es wäre der Mann mit dem langen Bart, der im Fernsehen zu sehen war und mich zu den Prüfungen befahl, aber da habe ich mich wohl geirrt. Vielleicht ist er nur der Sprecher für die Öffentlichkeit.

Die Allianz besteht offenbar aus sehr verschiedenen Typen, die wiederum ihre Untergebenen haben. Der Blitzmagier kam mir jedenfalls nicht so vor, als gehöre er zu den fünf Obrigen der Allianz, sondern er führte Vaters Befehle aus – genau wie *Oppressor*. Wenn ich dem Kerl noch mal begegne, kann er sich warm anziehen!

Eigentlich müsste ich auch auf den Blitzmagier wütend sein, doch nach unserem Gespräch vorhin habe ich eher Mitleid mit ihm. Irgendetwas von dem, was er zu mir gesagt hat, beschäftigt mich auch jetzt noch, aber ich kann nicht genau benennen, was es ist. In seinen Worten schwang eine solch tiefe Traurigkeit mit, dass ich darüber hinweg die Wut und das, was er mir und Cal angetan hat, vergessen habe. Er kam mir nicht so vor, als hätte er uns aus freien Stücken angegriffen und verletzt. Wahrscheinlich ist auch er nichts anderes als eine Marionette der Allianz und sie haben ihn mit einem Druckmittel in der Hand. Vielleicht mit dem Familiar, von dem er sprach und der ihn verraten hat? Er schien überrascht davon zu sein, dass ich bereit bin, Shadow mit allen mir möglichen Mitteln zu schützen. Fast so, als würde er keineswegs so weit gehen. Oder als wäre ein anderer nicht so weit für ihn gegangen ...

***

Durch die allgegenwärtige Helligkeit habe ich keine Ahnung, wie lange ich schon hier bin. Es fühlt sich an, als wären es bereits Tage oder Wochen, dabei sind wahrscheinlich erst ein paar Stunden vergangen.

Als sich die Tür das nächste Mal öffnet, tritt mein Vater ein. Obwohl ich die ganze Zeit über wusste, dass diese Begegnung unvermeidlich ist, frisst sich Angst wie Säure durch meinen Magen. Die Autorität, die er ausstrahlt und mit der er den Raum schier in Besitz nimmt, erweckt in mir das Gefühl, klein und unbedeutend zu sein – mehr noch als gewöhnlich. Ich schaffe es nur mit Mühe, den Blick nicht von ihm abzuwenden. Aber ihm direkt in die Augen zu sehen, wage ich nicht, sondern fixiere einen Punkt neben dem Ohr. Ich bin sicher, dass ihm das nicht entgeht.

»Wie es aussieht, bist du immer noch nicht zur Vernunft gekommen«, sagt er nach einer Weile, nachdem ich unruhig auf dem Bett hin und her gerutscht bin. Als ich ihm eine Antwort schuldig bleibe, deutet er mit einer Handbewegung auf das Tablett voller Essen, das nicht angerührt auf dem Tisch steht. »Du hilfst niemandem, wenn du dich gegen uns stellst.«

Ich verziehe den Mund. »Du hast mich gegen meinen Willen entführt und hier eingesperrt. Vorher hast du mich verletzt und bedroht. Und davor ließest du mich und Cal fast zwanzig Jahre im Glauben, du seist tot. Verzeih also, wenn mein Vertrauen in dich quasi nicht existent ist!«

Er lächelt mich an – auf eine sehr väterliche Art, bei der sich mir das Herz qualvoll zusammenzieht. Auch sein Blick ist nachsichtig, während er auf mich zukommt. Ich halte den Atem an, als er die Hand ausstreckt und sich eine Strähne meines Haares um den Zeigefinger wickelt.

»Du bist deiner Mutter wie aus dem Gesicht geschnitten«, murmelt er, wobei er mich versonnen betrachtet. »Die gleiche Gesichtsform. Der gleiche unnachgiebige Blick. Ich höre sogar den gleichen abfälligen Tonfall in der Stimme, wenn du mit mir redest. Beinahe könnte ich vergessen, dass nicht sie es ist, die vor mir sitzt.« Unvermittelt zieht er an der Haarsträhne und ich unterdrücke einen Aufschrei. »Sondern du, die den gleichen dummen Fehler begangen hat wie meine Frau. Es ist schon fast zu komisch, dass sie dich beschützt hat. Sie hätte es sein sollen – nicht du! Aber sie war zu schwach, viel zu schwach. Und ich befürchtete, dass auch du viel zu schwach wärst. Du warst ein kleines und oft kränkelndes Kind, hat man mir erzählt. Ein Kind, das sich meist allein in seinem Zimmer verkrochen hat, während deine Brüder schon in jungen Jahren begierig darauf waren, eines Tages Meister-Magier werden zu können.«

»Wie hätte ich denn gegen Zac und Cal ankommen können?«, presse ich hervor.

»Das ist kein Wettstreit, meine Kleine«, murmelt er. »Jeder von euch dreien ist einzigartig – wenn auch Cal eher uninteressant ist. Leider hat er, anders als es unsere Berechnungen vorhergesagt haben, nur die Kraft über Eis und Schnee. Anfangs befürchtete ich, dass dadurch alles zunichtegemacht worden wäre. Nur weil mein Sohn nicht das richtige Element beherrschte. Aber durch ihn kamen wir immerhin an einen mächtigen Feuer-Familiar.«

Ich runzele die Stirn. Was hat Lumia damit zu tun? Und von welchen Berechnungen faselt er da? Es klingt fast so, als wären wir – seine Kinder! – ein Forschungsresultat.

Vater lässt die Haarsträhne los, verschränkt die Hände hinter dem Rücken und läuft scheinbar ziellos durchs Zimmer.

»Du hast es noch nicht begriffen, nicht wahr?«, fragt er, als er wieder beim Tisch stehen geblieben ist und mich ansieht. »Dabei musst du es bemerkt haben. Immerhin ...« Er verzieht angewidert den Mund. »... muss es auch auf den Familiar zutreffen, dem du dich hingibst.«

Sofort werde ich hellhörig, bleibe aber lieber still, auch wenn seine Worte mich verletzen. Wenn ich Glück habe, erfahre ich endlich, was hier vor sich geht.

»Er hat ein Herz, ist es nicht so?«, will Vater wissen. »Ein schlagendes, fühlendes Herz – keine Illusion. Und zwar in beiden Gestalten.«

»Und wenn dem so wäre?«

Erneut hebt Vater die Mundwinkel zu einem Lächeln, doch diesmal jagt es mir eine Gänsehaut über den Rücken. »Sie passen sich an. Sie entwickeln sich. Über Jahrhunderte – ach was, Jahrtausende! – hinweg. Und je mächtiger ihre Träger sind, desto schneller geschieht diese Veränderung. Hast du dich noch nie gefragt, warum es so wenige menschenähnliche Familiare gibt?«

»Ich ...«

Mit seinen letzten Äußerungen hat er mir so viel zum Nachdenken gegeben, dass mein Gehirn mit einem Mal in einem gefährlichen Leerlauf gefangen ist. Mir war klar, dass Shadow, Lumia und Terra besonders sind, aber ich hätte nie gedacht, dass es einen Grund dahinter gibt. Sie sind stark – stärker als alle anderen Familiare, denen ich je begegnet bin. Und meine Brüder bekamen einen solchen Familiar, weil sie ebenfalls stark und nur sie in der Lage sind, einen mächtigen Familiar mit genügend Magie zu versorgen. Das war meine Erklärung dafür, dass sie eine menschenähnliche Illusion annehmen können. Ich weiß, dass Shadow auch in seiner menschlichen Gestalt ein Herz besitzt. Ich habe es mehrmals berührt und gehört und jedes Mal dachte ich, dass seine Illusion nahezu perfekt ist.

Doch warum gibt es so wenige menschenähnliche Familiare? Wenn es nur daran liegt, dass ein Familiar eine bestimmte Menge an Magie in sich aufnehmen muss, müsste früher oder später jeder Familiar dieses Stadium erreichen. Shadow meinte zwar, dass die höher entwickelten Familiare auch über Gefühle verfügen, die sie zu waghalsigen Aktionen verleiten, wodurch sich viele von ihnen für ihre Träger opfern, aber das kann nicht alles sein. Es war vielleicht in vergangenen Äonen so, als Kriege und Seuchen die Welt heimsuchten, doch heute sind selbst die Kämpfe der Meister-Magier gegen Abtrünnige nur ein schwacher Abklatsch der Gefahren, denen sich Magier einst stellen mussten. Es ist unwahrscheinlich, dass der Kampf gegen Abtrünnige nahezu alle menschenähnlichen Familiare ausgelöscht haben soll.

Vater betrachtet mich versonnen und nickt nach einer Weile anerkennend. »Ich sehe, du ziehst die richtigen Schlüsse.« Er zieht sich einen Stuhl heran und setzt sich mir gegenüber. »Du hast sicherlich mittlerweile begriffen, dass wir für unseren Plan ganz bestimmte magische Kräfte benötigen, und zwar alle gleichzeitig. Doch die Gabe der Elemente ist nicht so weit verbreitet, wie man denken mag. Und noch seltener ist die Gabe des Schicksals – deine Gabe.«

»Aber was hat das mit den Familiaren zu tun?«, will ich wissen.

Vater schüttelt seufzend den Kopf. »Du bist wirklich wie deine Mutter. Nur das Wohl der Familiare im Sinn. Dabei sind sie nichts anderes als Parasiten, die unsere Welt einnehmen wollen.«

»Was?«

Ich bin froh, dass ich noch dieses eine Wort herausbekomme, denn sein letzter Satz verschlägt mir fast die Sprache. Dass er Familiare als Parasiten bezeichnet, habe ich schon mehrfach gehört, aber dass sie wie eine Alienrasse aus Science-Fiction-Romanen unsere Welt besetzen wollen, ist doch hirnrissig! Wie kommt man auf solche Ideen? Sie sind hier, weil es in ihrer eigenen Welt nicht genügend Magie gibt – und wir brauchen sie. Ich habe nicht vergessen, wie sehr mir der Magieüberschuss geschadet hat, bevor ich Shadow bekommen habe. Ohne ihn hätte ich nie ein normales Leben führen können. Familiare mögen sich zwar durch unsere Magie ernähren – und dadurch ist der Vergleich mit blutsaugenden Parasiten nicht allzu weit hergeholt –, doch wenn man genauer hinsieht, muss doch selbst ein Blinder die Koexistenz zwischen unseren Spezies erkennen. Wir brauchen einander! Keiner nutzt den anderen aus; es ist ein Geben und Nehmen.

»Familiare bestehen aus Magie«, erklärt Vater. »Aus besonders reiner Magie. Wenn sich eine bestimmte Menge der gleichen Magie konzentriert, formt sich ein entsprechender Familiar. Sie vermehren sich nicht wie die Wesen hier in unserer Welt, sondern entstehen einfach, wenn sich Magie ansammelt. Doch um sich ernähren und schließlich weiterentwickeln zu können, brauchen sie die zu sich gegensätzliche Magie. Deshalb hat Cal einen Feuer-Familiar.«

»Könnte sich ein Familiar nicht von der Magie eines anderen Familiars ernähren?«, hake ich ein.

Vater gibt ein Schnauben von sich. »Kannibalismus? Das geht sogar für Parasiten zu weit. Nein, sie ernähren sich nur von freier Magie. Entweder der, die in der Nebelwelt allgegenwärtig ist, oder, falls in ihrer Welt die Magie verschwunden ist, vom Magieüberschuss der Magier dieser Welt. Wie ich schon sagte, können sie sich umso schneller entwickeln, je mehr gegensätzliche Magie sie zu sich nehmen. Irgendwann haben sie genug, um eine menschenähnliche Illusion zustande zu bringen. Womit wir wieder am Anfang wären. Wenn es wirklich nur Magie ist, die sie brauchen, um diese Stufe zu erreichen, warum gibt es dann nicht mehr menschenähnliche Familiare?«

Ich neige den Kopf. »Ich bin mir sicher, dass du es mir gleich erzählen wirst.«

Kurz verengt er die Augen zu Schlitzen, ehe er nickt. »Ja, muss ich wohl. Anscheinend habe ich deine Schlussfolgerungsgabe überschätzt. Ich dachte, du kommst von allein darauf, was mit den höher entwickelten Familiaren geschieht.« Er beugt sich ein Stück vor und legt die Unterarme auf die Knie. »Wenn du mit Shadow zusammen warst, hast du dir nicht oft gedacht, dass er sich kaum von einem Menschen unterscheidet? Ich bin neugierig. Fühlt es sich mit einem Familiar genauso an wie mit einem Mann?«

Ich schlucke angestrengt, bemühe mich aber die Fassung zu bewahren. »Tut mir leid, darauf kann ich nicht antworten.«

Vater legt den Kopf schief, und als sich seine Augen einen Moment lang weiten, weiß ich, dass er die richtigen Schlüsse gezogen hat. »Er war dein Erster, nicht wahr?«

Ich straffe den Rücken. »Und ich könnte mir keinen Besseren vorstellen.«

Er gibt ein leises Lachen von sich. »Du bist wirklich wie deine Mutter. Auch sie war ihrem Familiar etwas zu sehr zugetan.«

Er lässt eine Pause, in der ich fieberhaft versuche mich an Mutter und ihren Familiar zu erinnern. Doch das Einzige, was ich noch habe, sind verschwommene Erinnerungen an sie und gemeinsame Ausflüge, als ich noch klein war. Sosehr ich es auch versuche, es gelingt mir nicht, ihr Gesicht in Gedanken heraufzubeschwören, und je länger ich es probiere, desto mehr verschwimmt ihre Gestalt zu einem undeutlichen Schemen.

Vater steht auf und schiebt den Stuhl zurück an den Tisch in der Mitte des Raumes. »Genau wie du gab sich deine Mutter ihrem Familiar hin. Und genau wie du war sie eine mächtige Magierin, wenn auch nicht mächtig genug für unseren Plan. Ihre Magie reichte aus, um die Entwicklung ihres Familiars zu vollenden.«

»Voll...Vollenden?«

Vater geht zur Tür und öffnet sie. Einen Moment lang habe ich Angst, er könnte einfach gehen und mich mit all den offenen Fragen allein zurücklassen, doch er wendet sich wieder zu mir um. Ich halte die Luft an, während ich seinen Blick diesmal erwidere.

»Menschenähnliche Familiare sind selten, das ist richtig«, sagt er. »Aber nicht, weil sie sich für ihre Träger opfern. Sie entwickeln sich weiter. Und in ihrer letzten Entwicklungsform lassen sie die menschliche Illusion hinter sich und werden zu richtigen Menschen.«

KAPITEL 14

Shadow
Nur wenige Minuten, nachdem Cal aufgehört hat, sich nach dem Schattensprung die Seele aus dem Leib zu kotzen, und nahtlos dazu übergegangen ist, mich mit allen erdenklichen Flüchen zu belegen, landet Lumia in ihrer Phönix-Gestalt einige Häuser weiter. Cal und ich warten in einer Seitenstraße nahe dem Hauptquartier auf sie.

»Ich hätte ein Taxi nehmen sollen«, murrt Cal zum gefühlt hundertsten Mal.

Ich verdrehe die Augen. »Dann wärst du immer noch nicht hier. Wer weiß, was sie Feli und Terra in der Zwischenzeit antun!«

Während ich nervös mit dem Fuß auftippe, sehe ich mich um und warte auf Lumia. Warum braucht sie nur so lange? Sie war doch schon in der Nähe! Aber wahrscheinlich wollte sie als leuchtender Feuervogel so wenig Aufmerksamkeit wie möglich erregen und ist deshalb in sicherem Abstand gelandet. Ich hätte nicht wenig Lust, dieses verdammte Gebäude allein zu stürmen, wenn die anderen sich nicht bald beeilen!

Cal lehnt sich mit der Schulter gegen eine Häuserwand und verschränkt die Arme. »Es war ein Schock für mich, Vater vorhin zu sehen«, murmelt er, ohne mich dabei anzuschauen.

Er blickt ins Leere, als würde er die Geschehnisse des heutigen Morgens erneut vor seinem geistigen Auge Revue passieren lassen. Ich verbiete mir, daran zu denken, denn dann hätte ich wieder den Geruch von Felis verbrannter Haut in der Nase und sähe sie bewusstlos vor mir. Hörte ihre Stimme, die mich mit letzter Kraft anfleht, mich nicht aus ihrem Schatten zu lösen. Ich beiße so fest die Zähne zusammen, dass ich den Kiefer knacken höre.

»Er müsste tot sein«, fährt Cal leise fort, als redete er zu sich selbst. »Wir haben ihn und Mutter begraben.«

»Auf mich machte er einen sehr lebendigen Eindruck«, werfe ich ungerührt ein.

Es ist mir gleichgültig, ob der Kerl Felis Vater ist. Sollte er ihr auch nur noch ein Haar krümmen, werden die Geschwister diesmal tatsächlich den Tod eines Elternteils zu betrauern haben!

»Warum wussten wir nichts davon?« Nun hebt Cal den Kopf und sieht mich an. »Wieso hat er nur Zac eingeweiht und sich all die Jahre vor uns verborgen?«

Ich zucke mit den Schultern. »Woher soll ich das wissen? Wahrscheinlich kamt ihr gut allein zurecht. Ihr seid berühmt und reich und habt Einfluss. Warum sollte er sich einmischen?«

Cal gibt ein schnaubendes Lachen von sich. »Das machst du auch bei Feli so, nicht wahr?« Ich runzele die Stirn, doch ehe ich fragen kann, was er damit meint, fährt er fort: »Du mischst dich nicht in ihre Vorhaben ein, sondern hältst dich zurück. Wie du das eben gesagt hast, hat mich daran erinnert.«

»Es gibt keinen Grund, weshalb ich mich einmischen sollte, wenn Feli – oder ein anderer – alles bestens unter Kontrolle hat«, sage ich. »Ich bin da, falls sie straucheln sollte, und werde sie auffangen. Alles andere bekommt sie allein hin.«

Cal nickt bedächtig. »Ich habe die Veränderungen an ihr gesehen. Es tut ihr gut, dass sie selbst etwas entscheiden und auch Fehler machen kann. Zac und ich haben sie zu sehr behütet, befürchte ich. Sie hatte ... nie eine eigenständige Persönlichkeit so wie jetzt. Ich hielt es für zu gefährlich, ihr einen Familiar zuzugestehen, deshalb habe ich nicht protestiert, als Zac ihr verbot, einen zu bekommen. Sie war ...« Er zieht die Augenbrauen zusammen. »Feli war schon immer anders als wir. In sich gekehrt und ruhig, auch bevor sich ihre Gabe manifestierte. Wir hielten es für ausgeschlossen, dass sie in der grausamen Welt da draußen, die uns bereits die Eltern raubte, überleben konnte. Also taten wir alles, um unsere kleine Schwester vor sämtlichen Einflüssen zu schützen.«

»Ihr habt sie eingesperrt«, entgegne ich schärfer als beabsichtigt.

Cal stößt den Atem aus. »Ja, das haben wir. Erst jetzt bemerke ich, wie sehr wir ihr damit geschadet haben. Ich wünschte, ich könnte es wiedergutmachen ... Obwohl wir ihr in der Vergangenheit unrecht getan haben, hat sie sich sofort auf meine Seite geschlagen, als ich mich zu einer Abtrünnigen hingezogen fühlte. Sie hat sogar eingewilligt, für Ilena einen neuen Familiar zu besorgen. Nichts davon hätte Feli tun müssen. Nicht nachdem wir sie ihr ganzes Leben lang bevormundet haben.«

Ich seufze. »Ihr seid ihre Brüder und sie liebt euch. Daran wird sich nie etwas ändern. Selbst Zacs Verrat und die Geheimnisse, die er jahrelang vor euch hatte, wird sie ihm früher oder später verzeihen. Feli ist der gütigste Mensch, dem ich je begegnet bin. Wenn du wüsstest, wie oft sie euer Glück und eure Anerkennung über ihr eigenes Wohl gestellt hat ...«

»Du tust ihr dennoch gut und ich bin froh, dass sie dich hat«, sagt Cal und legt mir eine Hand auf die Schulter. »Ich wünschte nur, du wärst ... so wie wir.«

***

Als Lumia zu uns stößt, gehen wir in aller Eile den Plan durch.

Im Grunde haben wir zwar keinen, aber das stört mich nicht. Ich bin froh, endlich etwas unternehmen zu können, auch wenn es ein Himmelfahrtskommando ist. Die Angst um Feli lässt mich kaum noch einen klaren Gedanken fassen. Zwar glaube ich nicht, dass sie sie töten, denn dazu scheint sie für ihren Plan, wie auch immer der lauten mag, zu wichtig zu sein, aber es gibt genügend andere Arten, ihr zu schaden.

»Keiner von uns wird unbemerkt ins Gebäude kommen«, sagt Cal. »Mich kennen sie und wenn die Security weiß, dass Feli hier festgehalten wird, werden sie sofort Alarm auslösen, sobald sie mich sehen.«

»Ich kann mich zwar mit einem Schattensprung ins Gebäude bringen«, sage ich, »aber dort drin kenne ich mich nicht aus. Ich könnte in einer Sackgasse feststecken oder auf der Suche nach dem richtigen Weg der Allianz direkt in die Arme laufen.«

Lumia seufzt. »Bliebe also nur noch ich.«

»Aber auch du wirst nicht unbemerkt hineinkommen«, wirft Cal ein. »Selbst wenn wir nicht den Haupteingang nehmen, werden die anderen Eingänge irgendwie bewacht sein. Kameras, Sicherheitsschleusen, Wachmänner – ich meine, wir reden hier vom wichtigsten Gebäude der ganzen Stadt! Dort lagert die ganze Geschichte unserer Welt, die neueste Technik, sämtliche Daten über Magier und Meister-Magier. Niemand kann da einfach hineinspazieren.«

»Willst du kneifen?«, grolle ich.

Cal strafft die Schultern. »Natürlich nicht. Aber ich würde einen Plan bevorzugen, der beinhaltet, dass ich heute Abend – möglichst gemeinsam mit meiner kleinen Schwester und dem Familiar meines Bruders – wieder nach Hause gehen kann.«

»Deshalb meine ich ja, da bleibe nur noch ich«, wiederholt Lumia. »Sie haben Terra mitgenommen. Und sie sagten, dass sie mich später abholen. Ich stehe also bereits auf ihrer Liste. Sie wollen mich haben. Also werden sie mich bekommen.«

Ich hebe die Augenbrauen, während ich den lodernden Blick des Feuer-Familiars erwidere. »Du willst dich als Köder anbieten?«

»Und was dann?«, wirft Cal ein. »Selbst wenn sie darauf hereinfallen, wie willst du es wieder nach draußen schaffen? Du wirst da drin genauso gefangen sein wie Feli und Terra.«

»Aber ich könnte in Erfahrung bringen, wo die beiden sind«, entgegnet Lumia. »Und vielleicht ist die Allianz so dumm und berichtet mir etwas über ihren großen Plan. Jegliche Information ist wertvoll für uns. Shadow hat recht, wir können nicht auf gut Glück jeden Gang und jedes Zimmer durchsuchen. So werden wir Feli und Terra nie finden, bevor die Allianz auf uns aufmerksam wird.«

»Doch selbst wenn du an Informationen gelangen solltest«, murmele ich, »wie willst du sie uns mitteilen? Du wärst da drin und wir wären hier draußen.«

»Am klügsten scheint es, dich zu verstecken, Lumia«, sagt Cal. »Wenn ich es richtig verstanden habe, brauchen sie euch alle für ihren Plan. Wenn nur einer fehlt, können sie ihn nicht durchführen.«

Lumia schüttelt den Kopf. »Kennst du mich nach all den Jahren wirklich so schlecht, Cal? Ich werde mich nicht irgendwo verkriechen und darauf hoffen, dass sie mich niemals finden.«

»Ich ...« Cal ballt die Hände zu Fäusten. »Ich will nicht, dass dir etwas passiert. Um das zu verhindern, würde ich sogar den Pakt mit dir lösen.«

Zeitgleich ziehen Lumia und ich scharf die Luft ein.

»Bist du übergeschnappt?«, zischt sie. »Hör auf, so etwas auch nur zu denken!«

Cal runzelt die Stirn und sieht mit einem Mal verloren aus. »Aber warum? Ich will dich doch nur beschützen!«

»Einen Pakt einseitig zu lösen ist die größte Strafe für einen Familiar«, erkläre ich so ruhig wie möglich, obwohl mich die Erinnerungen an die Nacht vor mehreren tausend Jahren beinahe übermannen. »Es würde ihn auf ewig brandmarken und ein Leben lang verfolgen, wenn ein Familiar von seinem Träger verstoßen wird. Deine Gründe mögen ehrenhaft sein und du hast nur Lumias Wohlergehen im Sinn, dennoch würde es sie mehr verletzen als der Tod.«

»Wir Familiare sind weit stolzere Geschöpfe als ihr Menschen«, sagt Lumia kühl. »Ihr Träger könnt nicht begreifen, was in uns vorgeht. Ihr seid ...«

»Lumia«, gehe ich dazwischen. »Es ist genug. Cal hat es verstanden.«

Sie stößt ein Schnauben aus. »Von mir aus ... Also zurück zu unserem Plan. Ich werde mich quasi auf dem Silbertablett servieren und dadurch herausfinden, was mit Feli und Terra geschehen ist, wo sie festgehalten werden und was die Allianz vorhat.«

»Und wie willst du uns davon berichten?«, hake ich erneut nach.

Sie zuckt mit den Schultern. »Mir wird schon was einfallen. Ich könnte ein paar Leuchtfeuer abschießen, damit ihr zumindest wisst, in welchem Abschnitt des Gebäudes ihr suchen müsst.«

»Das ist Wahnsinn!«, grolle ich.

Lumia winkt ab. »Genau wie dein Plan, einfach das am besten gesicherte

Gebäude der Stadt zu stürmen. Zu schade, dass du an Feli gebunden bist. Sonst hättest du dich in einem anderen Schatten verbergen können, um ins Hauptquartier zu gelangen.«

Ein Muskel zuckt unter meinem rechten Auge. »Du weißt genauso gut wie ich, dass es keinen anderen Magier mit dem richtigen Element gibt, mit dem ich einen Pakt eingehen könnte. Ich kann mich nur in den Schatten meines Trägers verbergen.«

»Natürlich weiß ich das«, gibt sie zurück. »Deshalb wirst du meinem Plan zustimmen. Es sei denn, du zauberst einen besseren aus deinem nicht vorhandenen Hut, was ich sehr bezweifele.«

Ich schließe die Augen und atme tief durch, während ich unsere Möglichkeiten durchgehe. Wir sind nur zu dritt und stehen einer Übermacht entgegen, deren Ausmaß wir nicht kennen. Ich fürchte mich nicht davor, zu kämpfen und vielleicht sogar zu verlieren. Ich fürchte mich davor, weiter zu zögern und unbesonnen zu handeln und damit Feli in noch größere Gefahr zu bringen. Doch wenn die Allianz Lumia in die Finger kriegt, kommt sie der Vollendung ihres Plans einen Schritt näher. Wer weiß, wie nah sie bereits vor ihrem Ziel stehen? Vielleicht ist Lumia das letzte Puzzlestück, das den Mitgliedern der Allianz noch fehlt.

Aber unsere Situation wird sich nicht verbessern, wenn wir zaudern. Uns werden sich nicht wie durch ein Wunder weitere Streiter anschließen, die an unserer Seite kämpfen, denn niemand ahnt etwas von den Machenschaften der Allianz. Die Öffentlichkeit einzuweihen, dauert viel zu lange; außerdem wissen wir nicht, was die Allianz vorhat. Wer würde uns glauben? Selbst mit dem bekannten *Ice King* als Zeugen werden wir niemanden auf unsere Seite ziehen können.

Wir sind am Zug und uns bleibt nicht die Zeit, unser Vorhaben ewig zu überdenken. Unsere Ausgangslage ist denkbar schlecht, aber ich bin dankbar dafür, wenigstens Cal und Lumia an meiner Seite zu haben, obwohl ich es vorziehen würde, allein zu kämpfen, denn dann wäre ich für niemanden außer mir selbst verantwortlich. So ist es meine Pflicht, dafür zu sorgen, dass die beiden am Leben bleiben.

***

»Brauchst du noch etwas?«, fragt Cal, als sich Lumia zum Gehen wendet.

»Mehr Magie, meinst du?«, fragt sie, während sie ihn von oben bis unten betrachtet. Er nickt. »Nein, du brauchst die Kraft nötiger als ich, sobald ihr ins Hauptquartier geht. Ich komme schon zurecht. Das tue ich immer.«

Schmerz huscht über Cals Gesicht, ehe er einen großen Schritt auf sie zu macht und sie in die Arme schließt. Ich sehe, dass sich Lumia für einen Moment versteift, bevor sie den Kopf an Cals Schulter lehnt.

»Du musst das nicht tun«, presst er hervor. »Wir finden eine andere Lösung.«

»Ich bin Felis und Terras beste Chance«, sagt Lumia ruhig. »Das weißt du genauso gut wie ich.« Sie legt ihm einen Finger unters Kinn und drückt seinen Kopf nach oben. »Hör auf, so ein Gesicht zu machen! Ich werde nicht versagen.«

»Darum geht es nicht«, murmelt er. Cal löst die Arme von Lumia und umschließt ihr Gesicht mit den Händen. »In letzter Zeit habe ich es dir nicht so sehr gezeigt, wie ich es hätte tun sollen, aber … ich bin stolz darauf, dich als meinen Familiar zu haben.« Er lehnt sich nach vorn und küsst sie auf die Stirn.

Lumias Schultern zittern, als unterdrückte sie krampfhaft ein Schluchzen. Dann atmet sie ein paarmal tief durch, ehe sie sagt: »Nach langer Zeit habe ich endlich wieder einen Träger gefunden, auf den ich ebenfalls stolz sein kann.«

Sie macht sich von ihm los und wendet sich mir zu.

»Und was ist mit dir?«, fragt sie. »Hast du eine Nachricht, die ich Feli überbringen soll, wenn ich sie sehe?«

Ich schüttele den Kopf. »Es wäre zu auffällig, wenn du mit ihr redest. Mach einfach so.« Ich berühre das bereits verblasste Mal direkt über meinem Herzen und lasse die Hand wieder sinken. »Feli wird wissen, was gemeint ist.«

Lumia nickt, ballt eine Hand zur Faust und lässt sie in die Handfläche der anderen sausen. »Dann will ich mal für ein bisschen Aufsehen sorgen!«

KAPITEL 15

Felicity

Wie erstarrt sitze ich auf dem Bett, nachdem Vater gegangen ist. Ich bin mir nicht sicher, ob er noch etwas gesagt hat, denn ich habe nichts mehr wahrgenommen.

Familiare können zu Menschen werden. Zu *richtigen* Menschen, nicht nur zu einer Illusion.

Diese Erkenntnis hat mich so erschüttert, dass ich zu keinem klaren Gedanken mehr fähig bin. Wenn es wahr ist ... Wie vielen ehemaligen Familiaren bin ich bereits auf der Straße begegnet, ohne es zu bemerken? Und viel wichtiger ist die Frage: Wissen Shadow und die anderen Familiare davon? Wollen sie das überhaupt? Wenn sie zu Menschen werden, geben sie ein endloses Leben auf, um sterblich zu werden. Sie würden altern und könnten krank werden und wahrscheinlich besäßen sie nicht mehr die magische Kraft, die ihnen als Familiare innewohnt. Ich kann mir Shadow nicht ohne die wabernden Schatten, die ihn umgeben, wenn er aufgebracht ist, vorstellen. Nicht ohne seine Fähigkeit, sich durch die Schatten zu bewegen und im Dunkeln zu sehen. Er wäre ... normal. Doch ein Teil von mir wünscht sich nichts sehnlicher, als dass Shadow *normal* wäre. Allerdings kann ich mir nicht vorstellen, dass es auch sein Wunsch ist.

Wer würde freiwillig diese Kraft, die er besitzt, aufgeben und sie gegen die vergängliche Hülle eines Menschen tauschen?

Vater ist völlig durchgeknallt, wenn er glaubt, dass sich viele Familiare dafür entscheiden. Und selbst wenn sie es täten, ginge von ihnen keinerlei Gefahr aus. Sie wären Menschen, wahrscheinlich magielose dazu.

Vor nicht allzu langer Zeit habe ich mir gewünscht, dass ich meine magische Gabe irgendwie loswerden könnte. Nun versetzt mich die bloße Vorstellung, dass ich sie verliere, in Angst und Schrecken, denn mit ihr würde ich auch Shadow verlieren. Wie muss es erst für ihn sein, der seit mehreren Jahrtausenden über eine stetig wachsende Kraft verfügt, die ihn zu einem der stärksten Familiare der Nebenwelt werden ließ?

Nur ein Narr gäbe diese Macht auf.

***

Ich werde aus wirren Gedanken gerissen, als im Flur vor meinem Zimmer ein Tumult losbricht.

»Ganz schön hell hier unten«, sagt eine Stimme, die ich gut kenne. *Lumia!* Aber was macht sie hier im Hauptquartier? »Vor wem fürchtet ihr euch denn, dass ihr diese horrende Stromrechnung in Kauf nehmt?«

Ich presse das Ohr gegen die verschlossene Tür, damit mir kein Geräusch entgeht. Das Herz wummert wie wild in meiner Brust. Wenn Lumia hier ist … Entweder hat die Allianz sie wie angekündigt ebenfalls geholt oder … sie ist freiwillig da.

»Weitergehen, hab ich gesagt!«, tönt eine tiefe Männerstimme, die ich noch nie zuvor gehört habe. »Deine Zelle ist dort drüben. Und wenn du uns Ärger machst …«

»Ärger?«, trällert Lumia. »Ich? Falls es dir entgangen sein sollte, bin ich aus freien Stücken durch eure Tür spaziert. Es gibt also keinen Grund, mich so grob anzufassen, mein Bester. Da stehe ich nicht drauf.«

Der Mann murmelt etwas Unverständliches. Wahrscheinlich ist auch ihm aufgegangen, dass Lumia keinerlei Gegenwehr leistet – zumindest nehme ich das an, denn bis auf ihre Unterhaltung ist es absolut ruhig im Flur. Wäre Lumia darauf aus, Widerstand zu leisten, würde sich das anders anhören und die Umgebungstemperatur wäre um einiges höher.

Ich möchte ihr zurufen, dass ich hier bin und sie mich herausholen soll, doch ich bleibe stumm. Was auch immer sie vorhat, sie scheint es ohne viel Aufsehen über die Bühne bringen zu wollen.

»Also, mein Bester«, gurrt sie. »Könntest du mir nicht die Handschellen abnehmen? Sie scheuern fürchterlich und fühlen sich viel zu kalt auf meiner heißen Haut an.«

Ich verdrehe die Augen, kann mir aber ein Schmunzeln nicht verkneifen. Ich kann förmlich vor mir sehen, wie sie sich gerade in Pose wirft und zu dem armen Wachmann aufblickt. Ich kenne nur zwei männliche Wesen, die Lumias Charme nicht erlegen sind: Shadow und Zac. Alle anderen werden zu Wachs in ihren Händen, wenn sie es will. Und so schmeichelnd wie ihre Stimme klingt, legt sie es im Moment eindeutig darauf an.

Ich höre das Klimpern eines Schlüsselbundes, dann das Klacken von Handschellen, die geöffnet werden.

»Besser«, murmelt Lumia seufzend. »Viel besser.«

»Du ... machst auch keinen Ärger?«, fragt der Mann zögerlich. Wahrscheinlich ist ihm gerade aufgegangen, dass er möglicherweise einen Fehler begangen hat. Wobei Lumia auch mit gefesselten Händen den gesamten Abschnitt bis auf die Grundmauern niederbrennen kann, wenn sie das will. Ich hoffe nur, dass sie so lange damit wartet, bis Terra und ich verschwunden sind.

»Warum sollte ich?«, raunt sie. »Habe ich dir etwa Ärger gemacht, als du mich hier heruntergeführt hast? Apropos, wo sind wir eigentlich?«

»Das ...« Ich höre den Mann krampfhaft schlucken und brauche nicht viel Fantasie, um mir vorzustellen, wie Lumia ihm gerade zu Leibe rückt. »Das ist der Trakt, in dem besondere Magier oder Familiare untergebracht werden. Jeder Raum ist so eingerichtet, dass er bestimmte magische Kräfte versiegelt. Der Raum, in dem der Erd-Familiar gefangen gehalten wird, ist beispielsweise mit einem Material verkleidet, das unnachgiebig ist und ihre Attacken zurückwirft.«

»Zurückwirft, soso«, wiederholt Lumia. »Du meinst, sie schadet sich selbst, wenn sie da drinnen ein Erdbeben hervorruft?«

»Ganz genau«, antwortet der Mann stolz.

Deshalb habe ich noch nichts von Terra bemerkt, obwohl sie anscheinend im selben Trakt eingesperrt ist wie ich.

»Und was ist mit dem Zimmer da?«, fragt Lumia. »Das dort drüben, was so stark beleuchtet ist.«

Ich halte den Atem an, um kein weiteres Wort zu verpassen.

»Von der Magierin, die da drin gefangen gehalten wird, geht keine wirkliche Gefahr aus«, antwortet der Mann. Beinahe bin ich beleidigt über seine Aussage, doch er hat leider recht. Also schlucke ich den aufkommenden Ärger wieder hinunter. »Aber es heißt, ihr Familiar ist extrem gefährlich und kann sich durch Schatten bewegen. Deshalb stehen hier nirgends Gegenstände und alles muss ständig beleuchtet sein.«

»Ich kenne den Familiar, von dem du sprichst«, sagt Lumia und hebt die Stimme, als wollte sie, dass ich sie auf jeden Fall verstehen kann. »Als ich ihn das letzte Mal gesehen habe, hat er sich ans Herz gefasst. Eine völlig bescheuerte Geste, wenn du mich fragst.«

Ich presse fest die Lippen zusammen, um ein Schluchzen zu unterdrücken, doch ich bin machtlos gegen die heißen Tränen, die mir die Wangen hinunterrinnen. Obwohl es niemand sehen kann, erwidere ich die Geste und fahre mit den Fingern die kleinen Narben nach, die Shadows Zähne hinterlassen haben. Unter den Fingerspitzen spüre ich mein Herz hämmern.

»Die Lichtquellen in diesem Bereich des Gebäudes funktionieren unabhängig vom restlichen Stromnetz«, berichtet der Wachmann weiter, ohne dass Lumia ihn dazu ermuntern muss. »Es könnte einen Stromausfall geben oder das gesamte Hauptquartier einstürzen – das Licht würde hier trotzdem brennen.«

»Aber irgendwie muss man es doch ausschalten können«, wirft Lumia ein. Als der Wachmann nichts sagt, fügt sie gurrend hinzu: »Komm schon, wir sind hier unter uns. Du wirst mich gleich dort drüben in die Zelle sperren und ... Wer weiß? Vielleicht kommst du noch kurz – oder etwas länger? – mit hinein. Wem sollte ich denn davon erzählen, wie das Licht hier funktioniert? Es geht mir nur darum, dass ich es nicht so gern bei voller Beleuchtung habe, du weißt schon.«

Lumia zieht wirklich sämtliche Register! Selbst wenn mein Leben davon abhinge, könnte ich nicht so reden und handeln wie sie. Ihr nur zuzuhören treibt mir die Schamesröte in die Wangen.

»Ich ... nun ...«, druckst der Mann herum. »Am ... am Ende des Ganges gibt es ... es ... gibt ...« Es folgt ein halb unterdrücktes Stöhnen. Ich möchte am liebsten nach draußen schreien, dass er endlich ausspucken soll, was sich am

Ende des Ganges befindet, damit ich mir das nicht länger mit anhören muss. »Da ... da ist ... Gott im Himmel!«

Der Drang, mir die Ohren zuzuhalten, wird fast übermächtig, doch ich lausche weiterhin an der Tür. Jedes Quäntchen Wissen ist kostbar, um es heil hier herauszuschaffen.

»Am Ende des Ganges befindet sich ein Schaltkasten«, presst der Mann schließlich ziemlich atemlos hervor.

»Und damit lässt sich das Licht hier ausschalten?«, hakt Lumia nach, ohne dabei das Säuseln in ihrer Stimme einzubüßen. »Wäre es dann hier dunkel? Ich kann selbst für Licht sorgen, weißt du?«

»J...Ja«, keucht der Mann.

»Dann solltest du das Licht ausschalten, bevor du mich in meine Zelle bringst.«

»Aber ich ... Das ist ... gegen die Vorschriften.« Er hat kaum ausgesprochen, als er schon einen protestierenden Laut von sich gibt. Wahrscheinlich hat Lumia sämtliche Maßnahmen eingestellt. Wie genau diese Maßnahmen ausgesehen haben, darüber will ich lieber nicht nachdenken.

»Es ist sicherlich auch gegen die Vorschriften, wenn du dich von einem gefangenen Familiar verführen lässt, nicht wahr? Trotzdem stehen wir beide hier. Und bei dir ist es nicht zu übersehen, dass dir gefällt, was ich mit dir anstellen kann. Also, wir können uns brav darauf besinnen, was die Vorschriften verlangen. Du sperrst mich in die Zelle da drüben und gehst deiner Wege. Oder ...«

»Oder?«, will der Mann sofort wissen.

Der Klang seiner Stimme verrät mir, dass Lumia gewonnen hat – ganz gleich, was sie jetzt sagen wird. Nur die bloße Aussicht darauf, dass Lumia da weitermacht, wo sie eben aufgehört hat, wird den Mann dazu veranlassen, sämtliche Vorschriften zum Teufel zu schicken. Ich kann es ihm nicht verdenken, schließlich habe ich oft selbst auf diese Weise reagiert, wenn Shadow mich berührt und sich an meiner Magie genährt hat. Alles um mich herum war mir egal. Mein Denkvermögen reichte in diesen Situationen nur so weit, uns einen halbwegs abgeschiedenen Ort mit einer verschließbaren Tür zu suchen.

»Oder du gehst jetzt ans Ende des Ganges, schaltest das Licht aus und folgst mir in die Zelle«, antwortet Lumia. »Ich bin sicher, dort führt eines zum anderen.«

Wieder ertönt ein Stöhnen des Mannes. Nur Sekunden später entfernen sich seine Schritte eilig.

»Das ging ja einfacher, als ich befürchtet habe«, murmelt Lumia glucksend. »Alles klar, Feli?«

»Ja«, sage ich leise gegen die Tür.

»Terra?«, hakt Lumia nach. Ihre Antwort kann ich nicht hören. »Sehr gut. Sobald das Licht aus ist, werde ich Cal und Shadow ein Zeichen geben. Sie werden dann wissen, wo sie nach euch suchen müssen. Ich kümmere mich derweil darum, dem schnuckeligen Wachmann die Schlüssel abzunehmen, und komme dann später nach.«

»Warum erst später?«, will ich wissen. »Wäre es nicht klüger, wenn ...«

»Ich sagte doch, er ist schnuckelig«, unterbricht sie mich. »Und recht gut ausgestattet. Shadow kann immer nur einen von uns nach draußen bringen. Also nutze ich die Zeit, bis ich an der Reihe bin, sinnvoll.«

»Wie kannst du jetzt nur daran denken?«, frage ich.

»Herzchen, wenn du schon so lange auf dem Trockenen sitzen würdest wie ich, wärst du schon zu einem wandelnden Hormonstau mutiert«, entgegnet Lumia ungerührt. »Vor allem da du nun weißt, was du bisher verpasst hast. Wenigstens sind mir als Familiar Hormone fremd, sonst wäre ich noch schlimmer drauf. Und jetzt haltet euch bereit!«

»Danke«, wispere ich.

Obwohl sie mich glauben machen will, dass sie sich aus freien Stücken mit dem Wachmann einlässt, vergesse ich nicht, in welches Risiko sie sich begibt. Schon dass sie hier ist, verrät mir, dass unsere Zeit knapp wird. Shadow hätte nicht zugelassen, dass sich einer von uns in Gefahr begibt, wenn er einen besseren Plan hätte.

Ich eile hinüber zum Tisch und stopfe mir so viel Essen wie möglich in den Mund. Ich schmecke nichts, sondern kaue nur und schlucke es hinunter.

Wenn ich tatsächlich schon länger als vermutet hier drin eingesperrt bin und Shadow lieber Lumia als Köder schickt, anstatt selbst zu kommen, werden seine Magiereserven beinahe erschöpft sein. Er muss sich nähren, vor allem wenn er Lumia, Terra und mich jeweils mit einem Schattensprung herausschaffen will. Ich muss ihm so viel Magie wie nur möglich übertragen können, sobald das Licht ausgeht und Shadow herkommen kann.

Mir zittern die Knie und ich fühle mich völlig ausgelaugt. Nun verfluche ich meinen Widerstand, auf den ich bis vor einer guten Stunde noch stolz war. Hätte ich vorher schon etwas gegessen, könnte ich Shadow besser versorgen. Nun muss ich hoffen, dass mein Körper die Nahrung möglichst schnell in Magie umwandelt. Gezielt greife ich nach den Nahrungsmitteln mit dem höchsten Zuckergehalt und esse erst den Schokopudding, der wohl als Nachtisch gedacht war.

Ich würge alles derart schnell hinunter, dass mir schon nach kurzer Zeit schlecht ist und ich darum kämpfen muss, einen weiteren Bissen zu schlucken. Als ich befürchte, mich gleich übergeben zu müssen, halte ich kurz inne und stütze mich am Tisch ab. Schweiß steht mir auf der Stirn und mein Atem geht keuchend. Ich spüre regelrecht, dass mein Körper mit den plötzlichen Massen an Zucker und Nahrung allgemein völlig überfordert ist und dagegen rebelliert.

Bloß nicht schlappmachen!, mahne ich mich selbst. Jeder von uns trägt das bei, was er zu leisten imstande ist. Da ich keine Angriffsmagie besitze, habe ich die Aufgabe, meinen Familiar mit ausreichend Magie zu versorgen und ihn vor Schaden zu schützen.

Und dabei werde ich nicht versagen.

***

Es dauert nicht lange, bis das Licht ausgeschaltet wird. Nach Stunden, in denen ich blendender Helligkeit ausgesetzt war, bin ich zunächst orientierungslos. Ohne jegliche Lichtquelle ist es stockfinster in der Zelle.

Mir bleibt beinahe das Herz vor Freude stehen, als ich eine mir bekannte Stimme meinen Namen flüstern höre. *Shadow!* Sofort springe ich auf und haste zur Tür, wobei ich im Dunkeln über den Stuhl stolpere und beinahe der Länge nach hinfalle. Meine Hände sind schweißnass, als ich sie gegen die Tür presse.

»Ich bin hier drin«, antworte ich leise.

Nur Sekundenbruchteile später – so schnell, dass ich kaum Atem holen kann – spüre ich Shadow neben mir. Ich strecke die Hand aus, die er sogleich ergreift, um mich zu sich zu ziehen. Seufzend und mit Tränen in den Augen schmiege ich mich an seine Brust und inhaliere den ihm typischen Duft. Er presst mich so fest an sich, dass ich Sorge habe, er könnte mir sämtliche Knochen brechen, doch ich beschwere mich nicht. Vielmehr genieße ich die Nähe, auf die ich bis jetzt verzichten musste, und dank seines festen Halts vergesse ich die Angst der letzten Stunden.

»Ich dachte, ich hätte dich verloren«, murmelt er, während er mir über den Rücken streicht.

Ich spüre, dass sich meine Lippen sofort zu einem breiten Lächeln verziehen. »Ich hab dich gewarnt, so schnell wirst du mich nicht los. Aber ich bin heilfroh, dass du hier bist.«

Er küsst mich so fest und verlangend, dass ich die Angst, die er um mich hatte, aber auch die Sehnsucht in der Berührung unserer Lippen spüren kann. Am liebsten würde ich mich nie mehr von ihm lösen, doch zunächst muss ich an unser aller Sicherheit denken. Je länger wir zögern, desto eher wird die Allianz auf uns aufmerksam werden. Lumia wird den Wachmann nicht ewig ablenken können und irgendwann wird jemandem auffallen, dass das Licht in diesem Trakt ausgeschaltet ist.

»Ich bringe dich nach draußen«, sagt Shadow. »Cal wartet dort auf uns. Danach komme ich zurück und hole Terra und Lumia.«

»Sie sind beide ebenfalls auf dieser Etage eingesperrt«, sage ich.

»Ich werde die beiden finden«, versichert er mir. »Aber zunächst werde ich dich rausschaffen.«

Ich wappne mich gegen den Schattensprung und die damit verbundene Übelkeit, taste jedoch, ohne zu zögern, nach Shadows Händen, die meine warm und fest umschließen.

Doch noch ehe mich das Kribbeln, das mich stets bei einem Schattensprung überkommt, erfasst, wird es um uns herum plötzlich wieder hell.

Mein Herz setzt für einen Schlag aus, nur um anschließend viel zu schnell zu arbeiten, und ich schnappe nach Luft, während ich Shadows erschrockenen Blick erwidere. Jemand hat das Licht eingeschaltet! Panisch sehe ich mich um, doch dank der ausgeklügelten Beleuchtung mit mehreren Lichtquellen knapp über dem Boden werfen weder das Bett noch der Tisch einen Schatten, durch den zumindest Shadow verschwinden könnte. Und es gibt keinen Ort, an dem er sich verbergen könnte, denn durch die Beleuchtung aus dem Boden direkt werfe noch nicht einmal ich den kleinsten Schatten.

Als ich Schritte und laute Befehle im Flur höre, scheint mir das Blut in den Adern zu gefrieren. Meine Gedanken sind zum Stillstand gekommen. Ich schaffe es nur noch, mich auf das schwere polternde Geräusch der Schritte zu konzentrieren. Zu gelähmt vor Angst suche ich nicht mehr nach einem Ausweg, sondern starre nur auf die Tür, die sich garantiert jeden Moment öffnen wird.

Es ist die Sorge um Shadow, die mich schließlich aus der Starre löst. Er ist unsere einzige Chance, dieses Gefängnis zu verlassen. Solange er und Cal da draußen sind und Pläne zu unserer Rettung schmieden, haben wir noch nicht verloren. Ich werde nicht zulassen, dass Shadow etwas zustößt oder sie ihn ebenfalls gefangen nehmen!

Ich höre, wie eine andere Tür im Flur aufgerissen wird und einige harsche Worte folgen. Wahrscheinlich haben sie den Wachmann bei Lumia ausfindig gemacht. Es ist nur eine Frage der Zeit, bis sie auch diesen Raum öffnen werden.

Ich drehe mich in der festen Umarmung zu Shadow herum und halte ihm den Ring vor die Lippen.

»Es ist nicht viel«, sage ich entschuldigend, als ich seinen verwirrten Blick erwidere. »Aber du wirst so viel Magie wie möglich brauchen, wenn ihr einen erneuten Rettungsversuch wagt.«

Shadow zieht die Augenbrauen zusammen. »Ich werde dich nicht hier zurücklassen!«

»Doch, das wirst du«, entgegne ich schärfer als beabsichtigt. »Wenn sie dich hier finden, werden sie dich einsperren. Sie werden dir wehtun und erst aufhören, wenn ich ihnen bei allem helfe, was sie von mir verlangen. Ich ... ich kann nicht riskieren, dass sie dich ebenfalls in die Finger bekommen. Wenn das geschieht, werde ich sie bei allem unterstützen, solange sie versprechen dich zu verschonen. Also nimm meine Magie und verschwinde! Ich schirme dich mit dem Schutzschild ab, bis du in einem anderen Flur bist, der nicht so stark beleuchtet ist.«

»Wenn der Magier dabei ist, der die Macht eines Familiars versiegeln kann ...«

Ich schüttele den Kopf. »Der war bisher nicht hier. Und selbst falls er diesmal dabei sein sollte, muss er erst durch meinen Schutzschild kommen, um an dich zu gelangen.« Ich lege ihm die Hand an die Wange und zwinge mich zu einem Lächeln. »Ich habe nicht viel Magie, die ich dir geben kann. Ich kann nicht aus eigener Kraft aus diesem Gefängnis entkommen und ich verfüge über keinerlei offensive Magie. Aber ich kann dafür sorgen, dass du es sicher hier rausschaffst. Ich kann dein Leben retten, wie du meines bereits unzählige Male gerettet hast.«

Shadow verzieht gequält das Gesicht, ehe er die Wange für einen Moment an meine Handfläche schmiegt. »Schick mich nicht fort! Lass mich an deiner Seite kämpfen.«

Ich habe das Gefühl, dass er nicht von mir spricht. Oder nicht nur von mir. Auch Kassandra schickte ihn vor einer wichtigen Schlacht fort, doch sie kündigte den Pakt zwischen ihr und Shadow auf und sandte ihn dadurch zurück in die Nebenwelt.

»Ich warte hier auf dich«, wispere ich. »Was sie mir auch antun, ich halte es aus. Ich werde sie so lange hinhalten, bis du mich retten kommst.« Ein trauriges Lächeln steigt in mir auf. »Ich wäre gerne eine Heldin, die alles allein regeln kann und auf niemanden angewiesen ist. Ich wünschte, der Name *Lady Luck* ließe alle Abtrünnigen und Schurken vor Angst erstarren. Aber dem ist nicht so.« Ich streichele ihm über die Wange. »Ich brauche dich dazu. Ohne dich bin ich nur Felicity, die kleine unbekannte Schwester von *Air Master* und

Ice King. Deshalb werde ich nicht zulassen, dass du mir genommen wirst. Ich werde dich mit allem, was ich habe, verteidigen und dafür sorgen, dass du entkommen kannst.«

So viele Emotionen wirbeln durch Shadows Blick, dass ich keine einzige davon zu fassen bekomme. Die Schritte kommen immer näher und die gebellten Befehle werden lauter, doch ich schaffe es nicht, Shadow erneut darum zu bitten, dass er meine Magie nehmen soll. Mein Hals ist wie zugeschnürt und jedes Geräusch, das von draußen zu uns dringt, verstärkt die Angst, die sich im Bauch zusammenbraut.

Als die Männer direkt vor der Tür zu sein scheinen, zieht mich Shadow enger an sich.

»Ich liebe dich«, flüstert er, ehe er mich so fest küsst, dass ich das Gefühl seiner Lippen noch eine Weile auf meinen spüren werde. Ich lächele ihn dankbar an.

Dann führt er die Hand mit dem Ring zu seinem Mund und nährt sich an der wenigen Magie, die ich ihm anbieten kann. Die Verbindung ist hastig, aber nicht minder intensiv, denn er stürzt sich ohne Rückhalt in den Magiewirbel in mir und nimmt jedes Fünkchen Magie, das er in der kurzen Zeit finden kann. Ich klammere mich mit der anderen Hand an ihm fest, während er einen Arm um meine Mitte geschlungen hält.

Normalerweise würde Shadow nie so viel Magie nehmen, bis ich entkräftet schwanke, aber die Umstände sind nicht normal. Hätte er sich zurückgehalten, wäre keinem von uns damit gedient. Ich stelle die Füße ein Stück auseinander, um besseren Halt zu finden.

Als die Tür aufgeschlossen und nur wenige Augenblicke später aufgerissen wird, bricht Shadow die Verbindung ab und ich wirbele zu den Männern herum, während mein Familiar hinter mir steht. Mein Stand ist unsicher und wackelig, doch ich hoffe, dass keiner der Männer es bemerkt. Kurz lasse ich den Blick über sie huschen. Zu meiner Erleichterung ist weder Vater noch der Magier, der die Kraft eines Familiars versiegeln kann, unter ihnen. Nur den Blitzmagier erkenne ich; die anderen beiden habe ich noch nicht gesehen. Ich sollte auf der Hut sein … Wer weiß, welche Kräfte sie besitzen?

»Wen haben wir denn da?«, fragt der Blitzmagier, während er Shadow schier mit Blicken erdolcht. »Hätte ich mir denken können, dass du dich hier hereinschleichst, sobald du die Möglichkeit dazu hast.«

»Jeder Familiar sollte seinen Träger beschützen«, entgegnet Shadow. »Denkst du nicht auch?«

Etwas in seinem Tonfall, was ich nicht genau benennen kann, lässt mich aufhorchen, doch ich konzentriere mich weiterhin auf die drei Männer. Ich beobachte sie angestrengt und darauf bedacht, bei der kleinsten Bewegung meinen Schutzschild zu beschwören.

Der Blitzmagier funkelt Shadow aus zu Schlitzen verengten Augen an. »Nur wenn es der Träger wert ist.« Es dauert einen Moment, bis er seine Mimik wieder unter Kontrolle hat und pure Gleichgültigkeit ausstrahlt. »Es ist nett von dir, dass du uns die Mühe, dich aufzuspüren, ersparst.«

»Ich habe nicht vor zu bleiben«, entgegnet Shadow.

»Wie schade«, sagt der Blitzmagier. »Dann werde ich dich wohl oder übel dazu zwingen müssen.«

Er hebt die Hand und schleudert einen knisternden Blitz auf uns, doch ich reagiere rechtzeitig. Eine Hand fest um Shadows geklammert hebe ich die andere und errichte den Schutzschild um uns herum. Als der Blitzzauber daran abprallt, muss ich ein Keuchen unterdrücken. Meine Hand zittert und der Schmerz der abgewendeten Attacke frisst sich hinauf bis in die Schulter, doch ich halte den Schild aufrecht. Lange werde ich dieses Kunststück jedoch nicht vollbringen können, dazu habe ich zu wenig Magie in mir.

Shadow entgeht es nicht, aber er lässt sich nichts anmerken, sondern sagt nur: »Wenn ihr uns jetzt entschuldigt, wir möchten gehen.«

»Ich hätte dich gern als Geisel«, erwidert der Blitzmagier scheinbar ungerührt. »Doch für unseren Plan bist du nicht von Belang. Allerdings machst du uns Probleme. Wäre dem nicht so, könnte ich dich einfach gehen lassen. Als kleine Geste unter Kollegen, sozusagen.«

Kollegen?, schießt es mir durch den Kopf, doch ich verbiete mir, mich ablenken zu lassen.

Dass die beiden anderen Männer bisher keinen Finger gerührt haben, macht mich nervös. Entweder verfügen sie über keinerlei Magie und sind einfache Haudraufs, oder sie haben eine ganz fiese Magie, die sie nur einsetzen, wenn es sich nicht vermeiden lässt.

»Das ist sehr freundlich von dir, aber darauf bin ich nicht angewiesen«, sagt Shadow in gespielt höflichem Tonfall. In meinen Ohren klingt es wie *Steck dir deine Geste unter Kollegen dorthin, wo die Sonne nie hinscheint!* »Wir möchten diese karge Zelle verlassen.«

»Ihr geht nirgendwohin!«, knurrt der Blitzmagier und beschwört zeitgleich einen weiteren Zauber.

Shadow reagiert vor mir und erschafft um uns herum eine Schattenwand. Ich jubele innerlich und bin mir sicher, dass wir so entkommen können, ohne dass einer von uns zurückbleiben muss, doch meine Freude währt nur kurz. Die erschaffenen Schatten sind nicht dunkel genug, als dass sie die Menge an künstlichem Licht abhalten könnten. Stattdessen scheint sich das Licht regelrecht durch Shadows Schatten zu fressen.

»Habe ich das nicht erwähnt?«, tönt der Blitzmagier von der anderen Seite der Schattenwand. »Das hier verwendete Licht stammt nicht aus einer einfachen Glühlampe. Als wir von dir erfahren haben, blieb uns nicht viel Zeit und wir mussten improvisieren. Dennoch scheint es zu funktionieren. Dieses Licht ist magischen Ursprungs und durchdringt die von dir geschaffenen Schatten. Es ist dir unmöglich, genügend Dunkelheit zu erzeugen, um sie nutzen zu können.«

Shadow gibt ein Schnauben von sich, ehe ein Schattenblitz direkt an mir vorbeischießt und den Blitzmagier trifft. Dieser wird ein Stück zurückgeschleudert und prallt gegen die anderen Männer. Die durchschlagende Wirkung, die Shadows Schattenblitze für gewöhnlich haben, bleibt jedoch aus. Anscheinend wirkt sich das magische Licht nicht nur auf seine Schattenwand, sondern auf sämtliche seiner Schattenzauber aus.

Ich konnte ihn zwar mit neuer Magie versorgen, aber je öfter er seine Kräfte einsetzt, desto eher wird diese neue Magie wieder verbraucht sein. Uns ist nicht geholfen, wenn er weiter mit Zaubern um sich wirft, die uns hier in dieser Umgebung nicht weiterbringen.

»Langsam, aber sicher gehst du mir auf die Nerven«, grollt Shadow.

»Das Kompliment kann ich gerne zurückgeben«, erwidert der Blitzmagier, der sich wieder aufrappelt und an seiner Kutte herumzupft.

Fieberhaft überlege ich, wie ich Shadow aus dem Raum schaffen kann. Wenn wir erst im Flur sind, finden wir sicher einen Weg zu einem weniger beleuchteten Bereich, wo er seine Magie nutzen und auch einen Schattensprung machen kann. Die Möglichkeit, dass im Flur weitere Magier der Allianz warten, schiebe ich beiseite. Wären mehr von ihnen hier, hätten wir sie schon gesehen. Wahrscheinlich ist es bereits mitten in der Nacht; auch das Böse muss mal schlafen. Sobald wir den Raum verlassen können, steigen die Chancen, dass Shadow zu entkommen vermag, erheblich, und ich werde alles daransetzen, ihm die Flucht zu ermöglichen.

Ich lehne mich ein Stück zurück und wispere so leise wie möglich: »Reize ihn! Bring ihn dazu, dass er uns mit seiner Magie beschießt. Ich schleudere sie zurück und mache uns so den Weg frei.«

Ich spüre Shadows zweifelnden Blick auf mir. Bestimmt nimmt er an meinem Geruch die niedrige Menge an Magie wahr, über die ich noch verfüge. Es ist gut möglich, dass ein erneuter Angriff des Blitzmagiers meinen Schutzschild durchbricht und uns grillt. Bei der Erinnerung an die Schmerzen, die mir seine Blitze bereits bereitet haben, zucke ich fast zusammen.

Shadow seufzt leise und umschließt meine Hand fester. »Ich wundere mich, dass du ein Handlanger der Allianz bist«, sagt er an den anderen Magier gewandt. »Womit haben sie dich geködert?«

Kurz verzieht der Blitzmagier den Mund. »Das geht dich nichts an.«

»Es muss etwas Großes sein, damit sich jemand wie du benutzen lässt.«

»Ich lasse mich nicht benutzen!«, donnert er.

»Ach nein?«, entgegnet Shadow. »Für mich sieht es verdammt danach aus. Du musst hier die Drecksarbeit machen.« Er zögert einen Moment. »Und du bist allein. Wie ist das möglich?«

»Manchmal ist es besser, allein zu sein.«

Irgendetwas an dem Gespräch zwischen den beiden ist merkwürdig, doch ich kann mich nicht länger darauf konzentrieren. Sie klingen ... als würden sie sich kennen.

»Womit bedrohen sie dich?«, will Shadow wissen.

»Ich mache das hier freiwillig!«, speit der Blitzmagier aus. Durch die einfache Frage scheint Shadow ihn völlig aus der Fassung gebracht zu haben. »Ich habe erkannt, dass das, woran ich bisher geglaubt habe, nichts als Augenwischerei ist. Auch du wirst das noch erfahren, aber dann ist es bereits zu spät.«

»Augenwischerei?«, wiederholt Shadow zweifelnd. »Das ist Blödsinn! Und du weißt es ganz genau. Womit haben sie dich in der Hand?«

Bei der Frage zuckt der Magier zusammen und verzieht den Mund, als hätte er Schmerzen. »Es geht dich einen Scheißdreck an!«

Ohne Vorwarnung und ohne uns direkt anzusehen, schleudert er einen Blitzzauber auf uns. Zum Glück habe ich die ganze Zeit über den Schild aufrechterhalten, denn ich hätte ihn so schnell niemals erneut beschwören können. Der Zauber, der diesmal gegen den Schild prallt, ist noch kraftvoller als der vorherige. Nur dank Shadows Arm, den er um meine Mitte geschlungen hat, gehe ich nicht in die Knie. Ich sammele all meine verbleibende Magie und lenke sie in den Schild, um die Wucht des Aufpralls umzuleiten und auf die feindlichen Männer zurückzuschleudern.

Es funktioniert, doch es kostet mich das letzte Quäntchen Kraft. Wie durch einen heftigen unsichtbaren Windstoß werden die Männer zurückgeworfen und prallen gegen die Wand am anderen Ende des Flurs. Der Weg ist nun für Shadow frei; die Männer liegen noch am Boden und keine weiteren sind in dem langen Gang, von dem mehrere Zellen abgehen, zu sehen.

»Lauf«, hauche ich. Selbst dieses eine Wort verlangt mir alles ab.

»Nicht ohne dich«, grollt Shadow, legt sich meinen Arm um den Hals und hievt mich nach oben. Meine Beine knicken unter mir weg, sodass er mich hinter sich herschleifen muss. Ich gebe mir die größte Mühe, wenigstens ein paar Schritte allein zu tun, doch es gelingt mir nicht. Selbst den Kopf kann ich nicht oben halten.

Ich wünschte, er würde mich einfach liegen lassen. In dem Zustand halte ich ihn nur auf. Ohne mich als Ballast, findet er viel schneller den Weg aus dem Flur und in einen anderen Bereich. Der Angriff hat die Männer zwar zurückgestoßen, aber es ist nur eine Frage der Zeit, bis sie wieder zu sich kommen und uns verfolgen.

»Bitte«, presse ich kraftlos hervor.

Anstatt mich loszulassen, bleibt Shadow stehen und will mich auf die Arme heben. Doch bevor ihm das gelingt, durchfährt mich ein solcher Schmerz, dass ich aufschreie. Zuckende Blitze fressen sich wie Säure durch mich hindurch, sodass ich zu Boden sacke. Auch ohne einen Blick hinter uns zu werfen, weiß ich, dass der Blitzmagier wieder zu sich gekommen ist und die Verfolgung aufgenommen hat.

»Lauf«, wiederhole ich. Es ist nicht mehr als ein heiseres Krächzen und ich weiß nicht, ob Shadow, der sich neben mich gekniet hat, mich überhaupt verstehen kann.

Hektisch huscht sein Blick von mir den beleuchteten Flur hinunter, von wo aus nun laute Stimmen und Schritte ertönen, und schließlich in die entgegengesetzte Richtung. Wenn er mich hochhebt, wird er einerseits langsamer sein und andererseits zur Zielscheibe werden, denn dann treffen die Angriffe des Blitzmagiers ihn und wir schaffen es beide nicht hier raus.

Ich zwinge mich dazu, bei Bewusstsein zu bleiben, obwohl die schmerzlose Ohnmacht mich bereits lockt, und erwidere Shadows Blick, während ich mir sein Gesicht fest ins Gedächtnis brenne. Zögerlich erhebt er sich und macht einen Schritt zurück, ohne den Blickkontakt zu unterbrechen. Ich nicke ihm kaum merklich zu.

Bitte geh!, beschwöre ich ihn in Gedanken. *Rette dich!*

Die Schritte kommen näher; der Boden unter mir vibriert leicht, doch ich kämpfe die aufkommende Panik nieder und konzentriere mich voll und ganz auf Shadow. Ihn zu retten ist das Einzige, was im Moment für mich zählt. Mir ist gleichgültig, womit sie mich für den Fluchtversuch bestrafen. Solange sie Shadow nicht in die Finger bekommen, kann ich alles aushalten.

Wieder macht er einen zögerlichen Schritt weg von mir und hin zur geschlossenen Tür am Ende des Flurs, die in einen anderen Abschnitt des Gebäudes führt.

»Ich werde dich holen«, sagt er gepresst. »Ich werde kommen und dich retten.«

Ein schwaches Lächeln zupft an meinen Mundwinkeln und ich nicke.

Dann greift Shadow hinter dem Rücken nach der Türklinke, hält meinen Blick so lange wie möglich gefangen und verschwindet schließlich.

In dem Moment, als die Tür zurück ins Schloss fällt, tauchen mehrere Paar Stiefel neben mir auf. Einer der Männer reißt die Tür wieder auf und glotzt in den dunklen, angrenzenden Korridor.

»Er ist entkommen«, knurrt der Blitzmagier. »Wie schade! Aber vorhersehbar. Genau wie die Tatsache, dass er zurückkehren wird, schließlich bist du noch hier.« Er packt mich am Arm und zerrt mich auf die Füße. Nur sein fester Griff verhindert, dass ich wieder zu Boden sacke. Ein Wimmern entweicht mir. »Aber vielleicht ändert er noch seine Meinung. Er wäre nicht der erste Familiar, der sich von seinem Träger abwendet.«

Ich erwidere seinen Blick, ohne eine Miene zu verziehen, doch ich bin machtlos gegen das ungute Gefühl, das sich in meinen Eingeweiden zusammenbraut und sich anschließend dort festsetzt wie ein schmerzhaft wucherndes Geschwür.

KAPITEL 16

Shadow

»Was ist passiert?«, fragt Cal, als ich neben ihm in der Gasse auftauche. Sein suchender Blick huscht wild umher. »Wo ist Feli? Geht es Lumia gut?«

So knapp wie möglich berichte ich ihm, was geschehen ist und warum ich allein zurückkommen musste.

Cal packt mich und stößt mich zurück gegen die Hauswand. »Du hast sie dortgelassen?« Seine Stimme klingt höher als gewöhnlich. »Wie konntest du nur? Wer weiß, was sie den dreien antun! Lumia hat sich geopfert und darauf vertraut, dass du sie ebenfalls rettest, sobald Feli in Sicherheit ist. Ich dachte, du liebst meine Schwester! Wie kannst du dich dann einfach umdrehen und sie bei diesen …?«

Ich umklammere seine Handgelenke und zwinge ihn mit genügend Druck dazu, mich loszulassen. »Denkst du, mir ist es leichtgefallen? Glaubst du, es war eine einfache Entscheidung, mich umzudrehen und Feli dort liegen zu lassen? Ich komme fast um vor Sorge um sie! Aber ich hatte keine andere Wahl. Feli konnte mich mit Magie versorgen, wodurch wir noch etwas Zeit gewonnen haben. Wäre ich dortgeblieben, hätte es keinem von uns genützt. Doch so konnte ich etwas Wichtiges in Erfahrung bringen. Wissen, das wir gegen sie benutzen können.«

Cal sieht nicht überzeugt aus. »Und was soll das sein?«

Ich weiß genau, dass ihm meine nächsten Worte nicht gefallen werden, doch ich spreche sie trotzdem aus. »Wir brauchen Ilena. Sie muss mit uns zum Hauptquartier kommen.«

Für einen Moment weitet er erschrocken die Augen, ehe er einen Schritt von mir weg macht. »Bist du nicht mehr ganz dicht?«, schreit er mich an. »Die haben meine kleine Schwester und vor nicht einmal einer Stunde habe ich auch Lumia an sie verloren. Und nun willst du Ilena in die Sache hineinziehen? Nein, auf keinen Fall! Schlag dir das sofort aus dem Kopf!«

Ich hebe die Hände; einerseits um ihn zu beruhigen, andererseits um einen erneuten Angriff abwehren zu können. »Ich habe einen Plan, aber …«

»Vergiss es!«, fällt er mir ins Wort. »Wir haben doch eben gesehen, wie erfolgreich deine Pläne sind.«

»Genau genommen war es Lumias Plan, aber uns bleibt keine Zeit für Haarspaltereien«, halte ich dagegen. »Ich verstehe deine Sorge, doch Ilena ist die einzige Chance, die wir haben.«

»Nein«, beharrt Cal. »Ich werde sie da nicht mit reinziehen. Selbst wenn ich dir vertraute – was ich nicht tue! –, wäre Ilena mit ihrem neuen Familiar zu schwach, um etwas ausrichten zu können.«

»Sie soll nicht kämpfen«, erkläre ich so ruhig wie möglich, obwohl mich jede Sekunde im Ungewissen darüber, was sie Feli gerade antun, schier wahnsinnig werden lässt. »Sie muss auch nicht auf Fulgurs Kräfte zurückgreifen. Sie soll einfach nur mit uns hierherkommen und sich etwas ansehen.«

Cal runzelt die Stirn. »Und wozu?«

»Es besteht die Möglichkeit, dass sie dadurch den fehlenden Teil ihrer Erinnerung zurückbekommt, aber das kann ich nicht versprechen. Mir kam es jedoch so vor, als hätte sie sich an mehr als gewöhnlich erinnert, während die Allianz bei euch zu Hause war.«

Cal senkt den Blick. »Sie hat davon gesprochen, dass sie Feli auf Geheiß der Allianz holen sollte …«

»Ich sage es nur ungern, aber deine Freundin steckt mit der Allianz unter einer Decke. Das ist kein Geheimnis und wir müssen es nicht schönreden. Aber wenn wir erfahren, warum sie ihnen hilft oder geholfen hat, könnten wir dafür sorgen, dass sie aus dem Handel, den sie zweifelsohne eingehen musste, entlassen wird.«

»Handel?«, hakt Cal nach und sieht mich wieder an.

»Zac meinte, Ilena wäre einst eine Meister-Magierin aus einer anderen Stadt gewesen«, sage ich. »Wenn das stimmt, muss es einen Grund geben, warum sie der Allianz hilft und zur Abtrünnigen wurde.«

»Sie hatte keinen Familiar«, wirft Cal ein. »Das wird der Grund sein.«

Ich schüttele den Kopf. »Ich denke eher, dass die Allianz einen Trumpf in der Hand hat, mit dem sie Ilena gefügig macht. Und ich habe eine Idee, was dieser Trumpf sein könnte.«

Cal stößt geräuschvoll den Atem aus. »Kannst du mir versichern, dass Ilena nichts geschehen wird? Ich … würde es nicht ertragen, sowohl Lumia als auch sie zu verlieren.«

Noch bevor er zu Ende gesprochen hat, taucht in meinem Kopf das Bild des gebrochenen und wahnsinnigen Cal auf, gegen den wir in Felis dritter Prüfung antreten mussten. Neben ihm lagen die leblosen Körper von Lumia und Ilena, während die Simulation, die Cal darstellte, jegliche Erinnerungen verloren zu haben schien. Er bestand nur noch aus Wut und Hass und dem Wunsch, jeden seinen Schmerz fühlen zu lassen. Ich bezweifele langsam, dass die Simulationen während der Prüfungen auf Zufall basieren …

»Ich kann nicht vorhersagen, wie die Allianz reagieren wird«, antworte ich auf Cals Frage. »Aber es ist die einzige Chance, die wir haben, um alle zu retten. Zu zweit kommen wir nicht ins Hauptquartier, und solange sie Feli in dem beleuchteten Trakt festhalten, kann ich nichts ausrichten. Mit Ilenas Hilfe könnten wir uns jedoch einen Gegner vom Hals halten und uns darauf konzentrieren, Feli, Lumia und Terra zu retten.«

Cal nickt nach kurzem Zögern. »Ich werde Ilena fragen, aber zu nichts zwingen. Und du wirst das ebenfalls nicht! Außerdem werde ich noch mal mit Zac reden … Es ist mir unbegreiflich, wie er einfach hinnehmen kann, dass sie Feli und die beiden Familiare entführen und festhalten!«

»Die Hintergründe interessieren mich auch brennend«, grolle ich.

»Ich kann mir vorstellen, dass er dem Plan der Allianz nur zugestimmt hat, weil sie ihm versichern konnten, dass Feli nichts geschieht«, sagt Cal. »Wenn du ihm berichtest, dass sie verletzt wurde, wird er seine Meinung ändern.«

»Seine Meinung ist mir herzlich egal. Ich werde ihm nie wieder vertrauen können.«

Cal seufzt. »Ich auch nicht. Aber er ist dennoch mein Bruder, ganz gleich welchen Mist er verzapft.«

***

Ich bringe Cal zurück zur Villa, höre aber nur mit einem halben Ohr hin, als er mich anschließend beschimpft. Stattdessen halte ich Ausschau nach Ilena und Zac.

Aus dem Wohnzimmer höre ich Stimmen, also versuche ich zuerst dort mein Glück. Ich bleibe kurz an der Tür stehen und öffne sie erst ganz, als ich sicher bin, keine fremden Stimmen zu hören. Auf ein erneutes Zusammentreffen mit der Allianz kann ich verzichten.

Zac sitzt am Tisch und hat den Kopf in die Hände gestützt, während Katie neben ihm auf und ab geht und ohne Punkt und Komma auf ihn einredet.

Cal tritt neben mich und wirft ebenfalls einen Blick ins Wohnzimmer. Als er Felis beste Freundin bemerkt, fragt er: »Was macht sie hier?«

Ich zucke mit den Schultern. »Ihm ein schlechtes Gewissen, wie es aussieht. Ich kann nicht sagen, dass ich Mitleid mit ihm habe. Geh und suche Ilena! Und beeil dich!«

Cal wendet sich um und verschwindet, ehe ich das Wohnzimmer betrete.

Sofort hebt Zac den Kopf, als er mich hört. Suchend huscht sein Blick hinter mich und ich meine, Schmerz in seiner Miene erkennen zu können, als er bemerkt, dass ich allein bin.

Ich bleibe in der Mitte des Zimmers stehen und verschränke die Arme. »Suchst du jemanden?«

Er weicht meinem Blick aus. »Ich dachte ... Ich hatte gehofft, dass Feli bei dir wäre.«

»Tatsächlich?«, grolle ich. »Das verwundert mich. Schließlich hast du deine Schwester doch der Allianz ausgeliefert.«

Zac ballt die Hände zu Fäusten. »Ich weiß, dass meine Einsicht reichlich spät kommt, aber mittlerweile glaube ich, dass es ein Fehler war.«

»Und was bringt dich zu dieser Einsicht?«, frage ich mit scharfer Stimme. »Liegt es an der Entfernung zu deinem Familiar, der sich nicht mehr um deinen Magieüberschuss kümmern kann? Oder besitzt du doch so etwas wie ein Gewissen, was sich nun zu Wort meldet?«

Cal kommt mit Ilena zurück, doch beide halten sich im Hintergrund und stellen sich neben Katie. Ilena schmiegt sich eng an Felis Bruder, als ängstigte sie sich vor der Anspannung, die in der Luft liegt.

»Shadow«, murmelt Katie mahnend. »Das bringt uns nicht weiter.«

Ich schlage mit der Faust auf den Tisch und genieße, dass Zac zusammenzuckt. »Feli wird dort in einem kleinen Raum eingesperrt, genau wie sie es auch mit Lumia und Terra taten.«

Zacs Kopf ruckt zu mir herum. »Die Allianz wird ihnen nichts antun! Das wurde mir versprochen.«

Ehe ich ihm vom Angriff des Blitzmagiers berichten kann, geht Katie dazwischen. »Hört auf, euch gegenseitig fertigzumachen! Das hilft im Moment niemandem. Wir sollten lieber versuchen die Sache friedlich zu lösen.«

Ich verziehe den Mund. »Sag das doch ihm!« Ich deute mit einer wegwerfenden Handbewegung auf Zac. »Er ist es, der gemeinsame Sache mit der Allianz macht.«

»Ich bin nicht stolz darauf«, presst Zac hervor. »Aber ich hatte keine andere Wahl!«

»O bitte«, jammere ich. »Komm mir nicht wieder mit dem Blödsinn, dass die Welt untergehen wird, wenn ihr nicht handelt. Die beiden Welten existieren seit mehreren Jahrtausenden! Wenn es zu einem Bruch kommen würde, hätten wir das schon seit Langem bemerkt. Das ist nichts, was sich von heute auf morgen manifestiert.«

»Es ist nicht das erste Mal, dass die Allianz versucht diesen Plan auszuführen«, murmelt Zac, ohne mich dabei anzusehen. »Es müssen ... gewisse Bedingungen erfüllt sein, dass er funktionieren kann. Bestimmte Arten von Magie, die aufeinandertreffen. Bestimmte Kräfte, die besonders ausgeprägt sind.« Er hebt den Kopf. »Das ist kein Plan, den jemand einfach im Delirium aus dem Hut gezaubert hat.«

»Sondern?«, hake ich nach.

»Es sollte bereits damals geschehen«, sagt Zac leise. »Was glaubst du, warum die Allianz versucht hat Kassandras Abbild zu erschaffen? Auch Cal, Ilena und ich sind die Produkte eines uralten Plans. Wir sind die Nachkommen der mächtigen Magier der damaligen Zeit. Unser Familienstammbaum reicht zurück bis ins alte Griechenland. Ich bin der Einzige von uns drei Geschwistern, der darin eingeweiht wurde, weil ich der Älteste bin. Unsere Mutter ist eine direkte Nachfahrin der damaligen Königslinie.«

Ich schlucke angestrengt. »Die Königslinie wurde in der Nacht ausgelöscht, als die Griechen Troja überrannten.«

»Das hat Wikipedia mir auch ausgespuckt«, wirft Katie ein.

Zac schüttelt den Kopf. »Nicht alle. Es stimmt, dass die bekanntesten Vertreter wie Hektor und auch Paris gefallen sind, aber sie hatten Kinder und König Priamos hatte eine Menge Nachkommen. Bereits damals gab es einen Vorläufer der heutigen Allianz. Als sie das Potenzial erkannten, das in den Magiern dieser Blutlinie lag, schützten sie alle lebenden und kommenden Nachfahren. Und sie ...« Er seufzt. »Die Allianz schützte die Blutlinie nicht nur. Sie entschied sogar über ihre Zukunft. Der Partner eines Nachkommen wurde stets hinsichtlich seiner magischen Fähigkeiten ausgesucht, um möglichst noch stärkere Kinder zu sichern. Daher ist es kein Zufall, dass Cal und ich zwei Fähigkeiten in uns vereinen.«

»Willst du damit sagen, dass unsere Eltern ...?«, murmelt Cal.

Zac nickt. »Ihre Ehe war ein Zweckbündnis. Die Linie, aus der unsere Mutter stammte, galt als die mächtigste und reinste der alten Königslinie. Deshalb musste ihr Partner über besondere Fähigkeiten verfügen, damit die Kinder, also wir, noch stärker werden und möglichst mit den richtigen magischen Gaben gesegnet sind.«

»Du sprichst ständig von bestimmten oder richtigen Gaben«, werfe ich ein. »Was meinst du damit?«

Zac zögert einen Moment, als müsste er zuerst nach den passenden Worten suchen. »Um den uralten Plan der Allianz ausführen zu können, sind die Kräfte der vier Elemente vonnöten: Erde, Feuer, Wasser und Luft. Es genügt jedoch nicht, einen Magier zu nehmen, der ein kleines Lüftchen hervorrufen kann. Deshalb war es der Allianz wichtig, die ursprünglichen Kräfte der Blutlinie durch gezielte Verbindungen noch weiter zu stärken. Außerdem wird ein Seher benötigt, der quasi als Medium genutzt wird, um die Elemente bündeln und richtig einsetzen zu können.«

Auch ohne dass Zac es ausspricht, weiß ich, wen die Allianz als Seher auserkoren hat …

»Aber warum wir?«, fragt Cal. »Ja, du beherrschst eines der Elemente. Doch was ist mit dem Rest?«

Zac fährt sich mit beiden Händen durchs Haar und lässt dann den Kopf hängen. »Du und ich und auch Ilena, obwohl sie aus einer schwächeren Linie stammt, die von der Allianz nicht so genau im Auge behalten wurde wie unsere, sind das Resultat von genetischen Forschungen. Seit Jahrtausenden sammeln und archivieren die jetzige Allianz und ihre Vorgänger Daten über Magier und deren Abstammung. Dank der heutigen Technologie können ihre Wissenschaftler ziemlich genau voraussagen, welche Gaben ein Kind zweier Magier hat und wie stark es sein wird. Bei dir jedoch …« Er schaut wieder auf und blickt seinem Bruder fest ins Gesicht. »… war ihre Vorhersage falsch. Anstatt die Macht über das Feuer zu besitzen, manifestierte sich bei dir die Macht über Eis und Schnee – etwas völlig anderes und keines der vier Grundelemente. Für die Allianz war das ein herber Rückschlag. Da du über keines der vier Grundelemente gebieten konntest, wurdest du uninteressant für sie und verschwandest nahezu aus ihren Beobachtungen, bis du deinen Familiar bekamst. Wie es der Zufall wollte, wurde dir ein äußerst mächtiger Feuer-Familiar zugeteilt, obwohl die Allianz dachte, dass deine Kräfte zu schwach für einen solch hoch entwickelten Familiar seien.«

»Für den Plan der Allianz wird also nicht zwingend ein Magier benötigt«, schlussfolgere ich. »Es genügt, wenn es einen Familiar gibt, dessen Magie das richtige Element ist.«

»Das klappt nicht bei jedem Familiar«, entgegnet Zac. »Er muss kurz vor der finalen Entwicklung stehen.«

Ich versteife mich bei seinen Worten und fühle mich an das Gespräch mit dem Medium erinnert.

»Finale Entwicklung?«, wiederholt Katie. »Was ist denn das schon wieder?«

»Das, was die Allianz mit allen Mitteln verhindern will«, sagt Zac leise. »Und es ist der Grund, warum es Vater so weit in der Allianz gebracht hat und weshalb er sich so vehement für die Ausführung des Plans einsetzt. Für ihn ist es zu etwas Persönlichem geworden seit ...« Sein Blick huscht für einen Moment zu mir, ehe Zac wieder seinen Bruder ansieht. »... seit Felis Geburt.«

»Feli soll diese Seherin sein, die die Elemente bündeln muss, richtig?«, fragt Cal.

Zac nickt. »Ein Magier, der das Schicksal beherrscht – wenn auch nur zu einem gewissen Grad –, ist äußerst selten, selbst in einer so mächtigen Familie wie der unseren. Die Wissenschaftler der Allianz waren sich jedoch sicher, dass Mutter das Potenzial in sich trug, einen solchen Nachkommen zu gebären.« Er verzieht den Mund. »Es klingt schrecklich ... Ich möchte nicht so über unsere Mutter reden, aber es ist die Art, wie die Allianz sie gesehen hat. In ihr vereinten sich derart viele Faktoren, die sie an ihre Kinder weitergeben konnte, dass sie ungeheuer wichtig für die Wissenschaftler war. Wenn es nach der Allianz gegangen wäre, hätte Mutter ihr ganzes Leben mit Kinderkriegen verbracht. Zum Glück gab es damals noch nicht die Möglichkeit, Kinder im Reagenzglas zu züchten, sonst wären sie auch davor nicht zurückgeschreckt. Es würde mich nicht wundern, wenn die Allianz vorgehabt hätte, Mutter so viele Kinder bekommen zu lassen wie Hekabe, König Priamos' Frau.« Er legt den Kopf schräg, als er mich betrachtet. »Wie viele Kinder hatte sie? Du müsstest es doch wissen.«

»Neunzehn. Da bin ich mir zumindest ziemlich sicher«, antworte ich.

»Aber Mutter war immer so fröhlich«, murmelt Cal. »Sie hat stets gelächelt und war genauso sanftmütig wie Feli. Müsste sie nicht unter dem Druck der Allianz gelitten haben? Ich kann mich nicht daran erinnern, dass sie jemals traurig ausgesehen hätte.«

»Doch, sie hat gelitten«, erwidert Zac. »Mehr, als du dir vorstellen kannst. Die meiste Zeit über war sie im Hauptquartier eingesperrt, vor allem wenn sie schwanger war. Aus den Akten weiß ich, dass sie mehrere Fehlgeburten hatte, und ich bin mir sicher, dass sie einige davon mutwillig herbeigeführt hat. Sie hat gesehen, was die Allianz dir und mir angetan hat, welche Tests sie an uns durchgeführt haben, kaum dass wir auf der Welt waren. Das wollte sie keinem weiteren Kind antun.«

»Warum ... weiß ich davon nichts?«, fragt Cal stockend.

»Weil sie deine Erinnerungen manipuliert haben wie auch meine«, antwortet Zac. »Die Allianz beschäftigt genügend Magier, die an Erinnerungen und sogar Empfindungen herumpfuschen können. Wahrscheinlich erinnerst du dich genau wie ich und Feli an die zahlreichen Familienausflüge in Freizeitparks und Zoos, als wir jünger waren, nicht wahr? Dabei habe zumindest ich den größten Teil meiner Kindheit in den Labors der Allianz verbracht. An dir hatten sie kein Interesse mehr, als sie merkten, dass du kein Grundelement beherrschst.« Er verengt die Augen zu Schlitzen. »Ich war immer neidisch auf dich ... Du konntest Freunde besuchen und später auf Partys abhängen. Ich musste nach der Schule Tests über mich ergehen lassen, wobei diese mit der Zeit nicht mehr so schlimm waren und nur dazu dienten festzustellen, ob meine Kräfte gewachsen waren.«

Cals Augen sind weit aufgerissen und der Mund steht offen.

Zac knetet die Hände auf dem Tisch und weicht unseren Blicken aus. »Auch bei Feli versuchte ich mein Bestes, dass sie möglichst unsichtbar für die Allianz blieb. Ich schickte sie auf eine normale Schule, denn die Internate für Magiebegabte werden alle von der Allianz geführt und betreut, inklusive versteckter Laboratorien für Nachforschungen. Zwar musste ich regelmäßig berichten, wie es ihr ging, und alle paar Jahre holten sie sie ins Labor, löschten dann ihre Erinnerungen. Jedoch ließen sie Feli weitestgehend in Ruhe, solange ich ihnen versichern konnte, dass alles lief wie geplant.« Er schaut zu mir. »Und dann schleppte sie dich an.«

Ich verziehe den Mund, bringe es aber nicht über mich, etwas darauf zu erwidern. Schon länger habe ich mich gefragt, warum Feli auf eine Schule für Menschen ohne jegliche Magiebegabung geschickt wurde. Warum ihre Brüder es zuließen, dass sie dort unter ihrer Gabe litt, bis sie es kaum noch aushielt. Nie wäre ich auf die Idee gekommen, dass Zac dies tat, um seine Schwester zu schützen.

Mir scheinen diese Gedanken auf der Stirn geschrieben zu stehen, denn Zac sagt: »Ich tue alles, was nötig ist, um meine Geschwister zu schützen, schließlich haben sie nur noch mich. Für Vater sind wir nichts weiter als Forschungsprojekte, die zufälligerweise genau das sind, was die Allianz für die

Erfüllung ihres Plans braucht. Ich bezweifele, dass Mutter Cal und mich je auf die Art geliebt hat, wie es eine Mutter tun sollte, angesichts der Tatsache, dass sie Vater verabscheut hat. Sie sah uns nur selten, konnte keinerlei Bindung zu uns aufbauen. Die Einzige, die Mutter geliebt hat, war Feli.«

»Was macht dich da so sicher?«, frage ich. »Für die Allianz wird Feli – genau wie ihr beide – das Resultat eines jahrhundertelangen Züchtungserfolgs sein.«

»Das klingt furchtbar«, murmelt Ilena, die bisher geschwiegen hat.

»Nein«, entgegnet Zac. »Es ist genau das richtige Wort dafür. Die Allianz pickte sich stets die erfolgversprechendsten Magier aus der Blutlinie heraus und stellte ihnen die potenziell besten Partner an die Seite, ungeachtet von Gefühlen oder Vorlieben. Es ist, als würde man Hunde oder andere Tiere aus hoch dekorierten Showlinien züchten.« Er seufzt. »Aber Feli ist anders. Deshalb bin ich mir sicher, dass Mutter zumindest ihrer Tochter Zuneigung entgegengebracht haben muss.«

»Warum?«, fragt Cal.

»Weil Feli nicht von unserem Vater gezeugt wurde«, sagt Zac.

»Was?«, keucht Cal und auch Ilena schnappt nach Luft. »Aber ... wer ist dann ihr Vater?«

Anstatt seinen Bruder anzusehen, ruht Zacs unergründlicher Blick auf mir. Ein eisiger Schauer rauscht mir den Rücken herunter. »Der wohl einzige Mann, den Mutter je geliebt hat«, antwortet er. »Ihr Familiar.«

KAPITEL 17

Felicity

Ich krümme mich auf dem Bett zusammen, obwohl jede Bewegung nur noch mehr wehtut. Zwar habe ich diesmal nicht so viel verbrannte Haut, aber die Schmerzen in den Muskeln und Gliedern, die auch nach Stunden nicht verschwinden wollen, lassen mich nicht an Schlaf denken. Bei der Helligkeit um mich herum kann ich eh nicht schlafen ... Ich könnte nach der Augenmaske aus schwarzem Samt greifen, aber ich weiß, dass ich die Illusion der Dunkelheit nicht ertrüge. Sobald es finster um mich herum ist, suche ich automatisch nach Shadow und sehne mich noch mehr als jetzt schon nach seiner Nähe und seinen Berührungen.

Es verlangte mir alles ab, ihn gehen zu lassen, während ich zurückblieb. Ich wollte ihn anflehen mich mitzunehmen, mich zu retten. Aber dann hätte die Allianz auch ihn geschnappt und keinem von uns wäre geholfen. Schlimmer noch: Sie hätten an ihm geforscht. Das werde ich niemals zulassen! Ich bin froh darüber, dass es mir gelungen ist, ihn vor den Angriffen der Magier zu beschützen. Wenigstens musste ich mich diesmal nicht wie toter Ballast über ihn werfen wie beim zweiten Kampf gegen Ilena, sondern konnte ihn mit meiner Magie schützen.

Eine Magie, die im Moment so schwach ist, dass ich sie kaum noch in mir spüre.

Neben den Schmerzen zwingt mich der Magiemangel zusätzlich in die Knie. Einer der Männer von vorhin hat ein neues, mit Essen beladenes Tablett gebracht, aber ich habe keinen Krümel davon angerührt, obwohl mich der Duft nach süßen Nachspeisen, aber auch frisch gebratenem Fleisch lockt und mir das Wasser im Mund zusammenlaufen lässt. Doch ich weiß, dass die Allianz mir nur erneut Essen bringt, weil sie meine Magie benötigt, nicht weil es mir gut gehen soll. Dass sie mir derart zügig nach Shadows Befreiungsversuch wieder Nahrung vorsetzen, verrät mir, dass sie nicht mit einer baldigen Wiederholung rechnen. Wahrscheinlich haben sie die Sicherheitsvorkehrungen noch weiter erhöht ...

Mein Herz zieht sich schmerzvoll zusammen, als ich an meinen Familiar denke. An den gequälten Ausdruck im Gesicht, als er mich liegen lassen musste und durch die Tür verschwand. An sein Versprechen, dass er zurückkommen wird. Daran klammere ich mich mit aller Hoffnung, ungeachtet des Wissens, dass ein Fluchtversuch auch beim nächsten Mal scheitern wird. Die Allianz ist eine uralte Vereinigung verschiedenster Magier und deren Familiare. Ich kann mir nicht einmal vorstellen, über welche Kräfte sie verfügen. Dagegen sind mein Schatten-Familiar und ich nichts ... Ausgeschlossen, dass wir gegen eine solche Übermacht bestehen könnten.

Unvermittelt öffnet sich die Tür, ohne dass ich Schritte im Flur gehört habe, und zu meiner Verwunderung tritt Vater ins Zimmer. Ich setze mich hastig auf und unterdrücke einen Schmerzenslaut, als die geschundenen Gliedmaßen protestieren, doch ich werde keinerlei Schwäche zeigen. Meine Fassade ist alles, was ich noch habe. Ich werde ihm nicht die Genugtuung geben, mich am Boden zu sehen.

Doch das kleine Lächeln, das Vater aufgesetzt hat und mir die Nackenhaare zu Berge stehen lässt, bringt den Vorsatz gefährlich ins Wanken. Anscheinend ist die Schonzeit vorbei.

Vater schaut sich betont langsam im Zimmer um, ehe er sich wieder mir zuwendet. »Wie mir scheint, hat sich kein Schatten-Familiar hier versteckt.«

Obwohl ich genauso gut weiß wie er, dass ich allein hier und zudem schutzlos bin, versetzt mir seine Äußerung einen Stich. Ich bin bereits mindestens einen Tag von Shadow getrennt – abgesehen von den wenigen Minuten, als er mich retten wollte – und ertrage die Distanz zwischen uns kaum noch. Es ist ungewohnt, dass ich nicht ständig in seiner Nähe bin, und fühlt sich an, als fehlte ein wichtiger Teil von mir, ohne den ich nicht vollständig bin. Mit jeder Minute, die verstreicht, während ich allein und gefangen bin, gewinnt die unbändige Angst, dass ich Shadow nie wiedersehen werde, mehr und mehr die Oberhand. Ich kämpfe dagegen an, rede mir immer wieder ein, dass noch nichts zu spät ist und Shadow und Cal garantiert nicht zulassen werden, dass Lumia, Terra und mir etwas geschieht, aber … Ich spüre, dass mein innerer Kampf bald zugunsten der Zweifel fällt.

»Ich habe ein Geschenk für dich, meine Kleine«, sagt Vater, nachdem er sich eine Weile an dem Schmerz, der mir zweifelsohne ins Gesicht geschrieben stehen muss, gelabt hat.

Als ich ihn ansehe, drückt er die Tür ein Stück weiter auf und streckt mir die Hand entgegen. Ich kralle die Hände ins Laken und rühre mich keinen Zentimeter. Warum sollte er mir ein Geschenk machen wollen? Die Angst, dass er doch Shadow gefangen nehmen konnte, lässt mich kaum einen klaren Gedanken fassen.

»Es wird dir gefallen«, sagt Vater sanft, als ich seine Hand nicht ergreife. »Du darfst deinen Brüdern und deinem Familiar eine Nachricht schicken. Wie klingt das?«

Ich runzele die Stirn. »Warum sollte ich … ihnen eine Nachricht schicken wollen?«

Vater lässt die Hand sinken. »Warum nicht?«, entgegnet er. »Du könntest ihnen sagen, dass es dir gut geht und sie keine weiteren sinnlosen Versuche unternehmen sollen, ins Hauptquartier zu gelangen. Eine kleine Warnung, sozusagen.«

Wenn ich es nicht besser wüsste, würde ich sagen, dass Vater sich davor fürchtet, wozu Shadow und meine Brüder imstande sind. Würden sie zusammenarbeiten, wäre es ihnen möglich, die Sicherheitsvorkehrungen zu überwinden. Aber das wird nicht passieren … Zac steht auf der Seite der Allianz. Shadow muss sich die Magie, die ich ihm übertragen habe, einteilen. Und Cal … Ihm traue ich auch nicht zu, dass er ernsthaft gegen Vater vorgeht.

»Kommst du freiwillig mit oder muss ich dich dazu zwingen?«, knurrt Vater, dessen Miene jedwede aufgesetzte Liebenswürdigkeit verloren hat.

Mir gelingt es nicht, den Furcht einflößenden Mann vor mir mit dem fürsorglichen Vater in meinen Erinnerungen in Einklang zu bringen. Dieser Mann dort hat nichts mit dem gemeinsam, der mich, als ich klein war, auf seine Schultern setzte, damit ich über die Menge schauen konnte. Der sich auf meine Seite schlug, wenn Zac und Cal mich an den Haaren zogen oder ärgerten. Der mir jeden Abend über den Kopf strich und gute Nacht wünschte. Der mir das Fahrradfahren beibrachte und verwundert darüber war, dass ich nie stürzte.

Vater gibt ein unwirsches Schnauben von sich und ruft zwei weitere Männer herein, die bisher vor der Tür gewartet haben. Ich versteife mich, als sie sich mir nähern.

»Wagt es ja nicht, mich anzufassen!«, zische ich.

»Dann komm freiwillig mit und mach uns keine Schwierigkeiten«, sagt Vater ungerührt.

Bevor die Männer mich an den Armen packen können, stehe ich auf und weiche ihnen aus. Ein kurzer Blick Richtung Tür verrät mir, dass dort zwei weitere Handlanger warten. Insgesamt fünf Männer überrumpeln und ihnen entkommen zu können, ist ausgeschlossen.

Ich recke das Kinn und bedeute Vater, dass er vorausgehen soll. Ich folge ihm hinaus in den hell erleuchteten Flur und werde sogleich von den vier anderen Männern flankiert.

Mit jedem Schritt frisst sich die Angst vor dem, was mir jetzt bevorstehen mag, weiter durch die Eingeweide. Aber ich werde einen Teufel tun und die Allianz wissen lassen, wie sehr ich mich fürchte!

KAPITEL 18

Shadow

»Das ist Schwachsinn!«, grummelt Cal. »Bereits in der Schule bringen sie uns bei, dass eine Vermischung der Spezies nicht möglich ist. Wie soll Felicity dann die Tochter eines Familiars sein?«

Ich habe beide Hände so fest um die nächstbeste Stuhllehne gekrallt, dass mir die Finger schmerzen.

»Cal hat recht«, sagt Katie und wir drehen uns zu ihr um. »Was denn? Jetzt erzählt mir nicht, dass einer von euch dreien auch nur einen Gedanken an Verhütung verschwendet hat! Wie wahrscheinlich ist es, dass bei euch«, sie schaut zuerst Cal und dann Zac fest in die Augen, »in all den Jahren nichts passiert ist?« Ihr Blick huscht zu mir. »Und wenn auch nur die kleinste Möglichkeit bestünde, hätte Feli mich nach sämtlichen Verhütungsmethoden ausgequetscht, weil sie mit ihren Brüdern nicht darüber reden kann.«

Ich starre auf den Tisch und gebe vor, Zacs und Cals bohrende Blicke nicht zu bemerken.

»Jedenfalls ist das der Grund, der in Felis Akten dafür angegeben war, dass sie nicht über eine normale Schicksalsgabe verfügt«, sagt Zac und ich bin ihm dankbar, dass er nicht weiter auf das vorherige Thema eingeht. »Außerdem war er zu diesem Zeitpunkt kein Familiar mehr.«

»Sondern?«, will Cal wissen.

»Ein Mensch«, antworte ich. »Die Magie eurer Mutter muss ausgereicht haben, um seine Entwicklung abzuschließen.«

Zac nickt. »Es gibt keine Aufzeichnungen darüber, aber das ist die einzige Möglichkeit. Sie werden die Entwicklung eine Weile verheimlicht haben. Wahrscheinlich hat er vorgegeben, weiterhin ein Familiar zu sein.«

»Aber mit einer vollständigen Entwicklung muss er doch auch andere menschliche Bedürfnisse gehabt haben«, gibt Katie zu bedenken. »Er wird normale Nahrung benötigt haben und so weiter.«

»Eine Weile werden sie die Fassade aufrechterhalten haben«, murmele ich. »Durfte ihr Familiar die ganze Zeit über bei eurer Mutter bleiben, auch wenn sie im Hauptquartier war?«

»Davon gehe ich aus«, sagt Zac. »Sie wird ihn gebraucht haben, wie jeder Magier seinen Familiar braucht.«

Ich verziehe den Mund, als ich mir vorstelle, wie es für den unbekannten Familiar gewesen sein muss. Eingesperrt mit seiner Trägerin, die er liebte, während er zusehen musste, wie sie ein Kind nach dem anderen von einem Mann gebar, den sie verabscheute. Ich hätte es nicht gekonnt. Ich hätte niemals zulassen können, dass irgendwer Feli gegen ihren Willen berührt. Aber mittlerweile weiß ich, dass sich die Allianz absichert. Sie werden einen Weg gefunden haben, Felis Mutter und ihren Familiar ruhig zu halten – mit Versprechungen, Druck oder schlichtweg Angst.

»Warum kommt die Allianz mit solchen Machenschaften durch?«, fragt Katie. »Ich habe nicht viel mit ihnen zu tun – im Grunde gar nichts, denn ich bin keine Meister-Magierin. Deshalb habe ich mich nie groß mit der Allianz beschäftigt. Mir geht nur nicht in den Kopf, warum niemand etwas darüber berichtet.«

»Weil nur eine Handvoll Menschen davon weiß«, sagt Zac. »Und von denen stehen die meisten unter einem Erinnerungszauber, sodass sie nur einen Bruchteil dessen, was eigentlich vor sich geht, wahrnehmen. Wie es auch bei mir der Fall war. Ich wusste, dass ich Feli unter allen Umständen verbieten musste, einen eigenen Familiar zu bekommen, aber ich konnte mich beim besten Willen nicht daran erinnern, wieso ich diesen Entschluss fasste. Ich selbst schaffte es jedoch nicht, mich aus dem Zauber zu befreien. Nur durch Felis Nachfragen, warum es das Verbot gab, bekam er Risse.« Er schaut zu mir. »Ohne dich hätte sie nie so viel Selbstbewusstsein gehabt, um diese Fragen zu stellen.«

Meine Wut auf Zac verraucht ein Stück weit. Ich bin noch nicht bereit, ihm zu verzeihen, aber es gelingt mir nicht mehr, ihm die ganze Schuld an der momentanen Situation zuzuschieben. Auch er war nur eine Marionette der

Allianz und versuchte mit allen Mitteln seine Geschwister so lange wie möglich zu beschützen.

Der Familiar ihrer Mutter muss ähnlich gedacht und gehandelt haben. Ich kann mir gut vorstellen, dass sie versucht hat sich das Leben zu nehmen. Zu ihren Kindern durfte sie keinen Kontakt haben, sondern wusste, dass an ihnen Tests durchgeführt wurden. Der Einzige, der sie vor diesem Schritt bewahrt haben musste, war ihr Familiar.

»Was ist mit eurer Mutter geschehen?«, frage ich.

Zac senkt den Blick und ballt die Hände zu Fäusten. »Ich kenne nur die Akten und kann mich nicht daran erinnern, ihr je persönlich begegnet zu sein. Wahrscheinlich wird in den Akten viel weggelassen, was für die Allianz nicht von Belang ist, sodass ich mir eine Menge zusammenreimen musste. Aber ich gehe davon aus, dass Mutter bei dem Versuch, Feli vor der Allianz zu beschützen, ums Leben gekommen ist. Als die Allianz erfuhr, dass Feli nicht von Vater gezeugt wurde, werden die Mitglieder versucht haben sie zu beseitigen, da Feli für sie nicht das Ergebnis war, mit dem sie gerechnet haben. Wahrscheinlich lebt Feli nur noch, weil sie bereits nach ihrer Geburt testen konnten, über welche Magie sie verfügt. Es war ein glücklicher Umstand für die Allianz, dass Feli trotzdem die Schicksalsgabe in sich trug. Ihr habt die Narbe an Vaters Hals auch gesehen, oder?« Cal und ich nicken. »Ich gehe jede Wette ein, dass Mutter ihm die Verletzung zugefügt hat. Allerdings habe ich nichts Genaues darüber finden können.«

Gerade als ich den Mund öffne, um eine weitere Frage zu stellen, flackert unvermittelt der große Fernseher, der an der Wand gegenüber hängt, auf. Verwirrt schauen wir uns an, doch niemand scheint ihn eingeschaltet zu haben. Zunächst sehen wir nur ein Testbild, sodass ich drauf und dran bin, ihn wieder auszuschalten, als sich das Bild plötzlich ändert und Feli zeigt. Die Hand, die ich bereits nach der Fernbedienung ausgestreckt habe, erstarrt mitten in der Bewegung.

Mit einem Blick registriere ich die Situation und zwänge die Gefühle, die beim bloßen Anblick des Bildes in mir aufwallen, tief in mein Innerstes zurück. Ich beschränke mich darauf zu analysieren.

Sofort fallen mir ihre Hände auf, die vor dem Körper gefesselt sind. Ich kann keinerlei sichtbare Verletzungen ausmachen, was ich als gutes Zeichen werte. Mir entgehen auch nicht ihre gerade Haltung, das trotzig vorgereckte Kinn und der unnachgiebige Blick, mit dem sie in die Kamera schaut. Stolz flammt in mir auf und derselbe Satz, den ich vor vielen Jahren dachte, kommt mir wieder in den Sinn.

Meine stolze, furchtlose Prinzessin.

Manch andere würden weinen, flehen und schluchzen, aber Feli kniet nur da, hält den Kopf oben und verzieht keine Miene. Ich weiß, dass sie Angst hat. Ich sehe es an der Art, wie ihre Lippen eine Spur zu fest zusammengepresst sind, und an ihren verkrampften Schultern und Händen.

Doch gleichzeitig mit dem Stolz, den ich empfinde, wenn ich Felis Ausstrahlung betrachte, durchzucken mich Wut und Panik gleichermaßen darüber, dass ich erneut nicht an der Seite meiner Trägerin stehen kann, obwohl sie mich dringend braucht.

Wieder scheint die Allianz nichts dem Zufall zu überlassen. Zwar befinden sie sich mit Feli in einem anderen Raum, doch sie erhellt dasselbe Licht, das auch schon zuvor meine Kräfte verkümmern ließ. In Gedanken verfluche ich die Allianz auf alle erdenklichen Arten, die mir einfallen, während mein Mund so staubtrocken ist, dass ich kein Wort herausbekomme.

»Wie ihr seht, geht es eurer Schwester gut«, tönt es aus dem Fernseher und sofort erkenne ich den Sprecher als Zacs und Cals Vater. Kurz schwenkt er die Kamera zu sich, grinst und winkt, als wäre dies ein Urlaubsvideo, ehe er die Kamera wieder auf Feli richtet. »Wir hatten vorhin eine unschöne Begegnung mit ihrem Familiar und möchten eine Wiederholung vermeiden. Es ist für alle besser, wenn ihr euch ruhig verhaltet. Wir brauchen nur noch Ilena und Zac, dann können wir mit der zweiten Phase beginnen.«

Cal gibt ein Knurren von sich, als Ilenas Name fällt, und zieht sie näher zu sich. Die Wasserbändigerin sieht verwirrt aus und schmiegt das Gesicht gegen seine Schulter.

»Ihr seht, wir können uns keine Zwischenfälle leisten«, fährt ihr Vater fort. »Das ist meine erste und einzige Warnung an dich, Schatten-Familiar.

Ich bin im Allgemeinen nicht sonderlich gut auf euch menschenähnliche Familiare zu sprechen, deshalb würde es mir persönlich gut in den Kram passen, wenn du dich noch mal hier blicken lässt, aber die anderen Mitglieder der Allianz sind leider der Meinung, dass wir dich lieber nicht zum Feind haben sollten.«

Er packt Felis zusammengebundene Handgelenke und ruckt so stark daran, dass sie beinahe das Gleichgewicht verliert und vornüberkippt. Noch immer gibt sie keinen Ton von sich.

»Ich stimme der Ansicht meiner Kollegen zu«, sagt er. »Deshalb werde ich dafür sorgen, dass wir dich nicht mehr lange am Hals haben. Mir ist da vorhin etwas aufgefallen.« Seine Lippen verziehen sich zu einem gefährlichen Lächeln, bei dem es mir eiskalt den Rücken hinunterläuft. »Felicity besitzt ein gewisses Schmuckstück, das ich schon einmal gesehen habe.«

Blankes Entsetzen rauscht durch mich hindurch und scheint mein Blut in Eis zu verwandeln. Ein kurzer Blick in Felis Gesicht bestätigt mir, dass es ihr ebenso ergeht. Möglichst unauffällig legt sie eine Hand über die andere, um den Ring, der unsere Verbindung als Träger und Familiar darstellt, zu verbergen. Doch der Mann, der nicht ihr Vater ist, bemerkt es und zerrt die schützende Hand mit Gewalt weg.

»Nein!«, zischt Feli. »Nimm die Finger von mir!«

Noch immer klingt sie nach außen hin nicht ängstlich, sondern kämpferisch, während ich einfach nur zum Zusehen verdammt bin. Mit den gefesselten Händen versucht Feli den Mann auf Abstand und vom Ring fernzuhalten. Schließlich kommt ein vermummter Handlanger der Allianz ins Bild und packt sie an den Oberarmen, um sie ruhig zu halten.

Im Raum um mich herum ist es derart totenstill, dass Felis ausgestoßene Drohungen unnatürlich laut in meinen Ohren klingeln. Aber es ist ein anderer Laut, der sich mir auf ewig ins Gedächtnis brennen wird und mich den Verstand verlieren lässt.

Das Knacken von Felis brechendem Finger, als der Mann ihr den Ring mit Gewalt entwendet.

Katie, die neben mir steht, schlägt sich mit einem halb unterdrückten Aufschrei die Hände vor den Mund. Zac springt von dem Stuhl auf und Cal lässt die Faust auf den Tisch krachen.

Ich zittere am ganzen Körper, als ich in das schmerzverzerrte Gesicht meiner Trägerin starre, die sich auf die Unterlippe beißt, damit kein Laut ihren Mund verlässt. Schatten wabern aus mir heraus und meine Hände wandeln sich teilweise zu Klauen, die ich in den Stuhl, dessen Lehne ich noch immer umklammert halte, schlage. Ich bin derart außer mir vor Zorn, dass es mir nicht mehr gelingt, die menschliche Illusion vollends aufrechtzuerhalten. Katie weicht vor mir zurück.

Ich werde ihn umbringen. Das ist das Einzige, woran ich denke. Noch nie im Leben verspürte ich solchen Hass auf einen Menschen wie in diesem Moment. Selbst Kassandras Zurückweisung traf mich nicht in dem Maße wie die Abscheu, die ich dem Mann entgegenbringe, der gerade den Ring hochhebt und in die Kamera grinst, während sich Feli hinter ihm vor Schmerzen krümmt und die verletzte Hand mit der anderen umschlungen hält. Tränen rinnen ihr die Wangen hinunter.

»Wisst ihr, was das ist?«, fragt er. »Ein billiges Modeschmuckstück, das eure Mutter nach einem ihrer Freigänge angeschleppt hat. Es war ein Geschenk ihres Familiars. Es wundert mich nicht, dass sich der Ring nun im Besitz ihrer missratenen Tochter befindet.« Er gibt ein abschätziges Lachen von sich. »Aber nicht mehr lange.«

Er greift neben sich – außerhalb des Bildes – und fördert einen Hammer zutage. Ich schlucke krampfhaft, während ich dabei zusehen muss, wie er den Ring auf eine Metallplatte legt und mit dem Hammer ausholt.

»Nein!«, schluchzt Feli, die Augen panisch aufgerissen, während sie sich gegen die Umklammerung des Allianz-Handlangers wehrt. »Bitte nicht!«

Doch da saust der Hammer bereits hinab und zertrümmert das Glasschmuckstück in Tausende Splitter, die im unnatürlichen Licht des Raumes leuchten wie kleine Sterne.

In dem Moment, als der Ring zerstört wird, sacke ich auf die Knie und fasse mir mit beiden Händen, die nun wieder menschlich aussehen, an die Brust. Das Atmen fällt mir mit einem Mal schwer, doch am schlimmsten sind der dumpfe Schmerz, der plötzlich in mir tobt, und die Schwäche, die sich in mir ausbreitet.

Feli schreit in dem Moment, als der Talisman zertrümmert wird, auf und drückt den Rücken durch, ehe sie zur Seite kippt, ohne dass jemand da ist, der sie auffängt.

»Er hat es versprochen«, knurrt Zac. »Er hat mir versprochen, dass er Feli kein Haar krümmen wird.«

Jemand, wahrscheinlich ein weiterer Handlanger der Allianz, nimmt die Kamera und zoomt zuerst auf den zertrümmerten Ring und schließlich auf die schluchzende Felicity. Ich zwinge mich zurück auf die Füße, muss mich aber am Tisch abstützen, um nicht erneut das Gleichgewicht zu verlieren. Bereits jetzt spüre ich eine Art Sog, der mich aus dieser Welt herauszieht und zurück in die Nebenwelt schicken will. Mir bleibt keine Zeit …

Ohne einen besiegelten Pakt, gibt es für mich keine Möglichkeit, sehr viel länger hierzubleiben …

Katie packt mich an der Schulter und ich habe Mühe, mich auf ihr tränenverschmiertes Gesicht zu konzentrieren. Der Blick, mit dem sie mich bedenkt, ist jedoch hart und unnachgiebig. »Wie lautet dein Plan, um Feli und die Familiare zu retten?«

Auch Cal und sogar Zac wenden sich zu mir um. In ihren Mienen kann ich die gleiche grimmige Entschlossenheit wie in Katies Gesicht erkennen. Nur ich zweifele und zögere. Mir bleibt maximal ein Tag, wenn nicht sogar noch weniger, bis ich mich nicht mehr gegen den Sog wehren kann und zurück in die Nebenwelt muss. Unmöglich, dass es uns in dieser kurzen Zeit gelingt, das Hauptquartier zu stürmen und Feli, Lumia und Terra zu befreien! Ich fühle mich so schwach … Ein Zustand, der mir in all den Jahrtausenden meiner Existenz völlig fremd geworden ist. Selbst als ich mich wissentlich ins Exil zurückgezogen und geweigert habe, Magie aufzunehmen, fühlte ich mich nicht derart ausgelaugt wie jetzt.

Meine Lebensgrundlage wurde mir innerhalb einer Minute genommen. Die Verbindung zu Feli ist unwiederbringlich zerstört und das Wissen, dass ich nie mehr ihre köstliche Magie schmecken werde, nimmt mir fast die Luft zum Atmen. Alles, woran ich denken kann, ist, dass ich sie im Stich gelassen habe. Ich habe erneut darin versagt, meine Trägerin zu beschützen, und wieder werde ich deshalb verbannt.

Am Ende werde immer ich es sein, der zurückbleibt – ungewollt und allein in der Dunkelheit.

Mein Kopf ruckt zur Seite und augenblicklich brennt die Wange wie Feuer. Erschrocken starre ich die kleine Magierin mit dem »schönen Schein« an, die mir gerade eine schallende Ohrfeige gegeben hat.

»Hör sofort damit auf!«, zischt sie. »Sonst verpasse ich dir noch eine, ich schwör's! Wie kannst du jetzt nur aufgeben? Feli ist am Leben und sie braucht dich!«

Ich schlucke angestrengt. »Sie ist nur meinetwegen in dieser Situation«, sage ich heiser. »Wenn ich nicht Hals über Kopf ins Hauptquartier gegangen wäre ... Wenn ich von Anfang an nie dem Ruf des Mediums gefolgt wäre ...«

»Die Allianz hätte Feli früher oder später sowieso zu sich geholt«, widerspricht Zac. »Sie ist ein wichtiger Teil des Plans. Aber ...« Er verzieht den Mund. »Über die Jahre begann ich, unbequeme Fragen zu stellen, weshalb sie meine Erinnerungen bis zu einem gewissen Grad gelöscht oder beschönigt haben. Aber ich weiß mit Sicherheit, dass ich niemals zugestimmt hätte, wenn bei der Ausführung des Plans einem meiner Geschwister etwas geschehen wäre.«

Zac deutet auf den Fernseher, auf dem noch immer Feli zu sehen ist. Es zerreißt mir das Herz, sie weinend und zusammengekrümmt auf dem Boden liegen zu sehen, während sie die verletzte Hand umklammert hält.

»Meiner Schwester ist etwas geschehen«, fährt er unerbittlich fort. Ich will ihn anflehen, den Fernseher auszuschalten, damit ich das Bild nicht länger sehen muss, doch kein Wort kommt über meine Lippen. »Vater hat sie wissentlich verletzt, ohne dass es einen Grund dafür gab. An ihr sollte ein Exempel statuiert werden. Er nutzte Feli, um uns eine Warnung zu überbringen.«

Zac umrundet den Tisch, schiebt Katie sanft zur Seite und stellt sich direkt vor mich.

»Dass er sich Feli und nicht einen der Familiare ausgesucht hat, hat einen

Grund. Er weiß genau, dass sowohl Cal als auch ich an Feli hängen und nicht zulassen werden, dass ihr etwas geschieht. Vater hofft darauf, dass wir die Füße stillhalten, solange er sie in seiner Gewalt hat, aus Angst, dass er ihr noch mehr wehtun könnte.«

Ich balle die Hände zu Fäusten und zwinge mich, gleichmäßig zu atmen. Allein die Vorstellung, dass dieser Mistkerl Feli noch einmal anrühren könnte …!

»Wenn der Plan Erfolg hat«, murmelt Zac, »werden Cal und ich unsere Familiare nie wiedersehen.«

Cal gibt einen erschrockenen Laut von sich. Anscheinend wusste er bis eben nichts davon.

»Deshalb wäre es nicht zweckdienlich, wenn er Lumia oder Terra wählen würde, um uns einzuschüchtern. Aber indem er Feli verletzt hat, ist er zu weit gegangen! Er hat nicht nur damit gedroht, ihr etwas anzutun, sondern hat ihr den Finger gebrochen und obendrein auch den Talisman zerstört. Das lässt nur einen Schluss zu. Er hat vor, sie zu einer Abtrünnigen werden zu lassen.«

»Warum sollte er das tun?«, fragt Katie.

»Wahrscheinlich hat sich Feli geweigert, mit ihm zu kooperieren«, antwortet Zac. »Sie muss sehr viel Magie in sich haben, um zur Ausführung des Plans die Magie der vier Elemente zu bündeln. Wie ich Feli kenne, wird sie jedwede Nahrung verweigert haben und ihre letzten Magiereserven hat sie Shadow gegeben, als er versucht hat sie zu retten.« Er neigt den Kopf. »Wenn sie sich weiterhin weigert zu essen, wird es trotz künstlicher Ernährung Wochen dauern, bis ihre Magie den Stand vor dem Pakt mit Shadow erreicht.«

»Wir müssen sofort handeln!«, wirft Cal ein. »Wenn wir länger zögern, wird Feli …«

Zac dreht sich zum Fernseher um. Ich zwinge mich ebenfalls hinzuschauen. Feli liegt immer noch auf der Seite und umklammert ihre Hand, rührt sich jedoch ansonsten nicht. Den Blick hat sie ins Leere gerichtet und ihre Augen sind so glanzlos wie kurz nachdem sie ein fremdes Glimmen berührt und zu viel ihres Glücks verschenkt hat. Ich wünschte, ich könnte bei ihr sein … Sie berühren und heilen und ihr sagen, dass alles gut werden wird. Ich wünschte, ich wäre mit ihr fortgegangen, wie wir es vorgehabt hatten – irgendwohin, nur wir zwei. Weit weg, wo die Allianz sie nie gefunden hätte. Doch Feli dachte stets zuerst an das Glück ihrer Brüder als an ihr eigenes.

Der Fernseher schaltet sich wieder aus. Das schwarze Bild trifft mich beinahe noch härter als Felis gebrochener Blick, denn nun weiß ich nicht, wie es ihr geht und was sie ihr antun … Aber ich …

»Ich …« Meine Stimme gleicht einem Krächzen und ich muss mich räuspern. »Mir bleibt nicht mehr viel Zeit hier, und nun, da ich nicht mehr an meine Trägerin gebunden bin, verfüge ich nur noch über den Bruchteil meiner einstigen Kraft. Ich … bin euch keine Hilfe.«

Sofort packt mich Katie vorn am Shirt und schüttelt mich durch. »Sogar ich, die über keinerlei Kräfte verfügt, außer ihr eigenes Aussehen ändern zu können, werde Himmel und Hölle in Bewegung setzen, um sie da rauszuholen! Und dann willst du, der angeblich mächtigste Schatten-Familiar, den die Nebenwelt zu bieten hat, kneifen?«

Ihre Worte treffen mich härter, als ich es für möglich gehalten hätte. Ich will nicht kneifen! Mehr als alles andere auf der Welt will ich Feli beschützen und sie vor allem, was ihr schaden könnte, bewahren. Aber ich fühle mich dazu nicht in der Lage. Ich würde wieder versagen. Als Familiar bin ich eine Enttäuschung. Das wusste bereits Kassandra, deshalb hat sie mich fortgeschickt. Feli hätte es auch tun sollen … Ich bringe meinen Trägerinnen nur Unglück …

»Feli braucht dich, verdammt noch mal!«, knurrt Cal neben mir, als ich weiterhin schweige. »Sie wartet darauf, dass du kommst, um sie zu retten. Sie liebt dich und daran wird der zerbrochene Pakt nichts ändern.«

Er hat recht, das weiß ich. Sie alle haben recht. Doch es ist die Furcht vor einer erneuten Zurückweisung, die mich fest in ihren Klauen hält. Dass ich in die Nebenwelt muss, ist unausweichlich, aber ich fürchte mich davor, Feli in die Augen zu sehen und nichts als Enttäuschung darin zu erkennen.

Enttäuschung darüber, dass ich sie im Stich gelassen habe, als sie mich am dringendsten brauchte. Enttäuschung darüber, dass ich als ihr Familiar versagt habe. Ich fürchte mich davor, dass diese Enttäuschung das Letzte ist, was ich von ihr sehe, bevor ich diese Welt verlassen muss. Schlimmer noch als bei Kassandra würde mich dieser Anblick bis in alle Ewigkeit heimsuchen und endgültig verzweifeln lassen.

Doch wenn ich nicht gehe, um Feli zu retten, werde ich mir das nie verzeihen. Dann hätte ich tatsächlich versagt und wäre als Familiar eine Enttäuschung. Trotz der Furcht, die mich schier lähmt, werde ich die Frau, die ich von ganzem Herzen liebe, nicht im Stich lassen! Für mich mag es keine Rettung geben, aber ich werde alles daransetzen, Feli vor weiterem Unheil zu beschützen!

Ich schlucke die Ängste weitestgehend hinunter und wende mich an Zac. »Ich habe einen groben Plan, wie wir zumindest die äußere Verteidigung der Allianz umgehen können. Wenn wir diesen Blitzmagier unschädlich machen, sind die meisten Mitglieder nur Handlanger, die wir gemeinsam überwältigen können. Meine Kräfte sind schwach und werden erst recht nicht zu gebrauchen sein, sobald wir in den magisch beleuchteten Trakt kommen, wo sie Feli und die Familiare festhalten, aber ich werde euch so gut unterstützen, wie ich kann.«

Cal legt mir eine Hand auf die Schulter. »Gut, dass du wieder da bist, Mann! Für eine Minute hatte ich echt Angst, dass du Feli diesem Irren überlassen willst.«

»Entschuldigt«, murmele ich. »Wenn ein Pakt gewaltsam gebrochen oder einseitig aufgelöst wird, ist das ... ein traumatisches Erlebnis. Ich habe mich jedoch wieder gefangen.« Ich schaue zu Zac. »Kannst du uns kurz und knapp erzählen, was der eigentliche Plan der Allianz beinhaltet?«

Zac nickt. »Grob gesagt geht es ihnen darum, die Verbindung zwischen dieser und der Nebenwelt zu kappen.«

Katie zieht scharf die Luft ein. »Aber die Verbindung zwischen den Welten besteht schon ... seit Anbeginn der Zeit. Warum ist die Allianz der Meinung, das ändern zu müssen?«

»Die Mitglieder vertreten ... sehr radikale Ansichten, was die Reinheit der Magier angeht«, sagt Zac stockend. »Mittlerweile glaube ich, dass sie über keinerlei Skrupel verfügen, weshalb sie auch nicht vor Züchtungsprojekten wie dem mit Mutter zurückschreckten. Ich will mir nicht vorstellen, wie viele dieser oder ähnlicher Projekte es noch gibt … Jedenfalls will die Allianz mit allen Mitteln verhindern, dass noch mehr Familiare die letzte Entwicklungsstufe erreichen und sich mit den Menschen vermischen. Laut den Aufzeichnungen gab es im alten Griechenland noch heftigere Probleme als jetzt, weshalb bereits damals der Plan ausgeführt werden sollte. Es scheiterte jedoch am Trojanischen Krieg, während dem zahlreiche mächtige und für den Plan essenzielle Magier den Tod fanden.«

»Welche Probleme gab es damals?«, fragt Cal.

»Es soll wohl eine ganze Menge Familiare gegeben haben, die die letzte Stufe erreicht und sich anschließend mit menschlichen Magiern vermischt haben«, sagt Zac. »Das Resultat waren immer stärkere Magier, die als Halbgötter bezeichnet wurden. Sie waren nicht so stark wie die Magier der alten Zeit, aber sehr viel stärker als die menschlichen. Und sie wurden zum Problem. Einige Familiare kamen nicht in ihrer neuen menschlichen Hülle zurecht, in der sie auch noch über die Kräfte als Familiar verfügten. Sie waren … unkontrollierbar. Die Kämpfe und Kriege, die sie untereinander ausfochten, forderten unzählige Menschenleben. Und einige Magier waren sogar so stark, dass sie den ganzen Planeten hätten zerstören können.«

»Und die Allianz will das verhindern«, murmelt Ilena, die sich noch immer an Cals Seite schmiegt. »Damit die Welt nicht erneut von Kriegen und Katastrophen heimgesucht wird.«

Zac nickt. »Um die bereits zu starken Magier in der Zwischenzeit zu beschäftigen, damit sie nicht auf die Idee kommen, sich gegenseitig auszulöschen, rief die Allianz das Abtrünnigen-Programm ins Leben. Starke Gegner, die die Magier in Atem hielten und verhinderten, dass sie zu viele Fragen stellten.«

»Sie haben sie gegen ihresgleichen kämpfen lassen, damit ihnen … nicht langweilig werden sollte und sie sich nicht gegenseitig die Köpfe einschlugen?«, fasst Katie mit zweifelndem Unterton Zacs Erklärung zusammen. »Das ist echt krank!«

»Das kannst du laut sagen«, pflichtet Cal ihr bei.

»Es geht weiterhin das Gerücht um, dass die Allianz sogar einige weise Frauen auf ihrer Seite hat, um so die Verteilung der Familiare beeinflussen zu können«, sagt Zac. »Die Allianz setzt alles daran, die bestehenden Magier möglichst schwach zu halten.«

»Aber was haben sie davon, wenn sie die Welten voneinander trennen?«, fragt Ilena. »Würden dann nicht alle Magier früher oder später zu Abtrünnigen werden, weil sie keine Familiare mehr haben?«

Zac schüttelt den Kopf. »Nein. Denn sobald die Welten voneinander getrennt sind, wird die Magie gänzlich aus unserer Welt verschwinden. Wir alle würden unsere Kräfte verlieren und zu normalen Menschen ohne jegliche magische Begabung werden. Das ist die Nebenwirkung, die die Allianz billigend in Kauf nimmt, um die Familiare daran zu hindern, ihre Entwicklung abzuschließen. Lieber entziehen sie dieser Welt die Magie, als dass irgendwann zu starke Magier neue Kriege anzetteln.«

Das meinte Zac also damit, als er sagte, dass es Feli nach Beendigung des Plans besser gehen würde. Sie hätte ihre Gabe nicht mehr und könnte ein normales Leben führen, ohne durch das Glimmen beeinflusst zu werden. Aber ich bin mir sicher, dass es der Allianz nicht nur darum geht. Das ist nur ein Nebeneffekt, den sie mit einem Schulterzucken abtun. Ihr eigentliches Ziel ist jedoch etwas ganz anderes.

»Und sie vernichten die Rasse der Familiare«, murmele ich. »Wenn alle Familiare auf einen Schlag zurück in die Nebenwelt geschickt werden, sobald die Träger ihre magischen Kräfte verlieren, ist es nur eine Frage der Zeit, bis sie in der Nebenwelt keinerlei Nahrung mehr finden und verhungern. Indem sie die Welten voneinander trennt, verdammt die Allianz alle Familiare zum Tode.«

Zac nickt. »Und mit Vater, der persönliche negative Erfahrungen mit voll entwickelten Familiaren gemacht hat, hat die Allianz die perfekte Leitfigur gefunden. Einen charismatischen Mann, der die Vollendung des Plans mit allen Mitteln vorantreiben wird. Zweifler oder diejenigen, die nicht in allen Punkten übereinstimmten, wurden schon vor Jahren aus der Allianz verbannt. Er umgibt sich nur mit denen, die seine Ansichten teilen und bereit sind, alles Notwendige zu tun, damit die Auslöschung der Familiare gelingt. Selbst wenn das bedeutet, dass jeder Mensch seine Magie verliert.«

»Die letzte Prüfung«, murmelt Cal. »Wir mussten …«

Sein Blick huscht zu Katie, die keine Meister-Magierin ist, und ihm gelingt es nicht, ein weiteres Wort zu sagen, weil der Schweige-Zauber es verhindert. Doch die anderen von uns wissen, was er damit andeuten wollte. Die letzte Prüfung besteht für jeden Anwärter darin, seinen eigenen Familiar zu töten.

»Es ist alles von langer Hand geplant«, sagt Zac. »Die Prüfungen dienen dazu, uns auf den Ernstfall vorzubereiten. Wenn die Welten voneinander getrennt werden, kann es passieren, dass die für eine Weile verbleibenden Familiare die Kontrolle verlieren und ihre Träger …« Auch er verzieht den Mund und kann nicht weiterreden. Nach einem Seufzen fährt er fort: »Deshalb gibt es auch bei der letzten Prüfung eine andere Aufgabe für die Familiare. Bisher hat jeder Familiar wie erwartet reagiert. Anschließend hat die Allianz die gefilmte Prüfung den Magiern gezeigt.«

»Ich erinnere mich daran«, sagt Cal. »Und ich weiß noch, wie erschüttert ich darüber war, mit welch scheinbarer Leichtigkeit Lumia mich …« Er schluckt angestrengt. »Ich glaube, danach konnte ich ihr nie wieder vollends vertrauen, sondern hatte immer Angst, dass sie mir in den Rücken fällt, sobald ich mich umdrehe.«

»Ich habe die Prüfung bestanden«, sage ich. »Ich habe nicht reagiert, wie die Allianz es von mir erwartet hat.«

Zac nickt nach kurzem Zögern. »Ich habe die Aufzeichnungen gesehen. Damit hat die Allianz tatsächlich nicht gerechnet, und es hat sie derart verunsichert, dass die fünf Anführer beschlossen haben, ihren Plan vorzuziehen.«

»Ein Grund mehr, endlich zu handeln, nicht wahr?«, meint Cal. »Ich werde nicht zulassen, dass diese Idioten Lumia nicht nur für ihren Plan missbrauchen, sondern sie im Anschluss auch noch umbringen.«

Ich mustere Zac, der sich sichtlich Mühe gibt, meinem Blick nicht auszuweichen. »Du wusstest davon«, grolle ich. »Und trotzdem hast du ihnen deinen Familiar ausgeliefert. Du lässt wissentlich zu, dass Terra stirbt. Bedeutet sie dir wirklich so wenig?«

Er senkt den Kopf. »Nein«, wispert er, sodass ich ihn kaum verstehen kann. »Aber ich hatte keine Wahl. Ich tauschte Terra und Lumia gegen Feli und Cal ein. Indem ich versprach, dafür zu sorgen, dass alles nach Plan verlief, versprach Vater, meine Geschwister vor Tests und … einer Weiterführung des Züchtungsprogramms zu verschonen. Auch wenn Cals Magie nicht für den Plan verwendet werden kann, ist er für die Allianz immer noch wegen seiner Kraft und seines Stammbaums interessant, ebenso wie Feli. Die bloße Vorstellung, dass meiner kleinen Schwester das gleiche Schicksal wie unserer Mutter blühen könnte, ließ mich nahezu jedes Zugeständnis machen. Und auch mit Cal wären sie nicht zimperlich umgegangen … Also versprach ich ihnen, dafür zu sorgen, die drei Elemente, die für mich greifbar waren, nämlich Feuer, Erde und Luft, zusammen mit Feli jederzeit für die Ausführung des Plans bereitzuhalten. Im Austausch sicherte mir die Allianz die Unversehrtheit meiner Geschwister zu.« Er schluckt angestrengt. »Ich will Terra nicht verlieren. Ich will nicht, dass irgendein Familiar sterben muss. Aber wenn ich zwischen den Familiaren und meinen Geschwistern wählen muss, dann wähle ich meine Geschwister. Die Allianz hat keinen Zweifel daran gelassen, dass sie ihren Plan weiterverfolgen, sollten wir nicht mitspielen. Das würde bedeuten, dass ihre Mitglieder so lange weiterzüchten – vorzugsweise mit unserer Abstammungslinie –, bis die Magier mit den richtigen Elementen geboren werden und einsatzbereit sind.« Er strafft die Schultern. »Lieber wollte ich es jetzt beenden, als weiteren Generationen die Last aufzubürden, die ich seit Jahren mit mir herumtrage.«

Sosehr ich es auch versuche, es gelingt mir nicht, ihm den Hass entgegenzubringen, den ich ihm entgegenbringen möchte. Als Familiar kann ich ihm seinen Verrat vielleicht nie vergeben, aber ich verstehe ihn. Er war die ganze Zeit über allein, denn seine Geschwister wussten nichts von den Machenschaften der Allianz. Um sie zu beschützen, entschied sich Zac dafür, nach der Pfeife der Allianz zu tanzen.

Vor die Wahl gestellt würde auch ich jedweden Handel eingehen, um Feli vor Schaden zu bewahren.

Doch vorhin hat die Allianz einen Fehler begangen. Um seine Macht zu demonstrieren und seine Söhne einzuschüchtern, verletzte ihr Vater Feli vor unser aller Augen. Dadurch verlor er das einzige Bindeglied zu dieser Familie, denn Zac wird seinen Versprechungen keinen Glauben mehr schenken. Ich kann nur hoffen, dass es Zac dadurch, dass er Felis Verletzung mit ansehen musste, gelungen ist, die letzten Verbindungen zur Allianz zu kappen, sodass er sich zu nichts mehr verpflichtet fühlt.

Ich halte Zac die Hand hin und nach kurzem Zögern schlägt er ein.

»Dein Wissen über die Allianz und den Aufbau des Hauptquartiers wird uns von Nutzen sein, *Air Master*«, sage ich.

Ein zaghaftes Lächeln zupft an seinen Mundwinkeln. »Ich werde mein Bestes tun.«

Ich lasse seine Hand los und wende mich an Ilena. »Ich weiß, dass du dich davor fürchtest, mit uns zu kommen. Cal wird darauf achten, dass du in keine Kämpfe verwickelt wirst, aber du bist unser Trumpf, wenn es darum geht, die wichtigste Verteidigung der Allianz zu überwinden.«

Ehe ich zu weiteren Erklärungen ausholen kann, klingelt es an der Tür. Katie huscht aus dem Zimmer und kommt nur wenige Augenblicke später zurück. Ihr folgt das Medium.

Die weise Frau neigt den Kopf. »Ein Pakt wurde gewaltsam gebrochen«, sagt sie, während sie mich aus ihren milchigen Augen betrachtet. »Du wirst dich nicht mehr lange dagegen wehren können, in die Nebenwelt zurückzukehren.«

»Ich weiß«, grolle ich. »Aber wenn wir erneut kopflos losrennen, werde ich Feli wieder nicht retten können. Und eine dritte Chance werde ich nicht bekommen. Deshalb versuche ich, die Zeit, die mir noch bleibt, sinnvoll zu nutzen. Wir brauchen einen halbwegs vernünftigen Plan und diesmal muss ich mir die Zeit dafür nehmen, einen auszuarbeiten, anstatt wieder in einen Hinterhalt zu geraten.«

»Du bist sicher, dass du weiterhin hierbleiben willst?«, hakt das Medium nach. »Es wird schmerzhaft für dich werden, wenn du dich länger als vorgesehen hier aufhältst. Ich könnte dich gleich jetzt zurückschicken.«

Ich blecke die Zähne. »Ich habe Feli versprochen, dass ich zu ihr komme, um sie zu retten. Ich werde meine Trägerin nicht enttäuschen.«

Das Medium neigt den Kopf zur anderen Seite. »Genau genommen ist sie nicht mehr deine Trägerin. Und sie wird es nie wieder sein können.«

»Ich weiß«, flüstere ich, während ich die Luft ausstoße. »Aber das ändert nichts daran, dass ich die Frau, die ich liebe, beschützen will. Auch ohne Pakt bin ich ihr Familiar.«

Die weise Frau nickt, sichtlich zufrieden mit meiner Antwort. »Dann werde ich euch begleiten und sicherstellen, dass du so lange wie möglich in dieser Welt bleiben kannst. Du wirst die Zähne zusammenbeißen müssen. Außerdem werde ich nicht zulassen, dass die Allianz schalten und walten kann, wie es ihr beliebt. Einen Pakt gewaltsam und ohne Zustimmung wenigstens einer der Parteien zu brechen, ist ein schwerwiegendes Vergehen, das nicht ungesühnt bleiben darf.«

»Wir sollten unsere Kräfte schonen«, sagt Zac, nachdem er respektvoll den Kopf vor dem Medium geneigt hat. »Shadow kann uns nicht alle zum Hauptquartier bringen und auch ich kann nicht mehrmals fliegen, ohne Gefahr zu laufen, völlig entkräftet den Magiern der Allianz gegenüberzutreten.«

»Wir müssen also mit einem Taxi in die Stadt fahren«, murmelt Katie und tippt sich mit dem Zeigefinger gegen das Kinn. »Das dauert mindestens dreißig Minuten.«

»Zeit genug, um einen Plan auszuarbeiten«, sagt Cal. Dann sieht er mich an. »Hältst du solange durch?«

Ich schmunzele freudlos. »Ich werde erst verschwinden, wenn Feli in Sicherheit ist.«

KAPITEL 19

Felicity

Der Schmerz strahlt ausgehend von der Hand die Schulter hinauf und breitet sich im restlichen Körper aus. Doch das dumpfe Pochen ist nichts im Vergleich zu der Leere, die ich empfinde. Auch wenn er nicht bei mir war, konnte ich Shadows Magie stets in mir spüren. Manchmal nur wenig, wenn es länger her war, dass er sich genährt hat, doch sie war immer da, wirbelte neben meiner durch mich hindurch und schenkte mir Kraft und Zuversicht.

Jetzt ist da ... nichts. Nur meine Magie, die scheinbar antriebslos in mir herumwabert und jegliches Leuchten verloren hat.

Die Männer der Allianz haben mich zurück in das helle Zimmer geschleift und mich aufs Bett geworfen. Dort liege ich zusammengerollt zu einer Kugel und fühle mich innerlich hohl.

Unser Pakt ist gebrochen. Unwiederbringlich. Ich werde nicht länger den belebenden Rausch spüren, wenn Shadow sich an mir nährt. Unsere Magie wird sich nie mehr verbinden und zu einer stärkeren werden.

Für ihn gibt es nun keinen Grund, in dieser Welt zu bleiben. Keine Magie, die er von mir bekommen kann und die ihn am Leben hält. Wahrscheinlich ist er bereits zurück in die Nebenwelt gegangen, wo er auf einen neuen Träger wartet. Er wird nicht kommen, um mich zu retten. Ich bin allein.

Tränen fließen mir unaufhaltsam die Wangen hinunter. Sie sind ebenso kalt wie das Blut in meinen Adern. Doch ich friere nicht.

Ich fühle gar nichts mehr. Nur Leere und Einsamkeit. Das Wissen, dass ich alles verloren habe, was mir je etwas bedeutet hat, zieht mich weiter hinab in das bodenlose Loch, zu dem mein Innerstes geworden ist.

Ich höre auf, mich dagegen zu wehren, und versinke immer tiefer in der lockenden Dunkelheit, die mir den Schmerz – sowohl den körperlichen als auch den seelischen – nimmt und mich meine Trauer vergessen lässt.

KAPITEL 20

Shadow

Unser Plan – wenn man ihn denn so nennen kann – ist nur eine grobe Aufgabenverteilung. Schon der erste Schritt steht und fällt mit der bloßen Vermutung, die ich über den Blitzmagier habe. Wenn er sich uns gemeinsam mit dem Magier, der die Kräfte eines Familiars versiegeln kann, entgegenstellt, sind Cal und Zac die Einzigen, die etwas gegen ihn ausrichten können. Ilena ist noch nicht in der Verfassung zu kämpfen und Katie verfügt über keinerlei Angriffs- oder Verteidigungsmagie. Warum sie überhaupt mitgekommen ist, ist mir ein Rätsel, doch sie setzte sich einfach mit ins große Taxi und erstickte jedwede Widerworte von mir oder einem der anderen im Keim.

Sobald wir die äußere Verteidigung, dessen Kern der Blitzmagier darstellt, überwunden haben, wird Zac uns zu dem Trakt führen, in dem sie Feli, Lumia und Terra eingesperrt haben. Zac besitzt eine vollständige Freigabe für sämtliche Bereiche innerhalb des Hauptquartiers und kann sich dort frei bewegen. Wir müssen so lange wie möglich hinauszögern, dass die Allianz seinen Sinneswandel bemerkt. Das geht nur, wenn wir von vornherein wenig Aufsehen verursachen.

Es ist mitten in der Nacht, was uns in die Hände spielt. Das Hauptquartier wird zwar immer noch gut bewacht sein, aber ich gebe mich der Hoffnung hin, dass die Mitglieder der Allianz davon ausgehen, ihre Machtdemonstration hätte uns eingeschüchtert und wir würden keinen Gegenschlag planen.

Das Medium wird die Anführer ablenken, sofern um diese Uhrzeit welche von ihnen im Hauptquartier anzutreffen sind, und Katie wird sich um die Wachmänner kümmern. Ilena wird mit dem Blitzmagier beschäftigt sein, falls sich die Vermutung, die ich über ihn habe, bewahrheitet. Ich hoffe, dass

Cal sich von ihr losreißen und Zac und mir folgen wird, um die drei Frauen zu befreien.

Katies Fee schwirrt hektisch um den Kopf ihrer Trägerin herum und auch Ilenas neuer Familiar Fulgur regt sich unruhig an ihrem Hals.

Auch ich werde von Minute zu Minute nervöser und muss mich davon abhalten, den Taxifahrer anzuschreien, er soll verdammt noch mal auf die Tube drücken. Mir läuft die Zeit davon. Ich spüre, wie der Sog stärker wird, und ich muss mich immer mehr darauf konzentrieren, in dieser Welt zu verbleiben. Als Kassandra den Pakt löste und mich zurückschickte, war ich darauf nicht vorbereitet und konnte mich nicht dagegen wehren. Diesmal musste ich zusehen, wie der Pakt mit Felicity mit Gewalt gebrochen wurde. Wenigstens bleibt mir dadurch die Möglichkeit, noch hierzubleiben, bis ich alles erledigt habe.

Ich weiß, dass dieser Rettungsversuch meine letzte Chance ist. Wenn wir scheitern, werde ich nicht mehr genügend Zeit haben, einen neuen Versuch zu wagen. Ich muss mir die Kräfte einteilen und darf nur Magie benutzen, wenn es sich nicht vermeiden lässt. Keine Schattenblitze. Keine Schattensprünge, auch wenn ich gerade eine Menge dafür gäbe, schneller als mit dem Taxi ans Ziel zu kommen. Selbst wenn ich zügig und problemlos zu Feli gelange, kann sie mir ohne Pakt und Talisman keine neue Magie geben.

Dennoch verspüre ich keine Angst; nur Wut und Trauer vermischen sich in mir und ich zwinge mich dazu, der Wut den Vorzug zu geben. Zum Trauern bleibt mir genug Zeit, wenn ich in der Nebenwelt einsam und langsam sterbe.

***

Der Taxifahrer hält wie von uns verlangt eine Querstraße vom Hauptquartier entfernt. Das Herz schlägt mir bis zum Hals, als wir das Fahrzeug verlassen und zum letzten Mal die Aufgabenverteilung durchgehen. Auch Felis Brüdern sehe ich an, dass sie unter Strom stehen: Sie haben die gleiche Unart wie meine Trägerin und spielen nervös mit dem Saum ihrer Shirts, während sie sich sichtlich bemühen, eine neutrale Miene zu wahren.

»Also, meine Herren«, sagt Katie und reckt die Stupsnase in die Luft. »Ich erwarte, dass die Rettungsmission ein voller Erfolg wird. Wehe, ihr kommt ohne meine beste Freundin und eure Familiare zurück!«

Ohne unsere Antwort abzuwarten, wendet sie sich um und schreitet auf den beleuchteten Eingang des Hauptquartiers zu, als würde sie über einen Laufsteg flanieren. Mit angehaltenem Atem beobachten wir, wie die Schiebetüren sich öffnen und Katie mit einem breiten Lächeln auf den vollen Lippen zu den beiden Wachmännern geht.

»Das ist unsere Chance«, wispere ich.

Katie hat es mir erklärt. Durch ihre Gabe des »schönen Scheins« kann sie für die Dauer eines kurzen Zeitfensters das Licht um sich herum brechen und verzerren, sodass jeder, der auch nur einen flüchtigen Blick auf sie geworfen hat, nur sie wahrnimmt und nichts, was um ihn herum geschieht. Wir haben nur dieses Zeitfenster, um ungesehen mit Zacs Hilfe in die unteren Ebenen des Hauptquartiers zu gelangen, also setzen wir uns zügig in Bewegung und betreten hinter Katie die Eingangshalle.

Unauffällig winkt sie uns vorbei, während sie sich mit der anderen Hand eine Haarsträhne um den Zeigefinger wickelt. Die Blicke der Wachmänner wirken entrückt und völlig verklärt, während sie einzig und allein Katie anschauen, ohne von uns, die wir nur zwei Meter neben ihnen vorbeigehen, Notiz zu nehmen.

Erst nachdem Zac an einer verschlossenen Stahltür einen Code in das nebenstehende Bedienfeld eingibt und die Tür sich mit einem leisen Zischen öffnet, erlaube ich mir, wieder durchzuatmen.

Ich lasse Zac, Cal und Ilena den Vortritt. Das Medium bleibt mit Katie zurück, um für weiteren Aufruhr zu sorgen, sobald Katies Blendungszauber seine Wirkung verliert.

***

Zac ist der Einzige, der sich innerhalb des Gebäudekomplexes zurechtfindet. Ich muss darauf vertrauen, dass er uns nicht in eine Falle lockt, sondern sowohl seine Schwester als auch die Familiare retten will. Doch wenn ich ehrlich bin, fällt mir das schwer. Hinter jeder Biegung des Korridors erwarte ich einen Angriff. Sobald wir durch eine Tür gehen, rechne ich damit, dass er uns irgendwo einschließt.

Doch nichts dergleichen geschieht und ich beginne mich zu entspannen, sofern das in meiner Situation möglich ist.

»Ich hätte nie gedacht, dass es so viele unterirdische Ebenen gibt«, murmelt Cal, als wir mit einem Fahrstuhl scheinbar endlos tief hinabfahren.

»Kaum einer weiß davon«, sagt Zac, während er den Blick starr auf die LED-Anzeige, die die momentane Etage anzeigt, gerichtet hält. »Ich habe eine Menge Zeit hier unten verbracht und musste zwischen den Testergebnissen lange warten, sodass mich die Mitarbeiter manchmal herumführten, als ich jünger war. Nicht alle vertraten Vaters Ansichten und sahen in mir ein Kind, das ohne seine Eltern aufwachsen musste. Doch diese Mitarbeiter blieben meist nicht lange … Ich kann mich nicht daran erinnern, je zweimal hintereinander mit demselben Wissenschaftler gesprochen zu haben.«

Der Fahrstuhl hält und die Tür öffnet sich mit einem lauten *Ping*, was mich zusammenzucken lässt.

Doch Zac beruhigt mich. »Um diese Uhrzeit sind keine Wissenschaftler im Gebäude. Auch sie haben Familie und ein Leben abseits der Allianz. Nur Vater und die anderen vier Anführer sind fanatisch genug, um ihre Pläne Tag und Nacht voranzubringen.«

Er verlässt den Fahrstuhl und wir folgen ihm in ein Labor. Vereinzelte Lampen, die knapp über dem Boden angebracht sind, tauchen den Raum in ein diffuses Licht und weisen uns nur spärlich den Weg zwischen den mit Reagenzgläsern beladenen Tischen und allerlei technischen Geräten hindurch. Als ich mich umblicke, entdecke ich an den Seiten kleine Kammern, die mit Gitterstäben versehen sind.

»Ist es das, wofür ich es halte?«, frage ich.

Zac folgt meinem Blick und nickt dann. »Darin haben sie ihre Testobjekte gefangen gehalten. Ich bin mir sicher, dass auch Mutter einen Großteil ihres Lebens in einem solchen oder ähnlichen Gefängnis zubringen musste.«

Je länger ich mich in diesem kalten Raum voller Technik und stummem Horror aufhalte, desto mehr kann ich Zacs Entscheidung verstehen. Nachdem ich das, wozu die Allianz fähig ist, mit eigenen Augen gesehen habe, würde ich auch jedwedes Zugeständnis machen, um die, die mir wichtig sind, vor einem solchen Schicksal zu bewahren.

Eine weitere Etage tiefer, die wir über ein Treppenhaus erreichen, werden wir im Korridor erwartet.

»Dachte ich es mir doch, dass es ungewöhnlich ist, wenn Zacharys Zugangskombinationen um diese Uhrzeit im System auftauchen«, sagt der Blitzmagier, der sich uns mit verschränkten Armen in den Weg stellt. Sein Gesicht ist teilweise von einer Kapuze verhüllt; der Rest liegt im Schatten des spärlich beleuchteten Flurs. Aber ich habe ihn eindeutig an seiner Stimme erkannt. Möglichst unauffällig sehe ich mich um, kann aber keine weiteren Allianz-Handlanger entdecken. Allerdings bezweifele ich, dass er so dumm ist, sich uns vieren allein entgegenzustellen.

Ich kann genau den Augenblick benennen, wann er Ilena bemerkt. Seine Haltung wirkt plötzlich derart steif, dass es mir trotz der bodenlangen Kutte auffällt. Mein Herzschlag legt einen Zahn zu, während ich gleichzeitig hoffe, keinen Fehler begangen zu haben. Doch unser Gespräch während meines letzten Rettungsversuches lässt keinen Zweifel zu.

Dieser Mann dort vorn ist kein Magier.

»Warum bringt ihr sie hierher?«, fragt er barsch. Beinahe meine ich, das anschließende Zähneknirschen trotz der mehreren Meter Abstand hören zu können.

»Um eine Theorie zu überprüfen«, antworte ich so ruhig wie möglich. »Du kennst Ilena, nicht wahr? Du hast sie schon zuvor gesehen, ehe du in der Villa warst.«

»Warum sollte er Ilena kennen?«, zischt Cal leise neben mir, doch ich ignoriere ihn.

»Wie auch schon bei unserem letzten Gespräch bin ich immer noch der Meinung, dass ein Familiar seinen Träger beschützen muss«, sage ich.

Der Blitzmagier gibt ein Schnauben von sich. »Nicht jeder Träger ist der Treue eines Familiars wert!«

»Und wiederum andere sind es«, entgegne ich. »Wie lange dienst du der

Allianz bereits? Müsstest du nicht wissen, wozu die Mitglieder fähig und wie weit sie zu gehen bereit sind?« Ich mache einen Schritt auf ihn zu. »Weit genug, um den Pakt zwischen Träger und Familiar gewaltsam zu brechen.« Ich mache einen weiteren Schritt. »Weit genug, um einen Träger von seinem Familiar zu trennen und ihm die Erinnerungen an die gemeinsame Zeit zu rauben.« Nach einem weiteren Schritt stehe ich beinahe vor ihm. »Es ist nicht fair von dir, andere für die Verfehlungen der Allianz verantwortlich zu machen.«

Er zieht scharf die Luft ein. »Es ging so einfach«, presst er schließlich hervor. »Innerhalb von Sekunden war alles anders. Wenn es …« Er senkt den Kopf. »Wenn es zwischen uns so etwas wie Treue und eine tiefere Verbindung gegeben hätte, hätte es nicht so einfach sein dürfen!«

»Die Allianz ist mächtig, so ungern ich das auch zugebe«, sage ich leise. »Innerhalb weniger Augenblicke hat ihr Anführer alles zerstört, was mir wichtig war. Nur eines ist mir geblieben: Felicity. Ich werde nicht ohne sie gehen.«

Er hebt den Kopf. »Du verfügst über keinen Pakt. Warum kannst du noch hier sein?«

»Die Frage kann ich gerne zurückgeben. Du scheinst einen Pakt zu haben, aber dein Träger wird dich schon lange nicht mehr mit Magie versorgt haben. Zumal deine Trägerin die letzten Tage in unserer Gesellschaft war. Wenn du ein und aus gegangen wärst, hätten wir das bemerkt.«

»Seine Trägerin?«, fragt Zac verwirrt.

Ich ignoriere ihn und mache einen Schritt zur Seite, sodass der Blitzmagier freie Sicht auf Ilena hat. »Wie du siehst, geht es ihr gut. Sie konnte sich weitestgehend von den Nachwirkungen des Magieüberschusses erholen und wir haben sie gut behandelt.« Ich wiege den Kopf hin und her, als ich an die Schattensprünge mit ihr denke, bei denen es mir vielleicht ein bisschen zu viel Spaß gemacht hat, sie zu ärgern. »Meistens, zumindest.«

Ilena klammert sich an Cals Arm und scheint nichts von dem, worüber wir uns unterhalten, zu verstehen. Zwar hat der Erinnerungszauber, der auf ihr lastet, bereits Risse bekommen, aber er ist noch intakt.

»Willst du ihr nicht wenigstens Hallo sagen?«, frage ich schließlich, als sich keiner der Anwesenden rührt.

Mir läuft die Zeit davon, aber in aller Eile darf ich ihn nicht unterschätzen. Mit ihm steht und fällt die Verteidigung des Hauptquartiers. Der andere Magier, der meine Kräfte als Familiar versiegeln kann, ist nur für mich gefährlich. Wenn sich jedoch der Blitzmagier gegen uns stellt, verbrauchen wir zu viel Magie, die wir an anderer Stelle dringender benötigen. Im engen Flur, wo wir uns befinden, nützen uns Zacs Kräfte wenig; außerdem hat er kaum noch Magiereserven, da er Terra versorgt hat, bevor die Allianz sie mitnahm. Bliebe nur noch Cal ... Ich kann nicht einschätzen, wie er reagiert, wenn ich mit meiner Vermutung richtigliege, doch ich vertraue auf Felis Gabe, worauf auch immer sie zurückzuführen ist. Sie hat das identische Glimmen von ihm und Ilena gesehen und darauf reagiert.

Die Hände des Blitzmagiers zittern, als er nach der Kapuze greift und sie zurückschlägt. Im ersten Moment bin ich überrascht über das doch eher durchschnittliche Gesicht, denn ich habe ihn mir anders vorgestellt. Mit kantigeren Konturen. Sein Blick liegt auf Ilena, doch ich bin mir sicher, dass er registriert, wie nah sie bei Cal steht und dass sie sich an ihn klammert.

Zunächst geschieht nichts und ich befürchte schon, dass ich mit meiner Vermutung danebenlag und wir doch noch einen Weg finden müssen, ihn zu besiegen, um weiter im Gebäudekomplex vordringen zu dürfen.

Aber dann gibt Ilena einen gequälten Laut von sich und greift sich mit beiden Händen an den Kopf.

»Was ist mit ihr?«, fragt Cal. »Warum hat sie plötzlich Schmerzen?«

»Der Zauber, der die Erinnerungen an ihr früheres Leben versiegelt hat, ist gebrochen«, sagt Zac. »Aber ... wodurch?«

»Durch ihn«, antworte ich und deute mit einem Kopfnicken auf den Blitzmagier. »Er ist ihr Familiar.«

KAPITEL 21

Shadow

»Du meinst …«, setzt Cal an, bricht dann jedoch ab, während sein Blick wild zwischen Ilena, Fulgur und dem Blitzmagier hin- und herhuscht.

»Also hatte sie auch einen menschenähnlichen Familiar«, murmelt Zac. »Wie ist dein Name?«

»Flash …«, wispert Ilena, als sie den Kopf hebt. Nach und nach verschwindet der Schmerz aus ihrer Miene.

Der Familiar neben mir hebt einen Mundwinkel zu einem vorsichtigen Lächeln. Ich bezweifele, dass Flash sein richtiger Name ist – genau wie Shadow nicht meiner ist –, aber es ist der Name, dem ihm seine Trägerin gegeben hat.

»Was haben sie …?« Ilena blinzelt mehrmals hintereinander. Dann löst sie sich von Cal und macht einen unsicheren Schritt auf ihren Familiar zu.

Auch durch Flash geht ein Ruck, als wollte er auf seine Trägerin zugehen, doch er stoppt, bevor er einen Schritt gemacht hat. Sein Blick fällt auf Fulgur, der nun ebenfalls neugierig den Kopf hebt.

»Ein anderer Familiar …?«, bringt er ungläubig hervor. »Du … hast mich ersetzt?«

»Nein!«, sagt Ilena sofort. »Ich … ich wusste nichts mehr von dir und … ich brauchte einen Familiar, um halbwegs klar denken zu können.« Sie legt eine Hand schützend auf Fulgurs geschuppten Körper. »Er ist noch sehr jung. Ich bin sicher, dass ich mich um euch beide kümmern kann.«

Sie streckt die freie Hand nach ihm aus, die Flash nach kurzem Zögern ergreift.

»Jetzt wird alles gut«, murmelt die Wasserbändigerin. »Ich erinnere mich wieder an dich. Du musst nicht mehr hierbleiben. Nun kann alles wieder so werden wie …«

Ich bin mir ziemlich sicher, dass Ilena *wie früher* sagen wollte, doch sie bricht im letzten Moment ab und zieht scharf die Luft ein, als würde ihr etwas einfallen, womit sie nicht umzugehen weiß. Als sie sich zu Cal umdreht, der verloren mitten im Flur steht und die Szene mit wachsender Sorge beobachtet, weiß ich genau, dass gleich ein Unglück passiert.

Das habe ich befürchtet ...

Hastig gehe ich dazwischen, ehe sich einer der drei bewegen kann. »Dafür haben wir jetzt keine Zeit«, sage ich in einem Tonfall, der keinen Widerspruch duldet. »Klärt das, wenn wir Feli, Lumia und Terra befreit haben, und schlagt euch von mir aus die Köpfe ein. Mich interessiert es dann nicht mehr. Aber mir rennt die Zeit davon! Kann ich auf euch zählen oder nicht?«

»Entschuldige«, murmelt Ilena und macht sich von Flash los. Dabei achtet sie peinlich genau darauf, weder ihn noch Cal anzusehen.

»Warum kannst du noch hier sein?«, fragt Flash. »Ich habe gesehen, wie der Anführer den Ring zertrümmert hat.«

Ich reibe mir mit einer Hand über die Brust. »Es wird schwerer. Wahrscheinlich bleiben mir nur noch wenige Stunden, bis ich völlig entkräftet bin. Aber bis dahin kämpfe ich mit allem, was mir möglich ist, gegen den Sog an, der mich zurück in die Nebenwelt ziehen will.« Ich lasse die Hand sinken. »Und was ist mit dir? Wie konntest du so lange ohne deine Trägerin überleben?«

»Die Allianz hat eine Technik entwickelt, mit der sie Familiare versorgen kann.« Er verzieht den Mund. »Allerdings ist es kein Vergleich zum Geschmack von echter Magie.«

Ich schmunzele. »Ja, ich weiß, was du meinst.«

»Diese neue Technologie hält mich und die anderen Familiare am Leben, aber ... Wir sind längst nicht so kräftig, als würden wir uns normal nähren. Dadurch hat die Allianz jedoch unsere Träger in der Hand.« Er wirft Ilena einen Seitenblick zu. »Indem sie uns bedrohen und von ihnen abschneiden, müssen wir ihnen gehorchen. Ohne unsere Träger kann uns nur die Technologie der Allianz mit Nahrung versorgen. Und unsere Träger wiederum tun alles, damit die Allianz verspricht, uns nichts anzutun.«

Ich erinnere mich daran, dass die Mitglieder der Allianz großes Interesse an mir bekundet haben, als wir ihnen zu Felis Prüfungen zum ersten Mal gegenüberstanden. Indem die Allianz systematisch die Magier herausfischt, die über menschenähnliche Familiare verfügen oder die auch davon abgesehen eine besonders starke Bindung zu ihren Familiaren haben, schafft sie sich gleich zwei unabhängige Armeen: Die Träger, die alles dafür tun, um ihre Familiare in Sicherheit zu wähnen, und die Familiare, die abgeschnitten von ihren Trägern keine andere Wahl haben, wenn sie nicht verhungern oder in die Nebenwelt zurückwollen.

Dumm sind die Mitglieder der Allianz nicht, das muss ich ihnen lassen …

»Erwarten uns im nächsten Trakt noch weitere Überraschungen?«, frage ich. »Oder bist du der Einzige, mit dem wir fertigwerden mussten?«

Flash verzieht den Mund. »Die Familiare werden meist noch weiter unten gefangen gehalten. Vor allem die, die nicht so kooperativ sind. Sie leiden. An vielen von ihnen werden Tests durchgeführt, die du dir in deinen schlimmsten Albträumen nicht vorstellen kannst. Deshalb … habe ich mit der Allianz zusammengearbeitet. Um es zu beenden.«

Mir verschlägt es einen Augenblick lang die Sprache. »Du … willst, dass die Welten getrennt werden.«

»Ich will, dass die Menschen aufhören, uns als seelenlose Werkzeuge anzusehen«, entgegnet Flash grimmig.

»Aber nicht alle Menschen sind so!«, sagt Zac.

Das bringt ihm allerdings ein freudloses Lachen von Flash ein. »Und so was kommt ausgerechnet von dir? Demjenigen, der freiwillig seinen Familiar ausgeliefert hat?« Er schüttelt den Kopf. »Verzeih, dass ich dir nicht glaube.«

»Auch für mich stand eine Menge auf dem Spiel«, erwidert Zac. »Ja, es stimmt, dass ich den einfachen Weg gewählt habe, aber mittlerweile habe ich verstanden, dass es der falsche war. Ich bin hier, um diesen Fehler wiedergutzumachen. Ich lasse nicht zu, dass die Allianz meine Schwester bedroht und verletzt. Und ich lasse mir auch nicht Terra von ihnen wegnehmen!«

»Wir können uns ändern«, sagt Cal und stellt sich neben Zac. Auch er vermeidet es, Ilena direkt anzusehen, doch ich erkenne deutlich den Schmerz in seinem Blick. »Wir können dafür sorgen, dass zukünftige Generationen nicht mit dem toxischen Wissen der Allianz aufwachsen. Wenn wir die Allianz stürzen, sind wir in der Lage, etwas Neues zu erschaffen. Eine Welt, in der Magiern nicht erzählt wird, dass Familiare nur ein Mittel zum Zweck sind.«

Flash verengt die Augen zu Schlitzen, während er die Brüder abwechselnd betrachtet. Dann huscht sein Blick zu mir. »Kaufst du ihnen das ab?«

Ich nicke, während ein schwaches Lächeln an meinen Mundwinkeln zupft. »Ich denke schon. Meine Trägerin scheint einen guten Einfluss auf sie gehabt zu haben. Vor einer Weile haben sie noch nicht so gedacht. Aber ich glaube, dass sie es begriffen haben. Die beiden sind mächtig und bekannt. Sie könnten tatsächlich eine Änderung bewirken. Wir sollten ihnen eine Chance geben.«

Flash mustert mich eine Weile schweigend, ehe er schließlich sagt: »Der Trakt, in dem deine Trägerin und die beiden Familiare festgehalten werden, ist unbewacht. Die Allianz ging nicht davon aus, dass ihr es wagen würdet, euch erneut hier blicken zu lassen. Ich war die einzige Verteidigung, aber ich werde euch nichts tun.« Er wendet sich Ilena zu. »Ihr habt mir meine Trägerin zurückgebracht und sie ist fast wieder sie selbst. Ich schulde euch etwas.«

Ich atme erleichtert aus, bevor ich mich Cal zuwende, der Flash mit solch einem stechenden Blick durchbohrt, dass der Familiar jederzeit tot umfallen müsste. »Klärt das bitte, wenn wir hier fertig sind«, sage ich und hebe begütigend die Hände.

»Ich hab ein Auge auf ihn«, verspricht mir Zac und deutet mit einem Kopfnicken zur Tür. »Geh und hol Feli! Cal und ich befreien unsere Familiare und dann sehen wir, wie wir den anderen Familiaren, die hier gefangen gehalten werden, helfen können.«

Im Vorbeigehen lege ich ihm die Hand auf die Schulter, ehe ich die Tür zum grell erleuchteten Trakt aufstoße.

***

Die Helligkeit brennt in den Augen, doch ich eile durch den langen Flur, ohne etwas um mich herum wahrzunehmen. Ich weiß genau, hinter welcher Tür die Allianz Feli festhält. Diesmal werde ich sie befreien!

Ich stoppe abrupt, als ich nur noch wenige Meter von der Tür entfernt bin. Mein Herz setzt für einen Schlag aus, als ich den Mann erkenne, der offenbar seelenruhig an der Wand lehnt und mein Kommen mit einem Grinsen und einer hochgezogenen Augenbraue bedenkt, als wollte er mich fragen, warum zum Geier ich so lange gebraucht habe.

Zac rennt beinahe in mich hinein. »Was ist los?«, fragt er. Kurz darauf zieht er scharf die Luft ein, als auch er den Mann bemerkt.

»Ich wusste, dass ihr kommt«, sagt Zacs Vater und macht eine wegwerfende Handbewegung. »Ihr seid so berechenbar, dass es schon fast langweilig ist. Aber wenigstens erspart ihr mir den Aufwand, zu euch zu kommen.«

»Wo ist Felicity?«, grolle ich.

»Zu dir komme ich gleich, Familiar, keine Angst«, murmelt er, während er seinen Sohn betrachtet. »Ich dachte, du wärst von unseren Ansichten überzeugt …?«

»Das war ich nie«, erwidert Zac kalt. »Aber im Gegensatz zu dir kann ich es nicht ertragen, wenn die, die mir etwas bedeuten, leiden müssen. Ich hätte auch jetzt noch die Füße stillgehalten, obwohl der Erinnerungszauber gebrochen ist, aber du warst so dumm und hast Felicity verletzt. Das verstößt gegen all unsere Abmachungen! Ich habe nur eine einzige Forderung gestellt: Halte meine Geschwister so lange wie möglich aus allem heraus und füge ihnen kein Leid zu.«

Der Anführer der Allianz wedelt wieder mit der Hand, als wollte er Zacs Einwand einfach beiseitewischen. »Sie hat sich geweigert, etwas zu essen. Ich stand also vor der Wahl, sie entweder zu mästen wie eine Weihnachtsgans – was mir, ehrlich gesagt, zu stressig und nervenaufreibend ist – oder die Verbindung zu ihrem Familiar zu kappen.« Plötzlich fällt sein Blick auf jemandem hinter mir. »Apropos Familiar. Wie passt du zu dieser winzigen Rebellengruppe, Flash? Ist das der Dank dafür, dass ich dich stets gut behandelt habe?«

»Es mag sein, dass ich nicht solche Gräueltaten erdulden musste wie manch andere Familiare in euren Laboren«, knurrt Flash. »Aber das bedeutet nicht, dass ich jemals mit euresgleichen sympathisiert habe!«

Der Mann vor uns gibt ein abfälliges Schnauben von sich, ehe er sich dem nächsten zuwendet. »Und was ist mit dir, Ilena? Ich habe dir eine Aufgabe gegeben, und obwohl du versagt hast, habe ich Nachsicht walten lassen. Nun stehst du auf der Seite derer, die dich tagelang gefangen gehalten haben.«

»Du hast mir meinen Familiar und die Erinnerungen genommen und mich zu einer Abtrünnigen gemacht«, zischt Ilena. »Erwartest du dafür ernsthaft Dankbarkeit von mir?«

»Ihr seid wahrlich eine illustre Truppe, das muss ich euch schon lassen. Dabei spielt ihr alle eine wichtige Rolle in diesem Plan«, entgegnet er. »Sogar du, Cal. Ihr seid allesamt essenziell und müsst euch nicht fürchten. Nun ja, bis auf euch Familiare, natürlich. Aber der Rest wird die Welt, die wir erbauen, erleben dürfen.«

»Du und deinesgleichen habt die Welt und die Wahrnehmung der Magier lange genug beherrscht!«, knurrt Zac.

»Dummer Junge«, spottet der Anführer der Allianz. »Hast du es immer noch nicht verstanden? Es ging nie darum, wer diese Welt beherrscht, sondern wer die nächste erschafft. Eine Welt ohne Magie und vor allem ohne Familiare, für die wir nichts als Nahrung sind und die sich unter uns mischen, sobald es ihnen möglich ist. Deren schlechtes Blut sich mit dem unsrigen vermischt, bis wir irgendwann keine Menschen mehr sind. Das dürfen wir nicht zulassen! Ich kann es gar nicht erwarten, dass ich keine dieser niederen Kreaturen mehr zu Gesicht bekommen muss. Unser Plan wird endlich Erfolg haben und ihr seid ein Teil davon. Ihr solltet euch glücklich schätzen.«

»Tun wir aber nicht!«, zischt Zac. »Wir werden weder unsere Familiare noch die Magie aufgeben!«

Der Anführer neigt den Kopf und ein Lächeln breitet sich auf den Lippen aus. »Was ist mit dir, Cal? Bist du auch der gleichen Meinung wie dein Bruder? Oder wäre dir eine Welt ohne Familiare lieber?«

Ich wage nicht zu atmen, als ich begreife, worauf er hinauswill, aber ich wage es auch nicht, mich umzudrehen und ihm den Rücken zuzuwenden. *Bitte, lass Cal nicht so dumm sein und darauf anspringen ...*

»Unser Plan hat den netten Nebeneffekt, dass der Weg für dich frei wäre«, fährt der Anführer fort. »Kein Nebenbuhler. Kein menschenähnlicher Familiar, der sich ständig an Ilenas Magie nähren müsste, während du weißt, dass die beiden eine gemeinsame und durchaus innige Vergangenheit haben. Du müsstest sie mit nichts und niemandem teilen.«

»Hör nicht auf ihn!«, beschwört Zac seinen Bruder. »Er will uns nur gegeneinander ausspielen. Das darfst du nicht zulassen!«

»Ist es wahr?«, fragt Cal heiser. »Müsste ich ständig in dieser Angst leben? Oder würdest du dich von vornherein für ihn entscheiden, jetzt, nachdem du dich wieder an ihn erinnern kannst?«

»Dafür ist gerade nicht der richtige Zeitpunkt«, grolle ich. »Denk an Lumia, die ebenfalls darauf wartet, dass du kommst, um ihr zu helfen. Sie hat sich als Köder angeboten, weißt du noch?«

»Ihr seid mir eine schöne Truppe!«, spöttelt der Anführer. »Ein, zwei Sätze von mir und eure Entschlossenheit wankt. Es ist wahrlich zu köstlich, euch zuzusehen. Und …« Er macht einen Schritt zurück und öffnet die Tür zu Felis Zelle. »… ich habe da noch etwas, um euren Zusammenhalt weiter bröckeln zu lassen.«

Ich höre ihm nur mit einem halben Ohr zu. Auch die Wortgefechte, die hinter mir stattfinden, bekomme ich nicht mehr mit. Stattdessen stürze ich nach vorn auf die geöffnete Tür zu, hinein in den Raum, in dem Feli auf mich wartet. Die ganze Zeit über habe ich keinen Angriff gewagt, da ich noch nicht abschätzen kann, wie weitreichend die Magie des Anführers ist und was sie genau bewirkt. In meinem geschwächten Zustand bin ich kein Gegner für ihn, deshalb musste ich mich so kurz vor dem Ziel im Hintergrund halten. Doch nun macht er mir freiwillig den Weg frei! Er scheint uns komplett zu unterschätzen, aber das kümmert mich nicht. Ich denke nur daran, zu Feli zu gelangen und endlich wieder bei ihr zu sein. Und ich werde sie hier herausholen und in Sicherheit bringen!

»Feli!«, rufe ich, als ich in den Raum stürme.

Ich halte mich nicht damit auf, den erleuchteten Raum nach möglichen Fallen abzusuchen. Hinter der Tür könnte ein Handlanger der Allianz warten und mich niederstechen, aber an nichts dergleichen verschwende ich einen

Gedanken. Ich habe nur Augen für meine Trägerin, die mit gesenktem Kopf auf dem Bett an der anderen Seite des Zimmers sitzt. Als sie mich bemerkt, hebt sie ihn leicht an, ohne dass ich jedoch viel von ihr erkennen kann. Aber ich sehe alles, was ich sehen muss: ihre tränenverschmierten Wangen, das zerzauste Haar und nicht zuletzt den gebrochenen Finger, der nicht behandelt wurde und in einem seltsamen Winkel absteht und sich bereits verfärbt. Mir bricht schier das Herz, als mir klar wird, dass ich ihre Verletzung nicht mehr heilen, ihr nicht mehr die Schmerzen nehmen kann …

Ich eile auf sie zu und knie mich vor sie, während ich behutsam ihre Hände in meine nehme, wobei ich darauf achte, den gebrochenen Finger nicht zu berühren.

»Ich bin hier«, wispere ich mehrmals hintereinander, bis meine Stimme bricht.

Ich würde ihr gern mehr sagen, ihr alles versprechen, aber etwas anderes als diese simplen drei Worte kommen mir nicht über die Lippen. Und selbst zu ihnen muss ich mich zwingen, denn mit jedem Mal, dass ich sie ausspreche, hören sie sich falscher an.

Jetzt bin ich zwar hier, aber wo war ich, als Feli allein mit dem Anführer und weiteren Schergen der Allianz in dem Raum war und dabei gefilmt wurde, wie sie ihr wehtaten? Meine Trägerin war tapfer und zeigte keine Angst. Sie nun derart gebrochen und am Ende zu sehen trifft mich heftiger, als ich es vermutet hätte, denn ich weiß, dass ich eine Mitschuld an ihrem Zustand trage. Ich hätte sie nicht allein lassen, sie nicht zurücklassen dürfen! Nie hätte ich zulassen sollen, dass die Allianz auch nur einen Finger an sie legt.

Ich schlucke die Selbstzweifel hinunter, die mich von innen her aufzufressen drohen, und zwinge mich dazu, mich auf die Zukunft zu konzentrieren. Ich helfe niemandem damit, wenn ich mich in den wenigen Stunden, die mir noch in dieser Welt bleiben, selbst bemitleide – Feli am allerwenigsten.

Da sie bisher nicht reagiert hat, umschließe ich ihr Gesicht mit beiden Händen und wische mit den Daumen die gröbsten Tränenspuren fort. Dann drücke ich ihren Kopf ein Stück nach oben.

»Hey, Kleines«, murmele ich. »Ich bin hier. Jetzt wird alles …«

Ich verstumme. In dem Moment, als sich unsere Blicke begegnen, fühle ich mich, als fiele ich in ein bodenloses Loch. Nichts zählt mehr, weder die Zankerei, die noch immer aus dem Flur ins Zimmer dringt, noch der Anführer, dessen erdrückende Präsenz ich nun im Rücken spüre. Die Welt um uns herum scheint zum Stillstand gekommen zu sein.

»Nein«, hauche ich. Noch ehe ich das eine Wort zu Ende gesprochen habe, verkommt meine Stimme zu einem Krächzen. Kraftlos sinken meine Hände hinunter – fast so, als hätte man bei einer Marionette die Fäden durchtrennt.

»Hätte ich dir das vorher sagen sollen?«, fragt der Anführer hinter mir in lässigem Tonfall. »Ich wollte euch nicht im Weg stehen, schließlich seid ihr wegen Felicity hier. Du hättest nur nett fragen müssen, dann hätte ich dich sofort zu ihr gelassen. Die Frage ist nur ... ob sie dich auch erkennt.«

Erst nach und nach ergeben seine Worte einen Sinn für mich, während ich unter dem leeren, aber gleichzeitig eiskalten Blick meiner Trägerin erschaudere.

KAPITEL 22

Shadow

Ich bin unfähig, den Blick von Feli abzuwenden. Dabei kribbeln meine Hände vor Verlangen, den Anführer so lange zu würgen, bis er es rückgängig macht. Es ist mir egal, wie. Aber es muss … Es muss einen Weg geben!

Mein ganzer Körper ist von einer Gänsehaut überzogen, ausgelöst allein durch Felis kalten Blick, in dem keinerlei Erkennen liegt. Keine Wärme, keine Emotionen, kein Funkeln. Ich schlucke angestrengt. Einmal habe ich diesen Blick bereits gesehen – in der Simulation der letzten Prüfung.

Aber das hier ist real! Und es sind erst wenige Stunden vergangen, seit die Allianz den Talisman zerstört hat. In solch kurzer Zeit kann Feli unmöglich …

»Bist du überrascht, Familiar?«, fragt der Anführer von der Tür aus. »Du solltest es sein, denn ich bin es ebenfalls. Eine derart schnelle Wandlung eines Magiers zu einem Abtrünnigen habe ich noch nie gesehen. Selbst bei Ilena, die eine ähnliche Bindung zu ihrem Familiar hatte, dauerte es Tage.«

Ich schüttele leicht den Kopf. Die bloße Vorstellung, dass meine Trägerin – meine Feli, der gütigste Mensch, der mir je begegnet ist – zu einer Abtrünnigen geworden sein soll, versetzt mir einen Stich. Sie nun vor mir zu sehen und unter ihrem Blick zu erschaudern, ist zu viel für mich.

Ich zwinge mich dazu, wieder die Arme zu heben, und packe Feli an den Schultern. »Wach auf, Feli!«, sage ich eindringlich. »Du weißt, wer ich bin.« Sie reagiert nicht. Ich bekomme kaum noch Luft. »Deine Brüder sind auch hier«, versuche ich erneut zu ihr durchzudringen.

»Gib dir keine Mühe«, sagt der Anführer. »Selbstverständlich waren wir nicht so dumm, dich oder ihre Brüder als Auslöser zu nehmen, damit der Zauber Risse bekommen kann. Sie wird euch nicht erkennen, ganz gleich wie sehr du sie anflehst. Wir mussten natürlich ihre Erinnerungen manipulieren, da sie sich geweigert hat zu essen und dadurch kaum Magie in sich trug. Es gab also keinen Überschuss, der die Verwandlung hätte auslösen können. Aber bei Felicity genügte die unwiederbringliche Trennung von ihrem ach so geliebten Familiar, um alles, woran sie glaubte, zu erschüttern. Und als ich ihr dann sagte, dass du bereits in die Nebenwelt zurückgekehrt wärst und dort auf einen neuen Träger wartest, ging alles ganz schnell. Es ist einfacher, sich in die Dunkelheit zu flüchten, anstatt stark zu sein und gegen sie anzukämpfen.« Er stößt ein schnaubendes Lachen aus. »Aber wem erzähle ich das? Du weißt, wovon ich rede.«

Obwohl ich ihn am liebsten anschreien will, dass er den Mund halten soll, horche ich auf. Es *gibt* also einen Weg, zumindest den Erinnerungszauber, der zusätzlich auf ihr lastet, zu brechen! Ich muss nur herausfinden, wodurch der Zauber gelöst werden kann. Im Grunde kann es alles sein! Ihr Lieblingsessen, eine bestimmte Erinnerung aus ihrer Kindheit, ein Gegenstand, mit dem sie viel verbindet. Bei Ilena war es die Begegnung mit ihrem Familiar, aber ich hätte wissen müssen, dass die Allianz diesen Fehler nicht zweimal begeht. Der Anführer wusste, dass ich zurückkomme, um Feli zu retten, und er war sich auch sicher, dass seine Söhne mich begleiten würden.

Felis Blick streift zu dem Mann hinter mir. »Was soll ich mit ihm machen?«, fragt sie mit einem solch schneidenden Tonfall, wie ich ihn noch nie bei ihr gehört habe.

Nichts an ihrer Haltung, dem Blick oder der Stimme erinnert mich an die Trägerin, der ich mit Freuden gedient habe. Sie ist zu jemand anderem geworden … Jemandem, der nichts mit der schüchternen jungen Frau gemein hat, in die ich mich verliebt habe.

»Er ist es nicht wert, dass du dich mit ihm abgibst«, sagt der Anführer. »Kümmere dich lieber um den Rest der Truppe. Sie gehören zu denen, die dein Leben lang an dir gezweifelt und dich unterdrückt haben. Nun ist die Gelegenheit, ihnen zu zeigen, wozu du fähig bist.«

Felis Lippen verziehen sich zu einem Lächeln, bei dem sich mir die Nackenhaare aufstellen. »Es wird mir ein Vergnügen sein.«

Sie erhebt sich und läuft um mich herum, als wäre ich nichts weiter als ein

Möbelstück, das ihr im Weg steht. Ich brauche zu lange, um ebenfalls auf die Füße zu kommen.

»Feli, nicht!«, beschwöre ich sie, während ich nach ihrem Arm greife, um sie aufzuhalten. »Das sind deine Brüder. Du kannst nicht ...«

Der Anführer bewegt die Hand und ich erstarre mitten in der Bewegung. Sosehr ich es auch versuche, es ist mir unmöglich, nur einen Muskel zu rühren. Feli umschlingt meinen Arm mit den Händen – am liebsten würde ich vor ihrer eiskalten Berührung zurückzucken – und entwindet sich mit spielerischer Leichtigkeit meinem Griff. Dann tritt sie vor mich und stellt sich auf die Zehenspitzen, um mir besser ins Gesicht sehen zu können. Dies hat sie bereits unzählige Male gemacht, um mich zu küssen, doch diesmal ... liegt nichts als Abscheu in ihrer Miene.

»Rühr mich nie wieder an, Familiar!«, zischt sie nur wenige Zentimeter von meinem Gesicht entfernt.

Selbst wenn ich könnte, wüsste ich nicht, wie ich darauf reagieren soll. Ich kam hierher, um Feli zu retten. Das war das Einzige, woran ich dachte und mich klammerte, um dem Sog zurück in die Nebenwelt zu entgehen. Der bedingungslose Wunsch, die Frau, die ich liebe, zu retten, ließ mich länger hier verweilen, als es vorgesehen war. Doch nun sehe ich mich einer Felicity gegenüber, die sich nicht an unsere gemeinsame Zeit erinnern kann. Die nicht weiß, was wir füreinander empfinden.

Vor mir steht eine Feli, die mich weder braucht noch haben will ... Erneut werde ich von meiner Trägerin verstoßen.

Ich verstehe nun, was Flash vorhin damit meinte, als er sagte, es ginge so einfach. Der Allianz gelang es spielend, Ilenas Erinnerungen zu manipulieren und sie ihren Familiar vergessen zu lassen. Ich hätte nie für möglich gehalten, dass dies auch bei Feli möglich wäre ... Dass sie das, was uns verbindet und nicht zuletzt das identische Glimmen, welches wir besitzen, einfach vergessen könnte ...

Ohne dass ich es verhindern kann, wird der Sog, der mich daran erinnert, dass ich in dieser Welt keine Daseinsberechtigung mehr habe, stärker. Ich kann mich kaum noch dagegen wehren ... Es wäre so einfach, loszulassen und zurück in die Nebenwelt zu gehen, wo ich nicht mehr die Abscheu in Felis Gesicht sehen muss, wenn sie mich anschaut. Wo ich nicht mehr unter ihrem eiskalten Blick zusammenzucken müsste.

Feli wendet sich von mir ab und schreitet hinaus in den Flur.

»Möchtest du zusehen, Familiar?«, fragt der Anführer. »Willst du sehen, wozu deine ehemalige Trägerin fähig ist, nachdem sie sich der dunklen Seite zugewandt hat?«

Nein!, würde ich am liebsten brüllen. Ich will mir nicht einmal vorstellen, wozu Feli fähig ist, denn ich weiß, dass eine Menge ungenutzter Magie in ihr schlummert. Kräfte, die sie noch nie benötigt hat, die nun aber ins Gegenteil umschlagen.

Ich spüre, wie der Zauber des Anführers verblasst und ich wieder die Kontrolle über meinen Körper zurückerlange. Doch innerlich fühle ich mich weiterhin wie erstarrt.

»Ich fand es äußerst bemerkenswert, wie Felicity in der dritten Prüfung das Herz des gegnerischen Meister-Magiers geheilt hat«, sagt der Anführer, während er einen Schritt zur Seite und mir somit Platz macht, damit ich ebenfalls hinaus in den Flur gehen kann, von wo aus ich bereits die Stimmen von Feli und ihren Brüdern höre. »Mir war damals schon klar, dass sich diese Gabe hervorragend in ihrer dunklen Form machen würde. Weißt du, die meisten Abtrünnigen verfügen nach ihrer Wandlung über noch genau dieselben langweiligen Zauber wie zuvor. Aber bei Felicity ist es anders. Früher musste sie ihr eigenes Glück verschenken, wenn sie ein Herz heilen wollte, und es konnte schnell passieren, dass sie ihren eigenen Vorrat an Glück aufzehrte. Dann musstest du sie zurückholen. Doch nun ist das nicht mehr vonnöten. Die Dunkelheit, die jetzt in ihr wohnt, ist nahezu unerschöpflich.«

Ich schleppe mich nach draußen und lehne mich gegen die Wand im Flur, weil mich die Beine kaum noch tragen. Hilflos sehe ich dabei zu, wie Zac und Cal vor ihrer Schwester zurückweichen. Auch ihnen scheint die Veränderung in Haltung und Ausstrahlung aufgefallen zu sein.

»Ich empfehle mich«, sagt der Anführer in geschäftigem Tonfall. Dann fährt er an Feli gerichtet fort: »Töte keinen von ihnen! Aber du darfst nach Herzenslust mit ihnen spielen. Bring sie anschließend nach draußen.«

Er wendet sich um und läuft seelenruhig an Zac und den anderen vorbei, die anscheinend so erschrocken darüber sind, dass der Anführer Felicity Befehle erteilt, dass sie keinen Finger rühren, um ihn aufzuhalten. Nur kurz huschen ihre Blicke zu ihm, als wollten sie sich vergewissern, dass er ihnen nicht in den Rücken fällt, doch der Anführer durchschreitet würdevoll den Flur und verschwindet schließlich in dem Trakt, aus dem wir kamen.

Als die Tür hinter ihm ins Schloss fällt, schaut Zac zu mir und zieht die Augenbrauen zusammen. Ich erkenne die stumme Frage in seinem geschockten Blick und deute ein Nicken an. *Es ist wahr.* Felicity ist zu einer Abtrünnigen geworden.

»Ich weiß zwar nicht, wer ihr seid«, sagt Feli mit eisiger Stimme, die ich nicht mit ihr verbinden kann, »aber das tut nichts zur Sache. Ihr gefährdet den Plan, also seid ihr meine Feinde.«

»Wir sind nicht deine Feinde!«, antwortet Zac und macht einen zögerlichen Schritt auf sie zu. »Mach die Augen auf! Wir sind deine Brüder.« Er deutet auf sich und Cal, der jedoch nicht gänzlich bei der Sache zu sein scheint. Unentwegt huscht Cals Blick zwischen Feli und Ilena hin und her. »Du musst dich doch an uns erinnern! Du kennst uns schon dein ganzes Leben!«

Aber Feli beachtet ihn gar nicht weiter, sondern wendet ihre Aufmerksamkeit Cal zu. Ein eisiger Schauer rinnt mir den Rücken hinunter, als ich mich an die dritte Prüfung erinnere. Feli konnte Cals Herz in der Simulation heilen, doch was wird jetzt geschehen, wenn sie ihn berührt? Von *Lady Luck,* die die vernarbten und verdunkelten Herzen der Menschen wieder mit Glück und Liebe füllen kann, ist nichts mehr übrig.

Als sie die Hand nach Cal ausstreckt, stürze ich nach vorn. »Lass dich von ihr nicht anfassen!«

Zac reagiert, da ich zu langsam bin, und beschwört einen Windzauber, den er auf Feli abfeuert. Selbst in den engen Gängen hätte er einen viel stärkeren Zauber verwenden können, doch er ist wie ich außerstande, Feli etwas anzutun – obwohl sie eine Abtrünnige ist. Aber noch bevor der Zauber sie erreichen kann, errichtet Feli eine Wand aus Dunkelheit um sich herum. Der Zauber verpufft, als wäre er nie da gewesen. Die Wand erinnert mich entfernt an ihren Schutzschild aus Licht, aber die dunkle Version scheint nicht so stark zu sein, denn es gelingt ihr nur wenige Sekunden, die Wand aufrechtzuerhalten.

Als wäre nichts geschehen, wendet sie sich wieder Cal zu. »Dein Herz wankt«, schnurrt sie.

Ich habe sie endlich erreicht und schlinge von hinten beide Arme um sie, damit sie Cal nicht berühren kann. Im ersten Moment ist sie wie erstarrt, als hätte sie nicht damit gerechnet, berührt zu werden, doch dann wehrt sie sich aus Leibeskräften gegen die Umklammerung. Besäße ich die gewohnten Kräfte und hätte nicht die Bindung zu meiner Trägerin verloren, wäre es für Feli unmöglich, sich von mir loszumachen. Aber unter den momentanen Umständen gelingt es mir kaum, sie zu bändigen.

»Hol Lumia und Terra!«, weise ich Zac an. »Und bring sie hier weg!«

»Aber was ist mit Feli?«, fragt er, ohne sich von der Stelle zu rühren.

»Ich habe dir gesagt, dass du mich nicht anrühren sollst!«, zischt meine Trägerin, während sie sich wie eine Schlange in meinen Armen windet.

Nun scheint auch Zac zu bemerken, dass es um seine Schwester schlimmer steht, als er bisher vermutet hat. Seine Augen weiten sich erschrocken einen Moment, ehe er den Flur entlang stolpert und zu den anderen Türen rennt.

»Feli, bitte!«, murmele ich. »Wir finden einen Weg, um den Zauber zu brechen, aber du darfst uns nichts tun. Du würdest dir ewig Vorwürfe machen, wenn du einen von uns verletzt!«

Ich schaffe es nicht mehr, sie zu bändigen. Schnell macht sie einen Schritt zur Seite und reibt sich anschließend mit den Händen über die Arme, als wollte sie die Stellen, an denen ich sie berührt habe, säubern. Diese Handlung versetzt mir einen solchen Stich, dass ich kaum noch atmen kann. Dennoch stelle ich mich ihr in den Weg, als sie versucht erneut an Cal heranzukommen. Feli zögert, während ihr Blick zu meiner Brust huscht. Ihre Miene drückt Verwirrung aus und sie unternimmt keinen neuen Versuch, sich an mir vorbeizuschieben.

»Wir müssen sie unter Kontrolle bekommen«, sagt Ilena. »In den engen Gängen können wir unsere Zauber nicht einsetzen, ohne Gefahr zu laufen, dass wir dadurch einen anderen treffen.«

»Wir könnten sie mit nach Hause nehmen«, schlägt Cal vor. »Dann hätten wir etwas Zeit gewonnen, um herauszufinden, womit wir den Erinnerungszauber lösen können. Von uns scheint keiner infrage zu kommen, sonst hätte der Zauber längst Risse gekriegt und sie würde Anzeichen dafür zeigen, dass sie sich wieder erinnert. Aber wenn sie weder Zac noch mich und auch nicht Shadow erkennt ...«

»Ilena hat recht«, stimmt Flash zu. »Hier können wir nicht viel gegen sie ausrichten. Also bringen wir sie zu euch.«

Augenblicklich wirbelt Cal zu ihm herum. »Du wirst garantiert nicht mitkommen, Familiar!«

Ich will eingreifen, doch Felis glockenhelles Lachen hält mich zurück. Wie in Zeitlupe drehe ich mich wieder zu ihr um, während sich jeder Muskel im Körper zu verkrampfen scheint. Ihr Blick ist starr auf Cal gerichtet.

»Ich kann sie hören«, wispert sie. »Die Eifersucht und den Schmerz und das verzweifelte Sehnen.« Sie streckt die Hand nach Cal aus. »Und dein Herz schreit am lautesten von allen. Bei den anderen höre ich Unsicherheit und Zweifel, aber in deinem lauern so viele negative Emotionen, dass ich mich gar nicht entscheiden kann, welche mir davon am besten gefällt.«

Ich schlucke krampfhaft. Anders als in der Prüfung wird Feli diesmal Cals Herz nicht heilen, sobald sie die Gelegenheit dazu hat, es zu berühren. Stattdessen wird sie seine negativen Empfindungen nur noch verstärken und dazu aus dem eigenen Vorrat schöpfen. Das Glück, das sie früher in sich trug, war begrenzt und sie musste es opfern, um all die negativen Gefühle, die in der anderen Person hausten und sie zu schlechten Taten trieb, zu verbannen. Nun könnte Feli auf die nahezu unerschöpfliche Dunkelheit, die nach der Wandlung zur Abtrünnigen zweifelsohne in ihr wohnt, zurückgreifen und sie in anderen Herzen mehren.

Als Magierin hatte Feli die Gabe, Menschen Glück zu schenken und ihre Herzen zu heilen.

Als Abtrünnige bewirkt sie das genaue Gegenteil. Wankende Herzen kann sie in die Dunkelheit führen. Und Zweifel existieren in jedem Herzen. Wenn sie es darauf anlegt, könnte sie alle Liebe und Güte vom Angesicht der Welt tilgen.

Ich habe mich gefragt, wozu Feli als Abtrünnige fähig wäre, nachdem sie erfahren hat, was nötig ist, um zu einem Abtrünnigen zu werden. Ob sie ihre eigene Welt erschaffen und beherrschen oder die jetzige zerstören würde.

Nun zu sehen, wie sie nicht einmal vor ihrem Bruder haltmacht, gibt mir die Gewissheit, dass eine abtrünnige Felicity diese Welt brennen sehen will und dabei keine Ausnahmen machen wird.

Ich muss es verhindern ... Verhindern, dass sie jemandem, der ihr nahesteht, etwas antut! Sollte es uns gelingen, den Erinnerungszauber zu lösen, kann sie einen neuen Familiar bekommen und ein normales Leben führen. Aber wenn sie zuvor einen ihrer Brüder verletzt oder gar getötet hat, wird Feli nie wieder so werden, wie sie einst war.

»Entschuldige«, murmele ich, woraufhin mir Feli einen abschätzenden Blick zuwirft.

Doch da habe ich bereits mit der Faust ausgeholt und ramme sie ihr, so fest ich kann, in den Bauch. Feli gibt einen ächzenden Laut von sich, ehe sie vornüberkippt. Ich fange sie auf, überzeuge mich davon, dass sie bewusstlos ist, und hebe sie auf die Arme.

Im selben Moment kommt Zac zurück. Ihm folgen Lumia und Terra, die beide auf den ersten Blick wohlauf zu sein scheinen.

»Du hast dir ganz schön Zeit gelassen«, tadelt mich der Feuer-Familiar.

»Kommt nicht wieder vor«, antworte ich.

Wie auch? Mir bleiben nur noch wenige Stunden. Selbst jetzt muss ich mich so stark darauf fokussieren, in dieser Welt zu verbleiben, dass ich kaum zu etwas anderem fähig bin. Ich konzentriere mich auf das Gefühl von Feli in meinen Armen. Auf ihren weichen Körper, der an meinem liegt. Auf ihren süßen Duft.

Ich kann, nein, ich *darf* noch nicht gehen. Zuerst muss ich Feli sicher nach Hause bringen. Solange sie hier im Hauptquartier ist, kann die Allianz sie für ihre Zwecke missbrauchen. Erst wenn sie wieder zu Hause ist, kann ich beruhigt diese Welt verlassen. Zac und Cal finden sicher einen Weg, um ihre Erinnerungen zurückzubringen. Ich wünschte, ich könnte solange bei ihr bleiben, für sie da sein und über sie wachen. Aber es ist nicht möglich. Dies ist vielleicht das letzte Mal, dass ich sie berühren und spüren, sie in den Armen halten kann.

»Wir sollten zusehen, dass wir hier wegkommen«, sagt Zac.

Ich nicke und bedeute Cal, Ilena und Flash, dass sie vorausgehen sollen. Größtenteils, damit ich sie im Auge behalten kann … Solange Cal einen Groll gegen Flash hegt, wird er der abtrünnigen Feli weiterhin Nahrung geben und sie wird nur auf eine Gelegenheit warten, um sein Herz mit Dunkelheit zu füllen.

Ich folge den anderen durch die Gänge und zurück zum Fahrstuhl. Nur kurz wundere ich mich darüber, dass Zacs Sicherheitscode noch immer funktioniert. Hätte der Anführer nicht genügend Zeit gehabt, um ihn zu deaktivieren? Ich seufze innerlich. Es kann nichts Gutes bedeuten, wenn wir scheinbar einfach hier herauskommen …

KAPITEL 23

Shadow

Niemand sagt den Weg über ein Wort, doch ich bin mir sicher, dass auch die anderen die angespannte Stimmung zwischen Cal, Ilena und Flash wahrnehmen. Selbst Terra und Lumia, die noch nichts von der Kabbelei der drei mitbekommen haben, werfen ihnen ständig Seitenblicke zu. Wahrscheinlich sollte ich froh sein, dass sich nicht auch noch Lumia einmischt und doch beschließt, Ilena in ein Häufchen Asche zu verwandeln. Die Worte des Anführers haben genug Zwietracht in unseren Reihen gesät, sodass ich nur hoffen kann, dass wir es alle lebend hier herausschaffen.

Bevor wir den Aufzug verlassen, drücke ich die bewusstlose Feli fest an mich und hauche ihr einen Kuss auf die Stirn. Ihr Kopf ruht an meiner Schulter und sie sieht friedlich aus, als würde sie nur schlafen. Ich fühle mich furchtbar, dass ich sie geschlagen habe, aber ich sah in dem Moment keinen anderen Ausweg … Verbissen klammere ich mich an den Funken Hoffnung, dass mir noch genügend Zeit bleibt, es wiedergutzumachen.

»Sie wird sich erinnern«, murmelt Zac, der uns mit einer Mischung aus Traurigkeit und Resignation mustert. Keine aussichtsreiche Kombination … »Das verspreche ich dir.«

Ich nicke knapp und ignoriere die Enge, die mir fast den Hals zuschnürt, während ich mich bemühe, seinen Blick nicht zu nah an mich heranzulassen. Denn dann würde ich den letzten Rest Zuversicht verlieren.

»Ich hoffe nur, dass sie bis dahin niemandem schadet«, sage ich, als ich die Stille nicht mehr aushalte.

»Ich passe auf.« Er wirft einen Blick zum Rest der Gruppe, der bereits den Aufzug verlassen hat. »Und ich habe auch ein Auge auf Cal.«

Genau wie ich weiß er, dass Cal momentan unser größtes Problem ist.

Selbst wenn sich Feli nicht sofort an etwas erinnert, können die Brüder sie in ihr Zimmer oder sogar notfalls den Geräteraum sperren, mit dem Ilena bisher vorliebnehmen musste, ohne dass Feli für jemanden eine Bedrohung darstellt, denn trotz allem besitzt sie keine Angriffsmagie. Aber Cal ... Wenn seine Gesinnung umschlägt, weiß ich nicht, wer ihn aufhalten soll.

»Ich habe Cal schon einmal als Abtrünnigen erlebt«, murmele ich. »Es war kein schöner Anblick, ihn den Verstand verlieren zu sehen, während Ilena und Lumia tot zu seinen Füßen lagen.«

Zac verzieht den Mund, ehe er einen gequälten Laut ausstößt. »Ich wünschte, ich hätte Feli diese Erfahrung ersparen können. Ich wünschte, sie hätte auf mich gehört und wäre nie zur Allianz gegangen.« Er wirft einen Blick auf seine Schwester und schweigt einen Moment, bevor er die Stirn runzelt. »Ich weiß nicht, ob sie deinen Verlust verkraften wird.«

»Das muss sie«, sage ich kühler als beabsichtigt. »Selbst wenn sie das Medium bittet, einen neuen Familiar zu bekommen, kann ich es nicht wieder sein. Für Familiare ist es unmöglich, sich zweimal an denselben Träger zu binden.«

Ich presse die Worte hervor, spreche sie aus, ehe sie mich wahnsinnig werden lassen. Feli und ich werden uns nie wiedersehen, das ist gewiss. Doch jede Faser meines Seins – nicht nur diese menschliche Illusion – kämpft gegen die Gewissheit an. Es genügt mir nicht, sie nur jetzt in den Armen zu halten und ihren weichen, warmen Körper an mir zu spüren. Auch ein flüchtiges menschliches Leben hätte mir nicht genügt. Wenn es um Feli geht, werde ich nie genug bekommen. Aber ich wäre damit zufrieden gewesen, so lange wie möglich an ihrer Seite bleiben und sie und ihr Leuchten beobachten zu dürfen.

»Ich kann mir nicht vorstellen, dass Feli einen neuen Familiar haben will«, murmelt Zac und folgt mir hinaus in die verwaiste Eingangshalle. Cal und die anderen warten bereits an der Tür auf uns. Glücklicherweise, ohne dabei handgreiflich zu werden. Dennoch spüre ich die aufgeladene Spannung, die in der Luft liegt. »Sie hat es bereits zu mir gesagt und ich glaube ihr das ... Aber was ist mit dir? Wirst du dem Ruf eines Mediums folgen, wenn ein anderer Magier einen Schatten-Familiar braucht?«

»Nein«, antworte ich, ohne zu zögern oder auch nur eine Sekunde darüber nachdenken zu müssen.

Zac seufzt. »Warum dachte ich mir das? Denkst du, Feli wird es gefallen, wenn du dich dazu entschließt zu sterben?«

Ich werfe ihm einen Seitenblick zu. »Sie wird es nicht erfahren, wenn du es ihr nicht erzählst. Sobald ich sie nach Hause gebracht habe, werde ich mich nicht mehr länger gegen den Sog wehren können. Gut möglich, dass sie bis dahin nicht aufgewacht ist.«

»Du willst einfach so verschwinden?«, fragt Zac ungläubig. »Ohne dich von ihr zu verabschieden?«

»Sie weiß nicht, wer ich bin«, erwidere ich grollend, weil es mir kaum noch gelingt, die in mir brodelnden Emotionen im Zaum zu halten. »Solange sie eine Abtrünnige ist, ist jede Erinnerung an mich ... an *uns* durch einen Zauber in ihrem Kopf verschlossen. Es würde ... mich nur noch mehr verletzen, wenn ich vor ihr stünde und krampfhaft nach den richtigen Worten suchte, während sie mich wieder anschreit, dass ich ihr nicht zu nahe kommen soll.«

Zac öffnet den Mund, schließt ihn jedoch gleich wieder, ohne dass ein Wort ihn verlässt. Ich bin dankbar für den kurzen Moment der Ruhe, in dem ich mich einzig und allein auf die junge Frau in meinen Armen konzentrieren kann.

»Wo sind eigentlich Katie und das Medium?«, fragt Cal, als wir zu ihm und den anderen aufgeschlossen haben.

»Gute Frage«, murmelt Zac. »Sie haben die Wachen abgelenkt ... Vielleicht sind sie dann bereits gegangen, weil von der Führungsriege der Allianz niemand mehr da war?«

»Oder sie sind noch immer irgendwo im Gebäude«, grummele ich.

Zac stößt den Atem aus, während er sich mit der Hand über die Stirn reibt. »Shadow, du bringst Feli hier weg. Lumia, Terra und Cal gehen mit dir. Der Rest von uns versucht Katie und das Medium zu finden.«

Cal bleckt die Zähne. »Ich werde Ilena nicht bei diesem Familiar zurücklassen!«

»Er ist *ihr* Familiar«, entgegne ich, weil ich für diesen Blödsinn beim besten

Willen keine Zeit habe. »Du wirst nicht viel dagegen unternehmen können, dass er in ihrer Nähe bleibt.«

»Sie hat einen neuen Familiar!«, hält Cal dagegen. »Sie braucht diesen Flash nicht mehr.«

»Hey!«, geht Ilena dazwischen. »Redet nicht über mich, als wäre ich nicht anwesend!«

Ich schüttele den Kopf. »Ich habe keine Zeit, um mich darum zu kümmern! Deine Schwester braucht dich jetzt dringender als Ilena. Wenn Feli zu sich kommt, könnte sie wieder jemanden bedrohen und vielleicht sogar verletzen.«

Cal verschränkt die Arme vor der Brust. »Ein Grund mehr, warum ich nicht mitgehen sollte. Als Abtrünnige hat sie mich auf dem Kieker, weiß der Geier, warum.«

Ich hebe eine Augenbraue, erspare mir aber einen Kommentar dazu, obwohl mir beinahe ein *Ach, wirklich nicht?* entschlüpft. »Schon gut. Lumia und Terra können mich begleiten.«

Ich wende mich zum Gehen und warte, bis Terra die Tür so weit geöffnet hat, dass ich mit Feli hinaus auf den Vorplatz des Hauptquartiers treten kann.

***

Ich eile über den kunstvoll angelegten Platz, der im Moment nur vom Mond und den unzähligen Sternen erhellt wird, und erwarte hinter jedem Baum ein Mitglied der Allianz. Um mich abzulenken, berichte ich den beiden Familiaren knapp, was geschehen ist und worauf sie sich eventuell einstellen müssen, sobald Feli zu sich kommt. Dabei lasse ich jedoch nicht eine Sekunde die Umgebung aus den Augen. Lumia und Terra versprechen, Feli in ihrem Zimmer einzusperren und sie nicht an sich heranzulassen, bis die anderen zurück sind. Zac und Cal haben die besseren Chancen, den Erinnerungszauber zu lösen, denn sie kennen Feli ihr ganzes Leben. Sie finden garantiert den Schlüssel, um den Zauber einzureißen. Ich überlege fieberhaft, was es sein könnte, wenn ihre Brüder, deren Familiare, ich oder der Mann, den sie ihr ganzes Leben für ihren Vater hielt, ausscheiden.

Kaum dass wir in der Mitte des Platzes angekommen sind, werden wir plötzlich von mehreren hellen Flutlichtstrahlern geblendet. Ich erstarre und verfluche mich selbst, da meine Gedanken doch zu sehr abgedriftet sind. Dennoch erkenne ich die Intensität des Lichts sofort. Es ist das gleiche, was auch im unterirdischen Trakt und in Felis Zelle verwendet wurde – das magisch erzeugte Licht, das meine ohnehin kaum vorhandenen Kräfte noch weiter reduziert. Strategisch angeordnete Strahler erleuchten beinahe den gesamten Platz im Umkreis von rund zwanzig Metern. Als mich die Gewissheit durchzuckt, dass es von langer Hand geplant worden sein muss, entweicht mir ein Grollen. Es ist uns zu einfach gelungen, aus den unterirdischen Laboren zu entkommen, und es war genau das, was die Allianz beabsichtigt hat. Sie *wollte* uns hier draußen haben. Hier – mit genügend Platz, um die Elemente zu entfesseln. Und wir sind darauf reingefallen ...

»Wie schön, dass ihr endlich eingetroffen seid«, tönt der Anführer, der aus dem Schatten der Nacht hervortritt, die durch das Licht nun viel dunkler zu sein scheint, und auf uns zukommt. »Ich hatte schon befürchtet, ihr würdet uns noch länger warten lassen. Du hast da etwas, was mir gehört.«

Ich drehe mich halb, wende ihm die Schulter zu und schirme Feli so gut es geht vor seinen Blicken ab.

»Ah, wie ich sehe, sind zwei der Elemente bereits hier«, redet der Anführer weiter. Die Art, wie er mich ignoriert, als wäre ich seine Zeit und Beachtung nicht wert, schürt eine zusätzliche Wut in mir. Ich blecke die Zähne und stoße ein Grollen aus, doch auch das beachtet er nicht. »Die übrigen beiden werden sicher gleich eintreffen.«

»Wir werden uns nicht von dir benutzen lassen!«, zischt Lumia und ruft einen Feuerball hervor. Gerade als sie ihn auf den Anführer abschießen will, verschwindet er jedoch und Lumia sinkt zu Boden.

»Natürlich bin ich nicht allein«, sagt der Anführer und wie auf Befehl treten weitere Männer aus dem Dunkel der Nacht an den Lichtschein heran, sodass sie gerade so erhellt werden. Sie alle tragen einheitliche bodenlange Kutten. »Heute ist die Nacht, auf die wir schon so lange gewartet haben. Und da ihr alle freiwillig hergekommen seid und uns damit die Mühe erspart habt, euch mit Gewalt zu holen, haben wir sogar genügend Zeit gefunden, uns angemessen zu kleiden.«

Hektisch huscht mein Blick umher. Nicht alle Männer stehen im Schein der Flutlichtstrahler, doch auch so erkenne ich, dass wir ihnen zahlenmäßig heillos unterlegen sind. Ich zähle fünfzehn und in der Dunkelheit warten sicher noch mehr. Unter ihnen ist der Magier, der die Kräfte eines Familiars versiegeln kann, weshalb Lumias Angriff sofort unterbunden werden konnte. Wie viele dieser Magier haben sie noch in ihren Reihen?

»Und jetzt sei ein braver Familiar und lass Felicity herunter«, fordert der Anführer von mir. »Wir werden dafür sorgen, dass sie schnell wieder auf die Beine kommt, damit wir endlich fortfahren können.«

Ich presse Feli so fest wie möglich an mich. Ich wünschte, ich könnte einfach dort drüben in die Dunkelheit sprinten und mit meiner Trägerin durch die Schatten springen, aber dazu reichen meine Kräfte bei Weitem nicht mehr aus. Ich könnte nicht einmal mich selbst durch die Schatten bewegen. Ich kann nichts weiter tun, als sie festzuhalten und Zeit zu schinden. Zac und Cal sind noch im Hauptquartier. Wenn wir Glück haben, gelingt es ihnen, für genügend Verwirrung zu sorgen, damit wir auf die altmodische Art entkommen können. Ich verschwende keinen Gedanken daran, es mit dieser Übermacht an Magiern, deren Potenzial ich nicht einschätzen kann, aufzunehmen. Es ist ausgeschlossen, dass wir in einem offenen Kampf gewännen. Ohne das magische Licht, das meine Kräfte hemmt, und mit einem bestehenden Pakt zu meiner Trägerin, deren Schild mich schützt, sähe es anders aus ... Und ich würde das selbstgefällige Grinsen des Anführers liebend gern mit einem Schattenblitz auslöschen und ihn so lange mit den schlimmsten Albträumen, die er sich vorstellen kann, quälen, bis er mir verrät, wie ich Felis Verwandlung zur Abtrünnigen rückgängig machen kann. Doch das ist Wunschdenken. Uns bleibt nichts anderes übrig, als unser Heil in der Flucht zu suchen.

Der Anführer scheint die Geduld mit mir zu verlieren. »Holt sie«, weist er knapp einen Magier neben sich an.

Vier Männer kommen direkt auf uns zu. Ich wirbele herum, sehe mich aber auch dort Mitgliedern der Allianz gegenüber, die einen Ring um uns gebildet haben. Wir sitzen fest. Wenn Zac hier wäre, könnte er zumindest Feli nehmen und mit ihr wegfliegen, um sie in Sicherheit zu bringen ... Wir müssen so lange durchhalten, bis die anderen eintreffen.

»Terra!«, rufe ich.

»Schon da«, entgegnet sie, während sie die Faust auf den Boden rammt und dadurch ein Erdbeben auslöst.

Doch dabei bleibt es. Als keine weitere Attacke den Boden unter meinen Füßen erzittern lässt, drehe ich mich zu Terra um. Sie starrt auf ihre zitternden Hände, als begriffe sie nicht, was mit ihr geschieht. Dafür kommt Lumia wieder auf die Füße. Die Fähigkeit des Magiers, der die Kraft eines Familiars unterdrücken kann, scheint auf einen Familiar auf einmal begrenzt zu sein ... Damit können wir doch arbeiten!

Auch Lumia hat verstanden, wie wir handeln müssen, denn sie nickt mir kaum merklich zu, ehe sie erneut Flammen aus den Handflächen beschwört und sie auf die Allianz-Mitglieder, die ihr am nächsten stehen, niedergehen lässt. Schreiend springen sie auseinander. Einige Kutten fangen Feuer. Die überraschten und panischen Schreie der Mitglieder zaubern mir für einen Moment ein Lächeln auf die Lippen.

Nur wenige Sekunden darauf erlöschen Lumias Flammen und sie krümmt sich auf dem Boden, als hätte sie Schmerzen. Im selben Augenblick löst Terra ein weiteres Beben aus. Die Pflastersteine zerspringen, der Boden reißt an einigen Stellen auf und mehrere Mitglieder der Allianz müssen sich in Sicherheit bringen, um nicht von der Erde verschluckt zu werden.

»Schluss damit!«, donnert der Anführer. Er bewegt die Hand und Terra erstarrt. Auch Lumia ist noch im Bann des anderen Magiers gefangen. »So, und nun holt endlich Felicity! Und bringt ihre Brüder und Ilena her, damit wir weitermachen können!«

Für eine Weile konnten wir Verwirrung stiften, aber es hat bei Weitem nicht ausgereicht, um entkommen zu können. Ich grolle warnend, als sich mir die ersten feindlichen Magier nähern, doch mit Feli auf den Armen habe ich keinerlei Möglichkeit, mich zu verteidigen. Sie auf den Boden zu legen kommt jedoch auch nicht infrage. Ich müsste nur kurz abgelenkt sein und die Allianz könnte sie wieder in ihre Gewalt bringen. Und Feli würde sich nicht dagegen wehren …

Mit bedächtigen Schritten kommt der Anführer auf mich zu. Ich straffe die Schultern und begegne seinem spöttelnden Blick abweisend, während ich fieberhaft nach einer Möglichkeit suche, um Feli zu retten.

»Ich werde nicht zulassen, dass du erneut unseren Plan gefährdest, Familiar«, sagt er ruhig, als er eine Armlänge von mir entfernt stehen bleibt.

Ich runzele die Stirn. »Erneut?« Das Wort verlässt nur widerwillig und krächzend meinen Mund.

»Du warst Kassandras Familiar«, fährt er fort. »Kassandra, die bereits damals gemeinsam mit Odysseus, Ajax, Achilles und den anderen Helden den Plan ausführen sollte. Doch sie war genauso stur wie Felicity, wenn auch von reinerem Blut als ihre Nachfahrin.« Mit einer Kinnbewegung deutet er auf die bewusstlose Frau in meinen Armen. Die Geringschätzung in dem Blick, mit dem er meine Trägerin begutachtet, schürt in mir erneut das Verlangen, ihn leiden zu lassen. »Im Laufe unserer Geschichte standen wir bereits mehrmals an diesem Punkt – kurz vor Erfüllung des Plans. Immer gelang es einem der Magier, den Plan zunichtezumachen, indem er sich selbst opferte. Irgendeiner muss halt immer aus der Reihe tanzen, nicht wahr? Entweder passten einem unsere Ansichten nicht oder ein anderer wollte lieber doch nicht auf die unbändige Kraft, die die Magier zu damaliger Zeit noch durchströmte, verzichten. Aber nie war es die Seherin, nicht mehr seit Kassandra. Wobei sie einfach darauf hoffte, dass sich die Probleme von selbst lösten und leider hatte sie mit der Taktik Erfolg.«

Ich bemühe mich, mir das Zittern, das mich mit einem Mal erfasst, nicht ansehen zu lassen.

Doch der Anführer bemerkt es. »Das wusstest du noch nicht, oder? Kassandra blieb nicht in Troja, um bei ihrer Familie zu sein, wenn das Unglück geschah, sondern weil sie uns so entgehen konnte. Hinter den Mauern Trojas kamen die damaligen Mitglieder der Allianz nicht an die Prinzessin heran. Sie hatten die anderen Magier, die damals als Helden oder Halbgötter bezeichnet wurden, bereits an Trojas Strand versammelt und es fehlte nur noch die Seherin. Aber Kassandra verkroch sich in der Stadt und uns blieb nichts anderes übrig, als sie anzugreifen. Dummerweise ...« Er verzieht kurz den Mund. »... starben dabei zwei Helden, sodass der Plan nicht mehr ausgeführt werden konnte. Als es den Griechen schließlich gelang, war Kassandra gerade dabei, sich das Leben zu nehmen. Sie flüchtete in den Tempel der Athene und hoffte dort Schutz zu finden. Aber nachdem sie es ausgeschlagen hat, eine Priesterin zu werden – oder nicht mehr dafür geeignet war, woran du nicht ganz unschuldig bist –, fand sie dort nicht die erwartete Hilfe. Ganz im Gegenteil. Möchtest du wissen, was mit ihr geschehen ist? Soll ich dir erzählen, was deiner kostbaren Trägerin widerfahren ist, nachdem sie den Pakt mit dir brach?«

Ich weiche einen Schritt vor ihm zurück. Bisher habe ich Kassandra und die gemeinsamen Erinnerungen mit ihr so gut es ging verdrängt. Es dauerte fast einen ganzen Zyklus – und wäre es nicht Felis Licht gewesen, das die Dunkelheit meines selbst gewählten Exils durchdrang, säße ich heute noch dort. Als Kassandra mich verstieß, tötete sie mich ein Stück weit damit. Nicht weil ich auf ihre Magie angewiesen wäre oder keinen neuen Träger fände, sondern weil ich dachte ... Ich dachte, zwischen uns wäre mehr als eine typische Träger-Familiar-Beziehung. Doch ich habe mich geirrt und erst seit ich Feli kennen- und lieben gelernt habe, weiß ich, dass das, was ich für Kassandra empfunden habe, keine Liebe war. Ich begehrte sie, betete sie an und genoss das Ansehen, das ich als ihr Familiar besaß. Ich hätte für sie gekämpft und wäre für sie gestorben.

Für Feli hingegen würde ich alle Welten auseinanderreißen, wenn sie mich darum bäte. Ich würde alles und noch viel mehr für sie tun und kenne keine Grenzen, wenn es um sie geht.

Nichtsdestoweniger schwebte Kassandra wie ein dunkler Schatten über mir, seit ich erneut einen Pakt einging, und offenbar werde ich sie selbst jetzt nicht los. Seit ich Felis Familiar bin, hätte ich genügend Gelegenheiten gehabt, in den Geschichtsbüchern nachzusehen, was meiner damaligen Trägerin in der Nacht widerfahren ist, als sie den Pakt mit mir brach und ich mich von einer Sekunde auf die andere in der Nebenwelt wiederfand. Aber ich tat es nicht, und wenn ich ehrlich bin, will ich es auch jetzt nicht wissen. Kassandra ist tot; sie starb vor vielen Jahrhunderten. Es sollte mich nicht kümmern, wie sie gestorben ist.

Dennoch stehe ich hier, als wären meine Füße mit dem Boden verwachsen und starre den Mann vor mir an, während ich ihn stumm anflehe weiterzureden. Der Gedanke an Flucht ist vergessen. Ich will wissen, was Kassandra erdulden musste und ich nicht verhindern konnte.

»Gib mir Felicity«, fordert der Anführer. »Und ich erzähle dir, was mit Kassandra geschehen ist.« Auffordernd streckt er die Hand nach der Frau aus, die ich in den Armen halte.

Ich weiche vor ihm zurück und presse Feli fester an mich. »Niemals«, grolle ich. »Für keinen Handel der Welt.«

»Du bist nicht mehr ihr Familiar. Du schuldest ihr keine Treue.« Er überwindet den Abstand zwischen uns und legt mir in aufgesetzter Väterlichkeit eine Hand auf die Schulter. Ich wünschte, ich könnte weiter zurückweichen. Seine Berührung lässt mich fast würgen. So schnell es geht, ohne mit Feli aus dem Gleichgewicht zu kommen, schüttele ich seine Hand ab, indem ich einen Schritt zur Seite trete. »Es muss schmerzhaft für dich sein, dich weiterhin an diese Erscheinungsform zu klammern und in dieser Welt zu verbleiben. Oder glaubst du, ich wüsste nicht, warum du nicht bereits längst deine Kräfte eingesetzt hast, um etwas gegen uns auszurichten? Du bist zu schwach. Zögere das Unvermeidliche nicht hinaus!«

»Noch bin ich hier«, gebe ich zurück und blecke die Zähne. »Und solange das der Fall ist, stehe ich zwischen dir und Felicity!«

Seine Mundwinkel heben sich zu einem spöttischen Lächeln. »Du bist genauso stur wie deine Trägerinnen. Aber ich habe nicht genug Zeit, um sie weiter mit einer todgeweihten Kreatur wie dir zu verschwenden.«

Er bewegt die Hand und ich bin erneut in seltsamer Starre gefangen. Hilflos muss ich zulassen, dass er Felicity aus meinen Armen hebt und sie dann einfach fallen lässt. Nur ihren Unterarm hält er umklammert und schleift sie so ein paar Meter über die Pflastersteine hinter sich her – außerhalb meiner

Reichweite. Ich vergehe schier vor rasendem Zorn darüber, wie er mit ihr umspringt, und wehre mich nach Leibeskräften gegen den Zauber, der auf mir lastet. Doch es gelingt mir nicht einmal, den kleinen Finger zu rühren.

Durch die ruppige Behandlung kommt Felicity wieder zu sich. Erleichtert und gleichzeitig starr vor Angst suche ich in ihrer Miene nach Anzeichen für ihr Befinden, während ich auf ein verdammtes Wunder warte. Dass sie sich zu mir umdreht, ihre wunderschönen grünen Augen sich weiten und sie mich endlich erkennt. Oder dass ich neben ihr in unserem gemieteten Hotelzimmer aufwache und alles nichts weiter als ein echt mieser Traum war.

Doch ich warte vergeblich auf ein Wunder.

Felis Gesicht ist schmerzverzerrt, als sie sich eine Hand gegen den Bauch presst und umständlich versucht wieder auf die Füße zu kommen. Der Anführer sieht ihr nur dabei zu und hilft ihr nicht. Selbst jetzt und auf die Gefahr hin, von ihr wieder angeschrien zu werden, dass ich sie nie mehr anrühren soll, täte ich nichts lieber, als zu ihr zu rennen und sie zu stützen. Ihr den Halt zu geben, den sie im Moment so dringend braucht, damit sie stark sein und mit beiden Füßen fest auf dem Boden stehen kann, wenn es darauf ankommt.

»Was ... ist passiert?«, fragt Feli undeutlich, als würde ihr das Sprechen Schmerzen bereiten, und reibt sich über die Stirn.

»Du wurdest gefangen genommen«, sagt der Anführer und deutet mit dem Finger auf mich. »Von dem da. Er hat versucht dich zu entführen, damit du deine Aufgabe nicht erfüllen kannst.«

Felis wilder, aber gleichzeitig glanzloser Blick huscht zu mir und ich erkenne sofort in ihrer Miene, dass sie dem Anführer jedes Wort glaubt. Ich kämpfe weiter gegen den Zauber, der mich in seinem Bann hält, will widersprechen und ihr sagen, dass nichts von dem, was der Anführer von sich gibt, wahr ist. Dass ich hier bin, um sie zu retten, und ihr niemals etwas antun könnte. Selbst jetzt nicht, obwohl sie eine Abtrünnige ist ... Ich will ihr sagen, dass ich nur noch hier bin, um mich davon zu überzeugen, dass es ihr gut geht ...

Der Anführer greift unter seine Kutte und fördert ein Messer zutage, das zusammen mit einem weiteren an seinem Gürtel hängt. Das Blut scheint mir in den Adern zu gefrieren, als ich es erkenne. Das Messer, das er in der Hand hält und an Feli reicht, sieht dem aus der vierten Prüfung zum Verwechseln ähnlich ... Und ich kann mich noch sehr genau daran erinnern, was Feli damit getan hat.

»Befreie uns von seiner Anwesenheit«, verlangt der Anführer.

Ohne zu zögern, greift Feli nach dem Messer, wiegt es kurz in der Hand und wendet sich zu mir um. Mein Herz wummert in der Brust, während ich wieder und wieder gegen die Fesseln des Zaubers ankämpfe.

»Gib dir keine Mühe«, sagt der Anführer und zieht eine Augenbraue nach oben. »Ich kann sowohl Mensch als auch Familiar einfrieren, selbst mitten in der Bewegung. Ein recht einfacher Zeitzauber, aber während eines Kampfes durchaus nützlich. Und meine Magie war genau das, was die Allianz brauchte, um die Linien des antiken Stammbaumes weiter zu verfolgen.«

»Nicht schlecht«, tönt eine Frauenstimme hinter dem Anführer. Ich nehme den Blick von Feli und halte den Atem an. »Aber deine Magie wirkt nur bei einem Gegner.«

Die Erde bebt unter unseren Füßen. Terra, die nun nicht mehr unter dem Zauber des Anführers steht, streift in Windeseile ihre menschliche Illusion ab und prescht als Steinbär in die Reihen der umstehenden Allianz-Mitglieder. Zielgenau pickt sie sich den Magier heraus, der den Zauber auf Lumia aufrechterhält, holt mit ihrer Tatze aus und mäht ihn nieder. Ich kann das reißende Geräusch von Kleidung und Haut, die zerfetzt wird, bis zu mir hören, gefolgt von gurgelnden Lauten und den panischen Schreien der Umstehenden.

Aus den Augenwinkeln sehe ich, dass Lumia sich ebenfalls erhebt. Der Anführer wirbelt zu den beiden Familiaren herum. Ehe einer der Allianz-Magier reagieren kann, schlägt Terra in ihrer massigen wahren Gestalt eine Schneise in sie und schreckt nicht davor zurück, diejenigen, die zu langsam sind, zu töten. Lumia kümmert sich um die andere Seite und schneidet den Flüchtenden mit Feuersbrünsten den Weg ab. Der Gestank nach verkohltem Fleisch und angesengtem Haar lässt mich beinahe würgen.

Einzig der fassungslose Blick des Anführers und seine kalkweiße Miene erfüllen mich mit einer grimmigen Genugtuung. Er scheint nicht damit gerechnet zu haben, dass zwei Familiare ausreichen, um seine Gefolgschaft zu Fall zu bringen. Er kann froh sein, dass ich nicht über meine gewohnten Kräfte verfüge … Ebenso wie Lumia und Terra würde ich keine Gnade walten lassen. Und ich würde mich an ihrer Panik weiden.

Als sich Terra einem der letzten verbleibenden Mitglieder zuwendet, stellt sich Lumia zwischen sie und den Mann.

»Nein«, sagt der Feuer-Familiar. »Ihn nicht.« Sie wendet sich zu dem Mann um. »Er hat mich gut behandelt, deshalb werde ich ihn verschonen.«

Zitternd kommt der Mann auf die Füße und verschwindet schleunigst in der Dunkelheit, die außerhalb des erleuchteten Kreises herrscht.

Terra stürmt auf den Anführer zu, sodass ihm keine andere Wahl bleibt, als den Zauber von mir zu nehmen und den Steinbären damit zu belegen. Mein Körper fühlt sich seltsam schwer an, nachdem ich wieder die Kontrolle über ihn habe, und selbst das Atmen stellt mich vor ungeahnte Herausforderungen. Schweiß rinnt mir die Stirn und den Nacken hinunter, während ich nach Luft ringe und mich mit aller Macht dagegen wehre, aus dieser Welt zu verschwinden.

»Töte ihn endlich!«, bellt der Anführer, ohne dabei den Blick von Lumia zu nehmen.

Ich reagiere zu langsam. Viel zu langsam. Einerseits wegen der Schwäche, die mich träge macht – andererseits weil ich nicht wahrhaben will, dass es tatsächlich geschieht. Doch entgegen allem, woran ich glaube und worauf ich hoffe, geht Feli mit dem Messer auf mich los. Dabei bewegt sie sich so flink, als hätte sie ihr Leben lang nichts anderes getan, als mit Waffen zu kämpfen. Ich schreie auf, als sie mir die Klinge bis zum Griff in die Schulter rammt. Kurz verschwimmt der Blick vor meinen Augen, ehe es mir gelingt, mich wieder auf meine Trägerin zu konzentrieren.

»Bitte«, keuche ich, »hör auf! Du musst … seinen Befehlen nicht gehorchen.«

Doch da zerrt sie das Messer bereits wieder aus dem Fleisch und holt erneut aus. Die Wunde pulsiert, aber der Schmerz ist nichts im Vergleich zu der Enge in der Brust. Ich habe in all meiner Existenz noch nie einen solchen Schmerz gespürt … Selbst nicht während der langen Jahre in meinem dunklen Exil. Mit jeder verstreichenden Sekunde, die Feli meinen Blick erwidert und ich keinerlei Erkennen in ihrem entdecken kann, schwindet das letzte hoffnungsvolle Licht, das noch in meinem Herzen brannte. An der Art, wie ihr glanzloser Blick umherhuscht, erkenne ich deutlich, dass sie mich nur ansieht, um den strategisch besten Punkt für einen erneuten Angriff herauszufinden. Sie taxiert mich regelrecht und ist dabei blind für das Elend, das mir zweifelsohne im Gesicht geschrieben steht.

Feli erkennt mich nicht. Und sie wird mich nie wieder erkennen, denn mir bleibt keine Zeit, auf ein Wunder zu warten. Der Schmerz, der mich durchzuckt, als mir aufgeht, dass ich nie mehr das Leuchten in ihren Augen sehen werde, wenn sie zu mir aufblickt, treibt mir die Tränen in die Augen. Ich kneife sie zusammen im verzweifelten Versuch, die Fassung zu bewahren, und bemerke so zu spät einen weiteren Angriff.

Nur einer von Lumias Feuerbällen hält Feli davon hab, erneut auf mich einzustechen.

»Nicht!«, schreie ich Lumia zu. »Du könntest … sie verletzen.«

»Bist du blind?«, erwidert sie kalt, während ihr Blick eine Sekunde lang zum Anführer huscht, der jedoch damit beschäftigt ist, den Gesteinsbären mit einem Zeitzauber zu bändigen. Lumia wendet sich wieder mir zu. »Das ist nicht mehr Felicity. Und ohne einen Familiar wird sie nie wieder zu der Frau werden, die du … die wir alle kannten! Sie will dich töten. *Dich!* Sie ist eine Bedrohung.«

Ohne mir die Chance zu geben, ihr zu antworten, lässt Lumia einen weiteren Feuerball auf Feli los. Ich hechte nach vorn, schlinge den unverletzten Arm um Felis Mitte und reiße sie zu Boden. Der Aufprall presst ihr und mir die Luft aus den Lungen, denn es gelingt mir nicht, den Fall abzufangen, aber sie erholt sich schneller als ich. Geschwind windet sie sich unter mir hervor, rammt mir die Faust in die verletzte Schulter, sodass ich mich schreiend auf den Rücken wälze, und setzt sich rittlings auf mich. Die Klinge des Messers, das sie zu einem weiteren Schlag erhoben hat, glänzt im Schein der Flutlichtstrahler.

Meine Augen brennen wieder, als ich zu Feli aufschaue, und die Enge in der Brust lässt mich kaum noch atmen. Auf diese Weise hat sie mich während der letzten Prüfung angesehen, kurz bevor sie mich umgebracht hat. Der gleiche eiskalte Blick. Die gleiche emotionslose Miene. Die gleiche Pose. Das allein genügt, um mich auch jetzt zu töten – ohne dass sie mir die Klinge in die Brust bohren muss. Mein Herz ist in dem Augenblick zerbrochen, als ich in dem beleuchteten Zimmer in die Augen der Abtrünnigen – und nicht in Felis! – sah.

Nur am Rande bekomme ich mit, dass Lumia ihre Angriffe nun auf nachrückende Magier der Allianz konzentriert.

Mit zitternden Fingern umschließe ich Felis Handgelenk. Nicht, um sie zu verletzen. Nicht, um sie aufzuhalten. Mein Leben ist sowieso verwirkt. Der Tod durch Verhungern in der Nebenwelt ist langsam und qualvoll. Warum sollte ich es nicht vorziehen, durch die Hand meiner Trägerin zu sterben?

Ich wünschte, ich hätte ihr helfen können ... Ich wünschte, ich hätte dieses Mal meine Trägerin retten können. Es ging mir nie um mich. Für Feli, für ihr Glück, hätte ich alles geopfert, wenn es sein müsste. Ich habe mir nichts anderes gewünscht, als ihr Leben lang hinter ihr zu stehen und ihr Licht noch heller strahlen zu lassen, damit jeder verdammte Mensch begreift, welch wundervolle Person meine Trägerin ist.

»Ich wünschte«, hauche ich nahezu tonlos, »ich hätte dir helfen können, deinen Traum zu erfüllen.«

Mit sanftem Druck führe ich die Hand, die das Messer hält, zu der Stelle, unter der mein Herz dumpf und sinnlos schlägt. Mit jedem Schlag scheint es nichts als neuen Schmerz durch mich hindurchzupumpen. Ich will, dass es aufhört ...

Die andere Hand hebe ich an, bewege sie nur langsam, um Feli nicht zu verschrecken, und lege sie an ihre Wange. Die Fingerspitzen lasse ich noch einmal durch ihr Haar gleiten, genieße das seidige Gefühl und brenne es mir fest ins Gedächtnis.

»Es ist in Ordnung«, wispere ich und blinzele gegen die Tränen an.

Kurz schiebt Feli die Augenbrauen zusammen, als würde sie sich über mein Handeln wundern, und ihre Lippen bilden einen schmalen Strich. Ich schaue nur in ihr Gesicht, halte den Blick fest und flehe sie stumm an, mein Leiden endlich zu beenden.

Ich sterbe tausendmal lieber durch ihre Hand als durch die des Anführers oder Verhungern. So ist Feli wenigstens das Letzte, was ich sehe, und das bedeutet mir mehr als zahllose Siege oder ein ehrenvoller Tod im Kampf. Ich kann sie berühren, ihre Wärme spüren und mir für einen letzten Augenblick vorstellen, dass sie mich wieder so ansieht wie noch vor einem Tag. Voller Liebe, Vertrauen und Verlangen und mit dem Versprechen, dass wir die Zukunft – ganz gleich, wie steinig sie sein mag – gemeinsam meistern werden.

Feli reißt den Arm nach oben und die Hand, mit der ich ihr Handgelenk umklammert habe, fällt schlaff zu Boden. Meine Kraft würde ausreichen, um sie aufzuhalten. Ich könnte ihr das Messer, das sie erhoben hat und in wenigen Sekunden meine Brust und mein Herz durchbohren wird, aus der Hand schlagen.

Stattdessen spüre ich ein leichtes Lächeln, das an meinen Mundwinkeln zupft, und heiße Tränen, die sich einen Weg aus den Augenwinkeln bahnen.

»Ich liebe dich«, flüstere ich.

KAPITEL 24

Shadow

Ich wappne mich gegen den Schmerz, der unweigerlich folgen wird, als Feli das Messer hinuntersausen lässt.

Doch noch ehe die spitze Klinge mein Leben beenden kann, wird Feli durch einen starken Windstoß von mir hinuntergefegt. Sie landet mit einem Keuchen mehrere Meter entfernt auf dem Rücken. Das Messer entgleitet ihren Fingern und schlittert in die Dunkelheit außerhalb des Lichtkreises.

Die verletzte Schulter pocht protestierend, als ich mich auf die Unterarme stütze. Ich sehe mich um und entdecke Zac, der, eine Hand nach vorn gestreckt, am äußeren Rand des Lichtkreises steht. Sein Blick huscht ungläubig zwischen mir und Feli hin und her, als könnte er nicht begreifen, was seine Schwester im Begriff war zu tun und warum ich mich nicht dagegen gewehrt habe. Ich begreife es im Grunde selbst nicht … Dann schaut er zu Terra, die noch immer unter dem Zauber des Anführers steht, und sein Blick verdüstert sich noch mehr. Cal taucht neben ihm auf und sieht nicht minder erschüttert aus.

Aus der Dunkelheit sind in der Zwischenzeit weitere Magier in Kutten in den Kreis getreten und plötzlich weiß ich, warum Lumia nicht längst kurzen Prozess mit dem Anführer gemacht hat. Anscheinend waren sie und Terra vorhin doch nicht so gründlich, wie ich angenommen habe, oder die vier Magier, die nun einen schützenden Ring um den Anführer bilden, sind die Verstärkung, die bisher noch im Hauptquartier war. Gut möglich, dass ich zu abgelenkt war, um sie zu bemerken, denn meine Aufmerksamkeit galt die ganze Zeit über Felicity. Auch jetzt streift mein Blick die Magier der Allianz nur flüchtig und huscht stattdessen zu ihr.

»Wie schön, dass endlich alle hier versammelt sind«, sagt der Anführer.

Mit einer herrischen Geste winkt er Felicity, die sich gerade wieder aufgerappelt hat, zu sich heran, und verliert sich darauf in einem Monolog über die glorreiche Ausführung des Plans, dem ich nicht einmal mit halbem Ohr zuhöre. Stattdessen mustere ich Feli, die ihrerseits keinen anderen als mich ansieht. Fast könnte ich vergessen, dass keinerlei Erkennen in ihrem Blick liegt, während er sich in mich zu bohren scheint. Allerdings bin ich mir ziemlich sicher, dass sie nur wütend darüber ist, die Gelegenheit, mich zu töten, verpasst zu haben. Ich kämpfe mich ebenfalls auf die Füße und umklammere die blutende und pochende Schulter mit einer Hand.

»Alles klar?«, fragt Cal, der neben mich getreten ist.

Ich verziehe den Mund, obwohl ich das Bedürfnis verspüre, über diese Frage lauthals zu lachen. »Sieht es für dich danach aus?«

Er seufzt. »Nein, nicht wirklich.« Er schaut ebenfalls zu Feli. »Sie scheint noch immer nicht zu Sinnen gekommen zu sein.«

Ich erspare mir eine Antwort darauf und frage stattdessen: »Habt ihr Katie und das Medium gefunden?«

Aus den Augenwinkeln sehe ich Cal nicken. »Ilena ist bei ihnen. Sie verstecken sich in der Nähe, bis alles vorbei ist.«

Noch ehe ich ihn darauf hinweisen kann, dass hier überall Allianz-Mitglieder herumstromern, die die drei Frauen spielend leicht überwältigen können, hält der Anführer plötzlich in seinem Palaver inne. Eine gespenstische Stille senkt sich über den Platz.

»Wo ist Ilena?«, fragt er, während sein Blick suchend von einem zum anderen eilt. »Wo ist das Wasser-Element?«

Am liebsten würde ich ihm für die Herablassung, mit der er die Magier in Elemente einteilt, direkt an die Kehle gehen. Aber solange Feli neben ihm steht, wage ich nicht, auch nur den kleinen Finger zu rühren. Ihren Brüdern scheint es nicht anders zu ergehen, denn auch sie starten keinen Angriff. Trotz allem komme ich nicht umhin den Anführer zu bewundern. Er hat sich die einzige Person herausgepickt, die unser aller Schwachstelle ist. Der Einzige, der keine Verbindung zu Feli hat, ist Flash. Doch weder Zac noch Cal, ihre Familiare und schon gar nicht ich selbst werden etwas unternehmen, was Feli in Gefahr bringen könnte.

Lumia tritt an Cals Seite. An meiner taucht Flash auf. Zac nutzt die Ablenkung des Anführers, um sich Terra zu nähern.

Mit einem knappen Kopfnicken weist der Anführer zwei der anderen Magier an nach Ilena zu suchen. Wahrscheinlich ist er von selbst darauf gekommen, dass sie nicht weit weg sein kann, während alle anderen noch hier sind. Oder er besitzt die Gewissheit, dass niemand von uns das Areal verlassen kann … Cal und Flash wollen sie verfolgen, doch der Anführer packt Feli am Arm und hält ihr mit der anderen Hand ein Messer an den Hals. Mein Herz setzt für einen Schlag aus.

»Wir werden alle brav hierbleiben«, sagt er ruhig und mit einem gönnerhaften Grinsen auf den Lippen.

»Wenn du sie tötest, wirst du deinen Plan nicht mehr ausführen können«, knurrt Cal.

Das Grinsen des Anführers wird breiter. »Das ist richtig. Aber weder du noch Zac, der hinter mir herumschleicht und nur darauf wartet, dass ich den Zauber von seinem Familiar nehme, und erst recht nicht der Schatten-Familiar werdet mich angreifen, solange ich sie in meiner Gewalt habe. Selbst wenn ihr auf irgendwelche Ideen kommen solltet, habe ich noch immer Felicity. Und wer weiß …?«

Er lässt ihren Arm los, umschließt grob mit der Hand Felis Kinn und drückt ihren Kopf nach oben. Ein tiefes Grollen steigt in meiner Kehle auf und ich muss mich dazu überwinden, nichts Unüberlegtes zu tun.

»Wir werden den Plan einfach erneut angehen«, fährt er fort und streicht mit dem Daumen über Felis Unterlippe. »Offenbar stellt es sich doch noch als Segen heraus, dass Felicity nicht meine Tochter ist.«

Augenblicklich sehe ich rot und werfe sämtliche Vorsichtsmaßnahmen über Bord. »Nimm die Finger von ihr!«, brülle ich und will nach vorn preschen, um ihm das schmierige Grinsen aus dem Gesicht zu schlagen und sicherzustellen, dass er mit der Hand nie wieder etwas berühren wird.

Doch Cal hält mich zurück. »Mach jetzt keine Dummheiten!«, mahnt er mich leise. »Du bist zu schwach, um etwas gegen ihn auszurichten.«

Meine Fingernägel, die zwischenzeitlich zu Krallen werden, ohne dass ich es verhindern kann, schneiden sich schmerzhaft in die Handflächen, so fest balle ich die Hände zu Fäusten.

»Hast du einen besseren Vorschlag?«, presse ich hervor.

»Ich nicht«, gibt Cal zu. »Aber Zac vielleicht. Solange Ilena vor der Allianz verborgen bleibt, können sie ...«

Er bricht ab und ich höre ihn nach Luft schnappen, als einer der Magier Ilena in den Lichtkreis zerrt und derart abrupt von sich stößt, dass sie das Gleichgewicht verliert und zu Boden geht. Fulgur fällt dabei von ihrem Hals und bleibt auf den Pflastersteinen liegen. Cal und Flash zucken gleichermaßen zusammen, während ich ein freudloses Lachen, das mit aller Macht meinen Hals hinaufkriecht, unterdrücken muss. Kaum sind wir Felis Glück beraubt, geht alles schief, was schiefgehen kann. Der Magier hievt Ilena wieder nach oben und zerrt sie zum Anführer. Ihr hasserfüllter Blick ruft bei ihm jedoch nur Belustigung hervor.

»Kein Wasser in der Nähe, das du kontrollieren kannst?«, fragt er herablassend. »Du warst eine Weile nützlich, aber jetzt erinnerst du dich wieder an alles und bist nicht mehr so formbar. Deshalb wirst du nur noch deine letzte Aufgabe erfüllen. Wir werden sehen, ob ich dich dann noch benötige. Schließlich stammst du aus einer der schwächeren Linien.« Er hebt den Kopf und schaut lächelnd über Ilenas Schulter hinweg. »Dich werde ich auf alle Fälle nicht mehr benötigen, Medium.«

Das Medium betritt, gestützt von Katie und eskortiert von zwei Magiern der Allianz, den Lichtkreis. Die Magier weichen anschließend vor der weisen Frau zurück, lassen sie jedoch nicht aus den Augen.

»Du hast den dunklen Pfad gewählt, James, wie ich es dir vorhergesagt habe«, erwidert das Medium. »Ich habe dich davor gewarnt, dem Ruf nach Macht nicht zu erliegen, als du mich um einen neuen Familiar gebeten hast und ich ihn dir verweigert habe. Und dort stehst du nun als Herrscher über die Magier, als vermeintliche Leitfigur für eine ganze Generation. Jedoch zerfressen von Hass und Missgunst und Eifersucht. Du hattest die Wahl, James. Du hättest dich für das Licht entscheiden können.«

Das Gesicht des Anführers verzieht sich zu einer Fratze. »Ich hatte nie eine Wahl!«

»Nicht immer besteht die beste Wahl darin, dem vorgezeichneten Weg zu folgen«, entgegnet das Medium ungerührt. »Vielleicht hätte sie sich für dich entschieden und dich sogar geliebt, wenn du sie nicht behandelt hättest wie eine Laborratte.«

Der Anführer zuckt unter ihren Worten zusammen, wendet sich aber dem Medium zu – weg von Feli. Ich sehe meine Chance gekommen, denn auch die übrigen Allianz-Magier hängen förmlich an den Lippen der weisen Frau, die Details über ihren Anführer preisgibt, die ihnen bisher verborgen blieben. Dank Zac kenne ich die Geschichte in den Grundzügen und ich bin nicht sonderlich scharf darauf, die Einzelheiten zu erfahren. Stück für Stück, Meter für Meter und ohne dabei ruckartige Bewegungen zu machen, schleiche ich zu Feli, die am anderen Ende des Lichtkreises neben dem Anführer steht.

»Es warst nicht du, der ihr während der dunklen Stunden beigestanden hat«, fährt das Medium fort. »Du ließest dich nur blicken, wenn es wieder an der Zeit war, ein neues Versuchsobjekt zu züchten.«

»Es war meine Aufgabe!«, brüllt der Anführer. »Das, wofür mich die Allianz ausersehen hat. Ich habe um diese Bürde nicht gebeten. Ich wäre zufrieden damit gewesen, ein einfacher Wissenschaftler zu sein.«

Das Medium legt den Kopf schräg. »Und dennoch hast du zugestimmt. Aus freien Stücken und ohne Zwang.«

Der Anführer weicht ihrem forschenden Blick aus. »Wie … wie hätte ich ablehnen können, nachdem ich sie zum ersten Mal sah? Sie war so wunderschön und stolz und … furchtlos.«

Automatisch huscht mein Blick zu Feli, die das Gespräch reglos verfolgt. Ich weiß nicht, ob sie etwas von dem, was die beiden sagen, verstehen kann und begreift, dass es dabei um ihre Mutter geht. Doch als der Anführer sie eben beschrieb … Es sind die gleichen Worte, die auch ich mit Feli in Verbindung bringe.

»Sie wusste genau, was die Allianz mit ihr vorhatte«, murmelt der Anführer mehr zu sich selbst als zum Medium. »Ich an ihrer Stelle hätte mein Leben eigenhändig beendet.«

Das Medium zieht eine Augenbraue nach oben. »Sie war nicht so feige wie du. Du hast brav deine Rolle gespielt und das getan, was man von dir verlangte.«

»Natürlich!«, begehrt er auf. »Was hätte ich sonst tun sollen? Ich war ein Niemand, als ich bei der Allianz anfing, und plötzlich suchten sie mich für das neue Projekt aus. Ich kann nicht sagen, dass es mir schwergefallen ist ... Wäre da nicht ihre eiskalte Ablehnung und der mörderische Blick ihres Familiars gewesen, den sie jedes Mal aus der Zelle schickte, sobald ich sie betrat.«

Kurz sieht das Medium mich an. Ich habe Feli beinahe erreicht und bisher scheint mich niemand der Allianz wahrgenommen zu haben. Auch Feli sieht so aus, als wäre sie ganz woanders und ich nichts weiter als Luft. Sie zieht den Kopf zwischen die verkrampften Schultern, als hätte sie Schmerzen.

»Sie hat dich gehasst«, sagt das Medium schonungslos und erneut zuckt der Anführer zusammen. »Sie hat dich aus tiefstem Herzen verabscheut für das, was du ihr wieder und wieder antatest. Wie du weißt, war ich öfter bei ihr. Zu den Entbindungen, aber auch zwischendurch. Nachdem sie Cal geboren hat, der laut der Allianz ein riesiger Fehlschlag war, fragte ich sie, warum sie sich all das weiterhin antat. Warum sie ihr Leben nicht beendete. Ich hatte so viel Mitleid mit dem armen Mädchen, dass ich ihr dabei geholfen hätte – ganz gleich, was das für meine Seele bedeutet hätte. Weißt du, was sie mir geantwortet hat?«

Der Anführer ballt die Hände zu Fäusten und presst die Lippen zu einer schmalen Linie zusammen.

»Für meine Söhne, sagte sie. Dafür, dass sie nie etwas Ähnliches durchmachen müssen. Und für ihren Familiar, der zurück in die Nebenwelt müsste, wenn sie sich das Leben nähme. Du hingegen wurdest mit keinem einzigen Wort erwähnt.«

Der Anführer verzieht den Mund. »Dieser verdammte Familiar ... Wäre er nicht gewesen, wäre sie einfacher zu bändigen gewesen.«

»Nein«, sagt das Medium kalt. »Ohne ihn hätte sie schon sehr viel früher einen Schlussstrich gezogen. Aber das weißt du ja. Schließlich hast du ihn töten lassen, sobald du erfahren hast, dass er ein Mensch geworden war und Hand an dein kostbares Versuchsobjekt gelegt hat. Das hat er schon zuvor getan, aber da fiel es nicht so leicht auf. Doch du wusstest, dass das Kind, das sie diesmal trug und mit allen Mitteln verteidigte, nicht von dir sein konnte, nicht wahr?«

Gerade als ich die Hand nach ihr ausstrecken und sie in Sicherheit bringen will, beginnt Feli zu zittern und schlingt beide Arme um den Oberkörper. Ein Ruck geht durch sie hindurch, gefolgt von einem Energieimpuls.

Ich werde zurückgeschleudert, und noch bevor ich mich wieder auf die Füße kämpfen kann, sehe ich, dass Zac, Lumia, Terra und Ilena auf die Knie gesackt sind. Ein eisiger Schauer rauscht mir den Rücken hinunter, als ich wieder zu Feli schaue.

»Netter Versuch«, spottet der Anführer und zupft an seiner Kutte herum, als wollte er einen Fussel entfernen. »Mich mit deinem Geschwafel über die Vergangenheit ablenken zu wollen. Für Ablenkungen warst du schon immer gut, nicht wahr, altes Weib? Schließlich ist es dir irgendwie gelungen, Felicity als Baby aus dem Labor zu schmuggeln. Und anschließend hast du mir das Versprechen abgepresst, dass das Kind am Leben bleiben muss. Nun, mittlerweile hat es sich als Glücksfall herausgestellt, dass ich mich großzügig gezeigt habe. Aber während deines ganzen Geredes über den rechten Pfad und all das Negative, was ich ausstrahle, hast du etwas Wichtiges vergessen.« Er breitet die Arme aus. »Ich fühle mich fantastisch, so wie es ist. Ich bin mächtig. Ich werde der Herrscher einer neuen Welt sein. Kein unbedeutender Untergebener. Keine Randnotiz in einer Akte.« Er wendet sich zu Feli um, die den Mund zu einem stummen Schrei geöffnet hat, während sie die magische Kraft der vier Elemente in sich aufzusaugen scheint. »Und das verdanke ich zum Teil dir, Medium, denn ich hätte nicht lange gezögert und das Mädchen getötet, so wie meine Frau bereits mehrere andere unserer Kinder getötet hat, bevor sie das Licht der Welt erblickten.«

Cal und Flash helfen mir hoch und verfolgen mit geschockten Mienen das Schauspiel, das sich uns bietet. Feuer, Wind, Erde und Wasser dringen aus den Magiern und Familiaren hervor und gebündelt sammeln sich die Elemente bei Felicity, der es sichtlich Schmerzen bereitet, all diese Kraft in sich aufzunehmen. Sie wirft den Kopf hin und her und krallt die Hände in die Oberarme, als müsste sie sich daran hindern auseinanderzubrechen.

»Wir müssen sie aufhalten«, sagt Flash.

»Und wie?«, will Cal wissen. Einen Moment sieht er sich um. »Wir drei sind die Einzigen, die nicht unter dem, was auch immer da gerade vorgeht, stehen.«

Ein zuckender Blitzzauber erscheint über Flashs Hand. »Zur Not müssen wir sie töten.«

Ich gebe ein bedrohliches Grollen von mir. »Versuch's und ich reiße dir hier und jetzt den Kopf ab! Dafür opfere ich gerne das letzte bisschen Kraft, das ich noch habe.«

»Wollt ihr nur danebenstehen und zusehen?«, entgegnet Flash, ehe er auf Lumia deutet, die sich vor Schmerzen auf dem Boden windet. »Das da ist dein Familiar!«, sagt er an Cal gewandt. »Willst du ihr nicht helfen?«

Cal ringt mit sich, während sein Blick von Lumia zu Ilena und schließlich zu Zac huscht. Dann schaut er zu Feli. Und ich kann genau den Augenblick benennen, in dem er kurz darüber nachdenkt, seine kleine Schwester auszuschalten. Wenn er weiter zögert, verliert Cal alle, die ihm etwas bedeuten: beide Geschwister, seinen Familiar und Ilena. Alles in allem ist Cal derjenige, der am meisten zu verlieren hat, und ich verstehe, dass ihm die Entscheidung nicht leichtfällt.

Ich zwänge mich an den beiden vorbei und bahne mir weiter einen Weg zu Feli, werde aber immer wieder durch die unbändige und gegensätzliche Magie, die um sie herumwirbelt, zurückgestoßen. Es fühlt sich an, als würde ich mich durch einen heftigen Sturm kämpfen. Ich kann kaum die Augen öffnen, so stark umtost mich Zacs Wind, während Lumias Feuer mir die Haut von den Knochen zu brennen scheint. Der Boden bebt unter meinen Füßen und Ilenas Wasser peitscht mir ins Gesicht. Und inmitten dieser elementaren Gewalten kniet Feli zitternd auf dem Boden und presst nun beide Hände an den Kopf.

Ich bin nur noch wenige Meter von ihr entfernt, als Katies Fee plötzlich um mich herumschwirrt und ebenfalls einen Weg zu Feli zu suchen scheint. Verwirrt schaue ich sie einen Moment an, ehe ich bemerke, dass sie zu mir will. Ich strecke die Hand nach ihr aus und schütze sie so vor den schlimmsten Einflüssen. Sofort lächelt sie mich dankbar an, bevor sie mit den winzigen Ärmchen nach links deutet. Ich brauche einen Augenblick, bis ich erkenne, was sie mir zeigen will. Fulgur liegt ungeschützt auf dem Boden und kann den zuckenden Elementen, die uns umtosen, kaum ausweichen. Wieder und wieder reckt er den geschuppten Oberkörper und Kopf in die Luft und ruft nach seiner Trägerin, doch niemand kann ihn bei der Lautstärke, die Zacs Wind und Terras Beben verursachen, hören.

Ich beiße die Zähne zusammen und ringe noch einen Moment mit mir, ehe ich mich von Feli abwende und zu Fulgur hechte. Nur wenige Sekunden, bevor eine Woge von Lumias Feuer an der Stelle einschlägt, wo er sich befindet, packe ich den kleinen Familiar mit der freien Hand, presse ihn an mich und springe in Sicherheit. Anschließend eile ich zu Katie, die noch das Medium stützt. Zum Glück sind die beiden außerhalb der Gefahrenzone, genau wie die anderen Magier der Allianz. Anscheinend nimmt keiner von ihnen Notiz von der Magierin mit dem »schönen Schein« und dem Medium, sondern sie verfolgen gebannt und mit offenen Mündern das Schauspiel, ebenso wie der Anführer.

»Endlich«, höre ich ihn sagen. »Nach all der Zeit! Zum Glück konnte ich ihr vorhin das Mittel in den Mund schieben, das die Verbindung der Elemente auslöste.«

Bei Katie angekommen strecke ich beide Hände aus, in denen ich die kleineren Familiare halte, die angsterfüllt zu mir aufblicken. »Nimm sie!«, sage ich zu Katie. »Und pass auf sie auf.«

»Aber was ist mit dir?«, fragt sie, als sie ihre Fee und Fulgur an sich drückt. »Und Feli? Was geschieht mit ihr?«

»Ich ... weiß es nicht«, gebe ich zu.

Katie verzieht das hübsche Gesicht, als sie die Tränen, die nun ungehemmt ihre Wangen hinunterlaufen, nicht mehr zurückhalten kann. Sie drängt sich an mir vorbei. »Feli!«, schreit sie so laut, dass mir die Ohren klingeln. »Bitte, hör auf damit! Das sind deine Freunde! Deine Familie! Und Shadow ... Er ist auch hier! Komm wieder zu dir!«

Ich will sie bitten, damit aufzuhören, weil auch ich kaum noch in der Lage bin, nach außen hin ruhig zu bleiben. Katie nun so verzweifelt zu sehen und zu hören, lässt den Rest meiner Beherrschung bröckeln. Ich weiß nicht, wie ich Feli helfen kann. Ob ich ihr überhaupt helfen sollte. Ich will nicht noch einmal von ihr so eiskalt angesehen werden ... Aber ich kann sie nicht in der Obhut des Anführers lassen!

Doch was vermag ich schon zu tun?

Ein kleiner Teil von mir wünscht sich, dass Feli mich vorhin getötet hätte. Dann müsste ich nicht mehr mit ansehen, wie meine Trägerin leidet, und fühlte mich nicht derart zerrissen und hilflos. Der Plan der Allianz ist bereits in vollem Gange. Gibt es noch einen Weg, ihn zu stoppen? Der offensichtlichste wäre, einen der fünf Beteiligten zu töten. Ich hasse mich selbst dafür, dass ich überhaupt daran denke, aber ... wenn nur einer der anderen sterben würde, hat der Anführer keinen Hehl daraus gemacht, was er Feli antun wird. Er wird nicht aufgeben, sondern den Plan weiterverfolgen – mit Feli als neuester »Laborratte«, wie es das Medium so treffend ausgedrückt hat. Um ihr das Schicksal ihrer Mutter zu ersparen, wäre es das Beste, wenn Feli diejenige ist, die ...

Es gelingt mir nicht, den Gedanken zu Ende zu denken. Wieder schreit Katie etwas, was ich jedoch nicht verstehen kann. Ich könnte nie den Mut aufbringen, meiner Trägerin zu schaden – ganz gleich, was auf dem Spiel stünde.

Ich schaue zu Feli und mein Herz setzt für einen Schlag aus. Zwar tosen noch immer die Elemente um sie herum und scheinen ihr Schmerzen zu bereiten, aber sie hat den Kopf gehoben und schaut in unsere Richtung. Sie sieht uns an und nicht nur durch uns hindurch. Nein ... Ich blicke zur Seite, wo Katie wieder aus Leibeskräften brüllt, dass Feli endlich zur Vernunft kommen soll.

Feli schaut nicht uns an, sondern nur Katie.

Und da dämmert es mir. Die Magier der Allianz mussten Felis gesamte Erinnerungen versiegeln, sodass sie weder ihre Brüder noch mich erkannte, sondern für die Allianz arbeitete. Da es jedoch nahezu unmöglich ist, die kompletten Erinnerungen einer Person durch neue zu ersetzen, beschränkten sich die Magier auf die wichtigen Teile. Ihnen war klar, dass Zac, Cal und ich zu Felis Rettung kommen würden, deshalb strichen sie uns komplett aus ihrem Gedächtnis.

Aber sie rechneten nicht mit der Magierin mit dem »schönen Schein«. Katie ist Felis engste und einzige Freundin, doch für die Allianz war sie uninteressant.

Ich packe Katie an den Schultern und ignoriere ihren verwirrten Blick. »Rede unbedingt weiter mit ihr – ganz gleich, was passiert!«, schärfe ich ihr ein. »Erzähle ihr von etwas, was ihr gemeinsam unternommen habt! Teile wichtige Erlebnisse mit ihr! Aber rede auf jeden Fall weiter, hörst du?«

Sie nickt sichtlich verwirrt. »Und ... was ist mit dir?«

»Ich halte euch den Rücken frei.«

Katie reicht die beiden kleinen Familiare an das Medium weiter und nähert sich vorsichtig Feli, die noch immer ihre beste Freundin anstarrt. Ich haste derweil, so schnell ich dazu noch in der Lage bin, zu Flash und Cal hinüber, ersticke ihre eilig geschmiedeten Pläne, die immer den Tod eines der Beteiligten beinhalten, im Keim und berichte ihnen, was ich gerade erfahren habe. Sie beobachten Katie und Feli einen Moment und kommen zum selben Schluss wie ich.

»Wir müssen verhindern, dass sie weiterhin die Elemente aus den anderen ›heraussaugt‹«, wirft Flash ein. »Wenn das so weitergeht ...«

»Das übernehme ich«, sage ich. »Ich schaffe Katie so nah wie möglich an Felicity heran und schirme sie vor den Elementen ab. Ihr kümmert euch darum, dass der Anführer und seine Schergen uns nicht dazwischenfunken.«

Cal wirft Flash einen abschätzigen Blick zu, ehe er sagt: »Ich bin gespannt, ob du mithalten kannst, Blitzbubi!«

Flash verzieht den Mund zu einem schiefen Grinsen. »Du wirst dich noch wundern! Wenn du gegen mich abgestunken hast, wirst du deinen Namen von *Ice King* zu *Ice Loser* ändern!«

Ohne dass ich es verhindern kann, muss ich über ihr Wortgefecht schmunzeln. Es ist zwar unpassend in diesem Moment, aber mir tausendmal lieber, als wenn sie sich beinahe die Köpfe einschlagen.

Gemeinsam sprinten sie los und konzentrieren ihre Angriffe zunächst auf die Magier der Allianz, unter denen sich noch immer einer befindet, der zumindest Flash unschädlich machen kann.

Da ich weiß, dass die beiden auf sich aufpassen können, eile ich zu Katie, die in sicherem Abstand zum Elementen-Wirbel steht und gegen das Tosen anbrüllt. Sie zuckt zusammen, als ich einen Arm um sie lege, und entspannt sich erst, als sie mich erkennt.

»Wir müssen näher heran«, schreit sie mir ins Ohr.

»Ich weiß«, antworte ich.

Anschließend atme ich tief durch und suche in mir nach den letzten Resten von Felis Magie, die noch von unserer letzten Verbindung übrig sind. Wie ein kostbares Gut habe ich sie in mir verborgen, doch nun brauche ich sie.

Ein letztes Mal genieße ich das Gefühl unserer sich verbindenden Magie – ihr Licht und meine Dunkelheit.

Ein letztes Mal werde ich von der Kraft erfüllt, die ich benötige, um meine Trägerin zu retten.

Ich strecke die Hand aus und erschaffe eine schützende Wand aus Schatten um uns herum. Selbst dieser normalerweise einfache Trick bringt mich an den Rand der Erschöpfung, doch ich beiße die Zähne zusammen und schiebe Katie weiter in Felis Richtung. Die Schattenwand ist nicht dafür gedacht, um Angriffe abzuwehren; das schafft einzig Felis Schutzschild, der nur bei mir wirkt. Aber meine Schatten dämpfen zumindest die äußeren Einflüsse auf Katie und die Lautstärke um uns herum, auch wenn ich die auf mich einprasselnden Elemente mehr als deutlich spüre. Doch es ist mir gleichgültig, ob Wind und Wasser mich zerfetzen. Ich muss nur so lange durchhalten, bis es Katie gelungen ist, den Zauber einzureißen.

Ich bekomme nicht mit, was außerhalb der Schattenwand geschieht, aber der Umstand, dass uns noch niemand überwältigt hat, spricht für Cals und Flashs Erfolg.

Ein paar Meter vor Feli bleibt Katie stehen. Ich muss mich anstrengen, die schützenden Schatten um uns drei auszuweiten, doch noch scheint sich Feli nicht erinnern zu können. Verwirrung, aber auch Angst liegen in ihrem Blick, der unstet zwischen mir und Katie hin- und herhuscht.

Begütigend streckt Katie eine Hand aus und macht einen weiteren Schritt auf Feli zu. »Weißt du, wer ich bin? Kannst du dich an mich erinnern?«

Feli runzelt die Stirn, während sie Katie aufmerksam beobachtet.

Katie kniet sich in sicherem Abstand vor Feli hin. »Ich hab dich in der Schule kennengelernt, vor knapp fünf Jahren. Du liefst ständig in derart sackartigen Klamotten herum und machtest einen Riesenbogen um die Mitschüler, dass alle dich für sonderbar hielten. Während der Schule warst du seltsam und ich brauchte eine Weile, um zu verstehen, dass es deine magische Gabe war, die dich so handeln ließ. Es machte mich traurig mit anzusehen, wie du unbedingt dazugehören wolltest, dir deine Gabe aber einen Strich durch die Rechnung machte. Ich hatte Mitleid mit dir und beschloss, dich unter meine Fittiche zu nehmen. Und weißt du, was ...? Das war das Beste, was mir je passiert ist.«

Als Feli sich noch immer nicht rührt, wirft mir Katie einen Hilfe suchenden Blick zu.

»Rede weiter mit ihr«, presse ich hervor, während ich verbissen darum ankämpfe, die Schattenwand aufrechtzuerhalten. Zwar sickert trotz der Wand Elementarmagie hindurch, doch bei Weitem nicht so viel wie noch vor ein paar Minuten. Ich muss ... nur ein wenig länger durchhalten.

Katie wendet sich wieder Feli zu. »Weißt du noch, als wir dieses Referat halten mussten und du so glücklich darüber warst, dass du in die Gruppe kamst, in der auch Justin war? Der Junge, in den du während der Schulzeit verknallt warst. Ich konnte ihn nie leiden, denn ich wusste, dass er nicht der Richtige für dich war. Er war oberflächlich und untreu und ein Macho und ... Egal, jedenfalls warst du so aufgeregt, dass du nur zwei Sätze herausgebracht hast, ehe du aus dem Klassenzimmer gestürmt und auf die Toilette gerannt bist, um dich zu übergeben. Das hat nicht den besten Eindruck hinterlassen, aber im Grunde war es genau richtig.«

Katie geht näher an Feli heran und kniet sich vor sie. Zögerlich streckt sie die Hände nach meiner Trägerin aus und umschließt ihr Gesicht. Feli lässt es zu und schaut Katie aufmerksam, aber auch zweifelnd an, als müsste sie angestrengt darüber nachdenken, wie der Name der jungen Frau vor ihr lautet.

»Erinnerst du dich noch an den besten Tag?«, fragt Katie. »Das ist gar nicht so lange her. Ich hab dich bei dir zu Hause abgeholt und durfte ein bisschen deine Brüder anschmachten, ehe ich dich ins Taxi verfrachtete. Du wolltest irgendeinen Zombie-Film im Kino sehen, aber da wollte ich nicht mitmachen. Viel lieber wollte ich dir helfen. Ich wollte dir dabei helfen, nicht mehr so stark unter deiner Gabe leiden zu müssen.«

Sie rutscht ein Stück zur Seite und gibt den Blick auf mich frei. Ich ringe einen Moment nach Luft; als Felis Blick sich mit meinem verhakt, fürchte ich mich davor, wieder nichts als unnahbare Kälte und Verachtung zu spüren, wenn sie mich ansieht. Aber diesmal liegt ein anderer Ausdruck in ihrem Blick, verborgen hinter Verwirrung und Angst. Ein Ausdruck, den ich nicht in Worte zu fassen wage, um mich nicht vollends zu zerstören.

»Ich hab dir angesehen, dass du dich am liebsten aus dem fahrenden Taxi geworfen hättest, nachdem du erfahren hast, wohin ich dich bringen will«, erzählt Katie weiter. »Aber letztendlich bist du mitgekommen und über deinen Schatten gesprungen.« Sie lacht. »Und als Belohnung hast du einen weiteren ›Schatten‹ erhalten. Anfangs war ich neidisch darauf, dass gerade du einen dermaßen heißen und mächtigen Familiar bekamst, wo doch jeder dachte, dass du über nahezu keine magische Begabung verfügtest. Danach war ich stinksauer auf deinen Familiar, als er dich mitten in der Nacht in meine Wohnung schleppte, nachdem ihr gegen eine Abtrünnige gekämpft habt. Du sahst mitgenommen aus und am liebsten hätte ich ihm das Fell über die Ohren gezogen. Aber er konnte dich heilen. Nicht nur die gebrochene Hand und die anderen Schrammen, die du davongetragen hast.«

Feli bewegt die Lippen, doch zunächst kommt kein Ton heraus. Ihr Blick hält meinen gefangen, während sie mich eingehend betrachtet und dadurch ein Kribbeln im Bauch auslöst. Krächzend bringt sie schließlich hervor: »Was ... was hat er noch geheilt?«

»Den Teil von dir, an den du niemanden sonst herangelassen hast«, antwortet Katie. »Den du stets versteckt und beschützt hast, als könnte er bei der kleinsten Berührung zerspringen.«

Felis Körper erschauert, ehe sie sich zu Katie umwendet. »Welchen Teil?«, will sie wissen.

Doch Katie schüttelt den Kopf. »Zuerst sagst du mir, ob du weißt, wer ich bin.«

Ich spüre jeden einzelnen Herzschlag, der viel zu fest und aufgeregt gegen die Brust trommelt, während ich die Luft anhalte, um kein Wort, das aus Felis Mund kommt, zu verpassen.

»Du ... du bist ...« Feli kneift die Augen zusammen und stößt keuchend den Atem aus, ehe sie sich mit beiden Händen an den Kopf fasst. Sie würgt und hustet und erbricht kurz darauf einen Schwall Flüssigkeit. Selbst von hier aus erkenne ich deutlich die runde, halb aufgelöste weiße Tablette, die darin schwimmt.

Jeder einzelne Muskel in meinem Körper spannt sich an, weil alles in mir danach schreit, zu ihr zu eilen, sie in die Arme zu schließen und ihr irgendwie die Schmerzen, die sie gerade heimsuchen, zu nehmen. Doch ich bleibe, wo ich bin – seltsam erstarrt aus Angst vor Zurückweisung.

Feli lässt die Hände sinken und blinzelt mehrmals hintereinander, als wäre sie gerade aus einem tiefen Traum erwacht. »Ka...Katie«, haucht sie, während sie ihre Freundin mit gerunzelter Stirn mustert. »Was ... machst du hier?«

Katie fällt meiner Trägerin um den Hals und drückt sie fest an sich. »Ich bin so froh, dass du wieder da bist. Wir haben uns solche Sorgen um dich gemacht.« Sie hält Feli auf Armlänge von sich und dreht sie an den Schultern ein Stück zu mir. »Und jetzt sagst du mir, wer er ist.«

In dem Moment, als Feli mich wieder ansieht, kommen die Elemente um uns herum gänzlich zum Erliegen. Weder Wind noch Feuer noch Erde oder

Wasser brandet gegen die Schattenwand, die ich jedoch nicht verschwinden lasse. Ich halte sie aufrecht, obwohl es besser wäre, meine Kräfte zu schonen, aber ich will diesen Augenblick mit niemandem teilen. Dieses eine letzte Mal will ich als Einziger den Moment genießen, in dem das Leuchten in Felis Augen zurückkehrt.

Kein Ton verlässt Felis Lippen, aber sie formen ein Wort, ein einziges Wort.

Sie formen meinen Namen ...

KAPITEL 25

Felicity

Ich fühle mich, als würde ich aus einem endlosen Schlaf erwachen. Alles um mich herum ist seltsam unscharf und es gelingt mir nur mit Mühe, mich auf etwas zu konzentrieren. Das meiste verschwimmt in einem grauen Nebel, der noch immer über einem Großteil meines Bewusstseins liegt und mich kaum einen klaren Gedanken fassen lässt.

Eine Person schaffte es jedoch, sich durch den Nebel zu kämpfen, und riss nach und nach die Wände ein, die meinen Geist gefangen hielten und das Licht von mir abschirmten.

Katie.

Ich blinzele gegen die plötzliche Helligkeit an, die allein durch das Lächeln meiner Freundin in meinem Kopf ausgelöst wird.

Viele Gesichter, die ich nicht zuordnen konnte, obwohl ich wusste, die Personen bereits irgendwann getroffen zu haben, redeten mit mir während der Zeit, die ich umhüllt von Dunkelheit und dichtem Nebel zugebracht habe, doch weder ihre Anwesenheit noch das Gesagte drang zu mir durch. Ich wusste, dass sie da waren, und einem Teil von mir war klar, dass sie wichtig für mich waren. Aber die innere Stimme, die mir ihre Namen oder die Begebenheiten, bei denen wir miteinander zu tun hatten, zuflüstern wollte, war so leise, dass ich sie nicht verstehen konnte. Nur eine Stimme war die ganze Zeit über laut genug – die des Anführers. Er war ständig bei mir und füllte die Erinnerungslücken mit schmeichelnden Worten und Versprechungen und dem Wissen, dass ich bisher klein und unbedeutend war. Dass es niemanden da draußen gab, dem ich etwas bedeutete.

Die einzigen Gefühle, zu denen ich fähig war, waren Einsamkeit und eine unbekannte Wut. Vor allem diese überlagerte sämtliche anderen Empfindungen und sogar den Wunsch, mich wieder erinnern zu können. Denn was gäbe es schon, woran ich mich entsinnen mochte? Ich war allein, das spürte ich ganz deutlich. Etwas Wichtiges wurde mir genommen und es gab keinen Weg, es zurückzuerlangen. Was es war, das diese Leere in mir auslöste, wusste ich nicht. Und so wichtig konnte es doch nicht gewesen sein, wenn ich es vergessen hatte …

Ich ergriff die dargebotene Hand des Anführers, der von einem glorreichen Zeitalter sprach, in dem ich an seiner Seite herrschen konnte. Eine neue Weltordnung, die er mit meiner Hilfe erschaffen wollte.

Sollte die alte Welt, die mich hasste und als einsame und wütende Hülle zurückließ, doch brennen …

Hartnäckig kämpfte sich dann Katie mit ihrem Geplapper und den Geschichten aus der Vergangenheit durch den dichten Nebel, der mich von allem anderen abschirmte. Ich wusste nicht einmal, wo ich mich befand oder warum ich dort war. Alles, was ich spürte, waren die Schmerzen, die sich immer weiter in mir ansammelten und mir fast das letzte bisschen Verstand raubten, was ich noch besaß. Ich wollte, dass es aufhörte … Also machte ich weiter.

Bis ich plötzlich Katies Stimme hörte. Sie kam von weiter weg, aber dennoch klickte und knirschte es auf einmal im Kopf, als würde ein Zahnrädchen, das bisher seinen Dienst versagt hatte und eingerostet war, wieder seine Tätigkeit aufnehmen. Langsam zunächst; zu langsam, als dass es etwas bewirken konnte. Es musste gegen den Stillstand der anderen Zahnrädchen ankämpfen und sie mit Gewalt dazu bringen, sich ebenfalls zu bewegen.

Je länger Katie mit mir sprach, desto schneller gelang es dem Rädchen – und schlagartig bewegten sich mehrere im Kopf und förderten Erinnerungen zutage, die ich anfänglich nicht für meine hielt. Sie passten nicht zu der Wut, die in mir tobte. Erinnerungen an die gemeinsame Schulzeit mit ihr, voller Zurückweisungen und Peinlichkeiten. Katie erzählte von einem Leben, das sich im ersten Moment wie das einer Fremden anfühlte – nicht wie mein eigenes. Doch je länger sie redete, sich beharrlich in mein Sichtfeld schob und mich an der Wange berührte, desto mehr lichtete sich der Nebel im Kopf, vertrieben durch das stete Arbeiten der Zahnrädchen, und gab die Sicht auf weitere Erinnerungen frei, die ich für verloren hielt. Meine Brüder. Ihre Familiare. Katie. Justin. Meine verfluchte Gabe, die mir das Leben zur Hölle und alles Zwischenmenschliche unmöglich machte.

Doch da war noch mehr ... Da *musste* mehr sein! Ich spürte es. Spürte, wie wichtig die Erinnerung für mich war, die ich noch nicht wiedergefunden hatte, doch jedes Mal, wenn ich die Hand nach ihr ausstrecken wollte, verschwand sie wieder im Nebel. Als wollte mich mein Unterbewusstsein davor schützen, mich zu erinnern ...

Als Katie mich schließlich losließ und ein Stück zur Seite rutschte, fiel mein Blick auf einen Mann, den ich bisher nicht wahrgenommen hatte. Nein, ich *habe* ihn wahrgenommen ... Und angeschrien. Mehrmals. Weil er mir zu nah kam. Viel zu nah. Jedes Mal, wenn ich ihn sah oder er mich gar berührte, durchzuckte mich ein gleißender Schmerz, der mich kaum noch atmen ließ.

Jetzt kann ich ihn ansehen, ohne von zusätzlichen Qualen heimgesucht zu werden, doch noch immer kann ich ihn nicht zuordnen. Das Knirschen und Knacken im Kopf wird lauter. Ich will mich erinnern, will wissen, wer er ist und warum mich der Anblick seines zweifelnden und hoffnungslosen Gesichtsausdrucks in der Brust schmerzt.

Katie erzählt von einer Taxifahrt und einem Schatten, auf den sie neidisch war. Beim Wort »Schatten« zucke ich zusammen. Die Zahnrädchen im Kopf rotieren schneller. Katie redet weiter und der Schmerz in der Brust verstärkt sich. Ich will sie fragen, wer der junge Mann ist, der mich die ganze Zeit über ansieht, als könnte er bis in die dunkelsten Winkel meiner Seele blicken, die ich nie jemandem offenbaren würde, nicht einmal meiner besten Freundin. Doch noch während ich das denke, weiß ich, dass ich es bereits getan habe. Ich habe jemandem die schwarzen Flecken gezeigt, die mich beschmutzen und auf die ich alles andere als stolz bin.

Mit einem lauten Knirschen setzt sich das letzte Rädchen schwerfällig in Gang.

Ich blinzele mehrmals hintereinander, als ich in der Erinnerung mitten in der Stadt stehe, eingehüllt in Schatten und derart nervös, dass ich meinen ersten großen Auftritt verpatze, von dem ich bereits ein halbes Leben lang geträumt habe. Aber irgendwie gelingt es mir, die Abtrünnige, gegen die selbst meine Brüder keine Chance haben, mit einem Kinnhaken zu Boden zu schicken. Dabei kann ich mich gar nicht so schnell bewegen und von Nahkampf habe ich auch keinen blassen Schimmer. Da ist etwas ... in mir – ein zweites Bewusstsein, ganz anders als ich, jedoch so perfekt auf mich abgestimmt, dass wir eine Einheit bilden. Meine Hand schmerzt ...

»Du sahst mitgenommen aus und am liebsten hätte ich ihm das Fell über die Ohren gezogen.« Nur für einen kurzen Moment huscht mein Blick zu Katie, ehe ich mich wieder auf den jungen Mann konzentriere. Sie hat mir seinen Namen nicht verraten, aber ich bin mir sicher, dass sie gerade von ihm spricht. »Aber er konnte dich heilen. Nicht nur die gebrochene Hand und die anderen Schrammen, die du davongetragen hast.«

Ich bewege die Lippen. Sie sind trocken und spröde und reißen bei der kleinsten Bewegung auf. Dennoch zwinge ich sie dazu, die Worte zu formen, die ich aussprechen muss. Zunächst bringe ich nur ein Krächzen zustande. Mein Hals ist rau, als hätte ich eine sehr lange Zeit geschrien. Doch ich versuche es erneut, und endlich gelingt es mir. Es ist mir gleichgültig, dass meine Stimme kratzig und fremd klingt.

»Was ... was hat er noch geheilt?«

»Den Teil von dir, an den du niemanden sonst herangelassen hast«, antwortet Katie. »Den du stets versteckt und beschützt hast, als könnte er bei der kleinsten Berührung zerspringen.«

Ein Schauer rinnt durch mich hindurch und lässt mich zittern. Ich kenne die Antwort. Ich weiß, von welchem Teil sie spricht. Ich habe ihn immer versteckt, obwohl niemand über eine ähnliche Gabe wie ich verfügt und ihn hätte sehen können. Dennoch schützte ich diesen privatesten Teil von mir mit allen mir möglichen Mitteln.

Aber wie kann Katie davon wissen? Ich brauche die Gewissheit ... Mühsam zwinge ich meinen Blick, sich von dem jungen Mann zu lösen und sich auf meine beste Freundin zu konzentrieren.

»Welchen Teil?«, presse ich hervor.

Doch statt mir zu antworten, schüttelt Katie den Kopf. »Zuerst sagst du mir, ob du weißt, wer ich bin.«

Welch sinnlose Frage! Natürlich weiß ich, wer sie ist!

»Du ... du bist ...«

Ein gleißender Schmerz durchzuckt mich wie ein Blitzschlag und ich presse beide Hände gegen den Kopf. Es tut weh, aber dank der Helligkeit ist nun auch der letzte Rest des Nebels verschwunden. Im Hals brennt plötzlich ein Feuer und ich beginne zu husten und zu würgen. Obwohl mein Magen leer ist, zieht er sich wieder und wieder zusammen. Galle steigt in mir auf und spült das Feuer, das sich beinahe einen Weg durch mich hindurchgebrannt hat, mit nach draußen. Ich erbreche klare Flüssigkeit und mitten darin schwimmt eine halb aufgelöste Tablette, nicht größer als der Nagel meines kleinen Fingers. Das Brennen ist verschwunden ebenso wie der Nebel. Die Zahnrädchen greifen mühelos ineinander, und als ich die Augen öffne, kann ich endlich wieder klar sehen. Ich blinzele mehrmals hintereinander.

»Ka...Katie«, hauche ich. Aber wie kommt sie hierher? Und wo sind wir hier überhaupt? »Was ... machst du hier?«

Ohne Vorwarnung und mit einem leisen Jauchzen fällt mir Katie um den Hals und drückt mich so fest an sich, dass ich fast keine Luft mehr bekomme. »Ich bin so froh, dass du wieder da bist. Wir haben uns solche Sorgen um dich gemacht.« Unvermittelt hält sie mich auf Armlänge von sich und dreht mich an den Schultern zur Seite. Wieder sehe ich ihn an. »Und jetzt sagst du mir, wer er ist.«

Mein Hals ist wie zugeschnürt, als sämtliche verschütteten Erinnerungen auf mich einprasseln. Tränen des Glücks steigen mir in die Augen. Ich weiß, dass ich ihn angeschrien habe, weil ich ihn nicht erkannt habe. Aber er war so beharrlich ... Ich erinnere mich wieder, wo wir sind und warum ich hier bin. Was ich tun sollte und was mir angetan wurde. Doch durch den Nebel und den Schmerz, die mich einhüllten und alles andere in mir zum Schweigen brachten, kämpfte er sich hindurch. Selbst jetzt, als ich kurz davorstand, dem Anführer zu helfen, ist er hier. Obwohl ich ihn töten wollte ... Ich hatte ein Messer in der Hand und wollte ... Und er hätte es zugelassen. Mein Herz quillt über vor lauter Empfindungen, die ich nicht in Worte fassen kann und will.

Ich weiß, dass ich nichts weiter als ein Schluchzen herausbringen würde, wenn ich zu sprechen versuchte.

Deshalb forme ich nur mit den Lippen seinen Namen.

Shadow.

KAPITEL 26

Felicity

Wir starren einander an, als müssten wir uns erst selbst davon überzeugen, dass es kein Traum ist. Dass der andere tatsächlich hier und keine Einbildung ist.

Ich sehne mich danach, Shadow zu berühren, aber meine Knie zittern so sehr, dass sie mich nicht tragen würden, wenn ich jetzt aufstünde. Stattdessen strecke ich beide Hände nach ihm aus. Sie zittern ebenso sehr, wie es der Rest von mir tut.

Ein Ruck geht durch Shadow hindurch, ehe er sich nur einen Augenblick später in Bewegung setzt und mit wenigen großen Schritten bei mir ist. Ohne zu zögern, ergreift er meine flehentlich ausgestreckten Hände, zieht mich hoch und schlingt die Arme so fest um mich, dass meine Wirbelsäule knackt. Aber das kümmert mich nicht im Geringsten. Vielmehr genieße ich den Moment, in dem all meine Sinne von ihm erfüllt sind.

Abwechselnd hickse, lache und schluchze ich, während Tränen ungehemmt meine Wangen hinunterströmen. Jede einzelne wischt Shadow mit den Daumen weg. Dabei sieht er mir so tief in die Augen, dass mir beinahe schwindelig wird.

»Du bist wieder da …?«, wispert er, wobei er das letzte Wort zur Frage anhebt.

»Verzeih mir«, hauche ich zwischen zwei Schluchzern.

»Es gibt nichts zu verzeihen«, entgegnet er sanft.

Ich verschlucke mich beinahe an einem freudlosen Lachen, das in mir hochsteigt. Ich habe ihn angeschrien. Vor den Kopf gestoßen. Und versucht ihn zu töten. Er musste erneut die letzte Simulation durchmachen und diesmal hätte es ihn fast das Leben gekostet. Ich kann nur hoffen, dass er mir die

Gelegenheit gibt, all das wiedergutzumachen. Ich will mich nicht damit herausreden, dass ich diese Verfehlungen begangen habe, weil der Gedächtniszauber auf mir lastete; das wäre zu einfach. Irgendetwas wiegt schwerer als das. Etwas, was mich immer tiefer in die Dunkelheit fallen ließ, aus der es kein Entrinnen mehr gab. Doch im Moment will ich mich nicht darauf konzentrieren. Viel wichtiger ist, dass es Katie gelungen ist, den Zauber zu brechen, und ich endlich wieder ich selbst bin.

Zögerlich, als müsste er sich selbst noch davon überzeugen, dass wir uns nicht doch in einem Traum befinden, senkt Shadow den Kopf zu mir herab und streicht mit den Lippen über meine. So zart und sanft, dass ich es im nächsten Augenblick für eine Einbildung halte. Das Herz wird mir schwer. Ich vermisse das Kribbeln, das normalerweise bei jeder seiner Berührungen durch mich hindurchrauscht. Ich sehne mich nach dem Feuer, das seine Küsse auslöst. Ich will das Brennen spüren, das das sachte Knabbern seiner spitzen Eckzähne an meiner Unterlippe verursacht.

Doch jetzt spüre ich nichts anderes als … eine unerklärliche und endlose Traurigkeit, die von ihm auf mich überspringt, und deren Ursprung ich nicht kenne. Ich sehe sie in den mitternachtsschwarzen Augen, deren Blick mich so genau und durchdringend mustert, als wollte Shadow sich jeden Zentimeter meines Gesichts einprägen. Ich sehe sie in dem winzigen erzwungenen Lächeln, das seine Mundwinkel kaum sichtbar hebt. Und ich sehe sie in dem Bedauern, das ich deutlich in seiner Miene erkennen kann.

Seine Traurigkeit nistet sich in mir ein und vermischt sich mit Angst, die meine Hände zittern lässt.

»Shadow, was …?«

Er greift nach meiner bebenden Hand und haucht einen Kuss auf die Innenfläche, ehe er den Kopf schüttelt. »Wir haben einen Kampf zu gewinnen.«

Ich übersehe etwas, das spüre ich ganz deutlich. Habe ich ihn doch zu sehr damit verletzt, als ich ihn töten wollte? Natürlich! Wer würde nicht darüber wütend sein, wenn sein Partner mit einem Messer auf ihn losgeht?

Ich will zu einer gestammelten Entschuldigung ansetzen, doch erneut schüttelt Shadow den Kopf. Das Lächeln, das den Mund umspielt, wird noch trauriger. »Später«, flüstert er.

Tief in mir weiß ich, dass es eine Lüge ist, und dieses Wissen schnürt mir die Luft ab.

Bevor ich etwas erwidern kann, tritt Katie neben mich und klammert sich an meinen Arm.

»Geht es dir auch wirklich gut?«, fragt sie und zieht dabei zweifelnd die Augenbrauen zusammen. »Erinnerst du dich wieder an alles?«

Ich runzele die Stirn, während ich über ihre Frage nachdenke. »An das meiste. Und das Wichtigste. Ein paar Begebenheiten – vor allem die, die in den letzten Stunden geschehen sind – sind etwas undeutlich, aber es wird schon gehen.«

Zum ersten Mal, seit ich wieder zu mir gekommen bin, hebe ich den Kopf und sehe mich um. Shadows dunkle Magie umgibt uns wie ein Schutzschild und schirmt sämtliche äußeren Einflüsse von uns ab. Ich habe nur eine vage Ahnung davon, was sich auf der anderen Seite befindet. Zwar weiß ich, dass wir uns im Außenbereich des Hauptquartiers aufhalten, aber nicht, wie vielen Allianz-Mitgliedern wir gegenüberstehen. Ob noch jemand auf unserer Seite kämpft oder wir auf uns gestellt sind.

Ich wende mich wieder an Katie. »Du solltest dich verstecken.«

Ihr Blick huscht zu Shadow. »Wird es gehen?«

Ich weiß nicht, warum mir diese Frage eine solch abgrundtiefe Angst einjagt. Sofort wirbele ich zu Shadow herum, will in seinem dunklen Blick die Gewissheit sehen, dass alles in Ordnung ist, doch seine Miene ist zu einer Maske erstarrt, die nichts als Entschlossenheit ausdrückt. Nicht einmal mir gelingt es, mehr als das herauszulesen.

»Natürlich«, antwortet er meiner besten Freundin.

Lüge! Lüge! Lüge!, schreit eine Stimme im Kopf, die ich einfach nicht zum Schweigen bringen kann.

Shadow legt schützend einen Arm um mich und lässt mit einer Handbewegung die Schattenwand verschwinden. Ich wappne mich für den Anblick, der sich mir auf der anderen Seite bieten wird.

***

Der Platz um uns herum ist völlig verwüstet. Ich könnte kaum einen Schritt machen, ohne in einen der klaffenden Risse im Boden zu stürzen. Entwurzelte Bäume liegen herum. Doch am schlimmsten ist der Gestank nach verbranntem Fleisch, der mir mit jedem Atemzug in der Nase sticht.

Die Umgebung ist in ein seltsames Licht getaucht, das ich von irgendwoher kenne. Anders als das grelle Licht, das normalerweise aus Flutscheinwerfern kommt, prickelt es auf der Haut. Am liebsten würde ich mich zurück in die Schattenwand meines Familiars flüchten – weg von dem merkwürdigen Licht, dem Gestank und der Zerstörung.

Zunächst fällt mein Blick auf den Anführer der Allianz, der inmitten all des Chaos steht und von drei anderen Magiern umringt wird. Er mustert erst mich, dann Shadow und schließlich wieder mich aus zu Schlitzen verengten Augen und mit einem verkniffenen Ausdruck um den Mund. Als würde ihm das, was er sieht, ganz und gar nicht gefallen.

Anschließend huscht mein Blick zur Seite und ich nehme die anderen Anwesenden, die ohne Ausnahme auf dem Boden kauern, wahr. Cal, Ilena, Lumia, Terra, der Blitzmagier und sogar mein ältester Bruder Zac – sie alle sind hier und sehen verdammt mitgenommen aus. Kurz wundere ich mich darüber, dass Zac da ist ... Er war es doch, der uns an die Allianz verraten hat. Er müsste beim Anführer stehen und nicht gemeinsam mit den anderen völlig fertig inmitten all der Zerstörung knien. Er müsste zu den Siegern gehören, nicht zu den beinahe Besiegten.

Doch die Erleichterung, die seine Miene ausdrückt, als er Shadow und mich sieht, vertreibt die dunklen Gedanken, die sich in den Kopf schleichen, sobald ich Zac sehe. Ich werde das Gefühl nicht los, dass eine Menge passiert sein muss, während ich mich in den Nebel geflüchtet habe.

»Welch unerfreuliche Entwicklung«, murrt der Anführer. »Mir war klar, dass etwas im Argen liegen musste, als die Elemente nicht mehr herausströmten, aber ich bin davon ausgegangen, dass der Familiar dich getötet haben muss.«

Ich erschaudere. »Getötet? Warum sollte er?«

Der Anführer tritt hinter seinen Handlangern hervor und zuckt mit den Schultern. »Wer weiß? Vielleicht, weil du eine Bedrohung darstellst? Es ist dir zwar gelungen, die Ausführung des Plans für den Moment zu unterbrechen und dich gegen das Mittel, das ich dir verabreicht habe, zu wehren, aber das bedeutet nicht, dass nun alles gut wird.« Das Grinsen, das er zur Schau stellt und mir ein mulmiges Gefühl im Magen beschert, wird breiter. »Ganz im Gegenteil.« Sein Blick fällt auf Shadow, der hinter mir steht. »Und das weiß er ebenfalls.«

Ich widerstehe nur knapp dem Drang, mich zu meinem Familiar umzudrehen und ihn anzuflehen, mir zu sagen, was hier verdammt noch mal vor sich geht. Das Letzte, woran ich mich bewusst erinnern kann, ohne ein fieses Stechen im Kopf auszulösen, ist, dass Shadow kam, um mich zu retten. Uns gelang es nicht, gemeinsam zu entkommen, also setzte ich alles daran, ihm die Flucht zu ermöglichen. Nun ist er wieder hier; demnach muss es ihm gelungen sein, einen neuen Plan zu meiner und der Rettung der beiden Familiare auszutüfteln.

Doch warum sind neben Zac und Cal auch Ilena und Katie hier? Und dort drüben, im äußersten Ring des Lichtkreises ... ist das nicht das Medium?

Je länger ich versuche mich zu erinnern und alles unter einen Hut zu bekommen, desto stärker wird das Stechen im Kopf. Zusätzlich flammt in mir eine Rastlosigkeit auf, die ich in dieser Intensität noch nicht gespürt habe. Entfernt erinnert mich das Gefühl an früher, wenn mir meine Gabe zu sehr zusetzte.

Früher, als ich noch keinen Familiar an meiner Seite hatte, der sich um den Magieüberschuss kümmerte.

Doch gleichzeitig fühle ich mich schwach, als hätte ich kein Fünkchen Magie mehr in mir.

Ich unterdrücke ein Keuchen. Diese gegensätzlichen Empfindungen beherrschen mein Denken; dabei muss ich mich doch auf den Anführer und die anderen Allianz-Magier konzentrieren! So wie Zac und die anderen aussehen, haben sie bereits einen anstrengenden Kampf hinter sich und werden uns keine große Hilfe mehr sein. Wieder einmal bleibt es an mir und meinem Familiar hängen, ihnen den Allerwertesten zu retten!

»Du wirst uns gehen lassen«, sage ich laut genug, damit alle Anwesenden mich verstehen können, und bin stolz darauf, dass meine Stimme nicht zittert.

Der Anführer gibt ein glucksendes Lachen von sich. »Und wenn ich das nicht tun will? Was wirst du dann machen, Felicity?«

Ich recke das Kinn vor und gebe mir die größte Mühe, seinen Spott nicht zu nahe an mich heranzulassen. Dennoch bin ich machtlos gegen die Zweifel, die sich in mir zusammenbrauen. »Dann werden wir dich dazu zwingen müssen.«

Betont gelassen blickt der Anführer nach links und rechts zu meinen Brüdern und Freunden, die allesamt völlig erschöpft und zitternd auf dem Boden knien, ehe er seine Aufmerksamkeit wieder mir zuwendet. »Du und welche Unterstützung?« Er macht eine Pause, in der er die ganze Zeit über Shadow mustert. »Ich bezweifele, dass dir dein Familiar eine große Hilfe sein wird.« Die Nackenhaare stellen sich mir auf, und als der Blick des Anführers wieder zu mir gleitet, wage ich nicht mehr zu atmen. »Wozu bist du allein imstande, *Lady Luck*?«

Ich schlucke angestrengt, während ich krampfhaft nach einer möglichst schlagfertigen Erwiderung suche. Doch mir fällt nichts ein. Allein schaffe ich nichts. Rein gar nichts. Und das weiß er genauso gut wie ich. Aber warum wird mir Shadow keine Hilfe sein? Ich spüre ihn hinter mir – seine Wärme, seine Präsenz. Ohne mich umzudrehen, taste ich mit einer Hand nach ihm, will mich versichern, dass er wirklich da ist. Erschrocken zucke ich zusammen, als sich seine Finger um meine schließen. Sie sind eiskalt … Ich kann mich nicht daran erinnern, dass er jemals kalte Hände hatte …

»Sei ein braves Mädchen und mach die Augen auf!«, sagt der Anführer. »Du kannst nicht gegen uns gewinnen. Aber ich biete dir ein Leben aufseiten der Siegreichen. Dazu musst du nur deine Aufgabe erfüllen.«

»Niemals!«, zische ich.

Doch mein Starrsinn scheint den Anführer nur noch mehr zu erheitern. »Möchtest du deine Antwort noch einmal überdenken? Andernfalls werde ich dich dazu zwingen müssen.«

»Es gibt nichts, was ich überdenken muss!«

Nach einer Handbewegung des Anführers packt einer der Allianz-Magier Zac am Kragen und zerrt ihn ein Stück nach oben, um ihm anschließend ein Messer an den Hals zu halten. Mein Bruder gibt ein Knurren von sich, aber mir entgeht nicht, wie schlaff seine Haltung ist. Er scheint seine gesamte Magie verbraucht zu haben …

Während ich noch fieberhaft überlege, wie ich Zac helfen kann, springt Cal auf die Füße und feuert hinterrücks ein spitz zulaufendes Eisgeschoss auf den fremden Magier ab. Knirschend bohrt es sich in dessen Schulter. Der Magier jault auf und lässt sowohl das Messer als auch Zac los, der wieder zu Boden sackt und sich umständlich auf die Unterarme stützt.

Der Anführer wirbelt zu Cal herum. »Du!«, knurrt er. »Wie kannst du es wagen? Ich habe dich besiegt. Ich habe euch alle besiegt!«

»Nein«, entgegnet Cal eisig. »Weder mir noch ihm«, er deutet auf den Blitzmagier, der sich neben ihm erhebt, »hast du die Magie ausgesaugt. Wir haben den Großteil deiner Gefolgschaft zum Teufel gejagt und werden uns auch noch um den Rest kümmern. Aber ich werde nicht zulassen, dass du meiner Schwester noch mehr Leid zufügst!«

Hilflos muss ich dabei zusehen, wie die Magier der Allianz auf Cal losgehen. Der Anführer schaltet unterdessen den Blitzmagier aus. Warum steht er auf unserer Seite? Als mich wieder das Stechen durchzuckt, lenke ich meine Gedanken zurück auf Cal.

»Wir müssen ihm helfen«, sage ich zu Shadow und umklammere seine kalte Hand fester. »Verschmilz mit meinem Schatten! Ich überlasse dir die Kontrolle.«

Als Shadow nicht reagiert, reiße ich den Blick von Cal los und drehe mich zu meinem Familiar um. Eine unsichtbare Hand scheint mein Herz in einem erbarmungslosen Klammergriff zu halten, während ich in Shadows bleiches und verschwitztes Gesicht starre. Er hat die Augen halb geschlossen, als kostete es ihn ungeheure Anstrengung, wach zu bleiben, doch es gelingt ihm nicht, den Blick auf mich zu fokussieren. Aber am meisten Sorge bereitet mir der abgehackte und keuchende Atem.

»Was … was ist los?«, frage ich, während sich mein Griff um seine Finger verkrampft.

Er streckt die freie Hand nach mir aus und streicht mir eine lose Haarsträhne hinters Ohr. Ich zucke unter der eiskalten Berührung zusammen.

»Ich würde gern mit deinem Schatten verschmelzen und noch einmal dein Bewusstsein neben meinem spüren«, wispert er so leise, dass ich ihn kaum verstehen kann. »Aber ich befürchte, dass meine Kräfte dazu nicht mehr ausreichen.«

»Bist du verletzt?«, frage ich.

Mein Blick huscht über ihn hinweg, sucht nach Anzeichen einer Wunde. Habe ich ihn vorhin doch mit dem Messer erwischt? Ich kann mich nicht mehr erinnern …

Das traurige Lächeln, das er mir schenkt, verstärkt den unerbittlichen Druck um mein Herz nur noch weiter. Ich will ihn anflehen, damit aufzuhören, mich auf diese Weise anzusehen und anzulächeln, doch mein Hals ist wie zugeschnürt. Shadow lehnt sich nach vorn und haucht mir einen Kuss auf die Stirn. Auch seine Lippen sind kalt wie Eis und die kurze Berührung brennt sich mir in die Haut. Eine Gänsehaut breitet sich auf meinem gesamten Körper aus.

»Dein Bruder braucht Hilfe«, erinnert mich Shadow. »Ich tue, was ich kann. Du bleibst am besten hier, außerhalb der Reichweite der Allianz.«

»Aber ich …«

Er bringt mich mit einem knappen Kopfschütteln zum Schweigen. »Diesmal nicht, Feli. Meine Kraft reicht nicht mehr aus, um …« Er bricht ab und stößt geräuschvoll den Atem aus. »Deshalb bitte … Bleib hier und misch dich nicht ein! Ich werde dich und deine Brüder beschützen.«

Ich will ihn aufhalten. Ihm sagen, dass ich es diesmal sein werde, die ihn beschützt. Aber ich bin wie erstarrt – erfroren durch seine eisigen Berührungen, die in mir die Gewissheit schüren, dass etwas ganz und gar nicht in Ordnung ist. Doch ich bin zu feige, danach zu fragen. Zu feige, zu verwirrt, zu leichtgläubig.

Shadow lässt meine Hand los, die sich nun noch kälter anfühlt als zuvor.

Noch bevor er Cal und die feindlichen Magier erreicht hat, schießt er mehrere Schattenblitze auf die Angreifer und verschafft meinem Bruder so eine kurze Atempause. Der Blitzmagier ist weiterhin in der seltsamen Starre gefangen, die der Anführer auch gegen mich eingesetzt hat, als ich in der Villa zum ersten Mal auf ihn traf. Ich habe noch nicht herausgefunden, über welche Magie er verfügt, aber das kümmert mich im Moment auch nicht. Ich habe nur Augen für Shadow, registriere und bewerte jede seiner Bewegungen, die nicht im Entferntesten so sicher und leichtfüßig sind wie gewöhnlich. Normalerweise bewegt er sich auch in der menschlichen Illusion mit einer raubtierhaften Präzision, die ihm diesmal fehlt. Die Schritte sind ungelenk, der Stand ist unsicher.

Cal nickt Shadow zu, doch ich sehe auch aus mehreren Metern Entfernung, dass der Blick, den er meinem Familiar zuwirft, alles andere als dankbar ist, sondern voll von Zweifeln und stummen Vorwürfen. Er sieht aus, als wollte er ihn bitten, sich herauszuhalten. Auch Shadow scheint es zu bemerken, denn er deutet ein Kopfschütteln an, ehe er einen weiteren Allianz-Magier mit einem gezielten Schattenblitz zu Boden schickt.

Ich presse eine Hand gegen die Brust – in der Hoffnung, das brodelnde Gefühl der Angst dadurch zum Schweigen zu bringen. Doch jedes Mal, wenn ich denke, mich etwas beruhigt zu haben, starre ich auf Shadows Rücken, beobachte die schleppende Atmung und die Schattenblitze, die kleiner und weniger kraftvoll sind als gewöhnlich. Ich sehe seine leicht gebückte Haltung, als würde es ihm Schmerzen bereiten, aufrecht zu stehen. Auf diese Weise ist er noch nie einem Gegner gegenübergetreten …

Nur dank Cals Hilfe gelingt es Shadow, die wenigen feindlichen Magier zu überwältigen, bis nur noch der Anführer übrig bleibt. Normalerweise hätten sie Shadow einen Arm auf den Rücken binden können und er hätte sie dennoch spielend leicht besiegt. Keiner der Magier schien über eine Kraft zu verfügen, die meinem Familiar auch nur ansatzweise ebenbürtig wäre.

Fieberhaft gehe ich die vorangegangenen Male durch, als ich ihn mit Magie versorgt habe. Die letzte Verbindung war hastig und ich konnte ihm nicht viel geben. Aber davor … Davor hatten wir Zeit und ich habe nie darauf geachtet, ob ich ihm zu viel gegeben habe. Was ist geschehen, dass er kaum noch Reserven hat?

Der Anführer gibt einen abschätzigen Laut von sich. »Wie es aussieht, habe ich euch unterschätzt. Vor allem dich, Cal, hielt ich bisher für den unnützen Sohn. Da habe ich mich wohl geirrt. Ihr habt zwar meine Untergebenen geschlagen, aber das bedeutet nicht, dass ihr den Kampf gewonnen habt. Für einige von euch wird es keinen Sieg geben, ganz gleich wie sehr ihr euch bemüht.«

Cal beschwört ein weiteres Eisgeschoss und zielt auf den Anführer. »Halt die Klappe! Das Einzige, was ich jetzt noch von dir hören will, ist eine Erklärung, wie wir es rückgängig machen können!«

Ich wage nicht, darüber nachzudenken, was er mit »es« meint.

Der Anführer stößt ein gepresstes Lachen aus. »Hältst du mich für so dumm? Es gibt selbstverständlich keinen Weg. Aber fürs Erste ergebe ich mich. Nur weil ihr mich in der Hand habt, bedeutet das nicht, dass der Plan nicht ausgeführt werden kann. Wir werden es zu einem späteren Zeitpunkt einfach erneut versuchen.« Er wendet sich Shadow zu. »Du siehst furchtbar erschöpft aus, Familiar. Wird es nicht langsam Zeit für dich?«

Zeit?, schießt es mir durch den Kopf. Stolpernd mache ich einen Schritt auf Shadow zu – und erkenne die Anzeichen und Antworten, die ich bisher ignoriert und auch jetzt nicht wahrhaben will.

»Ist es nicht schmerzhaft für dich, dich weiterhin an diese Illusion zu klammern?«, fährt der Anführer fort. »Warum ziehst du es unnötig in die Länge?«

»Ich hab gesagt, dass du die Klappe halten sollst!«, schreit Cal ihn an.

Seine laute Stimme klingelt mir in den Ohren. Ich habe die beiden fast erreicht. Alles in mir schreit danach, Shadow zu berühren und mich davon zu überzeugen, dass es ihm gut geht. Ich will ihn festhalten und nie wieder loslassen.

Die Sehnsucht nach ihm ist stärker und brennender als alles andere, sogar als die Angst.

Kurz neigt der Anführer den Kopf in meine Richtung, ehe er die Aufmerksamkeit wieder Shadow zuwendet. »Ich sollte dir dabei helfen, es endlich hinter dich zu bringen. Länger kann ich mir deine leidende Visage nicht mehr ansehen!«

Von einem Moment auf den anderen hat er ein Messer in Händen und geht damit auf Shadow los. Cal brüllt etwas, was in meinem Kopf keinen Sinn ergibt. Ich stürze nach vorn, überbrücke die wenigen Meter, die mich noch von Cal und meinem Familiar trennen und stelle mich mit ausgebreiteten Armen zwischen ihn und den Anführer. Er zögert nicht einen Augenblick, doch das ist mir egal. Ich werde nicht zulassen, dass er Shadow etwas antut!

Shadow schlingt einen Arm um meinen Bauch und wirbelt mich herum, sodass er mich mit seinem Körper vor dem Angriff des Anführers abschirmt. Sein Griff ist so fest, dass ich kaum atmen kann, und das verschwitzte Gesicht hat er an meinem Hals vergraben. Ich lege eine Hand an seinen Arm und strecke die andere aus, suche nach der schützenden Kraft im Inneren, die nur dafür existiert, Shadow vor Gefahren zu bewahren. Es gelang mir, mit meiner Kraft Zauber und Pistolenkugeln abzuhalten – da werde ich doch einen läppischen Messerangriff verhindern können! Ich bin während eines Kampfes keine Hilfe, aber ich kann Shadow beschützen.

Ich suche nach dem gleißenden Licht, das ich zu einem Schutzschild ausweiten kann.

Ich suche danach und finde ... nichts.

Mein Blick fällt auf die ausgestreckte Hand und zum ersten Mal, seitdem ich wieder halbwegs zu mir gekommen bin, nehme ich den seltsam abstehenden Ringfinger wahr.

Den Ringfinger, der sich plötzlich viel zu leicht anfühlt.

Wo ist ... mein Talisman?

Ich erstarre. Unfähig, auch nur einen Muskel zu rühren, sehe ich dabei zu, wie die Klinge des Messers im Schein der Flutlichtstrahler aufblitzt und sich in atemberaubender Geschwindigkeit hinabsenkt. Ich sehne den Nebel herbei, der das, was gerade geschieht, von mir abschirmt. Denn dann müsste ich nicht die allumfassende Panik fühlen, die jede Bewegung, jeden klaren

Gedanken unmöglich macht. Die mich in einen Statisten verwandelt und zur Hilflosigkeit verdammt.

Ich spüre die Erschütterung, als sich das Messer in Shadows Körper bohrt, und höre das gebrochene Keuchen, das er ausstößt. Ruckartig zieht der Anführer das Messer wieder heraus und Shadow erschaudert erneut. Sein ganzer Körper bebt in meinen Armen, entgleitet beinahe meinem Griff. Dann fühle ich etwas Klebriges und Warmes am Hals und an der Schulter, gegen die er eben noch sein Gesicht gepresst hat.

Ich will schreien, den Anführer anflehen, damit aufzuhören, und ihm gleichzeitig alles versprechen, was er hören will. Alles, solange er aufhört, Shadow zu verletzen. Doch kein einziger Laut dringt aus meinem Mund.

Shadow packt mich an den Schultern und stößt mich ein Stück zurück, bevor er zum Anführer herumwirbelt und die Handbewegung ausführt, um einen Schattenblitz zu beschwören. Allerdings gelingt es ihm nicht. Keine magisch zuckende Kugel erscheint über seiner zitternden Handfläche. Kraftlos sackt er auf die Knie und muss sich mit den Händen abstützen, um nicht gänzlich zu Boden zu gehen.

Ich starre auf den größer werdenden Blutfleck an seinem Rücken. Meine Gedanken rasen, doch keiner davon ergibt einen Sinn. Ich könnte ihn heilen – konnte es schon einmal –, aber ich würde die identische Verletzung davontragen. Außerdem haben wir … Für den Bruchteil einer Sekunde löse ich den Blick von Shadow und schaue auf den krumm abstehenden Ringfinger. Mein Magen scheint sich auf die Größe einer Rosine zusammenzuziehen und ich muss beinahe würgen. Es ist wahr …

Wir haben keine Verbindung mehr. Ich kann ihm nicht helfen …

Aber vielleicht ist es nur eine Fleischwunde! Vielleicht hatte er Glück und das Messer ist nicht tief genug eingedrungen, um weitreichendere Schäden anzurichten. Vielleicht …

Die Hand, die ich nach meinem Hals ausstrecke, um die klebrige Flüssigkeit abzuwischen, gehorcht mir nur langsam und widerwillig. Als ich auf meine Finger sehe, sind sie rot.

Die Zahnrädchen im Kopf kommen knirschend zum Stillstand und ein

Ruck geht durch mich hindurch. Die Rastlosigkeit, die ich vorhin nicht zuordnen konnte und der ich keine weitere Beachtung geschenkt habe, durchzuckt mich bis in die Fingerspitzen. Eine unbekannte und abgrundtief dunkle Macht durchströmt mich, stärkt mich, doch ein Teil von mir zögert sie zu nutzen. Dann schaue ich wieder auf das Blut, Shadows Blut an meiner Hand, und zu meinem Familiar, der nun verletzt am Boden liegt.

Ich ertrage es keinen Augenblick länger und entfessele die Dunkelheit, die nun in mir herrscht und all das Licht und jedes Leuchten überdeckt.

KAPITEL 27

Shadow

Der pulsierende Schmerz, der ausgehend vom Rücken durch den gesamten Körper schießt und jeden einzelnen Atemzug zu einer Qual macht, lässt mich kaum noch klar denken. Blut sammelt sich im Mund, doch ich bin selbst zu schwach, um es auszuspucken. Ich hasse den metallischen Geschmack, der sich auf der Zunge sammelt. Er erinnert mich an ein Zeitalter, das ich nur zu gern vergessen würde. Der Gestank nach dem Eisen der Schwerter und Schilde, nach Rauch und Pferden und ungewaschenen Leibern war allgegenwärtig, wenn ich mich den hohen Mauern, die Troja umgaben, näherte. Nach mehreren Jahren habe ich den Überblick darüber verloren, wie lange die Griechen die Stadt belagerten ... Aber der Gestank, den ihre Armee verströmte, hat sich auf ewig in mein Gedächtnis gebrannt. Unauslöschlich.

Ein Stechen frisst sich durch den Brustkorb, wann immer ich Luft hole, und noch mehr Blut strömt in den Mund. Ich benötige sowohl meine restliche körperliche Stärke als auch die gesamte Willenskraft, um mich mit den Armen abzustützen. Ich will nicht besiegt am Boden liegen ... Will nicht, dass das Letzte, was ich sehe, das Grinsen des Anführers ist, der vom magischen Licht, das mir zusätzlich die Kraft entzieht, angestrahlt wird.

Er hätte Feli nicht verletzt, dessen bin ich mir sicher. Ihm war klar, dass ich sie beschützen würde, obwohl ich es besser wusste. Und genau darauf zielte er ab. Cal wagte es nicht, einen Angriff in Felis Richtung zu schießen. Die Gefahr, dass er seine Schwester treffen könnte, war viel zu hoch. Obwohl ihm keine Magie entzogen wurde, ist auch er am Ende seiner Kräfte, und darunter leidet die Genauigkeit seiner Angriffe. Flashs Blitze neigen dazu, auf nahe stehende Ziele überzuspringen, also musste auch er sich zurückhalten, wenn er Feli nicht erneut in Gefahr bringen wollte. Ich war der Einzige, der übrig blieb. All das muss der Anführer bedacht haben, während er scheinbar seelenruhig dabei zusah, wie wir seine Speichellecker auseinandernahmen. Er ließ uns kämpfen. Wartete ab, bis wir unser Pulver verschossen hatten. Registrierte jedes Anzeichen von Schwäche, das wir ausstrahlten. Und pickte sich anschließend diejenige heraus, für die ich jedes Risiko eingehen würde.

Selbst wenn es mein eigenes Ende bedeuten könnte.

Es kümmert mich nicht. Mein Ende war sowieso absehbar und ich klammere mich schon viel zu lang an diese Erscheinung. Ich bin froh darüber, dass es mir diesmal gelungen ist, meine Trägerin vor Unheil zu bewahren. Diesmal habe ich nicht versagt.

Erneut stemme ich mich mit aller Macht gegen den Sog. Die Verletzung, die ich erlitten habe, ist nicht unmittelbar tödlich, schon gar nicht für einen Familiar wie mich. Mit einem Pakt und meiner starken Trägerin wäre es mir in null Komma nichts möglich, die Wunden zu heilen. Doch beides habe ich nicht ... Nun bleibt mir nur noch die Wahl, ob ich hier an der Verletzung sterben oder in der Nebenwelt, wo die restliche Magie in der Atmosphäre die Wunden zumindest sterilisieren würde, langsam verhungern will. Denn der Tod wartet so oder so auf mich.

Ich wünschte nur, dass Feli jetzt bei mir wäre. Dass sie meine Hand halten könnte, um mir den Übergang in die andere Welt zu erleichtern. Ich wünschte, ich könnte noch einmal ihre Wärme spüren. Noch einmal die Süße ihres Kusses schmecken.

Ich will, dass meine Geliebte das Letzte ist, was ich jemals sehe.

Mit letzter Kraft zwinge ich meinen schwindenden Körper in eine kniende Position und wende mich um – zu *ihr.* Zu Feli.

Und sehe nichts als Dunkelheit ...

KAPITEL 28

Zachary

Ich zittere am ganzen Körper. Vor Schwäche. Vor Erschöpfung. Völlig ausgebrannt suche ich nach dem letzten Funken Magie, den Feli mir gelassen hat, finde jedoch nichts als gähnende Leere.

Mein Leben lang habe ich einen großen Bogen um Drogen gemacht, aber so wie ich jetzt muss sich ein Junkie fühlen, der nach dem nächsten Schuss lechzt.

Ich habe verlernt, wie schwach dieser Körper ohne Magie ist. Wie zerbrechlich. Wie normal.

Mir vorzustellen, dass dieser Zustand mein ganzes Leben lang andauert, wenn der Plan der Allianz glückt, lässt mich beinahe würgen. Dennoch habe ich zugestimmt, der Allianz zu helfen. Nicht aus freien Stücken und erst recht nicht, als ich durch Zufall erfahren habe, welches Schicksal unsere Mutter erdulden musste. Ich habe mich gewehrt. Habe der Allianz rundheraus gesagt, dass sie alle sich meine Hilfe abschminken können. Dass ich mit Verbrechern wie ihnen nichts zu tun haben will und ihnen niemals zu Willen sein werde.

Zunächst ließen sie mich als Strafe für mein Aufbegehren noch qualvollere Tests durchlaufen als zuvor. Es wundert mich, dass mehr als ein Tropfen Blut in meinem Körper zirkuliert nach allem, was sie mir abgezapft haben. Außerdem musste ich vorführen, wie weit meine Kräfte reichen. Wenn ich mich weigerte, fanden sie Mittel und Wege, mich gefügig zu machen. Jedes Mal. Durch Schmerz. Durch Abschottung. Durch Hunger. Sie brachen mich, psychisch und physisch. Immer wieder. Öfter, als ein Heranwachsender ertragen kann.

Doch ich hielt durch, denn ich wusste, dass es keinen anderen Weg gab.

Einmal im Monat ging ich ins Hauptquartier, auch wenn ich schon die Nächte zuvor keinen Schlaf fand, nichts essen konnte und mich der bloße Gedanke an das, was mir bevorstand, regelrecht krank machte. Dennoch ging ich hin, jedes Mal pünktlich, und ließ alles über mich ergehen. Solange ich kam und die Allianz ihre perfide Neugier an mir befriedigen konnte, gelang es mir, sie von Cal und vor allem von Feli abzulenken. An Cal zeigten sie kaum Interesse, als sicher war, dass er über keines der vier Elemente gebot. Bevor sich seine Magie mit vierzehn manifestierte, führten sie einige belanglosere Tests mit ihm durch, um sicherzugehen, dass er in ihren Augen auch wirklich unbrauchbar war.

Cal hatte Glück: Nach den Tests löschten sie jedes Mal seine Erinnerungen. Wenn er ins Hauptquartier geladen wurde, um Vater zu treffen, leuchteten seine Augen. Für mich hingegen war es die Hölle. Und ich hasste Cal dafür, dass er sich freute. Dass er blind war für meine Angst und die Qualen, die ich mit mir herumschleppte. Doch dann sagte ich mir wieder, dass Cal nichts dafür konnte. Er wusste nicht, was die Allianz mir antat. Mehrmals fand er es heraus oder wurde argwöhnisch, wenn ich erneut mit blauen Flecken heimkehrte. Daraufhin löschte die Allianz Cals Erinnerungen weiträumig, sodass er Erinnerungslücken über mehrere Wochen aufwies und manchmal nicht wusste, welchen Monat wir hatten. Ich verstand schnell, dass mir mein Bruder nicht helfen konnte und ich es nur schlimmer machte, indem ich ihn mit hineinzog. Also lernte ich zu lächeln und die offensichtlichen Zeugnisse dessen, was die Allianz mir antat, vor der Welt zu verbergen.

Ich fügte mich, und je mehr ich bei den Tests punktete, desto fixierter war die Allianz auf mich. Zwar fragten sie in regelmäßigen Abständen nach Felicity, aber sie ließen sie in Ruhe. Wenigstens sie …

Aber nachdem sich auch ihre Gabe zeigte, wurden die Nachfragen drängender. Sie wollten sie sehen. Wollten sie testen. Das durfte ich nicht zulassen! Also sprach ich mit Vater. Ich weiß nicht, was am Ende den Ausschlag gab, aber er willigte ein, auf die regelmäßigen Tests an Felicity zu verzichten, solange ich mich an eine Reihe von Regeln hielt. Ich müsse weiterhin pünktlich zu meinen eigenen Tests erscheinen. Cal und Felicity stünden unter meiner Aufsichtspflicht – alles, was sie verzapften, fiel automatisch auf mich zurück und ich musste dafür geradestehen. Vor allem bei Cal war das eine Menge … Eine weitere Forderung war, dass Felicity keinen Familiar bekommen durfte. Mir war klar, was ich ihr damit antat – welche Schmerzen sie dadurch erlitt und welches Leben sie führen müsste, immer unterjocht von ihrer Gabe –, aber ich tat es, um sie vor einem schlimmeren Schicksal zu bewahren. Nämlich einem, das dem unserer Mutter gleichkam.

Warum Vater so versessen davon war, dass Felicity keinen Familiar bekommen sollte, wurde mir erst vor Kurzem bewusst. Einerseits hat es damit zu tun, dass sie in einem mit Magie überfüllten Zustand besser die Elemente kontrollieren kann. Andererseits ging es ihm darum, Felicity für die »Verfehlungen« unserer Mutter büßen zu lassen. Sie sollte an Mutters Stelle leiden. Außerdem wollte Vater vermeiden, dass sich ein weiterer Familiar gegen ihn stellte, denn er selbst verfügt schon seit vielen Jahren über keinen eigenen. Was ihn in gewisser Weise zu einem Abtrünnigen macht, doch sein starker Wille, der sich einzig und allein auf die Durchführung des Plans fokussiert, und das Gegenmittel, das er mit Freuden an sich selbst getestet hat, hält seinen Geist zusammen.

Ich hatte es nicht für möglich gehalten, deshalb war ich nicht darauf vorbereitet, dass Feli sich über mein Verbot, einen Familiar zu bekommen, hinwegsetzen könnte. Als dann von einem Tag auf den anderen Shadow bei ihr war, bekam ich solche Panik, dass ich nicht mehr wusste, was ich tun sollte. *Ich hatte versagt.* Sie würden sich Feli nun holen und ihr das Gleiche antun wie mir. Oder Schlimmeres. Vor meinem geistigen Auge sah ich Feli in derselben Zelle sitzen wie Mutter – schutzlos den Machenschaften der Allianz ausgeliefert.

Also schwieg ich und betete zu jedem Gott, der mir einfiel, dass Feli und ihr Familiar sich ruhig verhalten mögen. Dass sie nichts täten, was in irgendeiner Art und Weise die Aufmerksamkeit der Allianz auf uns zog. Ich spielte weiterhin meine Rolle, auch wenn ich zu der Zeit nicht mehr den genauen Plan der Allianz oder Vaters Verstrickungen darin kannte.

Selbst wenn ich es gewollt hätte, wäre es mir nicht möglich gewesen, Feli die Wahrheit zu sagen. Der Schweigezauber, der seit den Prüfungen auf Cal und mir und jedem anderen Meister-Magier und dessen Familiar lastet, machte es unmöglich. Ich konnte sie nicht warnen, sondern ihr nur wieder und wieder ins Gewissen reden und sie inständig bitten, keine Dummheiten zu machen. Ich bin nicht blind. Natürlich entging es mir nicht, wie Feli ihren Familiar ansah und dieser sie. Er war ihr Schatten – im wahrsten Sinne des Wortes. Wo der eine war, konnte der andere nicht weit sein. Schon als ich sie zum ersten Mal zusammen sah – in Felis Zimmer, nachdem sie zusammengebrochen war und Shadow sie voller Hingabe mit Zuckertee fütterte –, wusste ich, dass es nur in einem Desaster enden konnte ...

Ich hebe den Kopf und wünsche mir gleichzeitig, ich hätte es nicht getan.

Jahrelang habe ich versucht meine Schwester vor allen üblen Einflüssen zu bewahren und ihren starken Willen zu erhalten. Ich musste sie stets im Auge behalten für den Fall, dass ihr Zustand doch noch kippen könnte. Doch all das war umsonst.

Einige Meter von mir entfernt steht meine Schwester, die von dem dunklen Drängen nach Macht und Zerstörung aufgefressen wird. Obwohl sie die Augen weit aufgerissen hat, sind sie kohlschwarz. Kein Hauch des glanzvollen Grüns, in dem ihre Iriden normalerweise leuchten, und selbst das Weiße ist verschwunden.

In den unterirdischen Laboren der Allianz, wo sie die gefangenen Abtrünnigen festhalten, habe ich etwas Ähnliches gesehen. Ich war damals fast noch ein Kind, aber es verstörte mich dermaßen, dass ich tagelang nicht schlafen wollte. Die Wissenschaftler der Allianz bezeichnen es als die letzte Stufe. Ein Magier, der vollkommen verzehrt wird von seiner Kraft, die ins Gegenteil umgeschlagen ist. Bis es so weit kommt, vergehen unter normalen Bedingungen Monate, oft auch Jahre, versicherten die Forscher mir. Es gebe nichts, wovor ich mich fürchten müsse. Solche Abtrünnigen würden niemals derart lange frei draußen herumlaufen. Sollte es doch geschehen ...

»... wäre es für uns eh zu spät«, krächze ich schwach zu mir selbst.

Felis Körper windet sich unter der immensen Menge an Kraft, die er vorhin aufgenommen hat. Die fremde Magie, die in ihr zirkuliert, wird die

Wandlung zusätzlich beschleunigt haben. Doch selbst davor stand sie bereits am Rande des Abgrunds.

Katie gelang es irgendwie, den Erinnerungszauber, der auf Feli lastete, einzureißen. In dem Moment, als der Strom, der meine Magie aus mir heraussaugte, versiegte, schöpfte ich Hoffnung. Ich vergaß kurz, dass der Grund, weshalb Feli zu einer Abtrünnigen wurde, nicht der Zauber der Allianz war. Sondern die Zerschlagung ihres Talismans – die schmerzhafte und unwiederbringliche Trennung von ihrem Familiar.

Als ich vorhin sah, dass meine Schwester bereit war, Shadow ein Messer durchs Herz zu stoßen, wusste ich bereits, dass alles vor die Hunde gehen wird ...

»Fabelhaft!«, ruft Vater und klatscht in die Hände. »Du bist wahrlich unsere wundervollste Schöpfung.«

Er nähert sich Feli, deren Kopf zu ihm ruckt. Vater bleibt sofort wie angewurzelt stehen. Jedwede Farbe weicht aus seinem Gesicht. Möglichst unauffällig macht er einen Schritt zurück.

Cal, der neben Flash der Einzige von uns ist, der nicht so stark geschwächt ist, dass er nicht aufstehen kann, will auf Feli zustürmen, doch ich halte ihn zurück.

»Nicht!«, stoße ich hervor. »Nicht ... du. Wenn du ihr zu nahe kommst ... Wenn sie dich berührt ...«

»Aber irgendwas müssen wir doch tun!«, erwidert er. »Wir können nicht zulassen, dass Feli ...« Er ballt die Hände zu Fäusten. »Verdammter Mist!«

Feli öffnet den Mund zu einem stummen Schrei, während ihr Körper sich aufbäumt. Plötzlich geht ein Energieimpuls von ihr aus, der mich beinahe umwirft. Im nächsten Moment spüre ich wieder meine Magie, die mich bis in die Fingerspitzen durchströmt. Schnell wende ich mich um und sehe, dass auch Terra, Lumia und Ilena sich wieder aufsetzen und benommen an den Kopf fassen.

»Was ...?«, setzt Cal an.

»Sie hat unsere Magie abgestoßen«, murmele ich und schaue wieder zu Feli, die ihrerseits Vater nicht aus den Augen lässt. »Entweder kann sie sie in diesem Zustand nicht aufnehmen, oder ...«

»Zustand?«, unterbricht mich mein Bruder. »Was meinst du mit ›Zustand‹?«

Ich knirsche mit den Zähnen. »Sieh sie dir doch an! Kommt sie dir etwa normal vor?«

Mit Mühe versuche ich aufzustehen. Cal greift nach meinem Arm, um mich zu stützen, als ich zu taumeln beginne. Zwar zirkuliert wieder meine Windmagie durch mich hindurch, aber ich fühle mich dennoch, als wäre ich unter einen Lastwagen geraten. Eine kühle zierliche Hand legt sich auf meinen anderen Arm. Katie.

»Was machst du hier?«, knurre ich sie an. »Verschwinde wieder zum Medium, außerhalb der Reichweite von …«

»… Feli?«, fällt sie mir ungerührt ins Wort und sieht mit gerecktem Kinn zu mir auf. »Oder wolltest du ›Abtrünnige‹ sagen? Ich habe sie schon einmal zurückgeholt. Ich kann es wieder schaffen!«

»Nein«, murmele ich. »Ich befürchte, diesmal nicht.«

»Aber irgendwer muss es tun«, sagt plötzlich das Medium hinter mir und jagt mir damit einen Heidenschreck ein. »Und zwar schnell.«

»Dieses Mal liegt es nicht an versiegelten Erinnerungen«, sage ich mehr zu mir selbst. »Es lastet kein Zauber auf ihr, den wir einreißen könnten. Es ist ihr Wille, der erschüttert ist.«

»Sie konnte Shadow nicht mit ihrem … Licht-Schild-Dingens beschützen«, wirft Katie nach Worten suchend ein.

Ich weiß, dass ihr Versagen der Auslöser ist. Eine Abtrünnige war sie schon vorher, wenn auch noch bei Sinnen – so wie Ilena, wenn sie nicht gerade versucht hat uns auseinanderzunehmen. Katie konnte vorhin mit Feli reden und sie hat sowohl Shadow als auch uns erkannt. Feli ist noch immer irgendwo unter den wirbelnden Schatten, die die Abtrünnige vor uns jetzt umgeben.

Ich schaue zu Shadow, der mir den blutverschmierten Rücken zugewandt hat. Er ist noch bei Bewusstsein und kniet einige Meter von uns entfernt, doch sein Körper schwankt hin und her, als würde er jeden Moment zur Seite kippen.

Ich winke Terra und Lumia zu mir. »Ihr zwei geht mit Katie und dem Medium zu Shadow und seht nach, wie schlimm es um ihn steht. Wenn es irgendwie möglich ist, muss er noch ein wenig durchhalten. Er ist der Einzige, der jetzt noch zu Feli durchdringen kann.« Dann wende ich mich an Ilena und Flash. »Ihr kümmert euch darum, dass dieses verdammte Licht ausgeschaltet wird. Und bringt irgendeinen Ersatz her! Aber nicht wieder etwas, was Shadows Kräfte mindert! Er wird jedes Fitzelchen davon benötigen.« Sie nicken und huschen in die Nacht. Ich drehe mich zu Cal. »Du frierst sie fest. Aber vorsichtig! Tu ihr nicht weh!«

Cals Blick huscht zu der Stelle, an der die Dunkelheit Ilena verschluckt hat, und anschließend zu Feli. »Was hast du vor?«

»Mit ihr reden«, antworte ich. »Etwas anderes können wir nicht tun. Ich muss sie so weit bringen, dass sie sich auf Shadow konzentriert.«

»Und wenn sie dich nicht erkennt?«, fragt er. »Wenn sie dich angreift?«

Ich rolle die Schultern und schüttele die letzten Überreste der Erschöpfung ab. »Dann werde ich mich wehren müssen. Pass du lieber auf, dass du ihr nicht zu nahe kommst! Sie hat dich sowieso schon ins Auge gefasst, und nun wird sie erst recht nicht mehr zögern.«

Cal schluckt hörbar. »Aber ... was ist mit dir? Wenn du in ihrer Nähe bist, könnte sie auch dein Herz verdunkeln.«

Ich schüttele den Kopf. »Ich bin kein so leichtes Ziel wie du, denn ich habe schon vor Jahren jedes Glück und alle positiven Gefühle in diesen Laboren verloren.« Ehe er zu einer neuen Frage ansetzen kann, deute ich mit einer Kinnbewegung auf Feli, die gerade dabei ist, Vater über den halben Platz zu hetzen. Es ist beinahe zum Totlachen, wie der mächtige Anführer der Allianz vor seiner angeblich großartigsten Schöpfung davonrennt. »Friere sie fest, bevor sie jemanden verletzen kann!«

»Vielleicht sollten wir warten, bis sie mit Vater kurzen Prozess gemacht hat«, wirft er grummelnd ein.

»Auf keinen Fall! Du kennst Feli. Sie würde sich ihr Leben lang Vorwürfe machen, wenn sie wieder normal wird.« Ich stoße den Atem aus. »Nein, um Vater müssen wir uns kümmern, wenn es vorbei ist. Doch unsere Schwester hat Vorrang.«

Nach einem kurzen Zögern nickt er und sofort kühlt sich die Luft um uns herum so stark ab, dass ich eine Gänsehaut bekomme. Cal kniet sich hin und berührt mit der Hand den Boden. Blitzschnell gefriert das Wasser, das noch von Ilenas Angriffen auf der aufgerissenen Oberfläche schwimmt, zu Eis. Immer weiter schickt er seine Magie nach vorn, direkt auf Feli zu, die sich einzig und allein auf Vater konzentriert. Sie spielt mit ihm ... Wollte sie ihn tatsächlich töten, hätte sie schon mehr als eine Gelegenheit dazu gehabt.

Ich kann sie verstehen ... Für mich gab es auch mehr als eine Gelegenheit, bei der ich kurz davor war, jemandem ernsthaften Schaden zuzufügen. Genau wie Feli hätte ich mir Zeit gelassen, um wenigstens einen Moment lang die gleiche Panik im Blick meines Opfers aufblitzen zu sehen, der ich jahrelang ausgeliefert war.

Aber hierbei geht es nicht um mich. Auch nicht um Vater. Um ihn werden wir uns kümmern, wenn wir Feli zur Vernunft gebracht haben.

Cals Zauber hat Felis Füße erreicht und springt auf ihre Turnschuhe und anschließend auf die Schienbeine über, während er gleichzeitig mit dem nassen und gefrorenen Boden verbunden bleibt. Als sie erneut einen Schritt auf Vater zu machen will, kann sie den Fuß nicht heben.

Zum ersten Mal seit sie völlig der Dunkelheit anheimgefallen ist, hält sie inne, schaut an sich hinab und scheint etwas außer dem Anführer wahrzunehmen.

Mit mehr Zuversicht, als ich eigentlich empfinde, nähere ich mich Feli. Ich vermeide abrupte Bewegungen und halte beide Hände vor mich, um ihr zu signalisieren, dass ihr von mir keine Gefahr droht. Ein eisiger Schauer rinnt mir den Rücken hinab, als mich ihr schwarzer Blick trifft.

»Es ist alles in Ordnung«, sage ich leise, als ich nur noch wenige Meter von ihr entfernt bin.

Bevor ich ein weiteres Wort an sie richten kann, gehen die Flutscheinwerfer aus und wir versinken allesamt in der Dunkelheit der Nacht. Das Herz schlägt mir bis zum Hals. Jede Sekunde rechne ich mit einem Angriff – entweder von Feli oder von Vater. Doch nichts geschieht. Zum Glück reagiert Lumia sofort und hüllt sich in einen warmen Feuerglanz. Zwischen Shadow und Feli bleibt sie stehen – außerhalb von Felis Reichweite, aber nah genug, dass ich sie sehen kann. Ich vergewissere mich, dass von Vater keine unmittelbare Gefahr droht, und wende mich wieder Feli zu.

»Ich weiß, dass du wütend bist«, sage ich. »Ich weiß, dass du dich rächen willst. Und du hast allen Grund dazu! Aber jetzt ist nicht der richtige Zeitpunkt dafür. Es gibt Wichtigeres, was du nun tun musst.« Ich deute mit dem Arm auf Shadow, der umringt von den anderen mühsam den Kopf hebt. Schnell wende ich den Blick von seinem bleichen Gesicht und dem Blutrinnsal, das aus seinem Mund läuft, ab. Ihm bleibt nicht mehr viel Zeit. »Da ist jemand, der auf dich wartet. Jemand, der darauf hofft, dass du bei ihm bist, wenn er sich seinen eigenen Ängsten stellen muss.«

Feli neigt den Kopf, als ich einen weiteren Schritt auf sie zu mache. Cals Eis knirscht unter meinen Füßen.

»Ich weiß, wie er sich fühlt«, rede ich weiter. »Ich hätte alles dafür gegeben, wenn jemand, der mir wichtig ist, bei mir gewesen wäre, wann immer ich ins Labor musste. Es wäre mir leichtergefallen, die Tests zu ertragen, wenn ich jemanden an meiner Seite gehabt hätte. Aber das ging nicht. Ich konnte weder dich noch Cal oder unsere Familiare mit hineinziehen. Ich durfte nicht zulassen, dass jemand die gleiche Scheiße durchmachen musste wie ich. Aber trotzdem ... habe ich mir gewünscht, dass es anders wäre.«

Ich stehe ihr nun so nah, dass die Schatten, die sie umgeben, auf meiner Haut prickeln, wann immer sie mich berühren. Es ist ein unangenehmes Gefühl, doch ich weiche nicht zurück.

»Shadow braucht dich jetzt.«

Kurz, so kurz, dass es mir um ein Haar nicht aufgefallen wäre, zuckt ein Muskel unter ihrem rechten Auge. Weitere Regungen lässt sie sich nicht anmerken. Ihre Miene, in der ich früher lesen konnte wie in einem offenen Buch, ist kalt und gefühllos.

Ich hole tief Luft, ehe ich sage: »Er muss diese Welt verlassen. Das hätte er sowieso gemusst, auch ohne dass Vater auf ihn einsticht. Shadow bleiben vielleicht nur noch wenige Augenblicke hier. Er wusste es die ganze Zeit über. Dennoch machte er weiter und stemmte sich gegen den Sog. Er wollte nicht gehen, solange du nicht in Sicherheit wärst.«

Feli verzieht den Mund. Im nächsten Moment lässt sie die Schatten auf mich los. Ich reiße die Hände nach oben und erschaffe in letzter Sekunde einen Windtunnel, um ihre Magie abzuwehren.

»Ich weiß, dass du noch irgendwo da drin bist, Feli«, sage ich ungerührt. »Ich verstehe, dass du Angst hast und es leichter ist, sich der Dunkelheit hinzugeben, als dagegen anzukämpfen. Ich weiß es, denn ich habe diese Kämpfe unzählige Male ausgefochten. Glaub mir, es ist verdammt schwer! Aber wir haben etwas, wofür es sich zu kämpfen lohnt. Ich hatte euch – meine Geschwister, die mir anvertraut waren und für die ich sorgen musste – und meinen Familiar. Ohne euch drei hätte ich schon vor vielen Jahren aufgegeben.«

Ich mache einen letzten Schritt auf sie zu und stehe ihr nun so nah, dass ich zu ihr hinabsehen muss. Ihre schwarzen Augen, in denen keinerlei Farbe durchblitzt, sind weit aufgerissen.

»Aber eines hatte ich nie. Für mich gab es nie jemanden, dem mein Herz gehörte. Ich liebe dich und Cal und Terra, doch ... Es ist nicht dasselbe wie zwischen dir und Shadow.«

Sie blinzelt mehrmals hintereinander. Ich bin jederzeit bereit, einen neuen Windzauber zu beschwören, aber Feli macht keine Anzeichen eines erneuten Angriffs. Vielmehr sieht sie verwirrt aus.

»Bitte, Feli«, wispere ich. »Wach auf! Und sei es nur für ein paar Minuten. Danach müssen wir uns überlegen, wie wir dir helfen können, aber ... Du musst zu dir kommen! Für Shadow. Er braucht dich.«

Ihr Kopf ruckt zu Vater herum und sie bleckt die Zähne. »Er hat meinen Familiar getötet.«

Ihre Stimme klingt Furcht einflößend. Als hätte man ihren eigentlichen Klang mit zusätzlichem Hall unterlegt. Oder als würden zwei Felis gleichzeitig sprechen. Die Schatten hüllen sie beinahe vollständig ein. Sie entgleitet mir immer weiter ...

»Das hat er«, sage ich schnell. »Und dafür wird er bezahlen, das verspreche ich dir. Ich werde dich nicht aufhalten, wenn du dich an ihm rächen willst. Aber Shadow wäre ohnehin gestorben.«

Sie schaut wieder zu mir und es kostet mich meine gesamte Willenskraft, nicht vor ihrem schwarzen Blick zurückzuzucken.

»Er hat es mir selbst gesagt«, fahre ich fort. »Und wenn du ehrlich bist, weißt du es ebenfalls. Genauso wenig wie du dir einen neuen Familiar geholt hättest, hätte er einen anderen Träger akzeptiert. Wahrscheinlich ... ist dies der gnädigere und schnellere Tod.«

Ich strecke die Hand nach ihr aus. Die Schatten, die meine Haut berühren, scheinen sich hineinzufressen und mich von innen heraus zerstören zu wollen. Doch ich beiße die Zähne zusammen, ertrage den reißenden Schmerz und umschließe ihr Gesicht mit beiden Händen, ehe ich ihren Kopf in Shadows Richtung drehe. Sie schnappt keuchend nach Luft.

»Er wartet auf dich«, sage ich sanft und streiche ihr vorsichtig eine wirre Haarsträhne aus der Stirn.

Feli blinzelt erneut. Tränen schwimmen in den Augen, waschen das Schwarz weg und rollen anschließend über die Wangen, wobei sie dunkle Spuren hinterlassen. Zögerlich lasse ich ihr Gesicht los und gebe Cal und Lumia ein Zeichen. Unser Bruder löst den Zauber und Lumia taut Felis Füße mit einem gezielten Feuerball auf. Im selben Moment kommen Ilena und Flash zurück. Die Wasserbändigerin holt Luft, um wahrscheinlich zu einer Erklärung anzusetzen, warum wir, abgesehen von Lumias Feuerschein, völlig im Dunkeln stehen, doch ich bringe sie mit einer knappen Handbewegung zum Schweigen.

Wie in Trance schleppt sich Feli zu ihrem Familiar. Katie sammelt die beiden kleineren Wesen ein, um Shadow und Feli Freiraum zu geben, und zieht sich mit ihnen, dem Medium und Terra ein Stück zurück. Ich stelle mit Cals Hilfe sicher, dass Vater in der Zwischenzeit nicht fliehen kann. Nachdem wir ihn am Boden festgefroren haben und ich ihm ein Luftvakuum erschaffen habe, das es ihm unmöglich macht, zu sprechen, wende ich mich wieder Feli zu.

Mit einem schmerzhaften Ziehen in der Brust sehe ich dabei zu, wie sie neben Shadow auf die Knie sackt.

»Gibt es wirklich keinen Weg, um ihn zu retten und den Pakt wiederherzustellen?«, frage ich an das Medium gerichtet.

Die weise Frau schüttelt, ohne zu zögern, den Kopf. »Leider nicht. Ein einmal aufgelöster Pakt kann niemals neu geschmiedet werden.«

»Aber wir könnten sein Leben retten …?«, hakt Cal nach.

Das Medium verzieht den Mund. »Vielleicht. Aber es … Nein. Es ist zu weitreichend. Außerdem ist es nicht sein Wille. Was nützt es, wenn er sich über Jahrhunderte hinweg anschließend zu Tode hungert? Er war schon zuvor der widerspenstigste Familiar, mit dem ich je zu tun hatte, und es wird noch schlimmer werden, wenn wir uns über seinen Willen hinwegsetzen.« Die alte Frau sieht mich an. »Er wird keinen anderen Träger annehmen. Er kann nie wieder Felicitys Familiar werden. Willst du ihm eine Ewigkeit mit diesem Wissen zumuten?«

Ich schlucke angestrengt und weiß nicht, was ich darauf antworten soll.

KAPITEL 29

Felicity

So vorsichtig wie möglich ziehe ich Shadow zu mir und bette seinen Kopf auf meinem Schoß. Selbst diese kleine Bewegung genügt, um erneut Blut aus seinem Mundwinkel fließen zu lassen. Meine Hand zittert, als ich es, so gut es geht, wegwische.

Shadow schenkt mir ein schwaches Lächeln, bei dem sich mein Herz qualvoll zusammenzieht.

»Du bist hier«, haucht er so leise, dass ich mich nach vorn beugen muss, um ihn verstehen zu können.

Er streckt die Hand nach mir aus. Ich ergreife sie und halte sie – so fest ich kann. Als könnte ich ihn für immer bei mir behalten, wenn ich ihn nur nicht losließe.

»Natürlich«, antworte ich mit tränenerstickter Stimme.

Ich weiß nicht, was ich sagen soll. Gleichzeitig will ich alles sagen. Will all das, was gerade in mir vorgeht, irgendwie in Worte fassen. Dass ich ihn mehr als alles andere liebe. Dass er nicht einmal daran denken soll, aus dieser Welt zu verschwinden und mich zurückzulassen. Dass ich ohne ihn nicht leben, mich nicht gegen die Dunkelheit wehren kann.

Doch ein Wunsch ist lauter als alle anderen. Ich will ihn anflehen, nicht zu sterben.

»Wenn du ...« Ich räuspere mich. »Wenn du jetzt zurück in die Nebenwelt gehst, heilen dann deine Wunden?«

»Weiß ... nicht«, bringt er hervor. »Es ist nur wenig Magie in der Nebenwelt verfügbar. Sie könnten sehr langsam heilen, vielleicht aber auch gar nicht. Doch das ist egal.« Er dreht den Kopf und schaut auf meine andere Hand. »Ich wünschte, ich könnte deinen Finger richten. Ich will nicht, dass du Schmerzen hast.«

Vergiss den blöden Finger!, möchte ich am liebsten schreien, doch ich beherrsche mich.

Ich warte darauf, dass er mich wieder ansieht. »Soll ich dir sagen, was ich will?«, frage ich dann.

»Immer«, antwortet er, genau wie an dem Abend, als er mich in das Hotel brachte.

»Ich will, dass du lebst«, wispere ich. »Ich will, dass du weitermachst. Werde der Familiar eines anderen Trägers und hilf ihm dabei, über seinen eigenen Schatten zu springen. Lass einem anderen Magier genauso viel Hingabe zuteilwerden wie mir.«

Mir ist alles recht, solange er lebt! Ich stecke all das, was ich für mich selbst will, mit Freuden zurück, wenn er überlebt.

Shadow weicht meinem Blick aus. »Ich sagte doch schon, es ist gut möglich, dass …« Er verzieht schmerzvoll das Gesicht.

Das Sprechen strengt ihn nur unnötig an. Ich will die letzten Minuten, die mir mit ihm bleiben, nicht mit einer sinnlosen Diskussion verbringen. Wenn er keinen neuen Träger will, kann ich ihn nicht dazu zwingen. Genauso wenig, wie er mich dazu zwingen kann, einen anderen Familiar zu akzeptieren. Ich umklammere seine gesunde Schulter und ziehe ihn so vorsichtig wie möglich fester an mich heran. An meinem Oberschenkel spüre ich die klebrige Nässe, die aus der Wunde auf dem Rücken austritt.

»Lass mich nicht allein«, hauche ich, während Tränen ungehindert über meine Wangen fließen und anschließend vom Kinn auf Shadows Gesicht tropfen. »Ich fürchte mich vor der Dunkelheit, wenn du nicht bei mir bist. Sie wird kommen und mich erneut holen. Und ich werde mich selbst verlieren.«

Die Finger, mit denen er mir über die Wangen streichelt und die Tränen wegwischt, sind eiskalt. »Du musst dagegen ankämpfen.«

»Wozu?« Meine Stimme bricht bei diesem einen Wort.

»Für mich«, entgegnet er. »Weil ich mir wünsche, dass noch so viele Menschen dein Leuchten sehen können. Weil ich will, dass du glücklich wirst.«

Ich schüttele den Kopf. *Wie soll das gehen ohne dich?*, will ich sagen, doch ich bringe nur ein Schluchzen zustande.

Shadow legt zwei Finger unter mein Kinn und drückt es leicht nach oben. »Du brauchst einen neuen Familiar, der deine Magie im Gleichgewicht hält.« Sein Blick hält meinen unerbittlich gefangen. »Versprich mir, dass du dir einen neuen Familiar geben lässt.«

Ich lehne die Stirn an seine und schließe die Augen. »Das kann ich nicht«, flüstere ich. »Ich will keinen anderen.«

»Feli«, murmelt er tadelnd. »Tu es für mich, bitte. Ich hatte noch nie solche Angst wie vorhin, als ich mit ansehen musste, wie du völlig von deiner Magie verschlungen wurdest.« Erneut streichelt er mir über die Wange und lässt die Hand durch mein Haar gleiten. »Deine Magie ist so wundervoll und rein. Du hast so viel zu geben. Du kannst Menschen glücklich machen. Das darfst du nicht einfach wegwerfen! Nicht meinetwegen.«

»Wenn nicht deinetwegen, wegen wem denn dann?«, hauche ich.

Die Enge in der Brust lässt mich kaum Luft holen. Jeder Herzschlag schmerzt mich derart, dass ich mir das dumme Ding am liebsten mit bloßen Händen herausreißen würde.

Flüchtig haucht er mir einen Kuss auf die Lippen. Sofort schmecke ich Blut.

»Ich bin stolz darauf, dein Familiar gewesen zu sein. Danke, dass ich dich ein Stück deines Weges begleiten durfte. Ich habe mir selbst geschworen, dass ich erst gehen kann, wenn ich weiß, dass du in Sicherheit bist. Deshalb versprich mir, dass du das Medium um einen neuen Familiar bitten wirst. Einen, den du genauso stolz machen wirst wie mich.«

Nun gelingt es mir nicht mehr, ein Wimmern zu unterdrücken. »Ich kann das nicht … Ich kann nicht weitermachen, wenn ich weiß, dass du sterben wirst.« Ich lehne mich nach vorn und vergrabe das Gesicht an seinem Hals, während ich hemmungslos schluchze.

Shadow streichelt mir beruhigend über den Kopf. »Für einen Menschen wäre der Messerstich längst tödlich gewesen, doch als Familiar kann ich dagegen ankämpfen. Jedoch auch nicht für immer. Ohne neue Magie, die mich stärkt und meine Wunden heilt, werde ich sterben. Selbst wenn ich so wie Lumia sein könnte und nicht wählerisch bei meinen Trägern wäre, würde es nichts nützen, mir jetzt sofort einen neuen zu suchen. Gesetzt den Fall, dass ich einen fände, der stark genug wäre, um mich versorgen zu können, käme die Hilfe zu spät.«

Obwohl seine Stimme schwach klingt und das, was er sagt, ohne jedwede Hoffnung ist, könnte ich ihm ewig lauschen. So war es schon immer.

Als ich ihn zum ersten Mal sprechen hörte, schien der bloße Klang seines Timbres die Antwort auf Fragen zu sein, die ich mir niemals zu stellen gewagt habe.

Und nun soll ich bis an mein Lebensende darauf verzichten? Ich weiß nicht, wie ich das überstehen soll ... Aber ich könnte es, wenn ich wüsste, dass er lebt. Dass er irgendwann – nicht heute oder morgen, sondern vielleicht erst in hundert Jahren – einen neuen Träger hat, den er ebenso hingebungsvoll pflegt und umsorgt wie mich. Für den er, falls nötig, die Welt aus den Angeln hebt.

Ich zucke beinahe zusammen, als ich eine Hand am Hinterkopf spüre. Ich schaue nach oben und blicke in das vertraute, aber auch gleichzeitig grundverschieden andere Gesicht einer Frau, von der ich genau weiß, dass ich sie noch nie zuvor gesehen habe. Dennoch ist mir klar, wer sie ist.

Kassandra.

Mit einem sanften Lächeln streicht sie mir über den Kopf, ehe ihr Blick auf Shadow fällt, der in meinen Armen liegt. Er scheint sie nicht wahrzunehmen. Sie berührt ihn an der Wange, doch auch das bemerkt er nicht. Anschließend nickt sie mir zu. Die Dankbarkeit und das Verständnis, das ich in ihrem Blick erkenne, reißt mir schier das Herz entzwei. Als ich verbissen versuche die neuen Tränen zurückzublinzeln, verschwindet die Vision der trojanischen Prinzessin, als wäre sie nie da gewesen.

An ihrer statt steht plötzlich das Medium vor mir und schaut auf mich herab. Ich habe gar nicht bemerkt, dass die weise Frau zu uns getreten ist.

Shadow hustet Blut und krümmt sich in meiner Umarmung. Die nackte Angst, die ich bisher unterdrücken konnte, schlägt nun ihre Klauen in mich. Ich fühle mich so hilflos ... Ich kann nichts anderes tun, als ihn festzuhalten.

Das Wissen, dass es nichts gibt, was ihn retten kann, füllt mich mit einer Leere, die so ähnlich ist wie die Dunkelheit, in die ich mich wieder flüchten will.

»Wenn ich dir einen Weg aufzeige, wie du Shadows Leben retten kannst, würdest du ihn beschreiten?«, fragt das Medium und reißt mich aus der Starre der Angst, die mich für einen Moment gefangen hielt.

»Ich tue alles«, sage ich sofort.

Die weise Frau legt den Kopf schräg. »Und was ist mit dir, Familiar? Schwörst du, dein Leben nicht eigenhändig zu beenden, wenn du gerettet wirst?«

Shadow wendet trotzig den Blick ab und schweigt.

»Er schwört es«, antworte ich an seiner Stelle. »Denn er weiß, dass ich sonst nicht weitermachen kann. Wenn er stirbt, wird es nichts und niemanden geben, der mich davor bewahrt, wieder völlig der Dunkelheit anheimzufallen. Wenn ich jedoch weiß, dass er lebt, werde ich alles dafür tun, um für den Rest meines Lebens dagegen anzukämpfen.«

»Ich sage es ganz deutlich. Er kann nie wieder dein Familiar werden. Die vollständige Heilung in der Nebenwelt kann eine lange Zeit in Anspruch nehmen. Bis irgendwann wieder ein Träger nach einem derart starken Schatten-Familiar sucht, können mehrere Menschenleben vergehen.« Das Medium zieht die Augenbrauen zusammen. »Du wirst deinen Familiar nicht wiedersehen.«

Jedes ihrer Worte gleicht einem Messerstich mitten ins Herz. Dennoch zwinge ich mich zu sagen: »Aber er wird leben.« Ich schaue zu Shadow und ringe mich zu einem Lächeln durch. »Und vielleicht findet er irgendwann in vielen, vielen Jahren wieder einen Träger, in dem ein Teil von mir wohnt.«

Ich sehe ihm an, dass er erneut protestieren will, doch ich halte seinem durchdringenden Blick stand. Die Tränen in Shadows Augen lassen sie wie den Nachthimmel funkeln. »Ganz gleich wie lange es dauert und wo ich suchen muss«, wispert er schließlich, »ich werde dein Licht wiederfinden und wir werden mehr Zeit haben.«

Ich küsse eine Träne weg, ehe sie sein Kinn erreichen kann. Wenn ich noch einmal die Wahl hätte und von vornherein wüsste, wie es endet, würde ich mich trotzdem wieder in ihn verlieben. Daran habe ich keinen Zweifel.

Shadow öffnet den Mund, presst jedoch sofort die Lippen zusammen und krümmt sich vor Schmerzen.

»Wir müssen uns beeilen«, murmelt das Medium und kniet sich neben uns. »Allerdings brauchen wir Hilfe. Und der Preis für seine Rettung ist hoch.«

»Egal, was es ist«, sage ich mit festerer Stimme, als ich mir zugetraut hätte, »ich tue alles, was nötig ist.«

»Die Macht eines einzelnen heutigen Magiers ist nicht ausreichend, um ein derart mächtiges Wesen wie ihn zu retten«, sagt das Medium. »Die Magier der alten Zeit hätten es vermocht. Einer von ihnen war so stark wie fünf heutige Magier.«

Ich erinnere mich daran, dass Shadow etwas Ähnliches gesagt hat, als er mir und Katie von seiner Vergangenheit erzählte. Er sprach von der mächtigen Fortuna, die mehrere Familiare benötigte, um ihre Magie im Gleichgewicht zu halten. Doch was hat das mit Shadows Rettung zu tun?

Das Medium winkt meine Brüder, Katie, Ilena und die Familiare zu sich. Sie alle folgen ihrem Wink und umringen uns. Zac und Cal sind verdammt schlecht darin, ihre Emotionen zu verbergen, als sie Shadow ansehen. Ich selbst schaffe es irgendwie, die Schwäche, die er ausstrahlt, das verschmierte Blut und die schneeweiße Haut auszublenden. Unbewusst lausche ich auf jeden seiner Atemzüge, während ich stumm das Medium anflehe, endlich etwas zu unternehmen.

»Der Preis für sein Leben ist Magie«, sagt das Medium. »Sehr viel und unwiederbringliche Magie.«

»Ich ... verstehe nicht«, murmele ich.

Der Blick des Mediums bohrt sich in mich. »Shadow ist ein magisches Wesen. Bei ihm würde unsere menschliche Medizin keinerlei Nutzen haben. Um seinen Körper zu heilen, muss er mit ausreichend Magie versorgt werden. Anders als bei einem bestehenden Pakt, gibt es bei dieser Art der Magieübertragung kein Gleichgewicht, was gewahrt werden kann. Du gibst deine Magie – und erhältst nichts dafür zurück.«

»Nein!«, presst Shadow hervor.

Das Medium ignoriert ihn. »Aber deine Magie allein reicht nicht aus. Wir brauchen insgesamt fünf Magier, um auf die erforderliche Menge zu kommen, die Shadow für die Heilung benötigt.«

»Ich gebe ihm alle Magie, die er braucht«, sage ich, ohne zu zögern. »Es wird mir helfen, noch länger gegen die Dunkelheit anzukämpfen, wenn ich viel Magie verliere.«

»Wir sind auch dabei!«, sagt Katie.

»Nicht ...«, wimmert Shadow und presst das Gesicht gegen meinen Arm.

Das Medium schaut jedem von uns lange in die Augen. »Ich befürchte, ihr versteht nicht. Es geht nicht darum, dass ihr einen *Teil* eurer Magie geben sollt. Wir benötigen eure *ganze* Magie, die ihr nicht wieder zurückbekommt.«

»Was ... bedeutet das?«, fragt Cal.

»Das bedeutet, dass ihr danach völlig magieleer sein werdet«, antwortet das Medium. Meine Brüder, Katie und Ilena schnappen gleichzeitig nach Luft. »Ihr werdet keine Magier mehr sein.«

Die Stille, die ihren Worten folgt, lastet bleischwer auf uns. Keiner regt sich. Bei Zac, Cal und Katie bin ich mir nicht einmal sicher, ob sie überhaupt noch atmen. Während sie geschockt sind, falle ich in ein tiefes Loch. Tiefer und immer tiefer stürze ich hinab, und ich weiß, dass es diesmal keinen Ausweg für mich geben wird.

»Als ihr Ilena zu mir gebracht habt, habe ich gesagt, dass die Magie in euch am ehesten einem Akku gleicht«, sagt das Medium in die Stille hinein. »Wenn ihr Magie verbraucht, benötigt ihr Zucker, um euren Akku wieder aufzuladen. Doch die Heilung eines mächtigen Wesens wie Shadow wird euch alles abfordern. Es wird nichts mehr übrig sein, was ihr aufladen könnt. Die Magie wird komplett aus euch verschwinden.«

Ich presse die Stirn gegen Shadows und schluchze erneut. »Wieso kann ich nicht stark genug sein? Warum reicht meine Kraft nicht aus?«

Ich schäme mich dafür, mich derart macht- und hilflos zu fühlen. Ich kann von niemandem erwarten, dass er seine Magie aufgibt. Meine Brüder sind Meister-Magier! Sie würden alles verlieren. Allen voran ihre Familiare ... Lumia und Terra könnten nicht in dieser Welt bleiben, denn ihre Träger könnten sie nicht mehr nähren. Sie gehören mehr als mein halbes Leben zu unserer Familie ... Ich kann mir nicht vorstellen, dass sie von einem Moment auf den anderen verschwinden werden.

Nein, ich kann von niemandem verlangen, dass er das aufgibt, was ihn ausmacht. Es wäre nicht fair. Ich darf mich nicht ständig darauf verlassen, dass andere meine Probleme lösen. Wenn es nur um meine Magie ginge, hätte ich keine Sekunde gezögert, aber so ... Ich pfeife auf meine Magie! Ohne Shadow kann ich damit nichts ausrichten. Ich würde sie Tausende Male gegen sein Leben eintauschen.

Ich schlucke trocken, als mir klar wird, dass mich wieder die Dunkelheit erwartet, sobald Shadow nicht mehr bei mir ist. Ich werde wieder zu einer Gefahr werden. Aber dieser Gedanke ruft keine solche Panik in mir hervor, wie ich gedacht habe. Irgendwann wird schon ein Meister-Magier stark genug sein, um es mit mir als Abtrünniger aufzunehmen und mein Leiden zu beenden. Meinen Brüdern kann ich es nicht zumuten, gegen mich zu kämpfen und mich gar zu töten, also muss ich ...

Noch während ich darüber nachdenke, in welches Land ich mich absetzen werde, um auf möglichst starke Meister-Magier zu treffen, nehme ich eine Bewegung aus den Augenwinkeln wahr und hebe den Kopf. Durch den Tränenschleier sehe ich Katies Fee und Fulgur, die beide auf Shadows Brust geklettert sind und sich nun erwartungsvoll zu ihren Trägern umwenden.

»Was soll das?«, fragt Ilena. Ein Hauch Angst schwingt in ihrer Stimme mit, als sie sich mit der Hand an den Hals greift, wo Fulgur normalerweise liegt.

Ein riesiger Kloß bildet sich in meinem Hals, als ich Katies Familiar anschaue, mit dem ich nichts als Ärger hatte, seit ich sie kenne. Und nun ist die kleine Fee die Erste, die mir helfen will. Aber das kann ich nicht zulassen! Mein Blick huscht zu meiner besten Freundin, die nicht so überrascht vom Handeln ihres Familiars zu sein scheint wie Ilena.

»Shadow hat meine Fee und Fulgur vorhin vor einem Angriff beschützt«, murmelt Katie.

Ich will widersprechen, will sagen, dass das nie und nimmer ausreicht, damit sie ihr Leben hier und ihren Pakt aufgibt, doch ich bin wie erstarrt. Überwältigt davon, dass sich jemand trotz der Konsequenzen auf meine Seite schlägt.

Katies Blick fällt auf Shadow. »Außerdem hat er meiner besten Freundin die besten Wochen ihres Lebens beschert.« Sie seufzt und zuckt mit den Schultern. »Dafür schulde ich ihm was. Ich bin dabei.«

Ich blinzele verwirrt und öffne den Mund, um irgendeinen sicherlich stimmigen Grund vorzubringen, warum das völliger Irrsinn ist. Doch da tauschen bereits Lumia und Terra einen Blick und treten dann gleichzeitig hinter Shadow und mich.

»Was zum ...?«, entfleucht es mir.

»Wenn Shadow stirbt, wird es niemanden mehr geben, der Feli zurückholen kann, wenn sie der Dunkelheit anheimfällt«, sagt Terra zu Zac. »Ich möchte nicht dabei sein, wenn du gegen sie kämpfen und vielleicht deine kleine Schwester töten musst.«

Mein ältester Bruder schluckt angestrengt und ballt die Hände zu Fäusten.

»Ihr werdet es euch ewig vorwerfen, wenn ihr jetzt die falsche Entscheidung trefft«, sagt Lumia. »Du brauchst mich nicht mehr, Cal. Du hast nun eine neue Frau in deinem Leben und ich wünsche euch alles Glück der Welt. Aber Feli braucht dich, um Shadow und auch sich selbst zu retten.« Sie schweigt einen Moment. »Ich kann nur hoffen, dass ich auch irgendwann etwas Ähnliches wie die beiden erleben darf.«

»Wir finden neue Träger«, sagt Terra. »Jeder von uns ist ein Elementar-Familiar. Aber Shadow ... Es gibt kaum Lichtmagier wie Feli. Er würde nicht lange genug durchhalten, bis ein geeigneter Magier nach ihm ruft.«

»Nein, bitte«, hauche ich. »Ihr müsst das nicht tun!«

»Doch, Feli«, sagt Zac sanft. »Terra hat recht.« Er schließt für einen Moment die Augen und stößt den Atem aus. »Wir können dadurch euch beide retten. Keiner von uns müsste mit der Bürde leben, dich zu verlieren. Wenn Shadow nicht in dieser Welt bleiben kann, werden Cal und ich auf dich aufpassen. Das kriegen wir auch ohne magische Kräfte hin.«

»Aber das ...«

Bevor ich den Satz beenden kann, stellt sich auch der Blitzmagier hinter uns.

»Flash«, haucht Ilena und streckt zögerlich eine Hand nach ihm aus.

Ihr Verhalten verwirrt mich ebenso wie die Frage, warum ein anderer Magier sich zu den Familiaren stellt. Erst jetzt gelingt es mir, eins und eins zusammenzuzählen. Er ist der Familiar, an den sich Ilena nicht erinnern konnte! Und so, wie sie ihn ansieht, ging zwischen ihnen ebenfalls mehr vor sich, als es normalerweise der Fall wäre.

Sofort huscht mein Blick zu Cals erstarrter Miene. Tief in mir höre ich eine Stimme flüstern, dass er das leichteste Ziel ist. Dass sein Herz das ist, was ich am einfachsten manipulieren kann. Schnell schüttele ich den Kopf, um diese Gedanken zu vertreiben, doch sie zeigen mir, wie nah mein abtrünniges Ich bereits unter der Oberfläche lauert und nur darauf wartet, die Kontrolle zu übernehmen. Ich werde mich nicht lange gegen die Einflüsterungen zur Wehr setzen können; erst recht nicht, wenn ich keinen Familiar mehr habe, der meine Magie im Gleichgewicht hält.

»Es ist die richtige Entscheidung«, wiederholt Flash die Worte meines Bruders. »Ich … will nicht im Weg stehen und auch nicht das fünfte Rad am Wagen sein. Und ich will mich auch nicht ständig davor fürchten, dass mich *Ice King* in ein eisiges Grab befördert, wenn ich mich nähre. So trage ich wenigstens etwas bei.«

Alles in mir sträubt sich dagegen, das Opfer meiner Brüder und Freunde anzunehmen. Ich möchte sie alle anschreien, ob sie ihren verdammten Verstand verloren haben, doch ich ziehe Shadow fester an mich und lausche seinen abgehackten, schwachen Atemzügen.

»Letzte Chance, euch das noch mal zu überlegen«, sagt das Medium.

Niemand rührt sich. Doch keiner sieht glücklich aus.

»Ich kann das nicht von euch verlangen!«, bringe ich unter Schluchzen hervor.

»Es ist das Mindeste, was wir dir zurückgeben können«, erwidert Zac. »Du hast dich viele Jahre für uns verbogen und nach unseren Regeln gespielt. Wenn wir dadurch zwei Leben retten können, ist unsere Magie ein kleiner Preis.«

Erneut will ich widersprechen, doch das Medium umklammert unerbittlich meine Schulter. »Hör auf zu diskutieren! Uns bleibt keine Zeit dafür.

Wenn du weinen willst, dann weine. Wenn du dich schuldig fühlen willst, dann fühle dich schuldig. Aber verschiebe es auf später!«

Ich presse fest die Lippen zusammen, schlucke jedes Schluchzen hinunter, das sich bereits einen Weg meinen Hals hinaufbahnen will, und nicke.

Das Medium lockert den Griff und nickt ebenfalls, ehe sie sich den anderen zuwendet. »Streckt eure Hände aus und konzentriert euch auf Felicity. Ich kümmere mich um den Rest.« Sie schaut wieder mich an. »Und du konzentrierst dich nur auf Shadow.«

»Das kriege ich hin«, erwidere ich leise.

Nur mit halbem Ohr höre ich der weisen Frau zu, die unablässig Sprüche in einer Sprache murmelt, die ich beim besten Willen nicht verstehe.

»Es wird dir gleich besser gehen«, wispere ich Shadow zu, während ich die Stirn an seine lehne.

Seine Lider flattern, als ich eine Hand auf sein Herz lege. Es schlägt nur schwach gegen meine Fingerspitzen, und ich bin kurz davor, wieder in Panik zu verfallen. Doch dann versteift sich sein Körper in meinen Armen, als die erste geballte Magie dank der Zaubersprüche des Mediums in ihn fährt. Sofort schlägt sein Herz kräftiger und auch mein eigenes stolpert nun schneller in der Brust. Die Prozedur wiederholt sich noch dreimal und endlich kehrt auch etwas Farbe in Shadows Gesicht zurück.

»Jetzt bist du dran, Felicity«, sagt das Medium in verständnisvollem Tonfall.

Zum ersten Mal, seit die Übertragung begonnen hat, hebe ich den Kopf und schaue zu meinen Brüdern und Katie. Jedenfalls glaube ich, dass die Brünette mit den Sommersprossen und ein paar Kilos zu viel auf den Rippen meine beste Freundin ist. Sie und Ilena knien auf dem Boden, während sie nach Luft japsen. Auch meine Brüder sehen erschöpft aus. Es geht ihnen meinetwegen so schlecht … Weil ich nicht stark genug bin.

»Konzentriere dich, Felicity!«, mahnt mich das Medium. »Deine Magie ist die wichtigste, denn Shadows Organismus kennt sie bereits. Auch ohne Pakt wird sie ihm am meisten helfen können.«

Schnell fokussiere ich mich wieder auf Shadow und sein nun wieder kräftig schlagendes Herz. Begleitet von den Zaubersprüchen des Mediums spüre ich meine Magie aus den Fingerspitzen fließen. Ich halte sie nicht auf, sondern gebe sie gerne. Ich habe schon fast vergessen, wie wundervoll sich das sanfte Flattern im Bauch anfühlen kann, doch als sich auf Shadows Lippen ein feines Lächeln abzeichnet, ist es mit einem Mal da. Mit aller Kraft brenne ich mir diesen Anblick ins Gedächtnis, während ich ein Aufkeuchen unterdrücke, als meine Magie ungehemmt aus mir heraussickert.

Doch der Schmerz verfliegt schnell. Nur die Schwäche bleibt. Schweiß rinnt mir die Schläfen und den Nacken hinunter und meine Atmung geht unregelmäßig, aber ein Blick in Shadows Gesicht beweist mir, dass wir erfolgreich waren. Seine Wangen haben wieder Farbe. Die Brust hebt und senkt sich ohne Stocken und sein Herz schlägt kräftig gegen meine Fingerspitzen. Auch die Nässe, die ich von seinem Rücken ausgehend an den Beinen spürte, ist verschwunden.

Wir haben es geschafft.

Ich reiße mich von Shadows Anblick los und wende mich zu den Familiaren um, die noch hinter uns stehen.

»Danke«, hauche ich.

Lumia und Terra nicken mir lächelnd zu, bevor sie zu ihren Trägern schauen und anschließend verschwinden. Sie lösen sich langsam auf, werden zu glitzerndem Staub, den der leichte Wind davonweht und in den heller werdenden Himmel des anbrechenden Tages hinaufträgt. Krampfhaft schlucke ich die Tränen hinunter, die mir schon wieder in den Augen brennen. Katies Fee und Fulgur folgen den beiden anderen Familiaren.

»Ich vertraue sie dir an«, sagt Flash an Cal gerichtet. »Und glaub mir, ich komme zurück, wenn es sein muss.«

Cal richtet sich zu voller Größe auf, obwohl es ihn seine letzten Kraftreserven zu kosten scheint, und nickt. Flash erwidert die Geste und löst sich ebenfalls auf, ohne noch einen Blick auf die weinende Ilena zu werfen.

»Geben wir den beiden einen Moment«, sagt das Medium.

Cal legt einen Arm um Ilena und flüstert beruhigend auf sie ein, während er sie ein Stück von uns wegführt. Zac überzeugt sich davon, dass der Anführer noch genau da ist, wo er und Cal ihn vorhin zurückgelassen haben. Nur Katie und das Medium bleiben in meiner Nähe.

Ich kratze all meinen Mut zusammen und küsse Shadow auf die Stirn. Sofort schlägt er die Augen auf. Sie sind hell und glänzend und silbern, wie kurz nach unseren intensivsten Verbindungen. Meine Brust fühlt sich so eng an, dass ich nicht mehr Luft holen kann, doch ich bin außerstande, den Blick abzuwenden.

»Du hast mich gerettet«, murmelt er.

Ich schüttele den Kopf. »Das war ich nicht allein.«

»Doch. Die Magie der anderen hat sich wie ein Fremdkörper in mir angefühlt. Wenn ich gekonnt hätte, hätte ich sie abgestoßen. Einzig deine Magie ließ ich so weit vordringen, um …« Er runzelt die Stirn. »Du hättest es nicht tun sollen.«

»Es ist alles, wie es sein soll«, erwidere ich und streichele ihm über die Stirn, bis die Sorgenfalten verschwinden. »Du lebst. Das ist das Einzige, was für mich zählt. Ich habe … vorhin Kassandra gesehen. Sie sah glücklich aus. Und ich bin ebenfalls glücklich, dass ich dich retten konnte. Ich hätte nicht gedacht, dass ich je so selbstlos sein könnte wie sie und dich zurückschicken könnte. Ich weiß, dass sie den Pakt mit dir löste, um dich zu retten. Dieser Weg blieb mir nicht, weil unser Pakt bereits zerbrochen wurde, aber ich bin froh, dass ich dich mit der Hilfe der anderen retten konnte.«

Ich lehne mich vor und küsse ihn. Dabei nehme ich mir Zeit, präge mir genau seinen Geschmack und das Gefühl der Lippen auf meinen ein. Unser letzter Kuss ist genauso perfekt wie unser erster, kurz bevor ich mit Katie zur Party ging. Mein Herz hat es schon damals gewusst, lange vor meinem Verstand. Es wusste, dass Shadow nicht nur mein Familiar ist. Sondern *mehr.* In diesem Leben war uns nur eine kurze Zeit gemeinsam vergönnt. Dennoch möchte ich keinen einzigen Augenblick davon missen.

»Eines Tages werden wir uns wiedersehen, nicht wahr?«, wispere ich nur einen Hauch von seinem Mund entfernt. »Irgendwann. Irgendwo.«

»Ganz bestimmt«, flüstert er. »Ich werde dich finden. Und bis dahin werde ich über dich wachen, wann immer die Übergänge zwischen den Welten es zulassen.«

Ich klammere mich mit aller Macht an ihn und er schlingt ebenfalls beide Arme um mich. Dennoch spüre ich, wie er mir mehr und mehr entgleitet. Sein Griff lockert sich und sein Körper fühlt sich plötzlich nicht mehr so fest an wie gewöhnlich. Aber ich weigere mich, ihn loszulassen.

Shadow hebt eine Hand, um mir die Tränen von der Wange zu wischen. Doch anstatt mich zu berühren, greift er durch mich hindurch, als wäre seine Hand nichts anderes als eine Illusion.

Ich erstarre. Er ebenso. Im Blick seiner weit aufgerissenen Augen sehe ich die gleiche Panik, die auch mir jeden klaren Gedanken raubt.

So fest ich kann, presse ich die Lippen zusammen. Ich will nicht, dass das Letzte, was er von mir hört, mein Schluchzen ist. Das Medium hatte recht: Für derlei Dinge ist später noch Zeit. Und ich werde viel Zeit haben, um zu weinen und unser Schicksal zu verfluchen.

Doch nicht jetzt. Jetzt muss ich mir erneut die Kontur seines Gesichts und den Glanz seiner Augen einprägen. Seinen Duft nach Sommernächten.

Shadow verzieht den Mund, als hätte er Schmerzen, ehe er mich wieder ansieht. So viel Wärme liegt in seinem Blick, dass sich mein halb erstarrtes Herz wieder stolpernd in Bewegung setzt.

»Ich liebe …«

Bevor er das letzte Wort aussprechen kann, verändert sich sein Körper und verwandelt sich in dunkle Schatten.

Ich kann die wummernden Herzschläge, die gegen meinen Brustkorb donnern, mitzählen. Es vergehen drei, bis ich reagiere und die Arme fest um mich schlinge, in der Hoffnung, seine Schatten auf diese Weise bei mir behalten zu können. Doch sie entgleiten mir, streichen ein letztes Mal sanft über mich wie eine Liebkosung, ehe sie gänzlich verschwinden.

Als ich auf meine zitternden Hände starre, kann ich die Leere und Trauer nicht mehr länger zurückhalten und schreie alles hinaus, bis meine Stimme versagt.

KAPITEL 30

Fünf Jahre später …

Felicity

Ich starre auf den Bildschirm vor mir. Mein Terminkalender ist wieder zum Bersten gefüllt so wie jeden Tag. Am liebsten möchte ich Katie dafür, dass sie derart viele Termine annimmt, den Hals umdrehen. Aber ich weiß, dass ich niemals Ersatz für eine solch fähige Assistentin finden werde. Also schlucke ich den Ärger hinunter und bereite mich innerlich auf den schlimmsten Termin heute Nachmittag vor. Egal wie oft ich mir einrede, dass es genauso laufen wird wie all die Jahre zuvor, kann ich nicht verhindern, dass sich ein Kribbeln im Bauch ausbreitet, während ich wieder und wieder auf den Termin um fünfzehn Uhr sehe. Es steht nur ein Wort in der Zeile: *Medium*. Mehr brauche ich nicht zu wissen.

Wie ausgerechnet ich zu einer Art Schnittstelle zwischen der neu aufgebauten Magier-Allianz und den Medien der Umgebung wurde, weiß ich auch nach fünf Jahren nicht. Ein ebensolches Rätsel ist es, warum sie mich vor zwei Jahren zur neuen Leiterin der Allianz gewählt haben. Schließlich verfüge ich weder über magische Kräfte noch über irgendwelches Führungstalent. Dennoch sitze ich Tag für Tag hier in einem schicken Büro mit einem viel zu großen Schreibtisch und einer schier endlosen Fensterfront mit Blick auf die Stadt, wo ich mich auf die Arbeit, von der ich nur die Hälfte verstehe, konzentriere. Aber zu arbeiten lenkt mich ab. Ich denke weniger nach, wenn ich mir Fachbegriffe und Zusammenhänge, die für mich keinen Sinn ergeben, einhämmern muss.

Ich denke weniger an *ihn* und kann mich für ein paar Stunden wie ein normaler Mensch fühlen.

Seufzend lehne ich mich im Ledersessel zurück und schließe für einen Moment die Augen. Im Vorraum höre ich Katie mit jemandem telefonieren. Selbst ihre Stimme klingt anders – nun, nachdem sie keine Magierin mehr ist. Ich habe Wochen gebraucht, bis ich mich nicht mehr fragen musste, wer die unbekannte Brünette war, die jeden Tag bei uns ein und aus ging. Katies Aussehen hat sich komplett geändert, seit sie nicht mehr über den »schönen Schein« verfügt. Sie ist nicht unansehnlich – keineswegs! –, aber eben anders, als ich sie all die Jahre kannte. Während sich früher jeder Mann auf der Straße nach ihr umdrehte, strahlt sie heute etwas Weiches und Warmes und Häusliches aus. Dank ihrer paar Kilos zu viel würde sie es nicht mehr auf ein Cover eines Hochglanzmagazins schaffen, trotzdem strahlt sie mehr Sex-Appeal aus als jede Frau, der ich je begegnet bin.

Auch Zac ist dieser Umstand aufgefallen. Seit Katie nicht mehr pausenlos auf ihren »schönen Schein« zurückgreifen kann, sieht mein ältester Bruder sie mit ganz anderen Augen. Sie haben fast ein Jahr lang versucht es vor mir geheim zu halten, aber ... was soll ich sagen? Die Wände in der Villa sind verdammt dünn. Und ich gönne ihnen ihr Glück von Herzen. Doch ich gebe zu, es versetzte mir jedes Mal einen Stich, wenn sie auseinandersprangen, wann immer ich das Zimmer betrat, und demonstrativ in die entgegengesetzte Richtung schauten. Ich fühlte mich schmerzhaft an Shadow und mich erinnert, als wir versuchten unsere Gefühle vor allen anderen, auch vor uns selbst, geheim zu halten.

Irgendwann ging mir ihre Heimlichtuerei auf die Nerven und mir platzte der Kragen. Das war so ziemlich der erste Gefühlsausbruch seit ... seit ich *ihn* verloren habe. Ich schrie Katie an, dass sie verdammt noch mal leiser sein soll, wenn sie mit meinem Bruder vögelte, und dass es mich ankotzte, dass ich jede Nacht wach wurde, wenn sie sich aus meinem Bett zu ihm schlich. Ich stellte klar, dass ich niemanden mehr brauchte, der nachts bei mir schlief, und dass ich prima allein damit zurechtkam, mich in den Schlaf zu weinen. Daraufhin schloss Katie mich in die Arme und zog anschließend in Zacs Zimmer um, das dummerweise im selben Flur wie meines liegt. Von ruhigen Nächten war ich selbst dann noch meilenweit entfernt. Mittlerweile schlafe ich mit Ohrstöpseln, denn auch Cal und Ilena sind nicht besser.

Die ersten Wochen nach Shadows Verschwinden waren die schlimmsten. Ich verkroch mich in unserem Hotelzimmer und ließ niemanden hinein. Ich schlief so lange in dem ungemachten Bett, bis es nicht mehr nach ihm roch, und selbst dann wollte ich dem Servicepersonal nicht erlauben, die Laken zu wechseln. Ich aß nichts. Ich kümmerte mich um niemanden, sondern versank immer tiefer in Trauer und Schwermut. Keine Ahnung, wie viele Tage vergingen. Einer reihte sich nahtlos an den nächsten, ohne dass ich einen davon bewusst wahrnahm.

Wahrscheinlich zog einer vom Hotel irgendwann die Reißleine und rief meine Brüder an, die umgehend auf der Matte standen und die Tür eintraten, weil ich ihnen nicht öffnen wollte. Keiner von ihnen wusste, wie sie mit mir umgehen sollten, also wälzten sie diese Aufgabe auf Katie ab. Sie war die Einzige, die ich in meiner Nähe ertragen konnte, und nach einer Weile gelang es ihr, mich dazu zu überreden, mit ihr zurück in die Villa zu kommen. Dort blieb sie bei mir und päppelte mich wieder auf. Sie lernte schnell, welche Mahlzeiten sie mir vorsetzen durfte, ohne einen erneuten Heulkrampf meinerseits auszulösen. Schokopudding und Sandwiches assoziiere ich selbst heute noch so stark mit Shadow, dass ich nichts davon anrühren kann.

Nach gut einem halben Jahr hielt ich es – umgeben von glücklichen Pärchen – nicht mehr aus und entschied mich, mir einen Job zu suchen, damit ich wenigstens den halben Tag beschäftigt war. Anfangs arbeitete ich in einem Café, doch selbst ohne meine Gabe kam ich nicht mit fremden Menschen zurecht. Ich konnte zwar kein Glimmen mehr sehen, aber eine Art sechster Sinn für Beziehungen war mir geblieben. Ich weiß nicht, wie ich es beschreiben soll, aber ich konnte Menschen ansehen, ob sie es mit ihrem Partner ehrlich meinten oder nicht. Und denen, bei denen es nicht der Fall war, goss ich hin und wieder heißen Kaffee über den Kopf. Unabsichtlich, natürlich. Na gut, ein bisschen Absicht war im Spiel … Ich muss nicht extra erwähnen, dass ich den Job nicht lange hatte.

Auch bei den nächsten Versuchen als Verkäuferin wurde ich nach wenigen Tagen gefeuert, weil ich mich weigerte, Blumen an einen Typen zu verkaufen, der die Frau, für die sie bestimmt waren, nur ins Bett kriegen wollte.

Ich war am Ende, vor allem psychisch. Alles, was ich anfasste, misslang. Nichts konnte ich richtig, hatte keinerlei Begabungen. Ich war auf dem besten Weg, wieder abzurutschen wie kurz nach Shadows Verlust, und ich wusste nicht, was ich dagegen tun konnte.

Diesmal war es Zac, der mir eine Hand entgegenstreckte und mich aus dem Loch zerrte, in das ich gefallen war. Er erzählte mir, dass er und Cal die Machenschaften der alten Allianz öffentlich gemacht hätten und der Anführer lebenslang weggesperrt wurde. Bis zu dem Zeitpunkt hatte ich keinen Gedanken an ihn verschwendet. Auch die restlichen hochrangigen Allianz-Mitglieder wurden verurteilt und bestraft. Dummerweise standen nun alle Magier ohne eine Anlaufstelle da, die sich um ihre Probleme und Bedürfnisse kümmerte.

Also erklärten sich Zac und Cal bereit, diesen Posten übergangsweise zu besetzen, doch sie hielten sich nicht lange. Nicht weil sie über keine Magie mehr verfügten und deshalb von den Magiern nicht anerkannt wurden. Sondern weil beide keinerlei Feingefühl besitzen. Sie entschieden nach Sachlage, ohne sich den betreffenden Magier angesehen und seine Probleme angehört zu haben. Sie sahen nur die Akten vor sich, nicht die Menschen, die sich dahinter verbargen. Es dauerte nicht lange, bis die Magier kein Vertrauen mehr in Zac und Cal hatten, und selbst die Medien der umliegenden Bezirke eine Zusammenarbeit verweigerten.

Als ich meine Brüder mit ihren Fehlern konfrontierte, meinte Zac nur, dann solle ich es eben besser machen.

Und das tat ich.

Über Monate hinweg baute ich das verloren gegangene Vertrauen wieder auf und startete mit Katies und Ilenas Hilfe eine Imagekampagne nach der anderen. Die weisen Frauen waren am schwersten zu überzeugen, aber es gelang mir. Als sie bemerkten, dass ich ein Gespür dafür hatte, wie ein Magier mit seinem Familiar umgeht oder ob er ihn nur als ein Mittel zum Zweck ansieht, wurde ich regelmäßig dazugeholt, wenn es zu Streitfällen kam oder ein neuer Pakt geschlossen wurde. Dabei wollte ich nicht dabei sein, wenn ein Magier einen neuen Familiar bekam ... Dennoch ging ich zu jedem Termin, und auch heute Nachmittag werde ich pünktlich sein.

Weil es mein Job ist.

Und weil ich jedes Mal hoffe, dass ein Medium etwas von Shadow gehört hat.

Ich erwarte keine Nachricht von ihm. Aber ein kleines Lebenszeichen, das würde mir genügen. Irgendetwas.

Doch die Antwort, wenn der Geist des Mediums aus der Nebenwelt zurückkehrt und einen neuen Familiar mitgebracht hat, ist immer dieselbe: keine Spur von Shadow.

Nachdem sie bemerkten, dass ich den Job sehr viel besser beherrschte als sie, zogen sich Zac und Cal nach und nach zurück. Heute bin ich ihr Boss, denn sie arbeiten genau wie Katie und Ilena mit mir im Hauptquartier. Katie ist meine persönliche Assistentin und hält mir so gut wie möglich den Rücken frei. Ilena ist die Leiterin der Personalabteilung. Cal untersteht die gesamte Security. Und Zac ist unser »Mädchen für alles«, wie Katie und ich ihn gerne nennen. Meistens ziert sein Gesicht unsere Werbekampagnen. Manchmal spielt er für mich den Chauffeur. Manchmal arbeitet er im Archiv. Und dann wieder rückt er mit Cal und dessen Einheit aus und lehrt einen Querulanten das Fürchten. Er verrichtet jede Aufgabe, wo immer er gebraucht wird. Er ist unser Rückgrat und sorgt dafür, dass der Rest von uns das machen kann, worin er gut ist. Und er ist froh darüber, kaum noch Verantwortung tragen zu müssen so wie in seinem bisherigen Leben. Er geht regelrecht darin auf, wenn wir ihm kleinere Aufgaben übertragen, die auf den ersten Blick keinen hohen Wert haben.

Ich schaue auf die Uhr am unteren Ende des Bildschirms. Noch zwei Stunden, bis ich beim Medium sein muss. Mein Blick huscht zu dem Berg Akten zu meiner Linken, die ich bis dahin noch abarbeiten müsste. Aber heute ist wieder einer dieser Tage, an denen es mir schwerfällt, mich zu konzentrieren. Diese Tage werden weniger, doch ich weiß, dass sie nie ganz verschwinden werden. Am liebsten würde ich heute früher Feierabend machen, aber ein kurzer Blick in den Kalender zeigt, dass Katie mir kurz vor Dienstschluss noch einen weiteren Termin reingedrückt hat.

Ich seufze und fahre mit dem Finger über den silbernen Bilderrahmen, der direkt neben mir steht. Dabei schaue ich auf den leicht abstehenden Ringfinger, der nie richtig verheilt ist. Jemandem, der davon nichts weiß, fällt es nicht auf. Mich erinnert er jeden Tag an den Moment, als mir mit Gewalt der Talisman entrissen wurde.

Ich spreche mit Shadow jeden Morgen und jeden Abend, während ich darauf hoffe, dass die Übergänge zwischen den Welten gerade dünn sind und er mich hören kann. Ich erzähle ihm von meinem Tag und der Arbeit. Davon, wie es den anderen geht. Manchmal rede ich auch tagsüber mit ihm. Es hilft mir, mich zu konzentrieren. Denn trotz des modernen, komfortablen Raumes, in dem ich mich gerade befinde, fühle ich mich oft wie eine Gefangene.

Ich mag mein Büro tatsächlich nicht sonderlich. Es ist viel zu groß und protzig und hell und steril. Bis auf den riesigen Schreibtisch in U-Form und den Ledersessel gibt es keine Möbel. In einer Ecke steht eine Schneiderpuppe, die mein *Lady-Luck*-Kostüm trägt – quasi der einzige Farbklecks inmitten von weißgrauem Marmor, weißen Wänden und dem ebenso hellen Schreibtisch. Ich verbringe oft Stunden damit, einfach nur das Kostüm zu betrachten und mich an den Tag zu erinnern, an dem Shadow es mir geschenkt hat.

Dann schaue ich auf die drei gerahmten Fotos und die Figur auf dem Schreibtisch und muss jedes Mal mit den Tränen kämpfen. Dennoch gehören diese Gegenstände genau hierher.

Die Actionfigur war ein Geschenk meiner Brüder zu meinem siebenundzwanzigsten Geburtstag. Ich war sprachlos, als sie sie mir überreichten, denn einer meiner größten Wünsche, bevor ich Shadow bekam, war es, dass es einmal eine Actionfigur von mir gäbe. Ich weiß nicht, wer sie hergestellt hat, aber sie ist phänomenal. Die Figur zeigt mich mit Kostüm und Maske. Neben mir steht der Schattenpanther, der zu mir aufblickt.

Wie bereits unzählige Male zuvor streichele ich mit dem Zeigefinger über die Shadow-Figur.

Zwei der drei gerahmten Bilder hat Katie geschossen. Auf beiden sind Shadow und ich zu sehen. Das erste entstand, kurz bevor wir zu Justins Party gefahren sind. Shadow beugt sich gerade zu mir herab, um mich zum ersten Mal zu küssen. Auf dem zweiten Bild, das gemacht wurde, als Katie unsere

Aufpasserin war, schmiege ich mich an Shadows Seite und schaue verliebt zu ihm auf, während er mich mit einem sanften Lächeln bedenkt und einen Arm um mich geschlungen hat.

Das dritte Bild zeigt mich und meine Brüder vor dem neu errichteten Hauptquartier, als ich gerade die Schleife zur Eröffnungsfeier durchschneide. Das gestellte Lächeln, das ich für die unzähligen Kameras zur Schau trage, hat nichts mit der Glückseligkeit gemein, die ich auf den anderen Bildern ausstrahle.

Ich kann nicht sagen, dass ich unglücklich bin. Ich habe meine Brüder und Katie, die ich über alles liebe, und sogar mit Ilena komme ich mittlerweile prima klar. Doch in mir herrscht eine Leere, die niemand zu füllen vermag, nicht einmal meine engsten Vertrauten.

Ich lächele. Ich gehe mit meinen Freunden aus. Ich unterhalte mich und mache Scherze.

Ich gebe mir Mühe. Wirklich.

Aber in der Nacht, als ich meinen Familiar und die Magie verlor, starb ein Teil von mir, den ich niemals zurückbekommen werde.

Alles, was ich tun kann, ist, irgendwie weiterzumachen.

KAPITEL 31

Felicity

Nach gut einer Stunde, die ich mich schließlich doch durch die Akten gewühlt und eine Vorauswahl getroffen habe, welcher der Fälle der dringendste ist, klopft Zac an den Türrahmen meines Büros. Lässig lehnt er sich mit der Schulter dagegen und schiebt eine Hand in die Hosentasche.

»Bist du so weit?«, fragt er, als ich nur kurz den Kopf hebe.

»Gleich«, murmele ich und streiche mir mit dem Textmarker eine wichtige Stelle in der Akte an, die gerade auf dem Schreibtisch liegt. Auf den Inhalt des Textes kann ich mich schon seit mehr als zwanzig Minuten nicht mehr konzentrieren und die Buchstaben verschwimmen bereits vor den Augen.

»Wir müssen los.«

»Ich weiß. Ich bin gleich da.«

Er seufzt und trollt sich. Nur Sekunden später höre ich ihn mit Katie kichern, gefolgt von Kussgeräuschen.

»Kein Geknutsche am Arbeitsplatz!«, rufe ich in den Vorraum.

Natürlich ignorieren sie mich und ich muss darüber schmunzeln. Anfangs nahmen sie Rücksicht auf mich und ich fühlte mich jedes Mal schrecklich dabei. Nur weil es bei mir kein Happy End gab, wollte ich nicht für das Unglück anderer verantwortlich sein. Ich gönne meinen Brüdern und ihren Frauen ihr Glück von ganzem Herzen. Wenn ich sie sehe, verliere ich den Glauben an die Liebe nicht.

Ich klappe die Akte zu und streiche mir beim Aufstehen das Business-Kostüm glatt, das Katie mir heute früh herausgesucht hat. Da sie mit meiner Kleiderwahl alles andere als einverstanden und außerdem der Meinung ist, dass ich nun als Konzernchefin einen gewissen Standard repräsentieren muss, hat sie sich kurzerhand zu meiner Modeberaterin ernannt. Nach meiner Meinung wurde ich natürlich nicht gefragt, aber das bin ich nicht anders gewohnt. Sie kauft die Sachen, legt sie mir jeden Abend heraus und macht mir sogar morgens die Haare. Ich habe es aufgegeben, mich dagegen zu sträuben. Tue ich es dennoch, bekomme ich den ganzen Tag über zu hören, wie nachlässig ich wieder herumlaufe und dass es sich nicht für eine Frau in meiner Position geziemt, mit schlabberigen Oberteilen oder einfachem Pferdeschwanz zur Arbeit zu erscheinen. Also schlucke ich von Anfang an meinen Ärger hinunter und lasse sie gewähren. Es bewahrt mich vor sinnlosen Diskussionen, denn Katies Sinn für Mode und Make-up war schon immer um Längen besser als meiner.

Nur der Rock, den ich heute trage, ist eindeutig zu kurz! Normalerweise bevorzuge ich Hosen, aber ich war heute Morgen so spät dran, dass ich keine Zeit mehr hatte, nach einer anderen Kombination zu suchen. Der Rocksaum reicht zwar bis knapp eine Handbreit übers Knie, trotzdem habe ich das Gefühl, dass er ständig zu weit nach oben rutscht, wenn ich mich setze.

Ich schnappe mir die Akte des Jung-Magiers, der heute seinen Familiar bekommen wird, klemme sie mir unter den Arm und verlasse mein Büro.

***

Zac zieht eine Augenbraue nach oben, als er mich aus der Tür kommen sieht.

»Was?«, frage ich abwehrend.

Er seufzt. »Du arbeitest wieder zu viel«, sagt er. »Eine Pause würde dir guttun.«

Ich winke ab. »Dafür habe ich keine Zeit. Außerdem versorgt mich deine Frau mit so vielen Terminen, dass selbst der Gedanke an Urlaub an Luxus grenzt.« Ich wedele mit der Akte. »Das Medium erwartet mich und der Verkehr ist sicherlich wieder die Hölle! Wir müssen los, wenn wir pünktlich sein wollen. Manchmal wünschte ich, dass du noch fliegen könntest.«

Für einen winzigen Moment huscht ein Anflug von Trauer über seine Miene, doch er verschwindet sofort wieder. Dennoch versetzt es mir einen Stich, denn auch nach fünf Jahren fühle ich mich in gewisser Weise schuldig daran, dass er und Cal keine Magier mehr sind. Ganz gleich, wie oft sie beteuern, dass es ihre freie Entscheidung war, Shadow ihre Magie zu geben.

»Ich kann leider nur mit dem schicken Aston Martin dienen, der unten in der Tiefgarage steht«, sagt Zac. »Wann hast du eigentlich diese Vorliebe für besondere Autos entwickelt?«

Ich zucke mit den Schultern. »Jeder braucht ein Laster. Außerdem sind es nur drei – eins für jeden von uns.«

»Feli kann es sich leisten«, kommt mir Katie zu Hilfe. »Seit sie die Leitung hat, schreibt die Allianz nur schwarze Zahlen mit vielen Nullen am Ende.«

»Könnte auch daran liegen, dass wir die gesamte Forschungsabteilung einsparen«, murmele ich. »Oder an den bekannten Gesichtern unserer Kampagnen.«

Im Grunde ist es mir egal, woher der Erfolg kommt. Mir ist nur wichtig, dass ich einen Platz und eine Aufgabe habe, die mich davor bewahrt, wieder in die Dunkelheit zu fallen. Aber Urlaub klingt wirklich traumhaft ... Seit ich hier angefangen habe, hatte ich keinen freien Tag. Mir würde es schon helfen, heute Abend etwas früher gehen zu können. Bald ist mein dreißigster Geburtstag und ich habe noch eine Menge Vorbereitungen zu machen.

Ich wende mich an Katie. »Kannst du den letzten Termin heute Abend jemand anderem aufs Auge drücken?«

Sie schüttelt sofort den Kopf. »Keine Chance! Cals Terminkalender ist bereits überfüllt und Ilena hat alle Hände voll damit zu tun, ihre Vertretung einzuarbeiten. Du weißt doch, sie ist in ein paar Monaten im Mutterschutz.«

Danke, dass du mich daran erinnern musst, möchte ich am liebsten grummeln, beherrsche mich jedoch. Ilena ist großartig in ihrem Job und hat ein unvergleichliches Händchen dafür, die richtigen Leute unter all den Bewerbern auszuwählen, die für und mit uns arbeiten. Sie weiß, dass ich sehr empfindlich bin, was fremde Menschen angeht, und hat mit der Zeit ein Gespür dafür entwickelt, mit wem ich zusammenarbeiten kann und mit wem nicht. Ich bezweifele, dass irgendwer genauso gut sein wird wie sie. Zwar werde ich sie zu Hause jeden Tag sehen, aber hier an der Arbeit werde ich sie vermissen.

Da es sinnlos ist, mit Katie zu diskutieren, nicke ich nur seufzend und hake mich bei Zac unter. Einerseits, um ihn von seiner Frau loszueisen – andererseits, um eine Stütze zu haben und mit den gewagten schwarzen High Heels nicht umzuknicken. Dummerweise hat Katie sämtliche Sneakers aus meinem Kleiderschrank verbannt, wofür ich sie heute noch hasse. Ein bisschen, zumindest.

***

Das Medium schließt mich in die Arme, sobald ich den Raum betrete und mich vom Trauma der Winkekatzen und Leuchtreklame halbwegs erholt habe. Mir kommt es vor, als stünden bei jedem meiner Besuche noch mehr Keramikkätzchen auf den Regalen. Aber wie ich vorhin selbst sagte: Jeder braucht ein Laster.

»Du siehst wie immer umwerfend aus«, sagt die weise Frau lächelnd.

Verlegen streiche ich mir eine Strähne, die sich aus der Hochsteckfrisur gelöst hat, hinters Ohr. »Ich stehe unter Katies Pantoffel, wie du weißt.«

Das Medium nickt. »Es freut mich sehr, dass sie alle sich noch immer um dich kümmern.«

Ich versuche mir ihren Kommentar nicht zu nahegehen zu lassen, doch es gelingt mir nicht gänzlich. Ohne meine Brüder und Freunde wüsste ich nicht, was aus mir geworden wäre. Aber ein Teil von mir fühlt sich schrecklich dabei, dass ich von ihnen derart bemuttert und beobachtet werde. Davon, dass ich allein auf eigenen Beinen stehen kann, bin ich noch meilenweit entfernt, und vielleicht werde ich dazu auch nie fähig sein.

Nur einem ist es je gelungen, mich so weit aufzurichten, dass ich bereit war, der Zukunft ins Gesicht zu sehen. Doch ohne seine Stütze gelingt es mir nicht, allein zu stehen. Zac, Cal, Katie, Ilena und mein Job halten mich zwar oben, aber all das ist nicht mehr als eine Krücke – ein künstliches Hilfsmittel, das die Ursache meines Leidens nur kaschiert und sie nicht behebt.

Ich spüre den mitleidigen Blick des Mediums auf mir. Schnell straffe ich den Rücken und ziehe die kühle Fassade der Geschäftsfrau hoch, die ich mir die letzten Jahre über antrainiert habe.

»Der Junge, der heute um einen Familiar bitten will, heißt Lukas und kann

Gedanken lesen.« Ich breite die mitgebrachte Akte auf dem Tisch aus und deute auf die Daten, die ich von Lukas habe. »Sechzehn Jahre, stammt aus einer wenig bekannten Magier-Familie. Unseren Analysten zufolge ist sein Magielevel nicht sehr hoch.« Ich hebe den Blick und nicke der weisen Frau zu. »Aber du weißt ja, dass ich nicht in Kategorien einteile und mich auf dein Urteil verlasse.«

Sosehr ich es auch versuchte, es gelang mir bisher nicht, die Analyse-Abteilung der Allianz einzustampfen. Allein der Gedanke, junge Magier nur anhand von Daten auszuwerten und in ein Raster pressen zu wollen, verursacht mir Übelkeit. Das haben sie mit mir gemacht und es war die Hölle für mich. Ich kann und will das keinem anderen Menschen antun. Für die Mitarbeiter der Abteilung hätte ich andere Arbeitsplätze gefunden, aber es gibt Bereiche, die derart tief mit dem gesamten Brauchtum der Magier verwoben sind, dass ich sie nicht einfach absägen kann. Wenigstens konnte ich durchsetzen, dass das letzte Wort immer die Medien haben, wenn es um die Familiare geht. Kein junger Magier wird abgewiesen, weil er angeblich zu schwach sei. Jeden einzelnen bringe ich zu einem Medium; mir ist schnuppe, was die Analyse-Abteilung dazu sagt!

»Ich habe bisher stets den richtigen Familiar für einen Magier gefunden«, sagt das Medium. »Nur bei dir hatte ich anfangs meine Zweifel. Noch nie musste ich einem Magier ein Rückgaberecht für seinen Familiar einräumen! Ich bin froh, dass du davon keinen Gebrauch gemacht hast. Das hätte meine Quote versaut.«

Ein vorsichtiges Lächeln zupft an meinen Mundwinkeln. »Ich wollte ihn zurückgeben, aber Shadow hatte andere Pläne.«

Die weise Frau öffnet den Mund, schließt ihn jedoch sogleich wieder, als die Tür aufgeht. Ein blonder, schlaksiger Junge tritt ein und neigt den Kopf vor dem Medium, während er nervös die Hände knetet.

»Ich ... soll mich hier melden«, bringt er hervor.

War ich auch derart nervös, als ich meinen Familiar bekommen habe? Das frage ich mich jedes Mal, wenn die Anwärter den Raum betreten und ich mich auf einen Stuhl in der Ecke zurückziehe. Ab diesem Zeitpunkt werfe ich keinen Blick mehr in die mitgebrachte Akte, sondern überlasse dem Medium alles Weitere. Bisher gab es keinen jungen Magier, dem sie einen Familiar verweigert hat, aber da waren ein paar unschöne Vorfälle, in denen ein Magier seinen Familiar schlecht behandelte. Ihn vernachlässigte oder zu Kämpfen im Untergrund zwang. Da verstehe ich keinen Spaß und zum Glück steht jeder aus der Allianz dabei hinter mir. Sobald mir derartige Gerüchte zu Ohren kommen, schicke ich Cal und seine Security aus. Bisher haben wir nie wieder etwas Negatives von den Betroffenen gehört. Solange seine Methoden funktionieren, frage ich Cal nicht, wie er es anstellt, dass die Magier damit aufhören, ihre Familiare auszubeuten. Cals Einheit – und auch er selbst – ist gefürchtet und berüchtigt, und es erfüllt mich jedes Mal mit diebischer Freude, wenn ich ihn zu einem offiziellen Termin als persönlichen Bodyguard mitnehme. Wer auch immer es wagt, eine unberechtigte Beschwerde gegen mich oder die Allianz im Allgemeinen vorzubringen, bekommt nur eine Warnung in Form eines Blickes von *Ice King*. Meistens genügt das bereits. Und ja, der Name passt wegen seiner eiskalten Aura noch immer hervorragend zu ihm, sodass er ihn nicht abgelegt hat, obwohl er nicht mehr die Macht über Eis und Schnee besitzt.

Ich bin nicht perfekt und gebe nicht vor, es zu sein. Ich habe mir meine Position nicht erarbeitet und bin nicht einmal dafür geeignet. Dennoch gebe ich mein Bestes und bin für Verbesserungsvorschläge dankbar. Jedoch gibt es auch jetzt noch die Magier der alten Riege, die sich die Allianz, wie sie früher war, zurückwünschen. Mitsamt den Prüfungen und der hierarchischen Ordnung von »normalen« Magiern bis zu Meister-Magiern und der Ansicht, dass Familiare nur Werkzeuge sind. Gegen diesen Magierschlag habe ich eine abgrundtiefe Abneigung und gebe ihnen von vornherein nicht die Möglichkeiten, mich zu kritisieren. Das fängt bei etwas so Simplen wie meiner Kleidung und der Frisur an und geht bis hin zu meinem Führungsstil. Deshalb ist es mir wichtig, gerade der neuen Magiergeneration, zu der auch Lukas gehört, zu zeigen, dass es nun anders ist. Dass die Allianz keine altehrwürdige Einrichtung ist, die im letzten Jahrhundert hängen geblieben ist. Ich schätze die Nähe zu den anderen Magiern und kümmere mich um das Wohlergehen jedes Familiars, der in unserer Stadt lebt.

Der Geist des Mediums verweilt diesmal nicht lange in der Nebenwelt. Dennoch schaffe ich es nicht, ein unruhiges Fußwippen zu unterdrücken. Ich wende den Blick ab, als Lukas zum ersten Mal freudestrahlend seinen winzigen Familiar, der mich entfernt an einen Hamster erinnert, betrachtet, während er auf seiner Handfläche liegt. Ich freue mich über das Glänzen in seinen Augen, aber es erinnert mich auch schmerzlich daran, was ich niemals wieder haben werde. Selbst wenn ich zugestimmt hätte, mir einen neuen Familiar geben zu lassen, besitze ich nun keine Magie mehr und kann keinen Pakt eingehen. Aber es ist gut so, wie es ist. Ich muss ein Kichern unterdrücken, als ich mir den armen Familiar vorstelle, der mit Shadows Andenken konkurrieren müsste. Gleichzeitig brennen Tränen in meinen Augen.

Nicht weinen, Feli! Nicht schon wieder. Nicht hier. Daheim kannst du dich in dein Zimmer einschließen und die ganze Nacht flennen. Aber solange du im Dienst bist, musst du stark sein.

Nachdem der Pakt geschlossen ist, bedankt sich Lukas überschwänglich beim Medium und mir und verschwindet genauso plötzlich, wie er gekommen ist. Ich sehe ihm lächelnd nach und wünsche ihm und seinem Familiar stumm alles Gute.

Wie jedes Mal klopft mir das Herz bis zum Hals, als ich mich zum Medium umdrehe.

Und wie jedes Mal schüttelt sie den Kopf.

Sofort schlägt mein Herz langsamer, als hätte es Mühe, seine Tätigkeit wieder aufzunehmen. Ich kann es ihm nicht verdenken. Auch mir gelingt es gerade nur mit Ach und Krach, die Tränen zurückzuhalten. Ich müsste es gewohnt sein ... Wann immer es mein Terminkalender zulässt, bin ich dabei, wenn ein junger Magier seinen Familiar bekommt. Und jedes Mal frage ich die weise Frau, deren Geist durch die Nebenwelt gewandelt ist, ob sie Shadow gesehen oder zumindest von ihm gehört hat.

Doch stets lautet die Antwort Nein.

Die kühle Fassade bröckelt zusehends. Ich presse die Akte fest an die Brust, ringe mich zu einem Nicken durch und murmele ein Danke und Auf Wiedersehen. Dann haste ich zur Tür, so schnell ich es mir mit den hohen Absätzen zutraue. Ich muss hier raus ... Am Ende holen mich stets die Erinnerungen ein, und es wird schlimmer, je länger ich hier bin. All die Erinnerungen an das erste Mal, als er sich an meiner Magie nährte. Das erste Mal, als er mich berührte. Mich ansah. Mit mir sprach.

All diese Erinnerungen kommen zurück. Doch *er* tut es nicht.

»Felicity«, sagt das Medium, als ich schon nach der Türklinke greife. »Es ist nun fünf Jahre her. Du bist nicht mehr das unsichere Mädchen, das damals durch meine Tür kam. Du gehörst dazu und hast eine Aufgabe. Ich verstehe, dass du noch immer an ihm hängst. Aber wird es nicht Zeit loszulassen?«

»Ich habe losgelassen«, erwidere ich, ohne mich umzudrehen. »Er ist weg und ich bin noch hier. Ich mache weiter. Ich gebe mir Mühe.« Meine Finger verkrampfen sich um den Griff. »Ist das denn nicht genug?«

Das Medium seufzt. »Willst du für den Rest deines Lebens allein sein?«

Eine einzelne Träne bahnt sich heiß einen Weg über meine Wange und ich bin froh, dass das Medium sie nicht sehen kann. »Ich bin nicht allein. Ich habe meine Brüder.«

»Die ihrerseits eine Familie haben. Cal wird bald Vater, habe ich gehört. Du könntest auch deine eigene Familie haben – und ein Leben abseits deiner Arbeit. Einen Partner, der dir beisteht, wenn es schwer wird.«

Ich schüttele den Kopf. »Ich befürchte, das ist nicht möglich. Ich schwöre, ich hab's probiert! Du bist nicht die Erste, die mich dazu drängt. Katie hat schon vor über einem Jahr versucht mich zu verkuppeln. Aber es ... es geht nicht. Ich sehe die anderen Männer nicht, und wenn ich mich dazu zwinge, zumindest Interesse zu heucheln, vergleiche ich sie ständig mit ihm. Es fängt beim Aussehen an, über die Augen bis hin zur Stimme. Und das sind nur die Äußerlichkeiten. Bis zu den inneren Werten komme ich gar nicht erst.« Ich wische mir die neuen Tränen weg. »Es gibt da draußen keinen Mann, der mit ihm konkurrieren kann. Wenn Shadow mit mir sprach, drangen seine Worte nicht in mein Ohr, sondern direkt ins Herz. Jede Berührung und jeder Kuss hinterließen Spuren auf meiner Seele, die sich für immer eingebrannt haben.« Ich reibe über die kleine Narbe direkt über meinem Herzen. »Niemandem wird es gelingen, mich je etwas Vergleichbares fühlen zu lassen. Wenn man einmal die Hitze gespürt hat, ist *lauwarm* keine Option.«

»Also ziehst du die Einsamkeit vor?«, fragt das Medium.

»Ich bin nicht einsam. Ich bin sogar jedes Mal froh, wenn ich allein in meinem Zimmer sitzen und nur für mich sein kann. Natürlich wünsche ich mir, Shadow wäre bei mir. Aber bereits die Vorstellung, von einem anderen Mann gehalten oder geküsst zu werden, lässt mich fast würgen. Vielleicht bin ich verkorkst. Vielleicht muss ich einsam und allein alt werden. Doch ich werde mich nicht in eine vorgetäuschte Beziehung flüchten, nur damit ihr alle euch besser fühlt!«

»So habe ich das nicht gemeint …«

Ich atme tief durch. »Ich weiß. Ich wollte es auch nicht so deutlich sagen, aber … es musste wohl mal raus. Ich verstehe, dass ihr euch Sorgen um mich macht, aber eine Beziehung zu jemandem würde mich noch mehr kaputt machen, als ich es jetzt schon bin. Es gelingt mir immer besser, die einzelnen Teile von mir zusammenzuhalten, und irgendwann wird man die äußeren Risse vielleicht nicht mehr sehen. Aber die Risse in meiner Seele bleiben. Für immer.«

»Entschuldige«, sagt das Medium. »Manchmal wünschte ich, dass ich dir nie einen Familiar gegeben hätte, um dir das Leid, das du nun empfindest, ersparen zu können.«

Schnell schüttele ich den Kopf, drehe mich um und schließe die weise Frau in die Arme. »Es gibt nichts, was dir leidtun müsste. Du hast mir die wundervollsten Wochen meines Lebens geschenkt und ich bin dir unendlich dankbar dafür. Ohne Shadow wäre ich nicht die Frau, die ich heute bin.«

Sie drückt mich und hält mich fest, bis die Tränen aufhören zu fließen. Über Shadow zu reden – vor allem mit jemandem, der weiß, wie viel er mir bedeutet hat – wühlt mich auch nach fünf Jahren noch auf.

Ich wische die letzten Tränenspuren weg und zupfe am Blazer herum. »Ich würde gern noch bleiben, aber Katie hat mir einen späten Termin aufs Auge gedrückt, der eigentlich gar nicht in meinen Bereich fällt. Beim nächsten Mal nehme ich mir mehr Zeit, versprochen!«

Ich verabschiede mich vom Medium und eile hinaus, wo Zac bereits auf mich wartet. Im Rückspiegel beobachtet er mein verheultes Gesicht, hält aber zum Glück den Mund. Während der Fahrt krame ich das Make-up aus der Handtasche und richte mich wieder her, um Katies tadelndem Blick zu entgehen. Das würde ich heute nicht auch noch ertragen.

KAPITEL 32

Felicity

Zurück im Hauptquartier versuche ich so schnell wie möglich in mein Büro zu huschen, damit Katie nicht auf mich aufmerksam wird. Eigentlich will ich nur meinen Mantel und die andere Tasche holen, in der der Haustürschlüssel ist, und es für heute gut sein lassen. Es wird sich schon jemand um den letzten Termin kümmern, zumal es ein Vorstellungsgespräch für ein neues Mitglied der Security ist. Eigentlich ist es Cals Aufgabengebiet oder Ilenas, die für die ganze Personalplanung zuständig ist. Aber die beiden haben genug mit sich zu tun, vor allem seit Ilenas Schwangerschaft.

Dennoch – irgendwer wird sich schon finden! Oder Katie soll den Bewerber bitten, an einem anderen Tag zu kommen. Der Besuch beim Medium hat mich doch stärker mitgenommen, als ich dachte. Derart aufgewühlt war ich schon lange nicht mehr … Bereits die letzten Wochen über gingen mir die besorgten Blicke der anderen mehr und mehr auf die Nerven und machten mich nervös. Dabei verhalte ich mich nicht anders als sonst. Wahrscheinlich sind sie auch wie das Medium der Auffassung, dass es Zeit wäre loszulassen …

Ich schnaube und pfeffere die Akte von Lukas auf den Schreibtisch.

Bisher scheint mich Katie noch nicht bemerkt zu haben. Wahrscheinlich ist sie gerade auf der Toilette oder holt sich etwas zu essen. Das ist meine Chance! Da es zu lange dauern würde, bis ich dieses Ungetüm von Schreibtisch umrunden könnte, beuge ich mich darüber und angele mit ausgestrecktem Arm nach meiner Handtasche, die über der Stuhllehne hängt.

Mein Finger berührt gerade den Träger, als ich hinter mir ein Geräusch höre, das mich augenblicklich erstarren lässt. Hitze und Kälte jagen abwechselnd durch mich hindurch, während ich keinen Muskel rühren kann.

Nein, das muss ich mir eingebildet haben …

Aber für einen Moment hat es sich angehört, als hätte jemand hinter mir … *geschnurrt.*

»Darf ich eintreten oder bist du gerade beschäftigt?«

Der herrlich raue, aber gleichzeitig wohltönende Klang der Stimme versetzt sämtliche Nervenenden in mir in Schwingung.

Ich weiß, dass es unmöglich und wahrscheinlich nur das Produkt meiner Einbildung ist, aber ich kann nichts gegen das sehnsuchtsvolle Ziehen in der Brust unternehmen. Viel zu schnell hämmert mein Herz gegen die Rippen, während die Knie so sehr zittern, dass ich mich an der Tischkante festhalten muss, als ich mich langsam umdrehe.

Mein Gehirn verabschiedet sich in dem Moment, als sich unsere Blicke treffen. Auf logische Erklärungen habe ich sowieso gerade keine Lust. *Ich muss auf dem Rücksitz des Aston Martin eingeschlafen sein.* Das ist das Letzte, was ich noch zusammenhängend denke. Gleich darauf danke ich meiner Vorstellungskraft dafür, dass sie mir solch wunderschöne Träume beschert.

Nur ein paar Meter von mir entfernt lehnt Shadow lässig am Türrahmen zu meinem Büro. Er sieht noch genauso aus wie vor fünf Jahren … Genauso, wie ich ihn in Erinnerung habe. Derselbe dunkle, durchdringende Blick, der selbst auf die kurze Entfernung bis in die Abgründe meiner Seele zu schauen scheint. Dasselbe neckische schiefe Grinsen. Dieselben dunklen Haare, die zu den Spitzen hin etwas heller werden.

Er trägt einen engen schwarzen Anzug. An dieser Stelle weiß ich genau, dass es nur ein Traum ist, denn Shadow würde so was nie tragen. Nicht, dass es ihm nicht stehen würde … Beim Anblick des weißen Hemdes, dessen obere zwei Knöpfe geöffnet sind und den Ansatz des Halses und Schlüsselbeins entblößen, schlucke ich trocken. O ja, meine Vorstellungskraft läuft heute wieder auf Hochtouren.

Mir entgeht nicht, dass er mich mindestens genauso intensiv mustert wie ich ihn. Seine Blicke genügten schon immer, um mich wohlig unter ihnen zu rekeln … Da bildet auch das Traumszenario keine Ausnahme. Ich kann nur hoffen, dass meine Beine mich weiterhin tragen …

Shadow legt den Kopf schräg, als wartete er auf etwas. Vielleicht auf eine

Reaktion von mir, aber ich scheine meine Zunge verschluckt zu haben. Nach kurzem Zögern stößt er sich von der Tür ab und betritt mit einer raubtierhaften Eleganz, die mich noch stärker vor Wonne erschauern lässt, mein Büro. Er nimmt es in Besitz, denn sofort spüre ich die Präsenz, die er ausstrahlt und die auf mich überzuspringen scheint. Ein Wimmern braut sich in mir zusammen. Wenn das hier sowieso nur ein Traum ist, dann will ich ihn auch bis zum Ende auskosten. Die Richtung, in die meine Gedanken allein davon, dass ich ihm dabei zusehe, wie er sich bewegt, abdriften, sind alles andere als jugendfrei. Sofort kribbeln meine Fingerspitzen, weil sie sich an das Gefühl seiner Muskeln unter ihnen erinnern. Ein sehnsuchtsvolles Brennen breitet sich im Schoß aus. Und da das nur ein Traum ist, muss ich mich nicht dafür schämen.

Anstatt zu mir zu kommen, bleibt Shadow vor der Schneiderpuppe mit dem Kostüm stehen. Der Anflug eines Schmunzelns erscheint auf seinem Gesicht. Anschließend umrundet er den Schreibtisch und betrachtet die gerahmten Bilder und die Actionfigur.

Nun wird sein Lächeln breiter. »Ich wollte doch derjenige sein, der eine Actionfigur von dir in Auftrag gibt.« Er schaut nach links zu den Bildern von uns beiden. »Ich erinnere mich genau daran, wann sie entstanden sind, aber ich habe nicht bemerkt, dass wir dabei fotografiert wurden.« Dann verzieht er den Mund. »Ich kann wohl froh sein, dass Katie uns nicht noch in ganz anderen Situationen abgelichtet hat.«

Ich habe keine Ahnung, was ich darauf erwidern soll. Wird in einem Traum von mir verlangt, dass ich mich an der Konversation beteilige? Ich möchte einfach nur weiterhin dem Klang seiner Stimme lauschen, dessen leichtes Kratzen an genau den richtigen Stellen ich schon beinahe vergessen habe.

»Könntest du bitte aufhören, mich so anzusehen?«, fragt er rau.

Nun ringe ich mich doch dazu durch, etwas zu sagen. »Wie … wie sehe ich dich denn an?«, krächze ich.

»So als ob ich gerade alles mit dir machen könnte und du zustimmen würdest«, sagt er mit einem heiseren Schnurren, bei dem sich das Brennen zwischen den Beinen in ein Pulsieren verwandelt. Schnell presse ich die Schenkel fester zusammen, um das verlangende Gefühl halbwegs zu lindern.

Wir führten schon einmal genau diese Unterhaltung, kurz nachdem er mir das Kostüm geschenkt hat. Schon damals hätte er alles mit mir machen können, da ich stets wusste, dass er nie meine Grenzen überschreiten oder mir schaden würde. Und heute – in einem Traum! – habe ich erst recht keine Vorbehalte dagegen.

Meine Gedanken müssen mir quer auf der Stirn geschrieben stehen, denn mit einem leichten Lächeln schnurrt er: »Bitte sieh mich nicht so an, Kleines. Meine Selbstbeherrschung hängt schon, seit ich da vorn an der Tür stand, am seidenen Faden. Ich habe mehrere Sekunden gebraucht, um mich zu entscheiden, ob ich dir ganz gesittet Hallo sagen oder dich gleich auf diesem Schreibtisch nehmen soll, als du mir deinen Hintern entgegengestreckt hast.«

Ich verstärke den Griff um die Schreibtischkante und verfluche gleichzeitig das verdammte Ding, weil es zwischen Shadow und mir steht. Ich will ihn spüren. Hier. Jetzt. Sofort!

Shadow hingegen blinzelt mehrmals hintereinander. »Verdammt! Bitte entschuldige! Das ... wollte ich nicht laut sagen. Vergiss es am besten wieder! An die Sache mit diesen Hormonen muss ich mich echt noch gewöhnen ...«

Nun bin ich es, die verwirrt blinzelt. »Was?«

Ich bin daran gewöhnt, dass meine Träume hin und wieder etwas abgefahren sind – vor allem, wenn Shadow darin vorkommt –, aber dies hier klingt so abwegig, dass nicht einmal meine Fantasie es zustande brächte. Besonders deshalb, weil ich mich in einem Traum nie und nimmer daran stören würde, wenn Shadow so etwas Anrüchiges zu mir sagte oder es gleich täte.

Shadow umrundet langsam den Schreibtisch. Bei jedem Schritt, den er sich dabei von mir entfernt, um ans andere Ende zu gelangen, zieht sich mein Herz weiter zusammen, und erst als er wieder auf mich zukommt, entspannt es sich.

»Ich bin hier, weil ich einen Vorstellungstermin habe«, sagt er, als er nur noch ein paar Schritte von mir entfernt ist. »Man sagte mir, dass ich mir einen Job suchen muss. Es gibt eine Menge Dinge, an die ich mich noch gewöhnen muss. An Essen, zum Beispiel, oder alles, was damit zu tun hat. Besonders an den Geschmack davon. Egal, was ich in den letzten Tagen probiert habe, nichts schmeckte wie das, was ich gewohnt bin.«

Er bleibt direkt vor mir stehen. Sein Duft nach dunklen Sommernächten hüllt mich ein und trägt mich fast in andere Sphären. Zitternd atme ich ihn ein, inhaliere ihn regelrecht, als sei er mein Lebenselixier.

»Nichts schmeckte so wie du oder deine Magie«, raunt er, als er sich ein Stück zu mir herabbeugt. »Darf ich noch einmal von dir kosten?«

Mir entweicht ein Stöhnen, als ich seinen warmen Atem auf dem Gesicht spüre.

Als Shadow mir eine Hand an die Wange legt, um meinen Kopf leicht zu neigen, mache ich jedoch einen Satz zurück. Erschrocken reißt er die Augen auf. Genauso muss ich auch gerade aussehen. Die Berührung eben ... Das hat sich angefühlt, als ...

»*Shit!* B...Bist du ... *echt?*«, stammele ich.

Er überwindet die Kluft zwischen uns mit einem Schritt, umschließt mein Gesicht mit beiden Händen und küsst mich. Ich stöhne auf, als sich unsere Lippen berühren und er mit der Zunge über meine Unterlippe streicht. Als ich wieder anfange zu zittern, legt er einen Arm um meine Mitte und presst mich so fest an sich, dass ich kaum atmen kam. Aber das hatte ich sowieso nicht vor. Stattdessen genieße ich das Gefühl seines festen Körpers an meinem. Während er mich fordernder küsst und ich seinen Druck nur zu gern erwidere, hebt er mich hoch und setzt mich auf den Schreibtisch. Wie von selbst schlinge ich die Beine um ihn. Ich wimmere, als er sich gegen mich drängt.

»Und wie echt ich bin«, haucht er, als er sich kurz von mir löst, nur um mich erneut zu küssen. Stürmisch. Verlangend. Genauso wie ich es liebe und wonach ich mich all die Jahre verzehrt habe.

»Aber ... wie ...?«

Er küsst mich auf die Nasenspitze, ehe er sagt: »Durch die Magie der fünf Magier. Sie reichte aus, um mich zu einem Menschen zu machen. Deine Magie allein hätte es nicht vermocht, aber die von fünf mehr oder weniger mächtigen Magiern genügte. Ich brauchte allerdings eine Weile, um mich von der Verletzung und vor allem von der Schwäche zu erholen, da ich mich viel zu lang gegen den Sog gewehrt hatte. In der Nebenwelt vergeht die Zeit anders als hier, und trotz des Überflusses an Magie, den ich durch die Übertragung in mir trug, dauerte es eine schiere Ewigkeit, bis die Heilung und die anschließende Veränderung abgeschlossen war.«

»Du bist ... ein Mensch?«, frage ich, weil mir seine Erklärung zu schnell ging.

Shadow nickt. »Mit allem, was dazugehört. Nur leider ohne spitze Eckzähne.« Er öffnet den Mund.

Ich seufze. »Schade, ich mochte deine Eckzähne ...«

Sein Schmunzeln beschleunigt meinen Herzschlag. »Ich kann dich trotzdem noch beißen, wenn du das möchtest.«

Wenn du wüsstest, was ich alles möchte ..., schießt es mir durch den Kopf.

»Und jetzt ... bleibst du hier?«, will ich wissen, nachdem ich kurz gezögert habe, die Frage zu stellen.

Sanft küsst er mich auf die Stirn. »Wenn du mich willst, bleibe ich ein ganzes Menschenleben lang.«

Ein albernes Kichern entschlüpft mir. »Soll das ein Witz sein? Natürlich will ich! Wo muss ich unterschreiben?«

Shadow lächelt – so liebevoll und ein Stück weit erleichtert, wie ich es selten bei ihm gesehen habe. Als hätte er ernsthaft damit gerechnet, dass ich ihn zum Teufel jage. Anschließend greift er in die Hosentasche und holt einen Ring hervor, der genauso aussieht wie mein zerstörter Talisman.

»Das Medium hat ihn mir gegeben«, murmelt Shadow. »Sie gab auch damals dem Familiar deiner Mutter den Ring. Wahrscheinlich bewahrt sie irgendwo einen ganzen Haufen dieser Dinger auf, aber ... ich wollte ihn trotzdem haben, wenn du Ja sagst.«

Ich lege ihm eine Hand an die Wange und warte darauf, dass er mich wieder anschaut. »Hast du daran tatsächlich gezweifelt?«

Er zuckt hilflos mit den Schultern. »Es sind einige Jahre vergangen. Ich habe dich zwar hin und wieder gesehen und gehört, besonders wenn du mit mir gesprochen hast, aber das waren nur Momentaufnahmen. Ich wusste nicht, ob du ... weitergemacht hast. Ich hätte Verständnis dafür gehabt, schließlich habe ich dich darum gebeten. Aber ich hatte auch panische Angst. Bis heute Nachmittag, als du beim Medium warst, wusste ich nicht, ob du ...«

»Du warst beim Medium?«, frage ich.

Shadow nickt. »Sie brachte mich in diese Welt, nachdem meine Verwandlung abgeschlossen war. Das war vor etwa zwei Wochen. In der Zeit musste ich mich erst an alles gewöhnen. An den Körper, der nun plötzlich mir gehörte und nicht nur eine Illusion ist. An Nahrung, die keine Magie ist. Ständig fragte ich das Medium, wie es dir ging. Wann ich zu dir könnte. Ob du ... noch an mich denkst oder mich bereits vergessen hast. Sie antwortete mir nicht, sondern schickte mich heute Nachmittag in einen Nebenraum, von dem aus ich dich sehen konnte. Es kostete mich sämtliche Willenskraft, nicht sofort zu dir zu rennen und dich besinnungslos zu küssen. Aber ich ... wollte hören, was du zu sagen hattest. Ob es noch Hoffnung für mich ... für *uns* gab.« Der Blick, mit dem er mich bedenkt, ist derart intensiv, dass ich aufseufze. »Das, was du sagtest, übertraf meine kühnsten Erwartungen.«

»Hast du etwas anderes erwartet?«

Er wiegt kurz den Kopf hin und her. »Ich habe mit dem Schlimmsten gerechnet und das Beste gehofft, könnte man sagen.« Shadow greift nach meiner Hand, hält aber inne und streicht mit dem Daumen über den schlecht verheilten Ringfinger. »Es tut mir leid, dass ich dich nicht heilen konnte.«

»Halb so schlimm«, sage ich schnell. »Es stört mich nicht, dass er etwas absteht und steif ist. Was mich gestört hat, war, dass er mich ständig daran erinnert hat, was ich verloren habe. Aber du bist zu mir zurückgekommen. Und jetzt wird uns nichts mehr trennen können.«

Shadow war mein Familiar. Mein Schatten. Die Dunkelheit, die mein Licht heller leuchten ließ.

Er küsst mich erneut, als er mir vorsichtig den Ring an den Finger schiebt.

Der Moment könnte perfekt sein – wäre da nicht das Auslösegeräusch einer Handykamera. Gleichzeitig werfen wir Katie, die kichernd wie ein Teenie neben uns steht und Fotos schießt, giftige Blicke zu. Doch es dauert nur Sekunden, bis wir ebenfalls in Gelächter ausbrechen.

Ich ignoriere Katie und meine Brüder, die – angelockt durch den Lärm – ebenfalls ins Büro kommen, und lege beide Arme um Shadows Hals. Ziehe ihn ganz nah zu mir herab und verliere mich aufs Neue in den endlosen Tiefen seiner nachtschwarzen Augen. Sehe die Liebe, Sehnsucht und das Verlangen, mit denen er mich betrachtet, nachdem wir so lange getrennt waren.

Ich weiß mit Sicherheit, dass ich nie genug von diesem Anblick bekommen werde, doch ich werde jeden einzelnen Moment unseres gemeinsamen Lebens genießen.

Ich war *Lady Luck*. Aber ich brauche keine Magie, um glücklich zu sein. Dafür habe ich den Schatten, den ich liebe, an meiner Seite – *Shadow*.

ENDE von Band 3

DANKSAGUNG

Mein Dank gilt allen, die die Geschichte von Felicity und Shadow überhaupt erst möglich gemacht oder mich während der langen Monate des Schreibens unterstützt und begleitet haben.

Danke an mein wundervolles Testleser-Team, bestehend aus Juliane, Sabrina, Alex, Nicole, Zeina, Jen, Rica, Pauline, Jessica und Ann-Sophie. Danke, dass ihr mit eurer Meinung nie hinter dem Berg haltet, auch wenn sie oft nicht so rosarot ist, wie ich sie mir erhoffe. Danke, dass ihr auch abseits des Schreibens ein offenes Ohr und Ratschläge für mich habt!

Danke an mein tolles Blogger-Team für die unermüdliche Arbeit und Unterstützung!

Danke an Nicole Boske vom Carlsen Verlag, dass neben *Feral Moon* nun auch meine zweite Trilogie ein wundervolles Zuhause bei *Dark-Diamonds* finden durfte! Danke für die Möglichkeiten, die ihr mir als Autorin gebt!

Danke an Dietlind Koch, die mich wieder als Lektorin begleitet und das Beste aus meinen Geschichten herausgeholt hat! Danke für die tolle, unkomplizierte und stets herzliche Zusammenarbeit!

Danke auch wie immer an meine Hunde, die mich jeden Tag daran erinnern, dass Sauerstoff nicht überbewertet wird, und die mich zu Pausen zwingen, wodurch ich endlich wieder den Kopf frei bekomme.

Und zuletzt geht mein Dank an euch, liebe Leserinnen und Leser. Danke, dass ihr Felicity und Shadow eine Chance gegeben und sie auf ihrer Reise begleitet habt! Ich hoffe, ihr hattet beim Lesen genauso viel Spaß wie ich beim Schreiben. Ich freue mich darauf, wenn wir uns bald wiederlesen.

Alles Liebe,
Asuka

DARK
DIAMONDS
Jeder Roman
ein Juwel
fantastisch
romantisch
faszinierend
sinnlich
dramatisch
Das Imprint für New Adult Fantasy
www.darkdiamonds.de

Eine Liebe, so tief wie die Nacht ...

Sabine Schulter
Melody of Eden
Band 1: Blutgefährten
3C4 Seiten
Taschenbuch
ISBN 978-3-551-30091-1

Vampire – Mythos oder Wahrheit? Diese Frage stellt sich auch die 23-jährige Melody, als sie gemeinsam mit ihrer Freundin die unterirdischen Gänge ihrer Heimatstadt erforscht. Schon immer hat sie sich gefragt, ob es diese Wesen der Nacht tatsächlich gibt. Es wird gemunkelt, dass die Regierung ihre Existenz zu vertuschen versucht, und Melody würde nur zu gerne herausfinden, warum. Als sie plötzlich von einer unheimlichen Kreatur in die Tiefe gerissen und von einem unglaublich anziehenden Mann gerettet wird, ist ihr Wissensdurst nicht mehr zu stillen. Doch schon bald muss Melody herausfinden, dass es Wesen gibt, die man besser nicht auf sich aufmerksam macht ...

www.darkdiamonds.de

Dark Diamonds
Jeder Roman ein Juwel

Dark Diamonds
Ein Imprint der CARLSEN Verlag GmbH
Juli 2019

Lektorat: Dietlind Koch
Umschlagbild: shutterstock.com / © Rudchenko Liliia / 123rf.com / © Leo Lintang / © klotz
Umschlaggestaltung: formlabor, ungecovert – Buchcover und mehr (Kim Leopold)
Satz und Umsetzung: readbox publishing, Dortmund
Druck und Bindung: CPI Books GmbH, Birkach
ISBN 978-3-551-30184-0
Printed in Germany
www.carlsen.de/darkdiamonds

Alle Bücher im Internet: www.carlsen.de